TROIS PETITS TOURS ET PUIS REVIENNENT

Lauréate des prix Whitbread Book of the Year et Costa Book of the Year avec son premier roman *Dans les coulisses du musée*, Kate Atkinson est aujourd'hui une autrice de renommée internationale. Ses romans autour du personnage de Jackson Brodie, l'ancien policier reconverti en détective, ont donné lieu à la série *Case Histories* diffusée sur la BBC. *Une vie après l'autre* a été numéro un des ventes des deux côtés de l'Atlantique et a remporté le Costa Novel Award et le South Bank Sky Art Literature Prize. Depuis 2011, Kate Atkinson est membre de l'Ordre de l'Empire britannique.

Paru au Livre de Poche :

C'EST PAS LA FIN DU MONDE
LES CHOSES S'ARRANGENT MAIS ÇA NE VA PAS MIEUX
DANS LES REPLIS DU TEMPS
L'HOMME EST UN DIEU EN RUINE
ON A DE LA CHANCE DE VIVRE AUJOURD'HUI
TRANSCRIPTION
UNE VIE APRÈS L'AUTRE

KATE ATKINSON

Trois petits tours et puis reviennent

ROMAN TRADUIT DE L'ANGLAIS (GRANDE-BRETAGNE)
PAR SOPHIE ASLANIDES

JC LATTÈS

Titre original :

BIG SKY
Publié par Doubleday,
un département de Transworld Publishers,
une division de Penguin Random House UK.

Ce livre est une œuvre de fiction, et, sauf pour les faits historiques,
toute ressemblance avec des personnes ayant réellement existé est fortuite.

© Kate Costello Ltd, 2019.
© Éditions Jean-Claude Lattès, 2020, pour la traduction française.
ISBN : 978-2-253-07967-5 – 1re publication LGF

Pour Alison Barrow

« Avant l'Illumination,
je coupe du bois et je porte de l'eau.
Après l'Illumination,
je coupe du bois et je porte de l'eau. »

Proverbe zen

« Je suis pour la vérité,
peu importe qui la dit.
Je suis pour la justice,
peu importe pour ou contre
qui elle se prononce. »

MALCOLM X

La fuite

« Alors, qu'est-ce qu'on fait maintenant ? demanda-t-il.

— On file », dit-elle en se débarrassant de ses chaussures chics qu'elle poussa du pied le plus loin possible de son siège. « Elles me tuent. » Elle le gratifia d'un sourire contrit parce qu'elles avaient coûté une fortune. Il le savait – c'était lui qui avait payé. Elle avait déjà ôté son voile et l'avait jeté sur la banquette arrière avec son bouquet et, maintenant, elle s'attaquait à la forêt de pinces qui retenait sa chevelure. La soie délicate de sa robe de mariée était déjà froissée, telles des ailes de phalènes. Elle lui lança un coup d'œil : « Comme tu aimes tant à le dire – il est temps de changer de paroisse.

— OK, c'est parti. On prend la route. » Et il démarra.

Elle avait les mains délicatement posées sur son ventre où grandissait un bébé encore invisible. Une nouvelle branche qui s'ajouterait à l'arbre de la famille. Une brindille. Un bourgeon. Le passé ne comptait pas, réalisa-t-il. Seul le présent avait de la valeur.

« Parés au décollage. » Et il écrasa l'accélérateur.

En chemin, ils firent un crochet par Rosedale Chimney Bank ; ils s'arrêtèrent pour se dégourdir les jambes et contempler le coucher de soleil qui illuminait le ciel immense d'une éclatante palette de rouges, de jaunes, d'oranges et même de violets. Un tel spectacle aurait exigé quelques vers, se dit-il et il énonça cette remarque à haute voix. « Non, je ne crois pas. Il se suffit à lui-même », répondit-elle. Le début de la sagesse, pensa-t-il.

Une autre voiture était garée là, celle d'un couple âgé, qui admirait la vue. « Magnifique, n'est-ce pas ? » fit l'homme. La femme leur sourit et félicita « les jeunes mariés ». Jackson répondit : « Ce n'est pas ce que vous croyez. »

UNE SEMAINE PLUS TÔT

Anderson Price Associates

Katja examina le maquillage de Nadja. Nadja posa comme si elle s'apprêtait à prendre un selfie, les joues tellement rentrées qu'on aurait dit un cadavre, la bouche en un extravagant cul-de-poule.

« Ouais. C'est bien », finit par trancher Katja. Elle était la plus jeune des deux sœurs mais de loin la plus autoritaire. Elles pourraient être jumelles, disaient toujours les gens, alors qu'elles avaient deux ans et quatre centimètres d'écart. Katja était la plus petite et la plus jolie, quoiqu'elles ne fussent grandes ni l'une ni l'autre ; elles avaient la même teinte de cheveux blonds (pas totalement naturelle), ainsi que les yeux de leur mère – des iris verts cerclés de gris.

« Bouge pas », dit Nadja, et elle ôta un cil tombé sur la joue de Katja. Nadja était diplômée en gestion hôtelière et elle travaillait au Radisson Blu où, affublée d'un tailleur à jupe crayon, de talons de cinq centimètres et d'un chignon impeccable, elle s'occupait des clients geignards. Les gens se plaignaient constamment. Lorsqu'elle rentrait dans sa cage à lapins, elle défaisait ses cheveux, enfilait un jean et un sweat-shirt large, se promenait pieds nus et personne ne râlait car elle vivait seule, ce qui lui convenait parfaitement.

Katja avait un emploi de femme de ménage dans le même hôtel. Son anglais n'était pas aussi bon que celui de sa sœur aînée. Elle n'avait pas d'autre qualification que son diplôme de fin d'études secondaires, et encore, il était de niveau médiocre car pendant son enfance et la plupart des années de son adolescence, elle avait consacré beaucoup de temps au patinage de compétition ; mais elle n'avait pas eu assez de talent pour percer. Ce monde cruel et méchant lui manquait tous les jours. La patinoire l'avait endurcie et elle avait gardé une silhouette de patineuse, souple et athlétique, qui rendait les hommes un peu fous. La passion de Nadja avait été la danse – classique – mais elle avait abandonné quand sa mère n'avait plus eu les moyens de payer les leçons pour ses deux filles. Elle avait facilement sacrifié son talent, ou du moins, telle était l'impression de Katja.

Katja avait vingt et un ans, elle vivait à la maison, et elle était impatiente de quitter l'étouffant nid familial, même si elle savait que l'emploi qu'elle trouverait à Londres serait certainement le même que celui qu'elle avait ici – faire des lits, nettoyer des toilettes et extirper des bondes des paquets de cheveux englués de savon. Mais une fois là-bas, les choses seraient différentes, elle en était sûre.

L'homme s'appelait Mr Price. Mark Price. Il était cadre dans une agence de recrutement appelée Anderson Price Associates – APA – et il avait déjà fait passer un entretien à Nadja par Skype. Nadja rapporta à

Katja qu'il était charmant – bronzé, une séduisante chevelure poivre et sel (« comme George Clooney »), une chevalière en or et une grosse Rolex au poignet (« comme Roger Federer »). « Il ferait bien de se méfier, je pourrais l'épouser », lança Katja à sa sœur et elles éclatèrent de rire.

Nadja avait envoyé par e-mail des copies de ses qualifications et références à Mark Price et maintenant, elles attendaient dans l'appartement de Nadja qu'il les contacte par Skype pour « confirmer tous les détails » et « avoir une petite conversation » avec Katja. Nadja lui avait demandé s'il pouvait également trouver du travail pour sa sœur, et il avait répondu : « Pourquoi pas ? » Les emplois ne manquaient pas dans l'hôtellerie britannique. « Le problème, c'est qu'ici personne ne veut travailler dur, dit Mark Price.

— Moi, je suis prête à travailler dur là-bas », affirma Nadja.

Elles n'étaient pas idiotes, elles étaient informées de l'existence de trafiquants, qui attiraient des filles en leur faisant croire qu'elles auraient un bon poste, un travail honnête ; ensuite, elles finissaient droguées, enfermées dans une chambre sordide pour coucher avec des ribambelles d'hommes sans pouvoir rentrer chez elles parce que leur passeport avait été confisqué et qu'elles devaient « gagner » le droit de le récupérer. APA n'était pas ce genre-là. Ils avaient un site web, tout à fait légal. Ils recrutaient dans le monde entier pour des hôtels, des maisons de retraite, des restaurants, des entreprises de nettoyage, ils avaient même un bureau à Bruxelles, un autre au Luxembourg. Ils étaient reconnus et avaient plusieurs contrats avec de grandes compagnies, comme le corroboraient toutes sortes de témoignages.

D'après ce qu'on en voyait sur Skype, leur bureau à Londres paraissait très chic. Il y régnait une certaine effervescence – on entendait le murmure constant du personnel à l'arrière-plan, des gens qui discutaient, qui tapaient sur des claviers, qui répondaient au téléphone. Et Mark Price lui-même était sérieux et professionnel. Il parlait de « ressources humaines », d'« assistance » et de « responsabilité de l'employeur ». Il pouvait apporter son aide pour trouver un logement, effectuer les démarches de visa, les inscrire à des cours d'anglais, organiser la formation continue.

Il avait déjà quelque chose en vue pour Nadja, « un des plus grands hôtels », mais elle déciderait quand elle arriverait. Les offres étaient nombreuses « pour une fille intelligente » comme elle. « Et ma sœur, lui rappela-t-elle.

— Et votre sœur, oui, bien sûr », fit-il en riant.

Il allait même payer leurs billets d'avion. Dans la plupart des agences, c'était vous qui leur donniez de l'argent pour vous trouver un emploi. Il leur ferait envoyer un billet électronique, dit-il, elles iraient en avion jusqu'à Newcastle. Katja avait regardé sur la carte. C'était à bonne distance de Londres. « Trois heures par le train », précisa Mark Price, c'était « facile ». Et moins cher pour lui de cette manière – après tout, c'était lui qui payait. Un représentant d'Anderson Price Associates les attendrait à l'aéroport et les emmènerait dans un Airbnb à Newcastle où elles passeraient la nuit, car le vol de Gdansk arrivait tard le soir. Le lendemain matin, quelqu'un les accompagnerait jusqu'à la gare et les mettrait dans le train. Quelqu'un d'autre les récupérerait à King's Cross et les conduirait dans un hôtel pour quelques nuits jusqu'à ce qu'elles prennent leurs marques. « La machine est bien huilée », précisa-t-il.

Nadja aurait probablement pu obtenir une mutation dans un autre Radisson mais elle était ambitieuse et visait un établissement de luxe, un endroit dont tout le monde avait entendu parler – le Dorchester, le Lanesborough, le Mandarin Oriental. « Oh oui, avait dit Mark Price, nous avons des contrats avec tous ces hôtels. » Katja s'en fichait, elle voulait juste être à Londres. Nadja était la plus sérieuse des deux, Katja, l'insouciante. Comme disait la chanson, *girls just wanna have fun.*

Là, elles étaient toutes les deux assises face à l'ordinateur portable de Nadja et elles attendaient l'appel de Mark Price.

Mr Price était à l'heure, à la seconde près. « OK, fit Nadja. C'est parti. Tu es prête ? »

Le petit décalage dans la transmission semblait rendre la tâche de traduction plus difficile pour elle. Son anglais n'était pas aussi bon que sa sœur l'avait prétendu. Elle riait beaucoup pour compenser, faisait des mouvements de cheveux et s'approchait de l'écran comme si elle pouvait le convaincre en le remplissant avec son visage. Elle était vraiment jolie. Elles étaient jolies toutes les deux, mais celle-ci l'était davantage.

« OK, Katja. L'heure tourne. » Il tapota sa montre pour illustrer son propos car derrière le sourire, il percevait l'incompréhension de la jeune fille. « Est-ce que votre sœur est toujours là ? » Le visage de Nadja apparut à l'écran, collé contre celui de Katja, et elles lui sourirent. On aurait dit qu'elles se trouvaient dans la cabine d'un Photomaton.

« Nadja, je vais demander à ma secrétaire de vous envoyer par mail les billets d'avion dès demain matin, OK ? Et je vous dis à bientôt. Je suis impatient de faire votre connaissance. Bonne soirée à vous. »

Il éteignit son écran et les filles disparurent. Il se leva et s'étira. Derrière lui se trouvait le logo « APA », pour Anderson Price Associates. Il avait un bureau et une chaise. Sur le mur, une reproduction moderne mais raffinée, dont une partie était dans le champ de la caméra de l'ordinateur – il avait pris soin de le vérifier. De l'autre côté, on apercevait une orchidée. Elle avait l'air vraie mais elle était fausse. Tout le bureau était faux. Anderson Price Associates était faux, Mr Price était faux, seule sa Rolex était vraie.

Il ne se trouvait pas dans un bureau à Londres, mais dans une caravane sur cales, dans un champ de la côte est. Son « autre bureau », comme il l'appelait, à moins d'un kilomètre de la côte, et parfois les cris de mouettes menaçaient de briser l'illusion.

Il coupa la bande-son « Bruits d'ambiance au bureau », éteignit la lumière, ferma la caravane et monta dans son Land Rover Discovery. Il était temps de rentrer. Il avait déjà dans sa bouche le goût du Talisker que sa femme aurait préparé pour lui.

La bataille du Rio de la Plata

Et voici le porte-avions Ark Royal, *qui se tient à bonne distance de l'ennemi…*

Il y eut deux ou trois explosions sourdes – pop pop pop. Le bruit des coups de feu ne réussissait pas à l'emporter sur les cris perçants des mouettes qui tournoyaient au-dessus de leurs têtes.

Oh, et le croiseur Achilles *a été touché, mais heureusement, il a réussi à contacter l'*Ark Royal, *qui file à son secours…*

« Filer » n'était pas exactement le mot que Jackson aurait choisi pour décrire l'avancée assez laborieuse de l'*Ark Royal* sur le plan d'eau au milieu du parc.

Et voici qu'arrivent les bombardiers de la RAF ! Bravo les gars, des tirs magnifiques ! Et on encourage la RAF et les escorteurs…

Le public acclama l'exploit plutôt mollement tandis que deux très petits avions en bois coulissant sur une tyrolienne faisaient des bonds au-dessus de l'eau.

« Putain, marmonna Nathan. Vraiment naze.

— Ne jure pas », dit Jackson par réflexe. Le spectacle était effectivement pathétique, d'une certaine manière (*la plus petite marine habitée du monde !*), en même temps, c'est ce qui faisait son charme, n'est-ce pas ? Les bateaux étaient des copies, le plus grand mesurait au maximum sept mètres, les autres étaient bien plus petits. Des employés du parc cachés à l'intérieur des bateaux les pilotaient. Le public était installé sur des bancs en bois posés sur des marches en béton brossé. Pendant une heure, juste avant, un homme d'un autre temps avait joué une musique d'un autre temps sur un orgue installé dans un kiosque à musique et, désormais, cet homme d'un autre temps commentait la bataille navale. D'une façon digne d'un autre temps. (« Mais quand est-ce que ça va finir ? » s'énerva Nathan.)

Jackson était venu ici quand il était enfant, pas avec sa propre famille (quand il avait une famille) – ils ne faisaient jamais rien ensemble, n'allaient jamais nulle part, même pour la journée. Tel était le sort des membres de la classe laborieuse, trop pris par leur labeur pour avoir le temps de se faire plaisir, et trop pauvres pour pouvoir se faire plaisir si par hasard ils trouvaient le temps. (« T'es pas au courant, Jackson ? La lutte des classes est terminée. Tout le monde a perdu », fit la voix de Julia dans sa tête.) Il était incapable de se rappeler les circonstances – peut-être qu'il était venu lors d'une sortie avec les scouts, ou avec les Boys' Brigade, ou même l'Armée du salut – le jeune Jackson s'était cramponné à toutes les organisations possibles dans l'espoir de bénéficier d'avantages gratuitement. Avoir été élevé en bon catholique ne devait pas interférer avec ses croyances. Il avait, à l'âge de dix ans, été jusqu'à signer une promesse de sobriété éternelle auprès de l'Armée du salut de son quartier – sobriété éternelle en échange d'une limonade et d'une assiette de gâteaux. (« Et finalement, comment tu t'en es sorti ? » demanda Julia.) Il fut soulagé lorsqu'il découvrit enfin ce qu'était l'armée, la vraie, où tout était gratuit. Avec un prix à payer.

« La bataille du Rio de la Plata a été la première bataille navale de la Seconde Guerre mondiale. » L'un de ses devoirs de père était l'éducation de sa progéniture, en particulier sur ses sujets de prédilection – les voitures, les guerres, les femmes. (« Jackson, tu ne connais rien aux femmes », dit Julia. « Justement », rétorqua Jackson.) Nathan accueillait toute information venant de lui soit en levant les yeux au ciel, soit en prétendant être sourd. Jackson espérait que, d'une manière ou d'une autre, son fils absorbait inconsciemment les conseils et avertissements dont il le bombardait sans arrêt – « Ne marche pas si près du bord de la falaise. Sers-toi de ta fourchette et de ton couteau, pas de tes doigts. Laisse ta place dans le bus. » Mais Nathan ne prenait jamais le bus. Il était véhiculé d'un endroit à l'autre comme un seigneur. Le fils de Jackson avait treize ans et son ego était aussi grand qu'un trou noir capable d'engloutir des planètes.

« Qu'est-ce qu'ils entendent par "habités" ? demanda Nathan.

— Il y a des gens dans les bateaux, qui les pilotent.

— C'est pas vrai, se moqua-t-il. N'importe quoi.

— C'est vrai. Tu verras. »

*Voici qu'arrive l'*Exeter *aussi. Et le sous-marin ennemi est en péril...*

« Tu verras, dit Jackson. Un jour tu auras des enfants et tu leur feras faire toutes les choses que tu méprises aujourd'hui – visiter des musées, des demeures d'époque, faire des promenades dans la campagne – et, eux aussi, ils te détesteront de leur imposer cela. C'est comme ça que fonctionne la justice cosmique.

— Je ne leur ferai pas faire ça, dit Nathan.

— Et tu m'entendras rigoler.

— Non, tu seras mort, à ce moment-là.

— Merci. Merci, Nathan », soupira Jackson. Était-il aussi insensible quand il avait treize ans ? Il n'avait pas franchement besoin qu'on lui rappelle son âge, il le voyait chez son fils qui grandissait jour après jour.

Cherchant le côté positif, il releva que Nathan s'exprimait cette après-midi par des phrases plus ou moins entières, à la différence des grognements simiesques habituels. Il était avachi sur un banc, ses longues jambes étendues, les bras croisés d'un air goguenard. Ses pieds (chaussés de baskets de marque, bien entendu) étaient gigantesques – d'ici peu, il serait plus grand que son père. Quand Jackson avait son âge, il avait deux tenues, et une des deux était son uniforme d'école. À part ses tennis pour le sport (« Tes quoi ? » s'étonna Nathan), il avait eu une seule paire de chaussures et il aurait été interloqué d'entendre parler de « marque » ou de « logo ».

À l'âge de treize ans, sa mère était déjà morte d'un cancer, sa sœur avait été assassinée et son frère s'était suicidé, en laissant obligeamment son corps – pendu au luminaire du plafond – au milieu de la pièce pour que Jackson le découvre en rentrant de l'école. Jackson n'eut jamais l'occasion d'être égoïste, d'exiger des choses et de croiser les bras d'un air goguenard. Et de toute façon, s'il l'avait eue, son père lui aurait mis une bonne correction. Jackson n'aurait pas voulu infliger plus de souffrances à son fils – Dieu l'en préserve – mais un peu moins de narcissisme n'aurait pas fait de mal.

Pour ce qui était des chagrins, Julia, la mère de Nathan, pouvait tout à fait rivaliser avec Jackson – une sœur assassinée, une autre qui s'était suicidée, une autre qui était morte d'un cancer. (« Oh, et n'oublie pas les abus sexuels de papa, lui rappela-t-elle. C'est moi qui gagne, je crois. ») Maintenant, toute la misère de leurs passés respectifs s'était retrouvée concentrée sur cet enfant. Et si, malgré l'apparence sereine de l'adolescent, elle s'était inscrite dans son ADN, avait contaminé son sang et si, aujourd'hui, les cellules de la tragédie et du chagrin se développaient et se multipliaient dans ses os comme un cancer ? (« Est-ce que tu as déjà essayé d'être optimiste ? » demanda Julia. « Une fois, répondit Jackson. Ça ne m'a pas réussi. »)

« Je croyais que t'avais dit que tu me prendrais une glace.

— Ce que tu avais l'intention de dire, c'est : "Papa, est-ce que je pourrais avoir la glace que tu m'as promise et que tu sembles avoir temporairement oubliée, s'il te plaît ?" On est d'accord ?

— Ouais, si tu veux. » Après une pause d'une longueur impressionnante, il ajouta, de mauvaise grâce : « S'il te plaît. » («Je me soumets au bon plaisir du président », déclarait Julia sans perdre son calme chaque fois que leur rejeton exigeait quelque chose.)

« Qu'est-ce que tu veux ?

— Un Magnum. Double beurre de cacahuètes.

— Je crois que tu te montres un peu ambitieux, là.

— Eh ben, n'importe quoi. Un Cornetto.

— Toujours ambitieux. »

Nathan arrivait chaque fois avec une ribambelle d'instructions au sujet de la nourriture. Julia était étonnamment névrosée sur la question des goûters. « Essaye de contrôler ce qu'il mange. Il a le droit d'avoir une petite barre de chocolat mais pas de bonbons, surtout pas des Haribo. Il est comme un Gremlin après minuit s'il mange trop de sucre. Et si tu arrives à lui faire avaler un fruit, eh bien, tu es une meilleure mère que moi. » D'ici un an ou deux, les sujets d'inquiétude de Julia seraient les cigarettes, l'alcool et les drogues. Elle devrait savourer les années sucre, pensait Jackson.

« Pendant que je vais te chercher ta glace, dit Jackson à Nathan, assure-toi de garder un œil sur notre ami Gary, là, au premier rang, d'accord ? » Nathan ne semblait pas avoir entendu son père, alors Jackson attendit un instant avant de lancer : « Qu'est-ce que je viens de dire ?

— Tu as dit : "Pendant que je suis parti, assure-toi de garder un œil sur notre ami Gary, là, au premier rang, d'accord ?"

— C'est ça, très bien, répliqua Jackson, un peu vexé, mais il n'était pas question qu'il le montre. Tiens, ajouta-t-il en lui tendant son iPhone, prends une photo s'il fait quelque chose d'intéressant. »

Lorsque Jackson se leva, la chienne le suivit, montant à grand-peine les marches qui menaient jusqu'au café. Dido était un labrador jaune, obèse et vieillissant. Des années plus tôt, quand Jackson avait été présenté à Dido (« Jackson, voici Dido – Dido, voici Jackson »), il s'était dit que le nom du chien avait été emprunté à la chanteuse, mais il s'était avéré qu'il faisait référence à la reine de Carthage. Voilà qui résumait parfaitement Julia.

Dido – la chienne, pas la reine de Carthage – était toujours accompagnée d'une longue liste d'instructions, elle aussi. On aurait pu croire que Jackson n'avait jamais eu la garde d'un enfant ou d'un chien auparavant. (« Mais pas de mon enfant, ni de mon chien », fit remarquer Julia. « Je pense qu'il faudrait dire *notre* enfant », rectifia Jackson.)

Nathan avait déjà trois ans quand Jackson avait enfin pu prétendre à des droits sur lui. Julia, pour des raisons inconnues du reste du monde, avait nié que Jackson fût le père de Nathan, et lorsqu'elle finit par reconnaître sa paternité, il avait raté les meilleures années avec son fils. (« Je voulais le garder pour moi seule. ») Mais maintenant que les pires années étaient arrivées, elle semblait avoir hâte de le partager.

Julia allait être « sauvagement » surchargée pendant la quasi-totalité des vacances scolaires, alors Jackson avait emmené Nathan dans la petite maison qu'il louait sur la côte est du Yorkshire, à quelques kilomètres au nord de Whitby. Avec une bonne connexion wifi, Jackson pouvait faire tourner son affaire, Brodie Investigations, d'à peu près n'importe où. Internet était une invention malfaisante mais on ne pouvait s'empêcher de l'aimer.

Julia jouait un médecin légiste (« *le* médecin légiste », corrigea-t-elle) dans *Collier*, la série judiciaire. *Collier*, qui existait depuis fort longtemps, était décrite comme « une série sans concession sur les gens du Nord », bien que, ces derniers temps, elle soit devenue un tissu de foutaises imaginées par des citadins irrévérencieux, la plupart du temps imbibés de coke, ou pire.

Pour une fois, on avait donné à Julia un vrai rôle pour toute la saison. « Il faut vraiment que je comprenne mon arche », dit-elle à Jackson. Il eut besoin d'un bon moment pour élucider cette phrase. Désormais, chaque fois qu'elle parlait de son « arche », il la voyait menant un cortège de plus en plus bizarre d'animaux ahuris, pour les faire monter, deux par deux, sur une passerelle. Elle ne serait pas la pire personne avec qui se retrouver pendant le Déluge. Derrière ses côtés étourdis, ses postures d'actrice, il y avait une femme résistante et pleine de ressources, sans parler de sa bonté envers les animaux.

Son contrat était en passe d'être renouvelé et on lui communiquait son script au compte-gouttes ; du coup, déclara-t-elle, elle était quasi certaine d'être destinée à une issue épouvantable à la fin de son « arche ». (« N'est-ce pas notre cas à tous ? » lâcha Jackson.)

Julia était optimiste, elle avait fait un beau parcours. Son agent louchait sur une comédie de la Restauration qui était envisagée pour la West Yorkshire Playhouse. (« Un vrai rôle d'actrice, précisa Julia. Et si ça ne marche pas, il reste toujours *Strictly Come Dancing*. Cela fait deux fois qu'on me le propose. Ils sont à l'évidence en train de racler les fonds de tiroir. ») Elle avait un joli rire de gorge, en particulier quand elle donnait dans l'autodérision. Ou qu'elle faisait semblant. Cela avait un certain charme.

« Comme on pouvait s'en douter, pas de Magnum, pas de Cornetto, ils n'avaient que des Bassani », dit Jackson en revenant avec deux cônes qu'il tenait en l'air comme des torches. On aurait pu penser que les gens arrêteraient de donner des glaces vendues par Bassani à leurs enfants, après ce qui s'était passé. Les salles de jeux de Carmody étaient encore là aussi, une présence bruyante et populaire sur la côte. Des glaces et des salles de jeux – des attractions parfaites pour les enfants. Cela devait faire dix ans que l'affaire était sortie dans les journaux. (Plus Jackson vieillissait, plus le temps devenait fuyant.) Antonio Bassani et Michael Carmody, des « notables » du coin – l'un d'eux était en prison et l'autre s'était suicidé, mais Jackson ne se rappelait jamais lequel était encore vivant. Il ne serait pas surpris que celui qui était en prison sorte bientôt, à moins qu'il ait déjà été libéré. Bassani et Carmody aimaient les enfants. Ils aimaient trop les enfants. Ils aimaient fournir des enfants à des hommes qui aimaient trop les enfants. En cadeaux, en gages.

Dido, affamée comme toujours, l'avait suivi en se dandinant, pleine d'espoir, et au lieu d'une glace, Jackson lui donna un biscuit spécial chien en forme d'os. Il songea que pour la chienne la forme ne faisait pas grande différence.

« J'ai un cône vanille et un cône chocolat. Lequel tu veux ? demanda-t-il à Nathan. » La question était rhétorique. Quel enfant mineur choisissait la vanille ?

« Chocolat. Merci. »

Merci – un petit triomphe pour les bonnes manières, pensa Jackson. (« Il finira par devenir quelqu'un de bien, insista Julia. C'est si difficile, d'être adolescent ; c'est le chaos hormonal, ils sont très souvent épuisés. Toute cette croissance, ça consomme beaucoup d'énergie. ») Que dire de tous ces adolescents qui autrefois avaient quitté l'école à quatorze ans (presque le même âge que Nathan aujourd'hui !) pour aller travailler dans des usines, des aciéries, des mines de charbon ? (Le propre père de Jackson et son père avant lui, par exemple.) Ou Jackson lui-même, dans l'armée à l'âge de seize ans, un jeune qui avait été brisé en morceaux par l'autorité et recollé par elle quand il était devenu homme. Ces adolescents, lui compris, avaient-ils eu droit au chaos hormonal ? Non. Ils allaient travailler avec des hommes et se conduisaient bien, ils rapportaient leur paye à la maison pour la donner à leur mère (ou à leur père) à la fin de la semaine et – « Oh, ça suffit, tais-toi, l'interrompit Julia avec lassitude. Cette vie-là est terminée et elle ne reviendra pas. »

« Où se trouve Gary ? demanda Jackson en parcourant des yeux les rangées de sièges.

— Quel Gary ?

— Le Gary sur lequel tu étais censé garder un œil. »

Sans détacher son regard de son téléphone, Nathan désigna d'un mouvement du menton les bateaux-dragons devant lesquels Gary et Kirsty faisaient la queue pour acheter des billets.

Et la bataille est terminée, on hisse le drapeau britannique. Acclamons notre bon vieil Union Jack !

Jackson applaudit avec le public. Il donna une petite bourrade affectueuse à Nathan en lui répétant : « Allez, acclame ce bon vieil Union Jack.

— Hourra », fit mollement Nathan. Oh, ironie, tu t'appelles Nathan Land, se dit Jackson. Son fils portait le nom de famille de sa mère, et c'était une cause de discorde entre Julia et Jackson. Discorde était un euphémisme. Aux oreilles de Jackson, « Nathan Land » sonnait comme le nom d'un financier juif du XVIIIe siècle, l'ancêtre fondateur d'une dynastie de banquiers européens. Mais « Nat Brodie » faisait penser à un aventurier bien bâti, quelqu'un qui partait à la conquête de l'Ouest, suivant la Frontière à la recherche d'or ou de bétail, escorté d'une ribambelle de femmes de petite vertu. (« Depuis quand as-tu une imagination aussi débordante ? » demanda Julia. Probablement depuis que je t'ai rencontrée, pensa Jackson.)

« On peut y aller, maintenant ? fit Nathan en bâillant sans la moindre pudeur ni retenue.

31

— Dans une minute, dès que j'aurai fini », dit Jackson en désignant sa glace. De l'avis de Jackson, un adulte qui se promenait en léchant un cône avait l'air d'un abruti fini.

Les combattants de la bataille du Rio de la Plata commencèrent leur tour d'honneur. Les hommes qui pilotaient les bateaux avaient enlevé la partie supérieure de leurs vaisseaux, le gaillard, et saluaient la foule.

« Tu vois ? fit Jackson. Je te l'avais dit. »

Nathan leva les yeux au ciel. « Effectivement. Bon, on peut y aller, là ?

— D'accord, allons juste vérifier ce que fait notre ami Gary. »

Nathan gémit comme s'il allait être torturé.

« Cache ta joie », lança Jackson gaiement.

Maintenant que la plus petite marine habitée du monde repartait vers son mouillage, les bateaux-dragons du parc ressortaient – des pédalos peints en couleurs primaires éclatantes avec de longs cous et de grosses têtes de dragons, comme des versions de dessins animés de pirogues vikings. Gary et Kirsty avaient déjà enfourché leur fougueux destrier, Gary pédalant héroïquement jusqu'au milieu du plan d'eau. Jackson prit deux ou trois photos. Lorsqu'il regarda plus attentivement, il eut l'agréable surprise de découvrir que Nathan avait pris une rafale – l'équivalent moderne des folioscopes de son enfance – quand il était parti chercher les glaces. Gary et Kirsty en train de s'embrasser, les bouches en cul-de-poule collées comme deux poissons-globes. « Bien joué, dit Jackson à Nathan.

— On peut y aller, maintenant ?

— Oui, on y va. »

Jackson suivait Gary et Kirsty depuis plusieurs semaines. Il avait envoyé à Penny, la femme de Gary, tellement de photos d'eux pris en flagrant délit qu'elle avait de quoi obtenir plusieurs divorces pour adultère, mais quand Jackson lui disait : « Je crois que vous avez suffisamment de preuves, Mrs Trotter. » Elle répondait invariablement : « Continuez à les suivre encore un peu, Mr Brodie. » Penny Trotter – quelle infortune que ce nom, pensa Jackson. *Trotter*, comme « pied de cochon » en anglais. Le morceau bon marché chez le boucher. Sa mère cuisinait les pieds de cochon ; la tête de cochon aussi. Du groin à la queue, tout est bon dans le cochon. Elle était irlandaise, elle avait le souvenir de la famine gravé dans les os, comme les os de baleine gravés qu'il avait vus au musée de Whitby. Et en bonne mère irlandaise, elle servait les hommes en premier, et par ordre d'âge. Ensuite c'était au tour de sa sœur, puis, enfin, leur mère s'asseyait avec son assiette, pour manger ce qui restait – souvent rien de plus que deux ou trois pommes de terre et une cuillerée de sauce. Niamh était la seule à s'apercevoir de ces sacrifices maternels. (« Allez, M'man, prends un peu de ma viande. »)

Certaines fois, la sœur de Jackson lui paraissait plus présente morte qu'elle ne l'avait été pendant sa vie. Il s'appliquait de son mieux à maintenir vivace son souvenir, car il n'y avait personne d'autre pour entretenir la flamme. Bientôt, elle s'éteindrait pour l'éternité. Comme la sienne, celle de son fils, celle de… (« Bon Dieu, Jackson, tu vas arrêter », dit Julia avec colère.)

Jackson avait commencé à se demander si Penny Trotter prenait un plaisir masochiste à ce qui revenait (presque) à du voyeurisme. Ou avait-elle en tête un dénouement qu'elle n'avait pas exposé à Jackson ? Peut-être qu'elle avait décidé de patienter, comme Pénélope espérant qu'Ulysse retrouverait son chemin jusqu'à elle. Nathan avait eu un dossier sur *L'Odyssée* à faire pour l'école. Il ne semblait pas avoir retenu grand-chose, alors que Jackson en avait appris beaucoup.

Nathan fréquentait une école privée (principalement grâce au cachet de Julia pour *Collier*) ; Jackson n'y était pas favorable par principe mais, en réalité, il était soulagé car le collège du secteur était vraiment un établissement de seconde zone. (« Je n'arrive pas à savoir si tu es un hypocrite ou juste un idéologue raté », déclara Julia. Avait-elle toujours été si portée sur la critique ? C'était plutôt le boulot de son ex-femme, Josie. Quand Julia avait-elle repris le flambeau ?)

Jackson avait fini par se lasser de Gary et Kirsty. Ils étaient routiniers, sortaient ensemble tous les lundis et mercredis soir à Leeds, où ils travaillaient tous les deux pour la même compagnie d'assurances. L'emploi du temps ne changeait guère : un verre, un repas, puis deux ou trois heures enfermés dans le minuscule appartement moderne de Kirsty, où ils devaient faire ce que Jackson pouvait aisément deviner sans avoir, Dieu merci, à en être témoin. Ensuite, Gary rentrait auprès de Penny, dans la maison mitoyenne ordinaire en brique qu'ils possédaient à Acomb, une banlieue sans charme de York. Jackson aimait à penser que si, marié, il avait entretenu une liaison secrète – quelque chose qu'il n'avait jamais fait, il le jurait devant Dieu –, elle aurait été un peu plus spontanée, un peu moins prévisible. Un peu plus marrante. Espérons-le.

Leeds se trouvait à bonne distance, de l'autre côté de la lande. Du coup, Jackson avait embauché un jeune homme serviable appelé Sam Tilling qui vivait à Harrogate et qui, ayant fini ses études, s'ennuyait ferme en attendant d'entrer dans la police lorsque Jackson l'avait recruté pour des missions sur le terrain. Sam se faisait un plaisir d'effectuer les tâches les plus fastidieuses – suivre les suspects dans les bars à vin, les bars à cocktails et les *curry houses* où Gary et Kirsty se laissaient aller à leur passion défendue. Il leur arrivait parfois de prendre la poudre d'escampette et de partir en excursion quelque part. Ce jour-là, on était jeudi, alors ils avaient dû se faire porter pâles au bureau, pour profiter du beau temps. Jackson, sans réelle preuve, pensait que Gary et Kirsty étaient du genre à mentir sans vergogne à leurs employeurs.

Comme Peasholm Park se trouvait pratiquement à côté de chez lui, Jackson avait décidé de les suivre lui-même. En plus, cela lui donnait l'occasion de faire quelque chose avec Nathan, même si l'activité par défaut préférée de Nathan était de rester à la maison pour jouer à *Grand Theft Auto* sur sa Xbox ou de chatter en ligne avec ses amis. (Mais qu'est-ce qu'ils pouvaient bien trouver à se dire ? Ils ne faisaient jamais rien.) Jackson avait essayé de traîner Nathan (presque littéralement) au sommet des cent quatre-vingt-dix-neuf marches conduisant aux mornes ruines de Whitby Abbey dans une tentative totalement vaine de lui inculquer un peu d'histoire. Il en avait été de même avec le musée, un endroit que Jackson aimait pour son mélange hétéroclite d'objets allant de crocodiles fossilisés aux souvenirs de chasses à la baleine en passant par la main momifiée d'un pendu. Évidemment, il n'y avait aucun de ces gadgets interactifs inventés récemment pour amuser en permanence les enfants TDAH. Rien qu'un fatras de trucs d'autrefois, encore dans leurs vitrines victoriennes d'origine – des papillons épinglés, des oiseaux empaillés, des médailles militaires, des maisons de poupées ouvertes. Le bric-à-brac de la vie des gens, et finalement, c'était bien tout ce qui importait, quand tout était dit, tout était fait, non ?

Jackson fut surpris que Nathan ne soit pas attiré par l'aspect macabre de la main momifiée. « La main de la gloire », comme elle s'appelait, était assortie d'une histoire complexe et troublante de potences et de cambrioleurs opportunistes. Le musée contenait également l'héritage maritime de Whitby, qui ne présentait pas le moindre intérêt non plus pour Nathan et, à l'évidence, la visite du Captain Cook Museum serait vouée à l'échec. Jackson admirait Cook. « Le premier homme à avoir fait le tour du monde en bateau », indiqua-t-il, essayant d'éveiller l'intérêt de Nathan. « Et alors ? » (Et alors ! Comme Jackson détestait ce *Et alors* plein de mépris.) Peut-être son fils avait-il raison ? Peut-être le passé n'était-il plus le contexte adéquat pour appréhender le présent ? Peut-être que tout cela n'avait plus d'importance ? Était-ce ainsi que le monde s'achèverait – pas dans un grand boum, mais avec un *Et alors ?*

Tandis que Gary et Kirsty baguenaudaient, Penny Trotter s'occupait de son affaire – un magasin à Acomb appelé La Malle aux trésors, dont l'intérieur sentait un mélange difficilement supportable d'encens parfumé au patchouli et de vanille artificielle. Elle vendait essentiellement des cartes et du papier cadeau, des calendriers, des bougies, des savons, des tasses et beaucoup d'objets cucul dont la fonction n'était pas aisément identifiable. C'était le genre de commerce qui se maintenait tant bien que mal d'une fête à la suivante – Noël, la Saint-Valentin, la fête des Mères, Halloween, Noël à nouveau, et tous les anniversaires entre-temps.

« Eh bien, il n'a pas d'utilité en tant que telle, avait dit Penny Trotter lorsque Jackson l'avait interrogée sur la raison d'être d'un coussin en velours en forme de cœur où on pouvait lire LOVE inscrit en paillettes sur sa surface écarlate. On se contente de l'accrocher quelque part. » Penny Trotter était romantique – cela causerait sa perte, affirmait-elle. Elle était chrétienne, « née de nouveau » d'une certaine manière. (Une fois devait suffire, pourtant, non ?) Elle portait une croix autour du cou et, autour du poignet, un bracelet portant les initiales QFJ – Jackson s'en étonna. « Que Ferait Jésus, expliqua-t-elle. Grâce à lui, je marque une pause et je réfléchis avant de faire quelque chose que je pourrais regretter par la suite. » Il reconnut qu'un bracelet identique pourrait lui être utile. QFJ – Que Ferait Jackson ?

Brodie Investigations était la dernière incarnation en date de son agence de détective privé d'autrefois, même s'il essayait de ne pas utiliser le terme « détective privé », dont les connotations étaient trop glamour (ou sordides, selon le point de vue de chacun). Trop chandleresque. Du coup, les gens en attendaient plus.

Les journées de Jackson étaient consacrées à des tâches effectuées pour des avocats – recherche de débiteurs, missions de surveillance, ce genre de choses. Ensuite, il y avait les vols en entreprise, les extraits de casier judiciaire, les vérifications des antécédents, un peu d'audit d'acquisition. Mais en réalité, à la place de la plaque conçue pour la création de Brodie Investigations, il aurait aussi bien pu accrocher l'un des coussins-cœurs de Penny Trotter, parce que la plus grande partie de son travail consistait soit à suivre des époux infidèles (infidélité, ton nom est Gary) soit à piéger des Gary potentiels peu méfiants dans des pots de miel collants (ou attrape-mouches, comme Jackson les appelait en lui-même) visant à soumettre des fiancés et petits amis à la tentation. Même Jackson, avec toutes ses années de métier, n'aurait pu compter le nombre de femmes soupçonneuses sur terre.

À cette fin, il amorçait ses pièges à bonshommes

avec un agent provocateur, qui prenait l'apparence d'une abeille mellifère particulièrement séduisante et pourtant mortelle, une Russe appelée Tatiana. Plus frelon qu'abeille, en réalité. Jackson avait fait la connaissance de Tatiana dans une autre vie, alors qu'elle était une dominatrice et lui, un homme sans attache et millionnaire – une situation très brève et, a posteriori, tellement absurde. Il n'était pas question de sexe, ni d'une relation, Dieu l'en garde, il préférerait coucher avec le frelon susmentionné qu'avec Tatiana. Elle s'était simplement trouvée marginalement impliquée dans une enquête à laquelle il s'était mêlé. Et de toute manière, il était avec Julia à ce moment-là (ou il avait cette impression, en tout cas), activement occupé à créer l'embryon qui un jour étendrait ses jambes et croiserait les bras d'un air goguenard. Tatiana était un enfant du cirque, prétendait-elle, son père était un clown célèbre. En Russie, les clowns n'étaient pas drôles, selon elle. Ils ne l'étaient pas ici non plus, pensa Jackson. Tatiana, si étrange que cela puisse paraître, était trapéziste autrefois. Pratiquait-elle encore son art ? se demanda Jackson.

Le monde était devenu plus sombre depuis qu'il l'avait rencontrée, même s'il s'assombrissait chaque jour un peu plus, selon la perception de Jackson, et pourtant, Tatiana ne changeait guère, bien qu'elle se fût, elle aussi, réincarnée. Il l'avait croisée par hasard (il le supposait, mais en réalité, qu'en savait-il ?) à Leeds, où elle travaillait comme serveuse dans un bar à cocktails (il y avait forcément une chanson qui racontait quelque chose comme ça), offrant aux clients son décolleté et ses battements de cils vêtue d'une robe noire moulante à paillettes. « Boulot régulier », lui assura-t-elle par la suite, mais dans sa bouche, l'expression paraissait très exotique.

Jackson avait eu un rendez-vous professionnel dans un bar en fin de journée avec un avocat appelé Stephen Mellors pour qui il travaillait parfois. C'était le genre de lieu branché où il faisait tellement sombre qu'on voyait à peine son verre posé devant soi. Mellors, un type branché lui aussi, métrosexuel et fier de l'être, quelque chose dont Jackson ne pourrait jamais être accusé, commanda un manhattan tandis que Jackson optait pour un Perrier. Leeds ne lui était jamais apparu comme un endroit où on pouvait se fier à l'eau du robinet. Il n'avait rien contre l'alcool, bien au contraire, mais il s'imposait des règles très strictes en matière de sobriété au volant. Il suffisait d'avoir ramassé une seule fois les débris d'une voiture pleine d'adolescents à l'alcoolémie bien trop élevée pour savoir que les voitures et l'alcool ne font pas bon ménage.

Une serveuse avait pris leur commande et une autre l'avait apportée à leur table. Elle s'était inclinée avec son plateau, un mouvement potentiellement dangereux pour une femme juchée sur des talons de dix centimètres, mais Mellors avait pu lorgner ses seins tandis qu'elle posait son manhattan sur la table basse. Elle déposa le Perrier de Jackson de la même manière, versant l'eau lentement dans son verre comme s'il s'agissait d'un acte de séduction. « Merci », articula-t-il, essayant de se comporter en gentleman (le projet de toute une vie) et de ne pas mater son décolleté. Il préféra la regarder dans les yeux et découvrit un sourire féroce qui lui était étonnamment familier. « Bonjour Jackson Brodie, dit-elle, comme on se retrouve. » On aurait cru qu'elle passait une audition pour un rôle de méchante dans le prochain *James Bond*. Le temps que Jackson récupère sa voix, elle était repartie à grandes enjambées sur ses talons meurtriers (on ne les appelait pas talons aiguilles pour rien) et avait disparu dans la pénombre.

« Ouah, fit Stephen Mellors d'un ton approbateur. Vous avez de la chance, Brodie. Elle a des cuisses puissantes comme les manches d'un casse-noix. Je parie qu'elle fait des squats à longueur de journée.

— Du trapèze, en réalité », répondit Jackson. Il remarqua qu'une paillette s'était déposée sur la table devant lui, comme une carte de visite.

Ils sortirent du parc, Nathan marchant à longues enjambées comme un chiot, Dido claudiquant vaillamment comme si elle avait besoin d'une prothèse de hanche (c'était le cas, apparemment). Aux grilles du parc était accroché un panneau sur lequel plusieurs affiches vantaient les différentes attractions proposées pendant l'été – la Fête des sauveteurs en mer, Tom Jones dans le théâtre de plein air, le groupe Showaddywaddy au Spa. Il y avait une sorte de show années 1980, un spectacle de variétés, au Palace, avec Barclay Jack en vedette. Jackson reconnut son visage grimaçant. « *Le boute-en-train hilarant bien de chez nous. Présence des parents exigée.* »

Jackson détenait une information suspecte sur Barclay Jack, mais il ne parvenait pas à la faire remonter du fond de sa mémoire – un lieu sinistre jonché d'épaves couvertes de rouille et de détritus laissés par ses cellules cérébrales. Un scandale autour d'enfants ou de drogues, un accident dans une piscine. Il y avait eu une descente, la fouille de sa maison n'avait rien donné, et ensuite, quantité d'excuses et de rétropédalages de la part de la police et des médias mais, dans les faits, sa carrière était plus ou moins fichue. Il y avait autre chose encore, mais Jackson avait épuisé ses capacités de récupération.

« Ce type est un connard, lança Nathan.

— N'emploie pas ce mot », le réprimanda Jackson. Y avait-il un âge, se demanda-t-il, à partir duquel on laissait son enfant jurer en toute impunité ?

En se dirigeant vers le parking, ils passèrent devant une maisonnette dont le nom était fièrement accroché sur le portail – Sam'Sufy. Il fallut un peu de temps à Nathan pour décoder, puis il laissa échapper un rire qui ressemblait à un grognement. « C'est pourri, comme jeu de mots.

— Tu as raison », acquiesça Jackson. (« Pourri » était permis, jugea-t-il – trop utile, comme mot, pour être complètement interdit.) « Mais tu sais, peut-être qu'il y a quelque chose de... je ne sais pas... zen (zen – c'était bien lui qui parlait, là ?) dans le fait de savoir qu'on a un toit et que c'est suffisant. Qu'on ne court pas après quelque chose, qu'on accepte, simplement. » Un concept avec lequel Jackson luttait au quotidien.

« Quand même, c'est pourri.

— Oui, bon, peut-être. »

Sur le parking, ils virent trois jeunes, que Jackson appelait toujours des « mauvais garçons » ; ils n'avaient que deux ou trois ans de plus que Nathan. Ils fumaient et buvaient des canettes de quelque chose qui serait très certainement sur la liste des substances interdites par Julia. Et ils traînaient bien trop près de la voiture de Jackson, à son goût. Même si dans sa tête il roulait au volant de quelque chose de plus viril, son véhicule actuel était en réalité une Toyota milieu de gamme tragiquement anonyme qui confirmait son statut de parent chargé de la garde d'un labrador.

« Jeunes gens ? » fit-il, redevenant soudain un policier. Ils ricanèrent en entendant sa voix autoritaire. Jackson sentit que Nathan se rapprochait de lui – son fils jouait les durs mais il était encore un enfant. Jackson eut le cœur serré devant ce signe de vulnérabilité. Si quelqu'un levait un doigt sur son fils ou le contrarierait d'une manière ou d'une autre, Jackson aurait du mal à réprimer son envie féroce de lui arracher la tête et de l'envoyer là où le soleil ne brillait jamais. À Middlesbrough, peut-être.

D'instinct, Dido se mit à grogner. « Vraiment ? lui dit Jackson. Tu reprends du poil de la bête, tout à coup ? »

« C'est ma voiture, annonça-t-il aux jeunes, alors barrez-vous, OK ? » Il fallait plus qu'un crétin d'adolescent pour effrayer Jackson. L'un d'eux écrasa sa canette vide sous son pied et donna un coup de fesse dans l'aile, ce qui déclencha l'alarme, et ils éclatèrent tous de rire comme des hyènes. Jackson soupira. Il pouvait difficilement les tabasser, ils étaient encore – techniquement – des enfants, et il préférait limiter ses actes de violence à des gens ayant l'âge de se battre pour leur pays.

Les gamins s'éloignèrent à pas lents, le dos voûté, sans le quitter des yeux, leur langage corporel uniformément insultant. L'un d'eux fit un geste obscène avec ses deux mains, on avait l'impression qu'il jonglait d'un seul doigt avec un objet invisible. Jackson coupa l'alarme et déverrouilla la voiture. Nathan s'installa pendant que Jackson aidait Dido à monter derrière en lui portant l'arrière-train. Elle pesait une tonne.

Lorsqu'ils sortirent du parking, ils passèrent à côté du trio, qui marchait d'un pas nonchalant. L'un d'eux se mit à imiter un singe – hou-hou-hou – et essaya de grimper sur le capot de la Toyota au moment où elle arriva à leur hauteur, comme s'ils étaient dans un parc animalier. Jackson écrasa la pédale de frein et le gamin tomba de la voiture. Jackson redémarra et s'éloigna sans regarder pour voir s'il y avait des dégâts. « Connards », dit-il à Nathan.

Albatros

Le Belvedere Golf Club. Sur le green, il y avait Thomas Holroyd, Andrew Bragg, Vincent Ives. Trois hommes sont dans un bateau... Le propriétaire d'une entreprise de transport, un agent de voyages et hôtelier et un responsable régional d'équipements de télécommunications.

C'était au tour de Vince de jouer. Il se mit en position et essaya de se concentrer. Il entendit Andy Bragg pousser un soupir impatient dans son dos.

« Peut-être que tu devrais te contenter du minigolf, Vince », ironisa Andy.

De l'avis de Vince, les amis se répartissaient en différentes catégories. Les amis de golf, les amis du travail, les vieux amis d'école, les amis de bateau (il avait fait une croisière en Méditerranée quelques années auparavant avec Wendy, sa presque ex-femme), mais les amis d'amitié étaient plus difficiles à trouver. Andy et Tommy étaient des amis de golf. Pour lui – les deux autres étaient amis d'amitié. Ils se connaissaient depuis des années et avaient une relation si forte que Vince se sentait toujours exclu de quelque chose lorsqu'il se trouvait avec eux. Sans être capable de mettre exactement le doigt sur ce dont il était exclu. Parfois il se demandait si ce n'était pas tant le fait que Tommy et Andy partageaient un secret que le fait qu'ils aimaient le lui faire croire. Les hommes n'abandonnaient jamais complètement les ricanements de la cour d'école, ils devenaient juste plus grands. C'était l'opinion de sa femme, en tout cas. De sa presque ex-femme.

« La balle ne bougera pas par télépathie, Vince, insista Tommy Holroyd. Il faut que tu tapes dedans avec le club, tu sais. »

Tommy était un grand type costaud d'une quarantaine d'années. Il avait le nez cassé d'un bagarreur, ce qui n'entamait pas son charme mais semblait au contraire en ajouter, à en croire les femmes. Il avait commencé à se ramollir un peu, mais il demeurait le genre de gars qu'on préférait avoir dans son camp. Il avait eu une « folle jeunesse », disait-il en riant à Vince ; après avoir quitté l'école tôt, il avait joué les videurs dans plusieurs des clubs les plus mal famés de la région et traîné avec « les mauvaises personnes ». Vince l'avait une fois entendu parler par inadvertance de « mission de protection » – une expression vague qui semblait recouvrir une multitude de péchés ou de vertus. « Ne t'inquiète pas, cette époque est révolue », lança Tommy avec un sourire lorsqu'il comprit que Vince l'avait entendu. Docile, Vince avait levé les mains comme pour dire qu'il n'aurait jamais osé poser de question. « Pas de souci, Tommy. »

Tommy Holroyd était fier d'être un homme qui s'était « fait tout seul ». En même temps, est-ce que tout le monde ne se faisait pas tout seul, par définition ? Vince commençait à penser qu'il n'avait pas accompli grand-chose, lui.

Tommy avait non seulement été videur, mais il avait aussi été boxeur amateur. Le combat semblait être un truc de famille – le père de Tommy avait été un lutteur professionnel, un « empaffé » notoire, et il avait une fois battu Jimmy Savile sur le ring, au Spa Royal Hall à Bridlington, quelque chose dont son fils se vantait. « Mon père a mis une trempe à ce pédophile, raconta-t-il à Vince. S'il avait su qui il était vraiment, il l'aurait tué, j'en suis sûr. »

Vince, pour qui le monde de la lutte était aussi obscur et exotique que la cour de l'empereur de Chine, avait été obligé de chercher le mot « empaffé » sur Google. Un méchant, un type agressif, quelqu'un qui triche ou se montre méprisant. « C'était un rôle, dit Tommy, mais mon père n'avait pas beaucoup d'efforts à faire pour l'endosser. C'était un vrai salopard. » Vince avait de la peine pour Tommy. Son propre père avait été aussi doux qu'une demi-pinte de Tetley's Mild, sa boisson alcoolisée préférée.

Tommy poursuivit sa route sur sa rapide courbe ascendante, de la boxe à la promotion de boxeurs, et une fois qu'il eut amassé assez d'argent, il passa son permis poids lourds et acheta son premier camion, qui fut le premier de sa boîte – les Transports Holroyd. Ce n'était peut-être pas la plus grosse flottille de semi-remorques du Nord, mais elle paraissait en tout cas étonnamment florissante, si on en croyait le train de vie de Tommy. Sa richesse était tapageuse, il avait une piscine et une deuxième épouse, Crystal, qui, d'après la rumeur, avait été modèle de charme.

Tommy n'était pas le genre de gars qui vous ignorerait dans la rue si vous aviez des ennuis, même si Vince se demandait s'il n'y aurait pas un prix à payer par la suite. Mais Vince aimait bien Tommy, il était sympathique et il avait ce que Vince ne pouvait appeler autrement que de la présence, une sorte de forfanterie typique du Nord que Vince enviait souvent, sentant à quel point il en était par nature dépourvu. Et Crystal était renversante. « Une poupée Barbie », tel avait été le verdict de Wendy. Vince pensa que la conception de Wendy du « renversant » consisterait à mettre un coup de Taser à son mari, maintenant que l'indifférence qu'elle lui portait autrefois s'était transformée en haine. Et qu'avait-il fait pour provoquer ce changement ? Rien !

Peu de temps avant que Vince ait été présenté à Tommy, Louise – la première femme de Tommy – était décédée dans un accident affreux. Elle était tombée d'une falaise en essayant de sauver l'animal de la famille – Vince se souvenait avoir lu le compte rendu dans la *Gazette*. (« L'épouse d'un homme d'affaires réputé de la côte victime d'une tragédie » et ainsi de suite.) Il avait dit à Wendy : « Fais attention si tu vas promener Sparky sur la falaise. » Sparky était leur chien, un chiot à l'époque. « Tu t'inquiètes pour qui, le chien ou moi ? » avait-elle rétorqué et il avait bafouillé : « Eh bien... » – il se rendait compte aujourd'hui que ce n'était pas la bonne réponse.

Le Veuf Joyeux, comme Andy avait appelé Tommy ;

il avait paru étonnamment peu touché par le drame qui l'avait frappé. « En fait, Lou était vraiment un fardeau, affirma Andy, faisant pivoter son index sur sa tempe comme s'il essayait de percer un trou dans son crâne. Ça tournait pas rond, là-haut. » Andy n'était pas du genre sentimental. Bien au contraire. À ce moment-là, il y avait encore un bouquet de fleurs séchées attaché à un banc près de l'endroit où Louise Holroyd était tombée de la falaise. Ce mémorial semblait plutôt incongru.

« Allô Vince, ici la Terre, dit Tommy. Une mouette va bientôt se poser sur ton épaule si tu ne décolles pas de ce tee.

— Quel est ton handicap au minigolf, Vince ? demanda Andy en riant, à l'évidence peu enclin à abandonner le sujet. Le moulin à vent est délicat, c'est carrément compliqué de franchir ses ailes. Et bien entendu, il faut être un vrai pro pour passer la fusée. Elle est mortelle, à chaque fois on se fait avoir. »

Andy ne roulait pas des mécaniques comme Tommy. « Ouais, c'est un discret, notre Andrew, gloussa Tommy, passant son bras autour des épaules d'Andy pour le serrer contre lui d'une manière (très) virile. C'est les discrets qu'il faut surveiller de près, Vince.

— Va te faire voir », lança Andy gaiement.

Je suis quelqu'un de discret, songea Vince, et personne n'a besoin de se soucier de me surveiller. Andy était un type petit, nerveux. S'ils étaient des animaux, Tommy serait un ours – et pas une douce peluche inoffensive comme celles dont Ashley, la fille de Vince, recouvrait son lit. Les ours s'y trouvaient encore, attendant patiemment le retour de sa fille partie faire une année de césure. Tommy serait de ceux dont il faut se méfier, comme un ours polaire ou un grizzly. Andy serait un renard. C'était le surnom que Tommy donnait parfois à Andy : Foxy. Et Vince lui-même ? Un chevreuil, pensa-t-il. Figé dans la lumière des phares d'une voiture sur le point de l'écraser. Wendy au volant, probablement.

Est-ce que l'un d'eux jouait effectivement au minigolf ? se demanda-t-il. Il avait passé des heures – le plus souvent, fort agréables – avec Ashley quand elle était jeune, à la soutenir sans faille tandis qu'elle manquait le tee, encore et encore, ou que, têtue comme une mule, elle insistait pour tenter un nouveau putt, tandis qu'une queue se formait derrière eux, gémissant « Papaaaa » chaque fois qu'il faisait signe aux gens qui attendaient de les doubler. Ashley avait été une enfant butée. (Il ne lui en voulait pas du tout. Il l'aimait !)

Vince soupira. Que Tommy et Andy rigolent s'ils voulaient. Des conneries de mecs – autrefois, c'était sympa (plus ou moins), l'esbroufe, les poses. Des grandes gueules du Nord, tous. C'était dans l'ADN des bonshommes, ou dans leur testostérone, mais Vince était trop déprimé ces derniers temps pour partager les railleries (globalement) gentilles et les surenchères.

Si Tommy était encore sur la courbe ascendante de sa vie, Vince, lui, suivait clairement la pente descendante. Il approchait de la cinquantaine et, depuis trois mois, il vivait dans un deux-pièces derrière un fish-

and-chips, depuis le matin où Wendy s'était tournée vers lui alors qu'il s'apprêtait à manger son muesli – il avait eu une phase « manger sainement » qui avait été de très courte durée – et lui avait dit : « Trop, c'est trop, tu ne trouves pas, Vince ? » Il en était resté bouche bée, ahuri, devant son bol de céréales bio.

Ashley venait juste de partir avec son petit ami surfeur passer l'année à parcourir le Sud-Est asiatique, sac au dos. D'après ce que comprenait Vince, « année de césure » signifiait une pause entre la période où il avait financé son école privée très chère et celle où il financerait son université très chère, une pause qui néanmoins lui coûtait ses billets d'avion et un subside mensuel. Quand Vince était jeune, il avait appris les nobles vertus non conformistes de l'autodiscipline et de l'enrichissement personnel, tandis qu'Ashley (sans parler du petit ami surfeur) se concentrait exclusivement sur le « auto » et le « personnel ». (Il ne lui en voulait pas du tout. Il l'aimait !)

Dès qu'Ashley avait quitté le nid, sur un vol d'Emirates pour Hanoi, Wendy annonça à Vince que leur mariage était mort. Son cadavre n'était même pas encore froid qu'elle pratiquait les sites de rencontres sur internet comme une lapine sous stimulants, le laissant dîner de fish-and-chips presque tous les soirs et se demander où ça avait commencé à partir en vrille. (Apparemment, à Ténérife, trois ans auparavant.)

« Je t'ai rapporté des cartons de chez Costcutter pour y mettre tes affaires, déclara-t-elle tandis qu'il la regardait fixement, sans comprendre. N'oublie pas de prendre ton linge sale dans le panier à la buanderie.

Je ne te laverai plus tes affaires, Vince. Vingt et un ans d'esclavage, ça suffit. »

Voilà ce qu'on gagnait à se sacrifier. Tu travailles toutes les heures que Dieu fait, tu parcours des centaines de kilomètres chaque semaine dans ta voiture de fonction, en n'ayant pratiquement jamais de temps pour toi, pour que ta fille puisse prendre d'innombrables selfies à Angkor Vat ou ailleurs, pour que ta femme puisse te balancer que depuis un an elle fricote en douce avec le propriétaire d'un café du coin qui est également sauveteur en mer, ce qui à ses yeux semblait justifier sa liaison. (« Craig risque sa vie chaque fois qu'il répond à un appel à l'aide. Et toi, Vince ? » Oui, lui aussi, à sa manière.) Ça vous taillade l'âme, ces choses-là.

Wendy aimait raboter, cisailler, couper, débroussailler. Elle sortait la tondeuse presque tous les soirs en été – ces dernières années, elle avait passé plus de temps avec la tondeuse qu'avec Vince. Et elle aurait aussi bien pu avoir des sécateurs à la place des mains. Un des passe-temps étranges de Wendy était de faire pousser un bonsaï (de l'empêcher de pousser, plutôt), un loisir cruel qui rappelait à son mari ces femmes chinoises qui se bandaient les pieds. Voilà ce qu'elle était en train de lui faire maintenant, lui taillader l'âme, le réduisant à une version nanifiée de lui-même.

Il avait mené une vie laborieuse pour sa femme et sa fille, dans un dévouement plus héroïque qu'elles ne pouvaient l'imaginer, et voilà les remerciements. Il ne pouvait pas y avoir de coïncidence dans le fait que « laborieux » soit à la fois si proche (en sonorités) et si antinomique d'« harmonieux ». Il avait supposé qu'il y avait un but à atteindre à la fin de ces années de labeur, mais il se révélait qu'il n'y avait rien – rien d'autre que du laborieux encore.

« Vous revoici ? » faisait la femme joviale et agitée au comptoir du fish-and-chips, chaque fois qu'il entrait. Il lui aurait probablement suffi de tendre le bras par sa fenêtre pour attraper le poisson dans la friteuse.

« Eh oui, c'est encore moi », disait Vince systématiquement, avec gaieté, comme s'il était surpris, lui aussi. C'était comme dans ce film, *Un jour sans fin*, sauf qu'il n'apprenait rien (parce que, voyons les choses en face, il n'y avait rien à apprendre) et rien ne changeait jamais.

Se plaignait-il ? Non. C'était d'ailleurs son refrain depuis le début de sa vie d'adulte. « Peux pas me plaindre. » Le stoïcisme britannique dans toute sa splendeur. Pas question de râler. Comme un personnage de sitcom d'autrefois. Désormais, il se rattrapait, même si ce n'était qu'avec lui-même, parce qu'il se sentait encore incité à faire bonne figure pour le monde, sinon ce serait un manque de savoir-vivre. « Si tu ne peux pas dire quelque chose de gentil, lui avait appris sa mère, alors, ne dis rien. »

« Un de chaque, s'il vous plaît », demanda-t-il à la dame au comptoir. Il n'y avait rien de plus pitoyable qu'un presque quinquagénaire sur le point de divorcer en train de commander une seule portion.

« Vous voulez que je vous mette des miettes avec ? proposa la femme.

— Si vous en avez, oui. Merci », songea-t-il, grimaçant intérieurement. Oui, il percevait bien l'ironie de sa question, songea-t-il, tandis que la femme ramassait avec une spatule les miettes croustillantes de panure. C'était tout ce qui restait de sa vie, désormais. Des miettes.

« Encore ? » demanda-t-elle, la spatule en l'air, prête à se montrer généreuse. La gentillesse des étrangers. Il devrait lui demander son nom, pensa Vince. Il la voyait plus que n'importe qui d'autre.

« Non merci, ça m'suffit. »

« Sam'Sufy », c'était le nom qu'ils avaient donné à leur maison, une idée rigolote qui paraissait stupide aujourd'hui, mais autrefois, ils étaient une famille rigolote. Un modèle du genre – des barbecues dans le jardin, des amis qui passaient prendre un verre, des excursions à Alton Towers, des vacances à l'étranger dans des hôtels quatre étoiles, une ou deux croisières. Un rêve, comparé à la vie de beaucoup de gens. Le rêve du pékin moyen, de la classe moyenne, moyen en tout.

Tous les week-ends ils remplissaient le coffre à Tesco et ne lésinaient jamais sur les cours de danse, d'équitation d'Ashley, ses fêtes d'anniversaire, ses leçons de tennis. (Les voyages scolaires au ski. Il fallait prendre un deuxième emprunt pour les financer !) Et tout le temps qu'il avait passé à la conduire en voiture à ses « soirées pyjama » et à ses « goûters ». Pas donné, son train de vie. (Il ne lui en voulait pas du tout. Il l'aimait !)

Et les leçons de conduite – des heures, des journées,

même, de sa vie qu'il ne récupérerait jamais, passées à apprendre à sa femme et à sa fille à conduire. Assis à la place passager de sa propre voiture avec l'une d'elles au volant, alors que ni la mère ni la fille ne distinguait la droite de la gauche, ni même la marche avant de la marche arrière. Et tout à coup, Ashley se trouvait à l'arrière d'un touk-touk et Wendy avait une Honda avec un autocollant UKIP sur le pare-brise arrière, dans laquelle elle sillonnait la région à la recherche du nouveau M. Prodigieux maintenant que Vince était soudain devenu M. Odieux. Craig, le garde-côte, avait été balancé par-dessus bord et remplacé par tous les possibles offerts par Tinder. Apparemment, Vince aurait pu incarner toute une série des Monsieur-Madame à lui tout seul – M. Ennuyeux, M. Gros, M. Épuisé. Et comme si ça ne suffisait pas, Wendy avait repris son nom de jeune fille, pour signifier qu'il devait être complètement effacé de son existence.

« Sam'Sufy », dit-il entre ses dents en ricanant. Maintenant, ça ne lui suffisait plus du tout, et même Sparky le traitait comme un étranger. Sparky était un croisé lévrier indéterminé qui avait choisi Wendy comme mâle alpha alors que Vince était démesurément attaché à lui et que c'était lui qui l'avait le plus souvent emmené en promenade, qui avait nettoyé ses cochonneries et lui avait donné sa nourriture si coûteuse – qui rétrospectivement paraissait de meilleure qualité que les boîtes de ragoût de la marque du supermarché qu'il achetait quand il ne dînait pas de fish-and-chips. Il devrait plutôt se mettre à la nourriture pour chien, ça ne pouvait pas être pire que ces ragoûts. Le chien lui manquait plus que Wendy. En fait, il était surpris de constater que Wendy lui manquait à peine, contrairement au confort domestique qu'elle lui avait enlevé. Un homme dépouillé de son confort matériel n'est qu'un pauvre type triste et solitaire.

Vince appartenait encore au corps des transmissions quand il avait rencontré Wendy au mariage d'un copain de l'armée dans le Sud. Des Balkans il ramenait un beau bronzage et des barrettes de sergent toutes neuves ; elle avait gloussé et dit : « Oh qu'est-ce que j'aime les hommes en uniforme » et, deux ans après, ils étaient à leur propre mariage et il était retourné dans le civil, employé par une entreprise de télécoms, d'abord comme ingénieur, dans l'informatique, avant de passer à un poste costard-cravate, dans le management, dix ans plus tôt. Il pensa à Craig, le garde-côte, et se demanda si ce n'était pas l'uniforme qui l'avait séduite autrefois, et pas l'homme qui était dedans.

« Ma mère m'a mise en garde, je ne devrais pas t'épouser », avait-elle dit en riant, tandis qu'épuisés et ivres, ils s'étaient débarrassés de leurs atours de mariés dans la chambre de l'hôtel où ils avaient donné la réception – un endroit sans cachet dans la banlieue de Croyden, la ville d'origine de Wendy. Comme prélude de séduction à leur première nuit de couple marié, ces paroles n'auguraient rien de bon. La mère de Wendy, une veuve paresseuse et mesquine, s'était laissée aller à une quantité de gémissements et de grincements de dents tout à fait disproportionnés devant le mari qu'avait choisi sa fille. Assise au premier rang, coiffée d'un chapeau affreux, on aurait cru qu'elle assistait à un enterrement, à voir son visage endeuillé. Dans les années qui avaient suivi, elle avait fait tous les efforts possibles pour décrocher le prix de « la belle-mère la plus critique du monde ». « Ouais, la compétition est rude pour celui-là », approuva Tommy, bien qu'il ait réussi à se marier deux fois sans la moindre belle-mère dans le paysage. Le soulagement avait été immense pour Vince lorsqu'elle était décédée, quelques années auparavant, des suites d'un cancer interminable qui l'avait transformée en martyre aux yeux de Wendy.

« Si seulement j'avais écouté ma pauvre mère », fit Wendy en détaillant la liste des objets qu'il était autorisé à emporter. Wendy qui allait récupérer tellement d'argent grâce à la décision du juge que Vince aurait à peine de quoi payer son adhésion au club de golf.

« Je ne peux pas faire mieux, Vince, dit Steve Mellors en secouant la tête tristement. Le droit de la famille, c'est un champ de mines. » Steve s'occupait du divorce de Vince gratuitement, comme une faveur, et Vince lui en était extrêmement reconnaissant. Steve était avocat d'affaires à Leeds et, d'habitude, il « ne donnait pas trop dans les divorces ». Moi non plus, pensa Vince, moi non plus.

Vince avait un passé avec Steve Mellors – ils avaient fréquenté la même école, à Dewsbury, le pays de l'industrie de la grosse laine recyclée connue pour sa qualité médiocre. On ne pouvait plus approprié, se dit Vince, en voyant ce qu'était devenue sa vie. Après l'école, leurs chemins avaient divergé considérablement. Celui de Steve l'avait emmené à Leeds faire du droit tandis que Vince était entré directement dans l'armée, sur l'ordre de son père, « pour apprendre un métier honnête ». Son père possédait une entreprise de plomberie, il était l'entreprise, il n'avait même jamais embauché un apprenti. C'était un homme gentil, patient, qui n'élevait jamais la voix contre Vince ou sa mère, jouait au loto sportif tous les vendredis et rapportait tous les samedis une boîte de gâteaux qu'il achetait chez le pâtissier à côté de son atelier. Des sablés au citron et des génoises. Il ne râlait jamais. C'était dans les gènes de la famille.

Son père n'avait pas encouragé Vince à suivre son exemple et à devenir plombier. « Tu passeras la moitié de ta vie les bras enfoncés jusqu'aux coudes dans la merde des autres, fiston. » Et Vince avait effectivement appris un métier, les transmissions avaient été un bon choix. Il avait rarement été déployé au cœur d'un conflit. Dans l'Ulster, le Golfe, en Bosnie, Vince avait toujours été à l'arrière, dans une unité de soutien, en train de bricoler le matériel ou d'essayer de ressusciter des logiciels qui fonctionnaient mal. Ce fut seulement lors de sa dernière mission au Kosovo qu'il avait fait partie des troupes de première ligne et essuyé des tirs. Il avait goûté concrètement au conflit et il n'avait pas aimé ça. Il n'avait pas aimé les effets de la guerre non plus – sur les femmes, les enfants, même les chiens, qu'on appelait « les dommages collatéraux ». Après le Kosovo, il avait décidé de quitter l'armée. Contrairement à beaucoup d'autres, il n'avait jamais regretté sa décision.

Steve Mellors avait toujours été le gars intelligent, populaire de la bande. Cela avait suffi à Vince pour devenir son second couteau, de manière à ce qu'une partie de l'aura rayonnante de Steve déteigne sur lui. Le Watson de Holmes, le sherpa Tenzing Norgay d'Edmund Hillary. Dans le lexique animalier de Vince, Steve aurait été un jeune lion, à cette époque-là.

Ils rentraient de l'école à vélo par le chemin de halage le long du canal, en faisant les idiots, jusqu'à ce qu'un jour Steve fonce sur un nid-de-poule, passe par-dessus le guidon et, après s'être cogné la tête sur la terre croûteuse du chemin, tombe dans l'eau. Et coule à pic. « Comme une pierre », commenta Vince par la suite quand il raconta l'incident, dans sa plus belle imitation de Tommy Cooper. Autrefois il était le bouffon de la classe. À le voir aujourd'hui, on avait du mal à y croire.

Vince attendit que Steve réapparaisse et revienne sur la berge à la nage – il était bon nageur – mais ne vit que quelques bulles qui remontaient à la surface comme si c'était un poisson dans l'eau, pas une personne.

Vince sauta dans le canal et sortit son ami. Il l'allongea sur l'herbe et, quelques secondes plus tard, la moitié de l'eau du canal jaillit de sa bouche ; il s'assit et dit « Merde ». Il avait une bosse sur le front de la taille d'un œuf de canard après la chute qui lui avait fait perdre connaissance mais, en dehors de cela, il paraissait aller bien.

À l'époque, son action n'avait pas semblé particulièrement héroïque à Vince ; il avait suivi une formation de sauveteur à la piscine, alors il pouvait difficilement rester là et regarder son ami se noyer. Il en résulta un lien fort entre eux (c'était le genre de choses qui arrivait quand on sauvait la vie de quelqu'un, supposait-il) ; ils étaient restés en contact, quoique de manière irrégulière et sporadique – un contact qui s'était longtemps limité à des cartes de vœux. Tous deux, certes différemment, accordaient de la valeur à la loyauté – ce qui n'était pas toujours une bonne chose, d'après ce que Vince avait pu en voir. Il s'était montré loyal envers Wendy et envers Sparky. Lui avaient-ils témoigné de la loyauté, eux ? Non. Et malheureusement, il n'avait aucun doute sur le fait qu'Ashley prendrait parti pour sa mère dans le divorce. Elles étaient aussi proches que des sœurs jumelles.

Il avait revu Steve lors d'une réunion d'anciens élèves deux ou trois ans auparavant, un événement cauchemardesque qui avait confirmé les pensées de Wendy – les hommes grandissaient seulement en taille. En calvitie. Et en circonférence. Mais ce n'était pas le cas de Steve, qui ressemblait à un pur-sang qui se pansait tous les matins ; rien de bâclé chez Steve. « Alors Steve, tu caches un portrait de toi dans ton grenier ? » demanda quelqu'un lors de la soirée. Il botta en touche et rit (« Beaucoup de tennis et l'amour d'une femme remarquable ») mais Vince voyait bien qu'il se rengorgeait un peu devant le compliment. Les filles et l'argent – les deux cibles que Steve avait toujours eues en ligne de mire, supposait Vince, et apparemment, il avait mis dans le mille sur les deux tableaux.

Ces derniers temps, il s'était transformé en « Stephen », bien que Vince trouvât difficile de l'appeler comme ça. C'était Steve qui avait présenté Vince à ses « bons amis » Tommy et Andy. Ils formaient un étrange trio – le lion, l'ours et le renard, comme s'ils étaient tout droit sortis des *Fables* d'Ésope. Dans la classification de l'amitié de Vince, Tommy, Andy et Steve étaient probablement des amis d'amitié. Mais il y avait un ordre hiérarchique, constata Vince. Steve méprisait Tommy parce que Steve avait fait plus d'études. Tommy méprisait Andy parce que Tommy avait une femme magnifique, et Andy le regardait lui de haut parce que, eh bien, parce qu'il était Vince. Vince n'avait personne à mépriser. Sauf lui-même.

« Andy et Tommy vivent dans ton coin, l'informa Steve. Tu devrais apprendre à les connaître. Ils pourraient s'avérer utiles. » (Pour quoi ? s'était demandé Vince.) Et c'était Steve aussi qui l'avait parrainé au Belvedere Golf Club.

Dans la complexe hiérarchie de l'amitié selon Vince, Steve était un ami d'école, pas un ami d'amitié – trop de temps s'était écoulé, trop d'expériences qu'ils n'avaient pas partagées. « Un vieux pote d'école », avait dit Steve en lui mettant une bourrade (assez forte) dans le dos quand il l'avait présenté à Tommy et Andy. L'espace d'un instant, Vince se sentit jeune, puis il se sentit vieux. « Ce gars-là m'a sauvé la vie, expliqua Steve à Tommy et à Andy, au sens propre du terme. On peut dire que je lui dois tout.

— C'était il y a longtemps », dit Vince, qui regarda ses pieds avec embarras. Dans son souvenir, ils n'avaient jamais utilisé le mot « pote » quand ils étaient à Dewsbury. Il doutait que quiconque dans le West Yorkshire l'ait jamais employé. C'était un mot qu'on entendait plus souvent sur les terrains de sport d'Eton que dans la minable capitale du Nord.

Steve vivait aujourd'hui dans une vieille ferme à la sortie de Malton, avec une épouse charmante et sophistiquée appelée Sophie, un fils adolescent bien charpenté qui jouait au rugby, Jamie, et une fille assez boudeuse, obsédée par les chevaux, prénommée Ida. « La princesse Ida », disait Sophie en riant comme s'il s'agissait d'une plaisanterie récurrente dans leur famille. « C'est un opéra de Gilbert et Sullivan », précisa-t-elle quand elle vit le visage inexpressif de Wendy. (« Quelle crâneuse », persifla Wendy, plus tard, quand ils rentrèrent.)

Ils avaient été invités à dîner, Wendy et lui, mais la soirée avait été un peu poussive, tous les quatre autour de la table, et Wendy était rentrée d'humeur revêche parce que Vince n'avait pas aussi bien réussi que son vieux « pote ».

« Que de la frime, j'ai trouvé. Les couverts en argent, les verres en cristal, la nappe damassée, inventoria-t-elle. Je croyais que c'était censé être un simple dîner assiettes émaillées-verres à moutarde. » (D'où sortait cette expression ? se demanda Vince. Un truc qu'elle avait lu dans un magazine gratuit avec le journal du dimanche ?) Lui aussi avait été un peu surpris de voir le style de vie de Steve, mais on pouvait difficilement en vouloir à quelqu'un de réussir.

Ils avaient oublié de prévoir un cadeau et ils étaient arrivés avec une bouteille de vin attrapée en vitesse, un bouquet de fleurs acheté à la station-service sur la route et une boîte d'After Eight qui passait par là. (« Comme c'est gentil », murmura Sophie.)

Ils avaient eu une chatte tigrée appelée Sophie, qu'ils avaient accueillie toute petite avant la naissance d'Ashley. Elle était morte seulement deux ou trois ans auparavant, et Vince regrettait encore sa compagnie pleine de légèreté. Chaque fois que Steve mentionnait sa femme, Vince se rappelait son chat, bien que le nom fût la seule chose que l'animal eût en commun avec la svelte épouse de Steve, à part un faible pour la robe zébrée. Avant son mariage, Sophie était une comptable haut placée « chez Deloitte », mais elle avait arrêté de travailler pour s'occuper de sa famille. « C'est un travail à plein temps, après tout, n'est-ce pas ?

— Je ne vous le fais pas dire », répondit Wendy. Rétrospectivement, Vince voyait bien que sa femme avait hérité de sa mère sa propension au martyre.

Il s'en était voulu de ne pas avoir apporté un meilleur vin, mais finalement, il fut soulagé parce que Steve fit toute une histoire du « Pommard 2011 » qu'il était en train de décanter, bien que pour Vince, il eût le même goût que n'importe quel vieux rouge qu'on aurait pu trouver chez Tesco.

« Et elle, Sophie, fit Wendy avec dédain, elle portait du Dries Van Noten, alors que je ne peux pas m'offrir mieux que la ligne Autograph de chez Marks and Spencer. » Même si Vince ne comprenait pas les détails de cette phrase, il en saisissait l'implication. Ce n'était pas le mieux que Wendy puisse s'offrir, c'était le mieux que Vince ait fait pour elle.

Ils avaient rendu l'invitation, sans être très motivés. Wendy avait préparé un plat d'agneau assez sophistiqué et un dessert encore plus sophistiqué. La salle à manger de Sam'Sufy était exiguë et on ne l'utilisait que pour les grandes occasions, la table Ercol étant généralement couverte de papiers que Vince rapportait du boulot (enfin, ce n'était plus le cas !), et qu'il fallait ranger. Curieusement, Wendy s'était tracassée à n'en plus finir à propos de fleurs, de « bougies effilées » et de serviettes en tissu, que Vince se trouva obligé d'aller acheter lorsqu'il fut envoyé chez un « vrai » marchand de vins.

Au final, le verdict de Vince fut que la soirée avait été assez agréable. Sophie était arrivée avec des roses « du jardin » et Steve serrait contre lui une bouteille de « Dom » déjà fraîche ; ils réussirent à éviter la politique et les questions religieuses (en même temps, qui parlait de religion, aujourd'hui ?) et lorsque le Brexit avait montré son hideuse tête, Vince avait coupé court rapidement.

Vince essaya de se concentrer. Visualise la trajectoire. Il prépara son coup et envoya une escalope.

« Vas-y, Vince ! lui cria Andy Bragg tandis qu'ils tiraient leurs chariots sur le green. Le dix-huitième est en vue, le dernier paye le pot. »

C'était une après-midi radieuse. Vince s'efforçait de l'apprécier en dépit des nuages de découragement qui planaient au-dessus de sa tête. De l'endroit où il se trouvait, en haut de la falaise, on voyait toute la ville, le château sur la hauteur, l'étendue de North Bay. Un grand ciel bleu, aussi loin que portait le regard.

« Devant un paysage pareil, on se sent privilégié », déclara Tommy Holroyd en se mettant en position. C'était un bon joueur de golf, il était à trois sous le par. Tchac !

« Joli coup », lança Vince avec générosité.

And all things nice[1]

Crystal fumait une cigarette en douce dans le jardin d'hiver. Il y avait eu une vente de gâteaux à la garderie de Candy, ils en organisaient une tous les mois, pour aider à financer les sorties et la location de la salle de l'église. Tout le monde faisait quelque chose, sauf Crystal, qui craignait que les autres mères n'apprécient pas son « gâteau super chocolat vegan à la courgette » ou ses « cupcakes au panais sans gluten » – elle était une fervente convertie à la « nourriture saine ». Pour compenser ses faiblesses face à ces dames, elle achetait des tonnes de choses lors des ventes, des contributions écœurantes qu'elle s'empressait de jeter à la poubelle en arrivant à la maison, ou de donner à Candy pour nourrir les canards. Crystal se sentait mal pour les volatiles, ils devraient manger des herbes de la mare, ou ce que cette espèce mange normalement.

---

1. Emprunté à une comptine : *What are little girls made of ? / Sugar and spice / And all things nice* (« En quoi sont les petites filles ? / Sucre et épices / Et tout ce qui est agréable »). *(Toutes les notes sont de la traductrice.)*

Aujourd'hui, elle avait rapporté des galettes à l'avoine, une génoise au beurre, et des choses qui apparemment s'appelaient des « carrés fondoyeux ». Crystal n'avait pas la moindre idée de ce que ça pouvait être. Est-ce que « fondoyeux » était un vrai mot, déjà ? Il faudrait qu'elle demande à son beau-fils, Harry. En tout cas, ça avait l'air *lâchement* dégoûtant. Crystal avait fait un effort extraordinaire pour ne pas jurer depuis la naissance de Candy. Grâce à internet, elle s'était constitué toute une liste de mots de remplacement complètement idiots. *Mercredi*, *lâchement*, *canard*. Et pour putain de… – *putois*. Oui, elle était allée voir sur le site de merde, Mumsnet. Pardon, le site de *mercredi*. Vous voyez, c'était difficile, de se corriger. Apparemment, on pouvait sortir la fille de Hull, mais on ne pouvait pas chasser complètement Hull de la femme.

Tommy trouvait que jurer et fumer n'est pas « convenable pour une dame », même si ce que Tommy savait sur les dames tenait sur un timbre-poste. S'il avait voulu une dame, peut-être qu'il aurait dû aller en chercher une dans un thé dansant ou une réunion du Women's Institute ou dans les endroits où on en trouvait, des dames, et pas dans un bar à ongles au fond d'une rue décatie dans une petite ville en bord de mer.

Avant de devenir Mrs Thomas Holroyd, Crystal s'était hissée à la force du poignet, un mètre après l'autre, pour atteindre les sommets étourdissants de « styliste ongulaire ». Elle avait été la gérante de *Passi'Ongles* pour un propriétaire qu'elle ne voyait jamais.

Un grand type bourru appelé Jason venait chaque semaine et, contrairement à ce qui se passait dans une entreprise normale, il déposait de l'argent liquide au lieu d'en récupérer. Il n'était pas exactement porté sur la conversation. Crystal n'était pas idiote, elle savait que c'était une couverture. Y avait-il un bar à ongles ou un salon de bronzage au monde qui n'en soit pas une ? Mais elle ne disait pas un mot et elle gérait ce joli endroit, bien qu'on pût se demander pourquoi les services fiscaux ne s'interrogeaient pas sur le fait qu'autant d'argent transitait par cet établissement. Et il n'y avait que Crystal, pas de gamines vietnamiennes asservies à la lime et au vernis, comme on en voyait ailleurs. « Plus de tracas que d'avantages », lâchait Jason, comme s'il était au courant de ces choses-là.

Pour travailler, Crystal portait un uniforme blanc immaculé – tunique et pantalon, pas le genre de costume d'infirmière sexy qu'on pouvait se procurer pour les enterrements de vie de jeune fille – et maintenait partout un niveau de propreté digne d'un bloc opératoire. Elle était compétente dans sa profession – résine, gels, vernis, nail art – et elle était fière de l'attention qu'elle accordait à son travail, quoique la clientèle fût rare. C'était la première fois de sa vie qu'elle avait une activité qui n'impliquait pas de vendre son corps d'une manière ou d'une autre. Le mariage avec Tommy était une transaction financière aussi, bien entendu, mais dans l'esprit de Crystal on pouvait soit danser lascivement pour le client gras et couvert de sueur d'un prétendu « club pour gentlemen », soit accueillir chaque soir Tommy Holroyd avec un petit bisou sur la joue avant de suspendre sa veste et de lui servir son dîner. Pour Crystal, les deux rôles figuraient sur le même spectre, mais elle savait quelle extrémité elle préférait. Et, pour citer Tina Turner, *what's love got to do with it* ? Que dalle. Pardon, que couic.

Il n'y avait pas de honte à se marier pour l'argent – l'argent signifiait la sécurité. Les femmes le faisaient depuis la nuit des temps. On le voyait dans les documentaires sur la nature à la télévision – bâtis le meilleur nid pour moi, fais la danse la plus impressionnante pour moi, rapporte-moi des coquillages et de jolis trucs qui brillent. Et Tommy était tout à fait heureux de cet arrangement – elle cuisinait pour lui, elle couchait avec lui, elle tenait sa maison. Et en retour, chaque matin elle se réveillait en se sentant un peu plus loin de l'ancienne version d'elle-même. De l'avis de Crystal, l'histoire était quelque chose qu'il valait mieux laisser là où elle se trouvait, c'est-à-dire derrière soi.

Et elle avait plein de coquillages et de jolis trucs qui brillent – une garde-robe immense, un bracelet en diamants et le pendentif assorti, une montre Cartier en or (que Tommy lui avait offerte pour leur premier anniversaire de mariage, avec l'inscription *Avec tout mon amour, Tommy* gravée au dos), un Range Rover Evoque blanc high-tech, une carte American Express Platinum, un enfant, Candace, ou Candy, qu'elle adorait. Ce n'était pas dans cet ordre que Crystal comptait ses avantages. L'enfant venait en premier. Pour toujours. Elle aurait tué toute personne qui toucherait à un cheveu de Candy.

Elle avait rencontré Tommy un jour où il était entré dans le bar à ongles, une après-midi tourmentée et humide ; ses cheveux ébouriffés par le vent de force huit ajoutaient encore à son charme. « Vous pourriez me faire rapidement une manucure, mademoiselle ? » Il se rendait à un rendez-vous, mais il n'était pas question qu'il arrive les mains « couvertes d'huile et de bouillasse ». Il avait dû changer un « fichu pneu » sur une petite aire de repos, apparemment, en rentrant de Castleford.

Tommy était étonnamment bavard, et Crystal l'était aussi, d'une manière seulement professionnelle (« Alors, vous prenez des vacances cet été ? »), et de fil en aiguille, tout ça. Et maintenant, elle était là, en train d'écraser un mégot révélateur dans un faux philodendron – un truc affreux qui refusait de cesser de pousser – et de se demander si la machine à laver contenant les chemises de son mari avait fini son cycle d'essorage.

La première femme de Tommy – Louise – était fumeuse et il prétendait que l'odeur des cigarettes lui rappelait Louise. Il ne disait pas si c'était une mauvaise ou une bonne chose, mais que ce soit l'une ou l'autre, il valait probablement mieux ne pas convoquer le fantôme de la première Mrs Tommy Holroyd en sa présence avec un paquet de Marlboro Light. « Elle était un peu déséquilibrée, Lou », disait Tommy, une phrase qui aurait pu être drôle si les circonstances de la mort de Louise n'avaient pas été aussi horribles.

C'était un accident (Crystal l'espérait), mais on ne savait jamais dans cette vie quand on risquait de glisser, de perdre l'équilibre et de passer par-dessus bord. Ces derniers temps, elle faisait très attention où elle mettait les pieds.

Crystal se maintenait aux alentours de trente-neuf ans et il fallait beaucoup d'efforts pour rester dans cette suspension du temps. Elle était faite de matériaux artificiels – ongles en acrylique, seins en silicone, extensions de cils en polymère. Un faux bronzage parfaitement entretenu et un postiche fixé à ses cheveux blonds décolorés complétaient la créature synthétique. Un postiche était moins compliqué à gérer que des extensions capillaires et ce n'était pas comme si Tommy avait une préférence. Les cheveux étaient des vrais, mais Crystal n'avait aucune idée de la personne à qui ils appartenaient avant. Elle s'était inquiétée qu'ils aient pu provenir d'un cadavre mais la coiffeuse l'avait rassurée : « Nan, ça vient d'un temple en Inde. Les femmes se rasent la tête pour une raison religieuse quelconque et ensuite, les moines les vendent. » Crystal se demanda si les cheveux avaient été bénis avant d'être empaquetés et expédiés. Des cheveux saints ; elle aimait bien cette idée. Ce serait chouette si un peu de sainteté pouvait déteindre sur elle.

Crystal ne sut jamais d'où était venu le truc de « mannequin de charme », elle avait dû lâcher quelque chose à l'époque où il lui faisait la cour. « Seins nus seulement », précisait Tommy quand il en parlait à des gens – il aimait bien en parler, elle aurait préféré qu'il s'abstienne. Elle avait effectivement fait quelques photos, quelques films aussi, au début, mais qui n'avaient pas grand-chose à voir avec le charme, au contraire. Et il n'y avait pas que ses seins qui étaient nus.

« La bimbo » avait-elle entendu lors de son mariage. Crystal s'en fichait pas mal, c'était ainsi que l'aimait Tommy et on l'avait traitée de noms bien pires dans sa vie. Et voyons les choses en face, « bimbo » était un cran plus haut que la plupart des rôles qu'elle avait eus auparavant. Néanmoins, on était bien obligé de se demander quand les fissures commenceraient à se voir.

Autre côté positif, Tommy aimait Candy et, bonus supplémentaire, il était d'une nature gaie, sans parler du fait qu'il était agréable à regarder. Les femmes le trouvaient séduisant ; Crystal quant à elle était assez imperméable aux charmes des hommes étant donné son histoire personnelle, mais elle était experte en simulation, du coup, cela n'avait guère d'importance. Et ils vivaient dans une maison fantastique – High Haven. Tommy l'avait achetée après leur mariage et l'avait refaite, du sol au plafond, payant tous ses ouvriers au noir, et confiant à Crystal la décoration intérieure ; elle eut l'impression de jouer avec la maison de poupées qu'elle n'avait jamais eue enfant. La demeure comprenait une gigantesque cuisine, une piscine intérieure, et toutes les chambres avaient une salle de bains attenante. La piscine n'était que pour les enfants et elle, car Tommy ne savait pas nager. Même Crystal trouvait qu'elle était un peu trop tape-à-l'œil – dans une sorte de style romain, elle était ornée d'une mosaïque dorée représentant un dauphin au milieu et flanquée de deux fausses statues classiques que Tommy avait achetées dans la jardinerie locale.

Crystal adorait nager, elle aimait cette impression de se laver de tout quand elle faisait des mouvements dans l'eau. Elle avait été baptisée – par immersion totale – sur l'insistance d'un pasteur baptiste qu'elle avait rencontré. « Lave-toi de tes péchés », avait-il insisté ; elle s'était dit : « Et qu'est-ce que tu fais des tiens ? » Non ! Elle n'avait aucun besoin de repenser à ce souvenir, merci beaucoup.

La piscine avait été creusée au sous-sol, alors la lumière était artificielle mais, dans toutes les autres parties de High Haven, il y avait de grandes fenêtres et tout était peint en blanc ; on avait l'impression de vivre dans une grande boîte de lumière. Blanche et propre. Crystal croyait en la propreté – sa religion était la propreté, pas une espèce de charabia avec Dieu partout. Et merci bien, elle n'avait pas besoin d'un psychiatre pour lui expliquer qu'avec chaque goutte de Domestos et chaque passage de lingette imbibée de Dettol, elle désinfectait le passé.

La maison se trouvait au bout d'une longue allée, perchée au sommet d'une falaise, d'où son nom, High Haven. Elle était battue par les éléments en hiver mais elle offrait une vue magnifique sur la mer. Pas question de faire quoi que ce soit qui mette en péril la vie dans une telle maison.

Elle avait séché la séance de jeux au café Costa ce matin-là. Parfois, l'épreuve était au-dessus de ses forces. Elle savait que les mères du groupe la considéraient comme une curiosité (une épouse-trophée, un mannequin de charme, etc.), comme un flamant rose au milieu des poules. Elles étaient toutes sur le réseau Mumsnet. Rien à ajouter. Elle supportait ce groupe seulement pour Candy, sans parler des cours de baby ballerine, de mini gym, les bébés nageurs et l'éveil musical – soit un emploi du temps complet qui lui laissait à peine le loisir d'assister à ses cours d'arts martiaux. La seule raison pour laquelle elle avait choisi le wing chun quelques années auparavant, c'était que les cours se passaient au centre de loisirs local où il y avait une crèche. Le nom faisait penser à un plat qu'on pourrait commander dans un restaurant chinois. Rien à voir. Tout était question d'équilibre, de force et du fait de trouver son pouvoir, à la fois intérieur et extérieur. Crystal aimait cette idée. Elle était étonnamment douée pour trouver son pouvoir.

Il était important pour Crystal que Candy ait des amis, qu'elle s'intègre et ne devienne pas l'intruse en grandissant. Le flamant rose au milieu des poules. Elle essayait de donner à sa fille l'enfance dont elle-même avait été privée. Quelques semaines auparavant, Harry lui avait demandé comment était sa vie quand elle était jeune et elle avait dit : « Oh, tu sais, Harry, des tours de manège et des glaces, tout le temps. » Ce qui n'était pas totalement un mensonge, bien entendu. Harry était le fils que Tommy avait eu de ce premier mariage qui s'était fini en tragédie. Il avait seize ans. C'était un drôle de garçon, jeune pour son âge, mais aussi vieux pour son âge. Il était un peu curieux, mais

Crystal l'aimait bien. Il ne ressemblait pas du tout à son père, ce qui était probablement une bonne chose.

Au lieu du café Costa, elles étaient allées aux balançoires. Candy pouvait y passer des heures. Crystal comprenait, elle était pareille quand elle faisait des longueurs dans sa piscine. Aller, retour, aller, retour, rien d'autre que le mouvement, c'était apaisant. Et quand elle conduisait. Elle aurait volontiers passé ses journées au volant, si elle avait pu, les embouteillages et les travaux sur la route ne la dérangeaient pas. Tommy – faisant preuve d'une patience étonnante – lui avait appris à conduire avant qu'ils se marient. Elle s'était littéralement prise de passion pour ce projet. Qu'est-ce que ça devait être, se demandait-elle, de vivre dans un endroit comme le Texas ou l'Arizona, où tout ce qu'on avait devant soi, c'était l'horizon, où on avalait un kilomètre après l'autre sans réfléchir, effaçant lentement ses traces derrière soi ?

Lorsqu'elles montèrent dans l'Evoque, elle dit à Candy : « Ne t'endors pas, ma chérie, sinon tu ne pourras plus faire la sieste », bien qu'empêcher un petit enfant de somnoler dans une voiture confortable soit pratiquement impossible. Elle tendit le bras et donna à Candy son lecteur de DVD portable rose, le casque assorti et son DVD de *La Reine des neiges*. Ça tombait bien, elle était costumée en Elsa aujourd'hui. Dans le rétroviseur, Crystal aperçut une BMW série 3 gris métallisé. Crystal s'y connaissait en voitures.

Elle était pratiquement sûre que c'était la même que celle qu'elle avait remarquée la veille quand elle avait emmené Harry à Transylvania World. Et qui l'avait suivie lorsqu'elle était sortie du parking de Sainsbury. Et plus tard dans l'après-midi, quand elle était allée en vitesse chercher ses vêtements à la teinturerie. Trop de fois pour que ce soit une coïncidence, assurément. Est-ce que quelqu'un la filait ? La surveillait ? Ou était-elle paranoïaque ? Peut-être qu'elle devenait dingue. Sa mère avait tellement bu qu'elle avait fini par devenir folle et laisser Crystal aux bons soins d'un prétendu « foyer d'accueil ». Après avoir vécu ça à l'âge de dix ans, on ne s'étonnait plus de rien.

À l'arrière de l'Evoque, Candy était dans son monde, hochant la tête au son de la musique et poussant des braillements discordants sur ce qui était peut-être « Je voudrais un bonhomme de neige » mais, sans entendre la bande-son, il était presque impossible à Crystal d'en être certaine.

Crystal essaya de lire le numéro de la plaque de la BMW dans le rétroviseur, en plissant les yeux car elle ne parvenait pas à retrouver ses lunettes de soleil dans la boîte à gants. C'était des Chanel, avec des verres correcteurs. Elle avait une très mauvaise vue, bien qu'elle ne portât presque jamais ses lunettes (elles lui donnaient un air de salope de bibliothécaire), et son ophtalmo lui avait dit qu'elle ne pouvait pas porter des lentilles car elle avait les « yeux secs ». Ça devait être à cause de tout ce qu'elle avait pleuré quand elle était petite. Ses réserves de larmes étaient vides.

Elle parvint à distinguer un T, un X et un 6, on aurait dit qu'elle passait un test de vision chez l'opticien, sauf que c'était à l'envers et en mouvement. La berline aux vitres fumées était sinistre. La suivait-elle ?

Pourquoi ? Tommy avait-il embauché quelqu'un pour l'espionner ? Un détective privé ? Mais pourquoi ferait-il ça ? Elle n'avait pas donné à Tommy la moindre raison d'avoir des doutes, jamais elle ne le ferait. Il ne lui demandait pas où elle allait ou ce qu'elle faisait, mais cela ne signifiait pas qu'il ne voulait pas le savoir, supposait-elle. Tout à coup, elle se mit à penser à Henri VIII et Anne Boleyn. Les seules connaissances historiques qu'avait Crystal semblaient concerner des femmes qui s'étaient fait couper la tête – Marie reine d'Écosse, Marie-Antoinette.

« N'oublie pas lady Jane Grey, indiqua Harry. La Reine de neuf jours, comme on l'a appelée. » Ils avaient étudié les Tudors à l'école, précisa-t-il comme pour s'excuser. Il essayait de ne pas étaler sa culture générale face à l'ignorance totale de sa belle-mère. Ça n'ennuyait pas Crystal, elle avait beaucoup appris grâce à Harry. Sa mère, Louise, avait aussi « perdu la tête », d'après Tommy. « Après le bébé. » Un enfant mort-né, une petite sœur pour Harry. Harry ne s'en souvenait pas. Tommy adorait Candace – sa « princesse ». Avec sa naissance, Crystal était devenue la reine de High Haven, affirmait Harry. « On dirait un personnage de *Game of Thrones* », ajouta-t-il. Cette série ne faisait pas partie de ce qu'ils regardaient à la télévision ensemble. Pour Crystal, ça ressemblait trop à la vraie vie.

Avant qu'elle ait eu le temps de déchiffrer autre chose, la BMW tourna soudain à gauche et disparut.

Ce n'était pas Tommy, décida-t-elle. Il n'embaucherait pas un détective privé, il lui parlerait en face.

(*Qu'est-ce que tu fous, Crystal ?*) Y avait-il quelque chose de plus menaçant qu'un Tommy soupçonneux ? Quelqu'un de plus menaçant que Tommy ? Il y en avait plein, de ceux-là, mais ils appartenaient tous au passé. Était-ce certain ? Elle freina brusquement pour éviter un chat qui s'était avancé d'un pas nonchalant sur la route. Candy laissa échapper un petit cri, entre plaisir et peur. Elle enleva son casque et Crystal entendit les accents métalliques de la musique continuant à résonner dans les écouteurs. « Maman ? fit-elle, son petit visage plein d'inquiétude.

— Pardon, dit Crystal, le cœur battant. Pardon, ma chérie. »

En arrivant à la maison, Crystal donna à manger à Candy – une tranche de pain complet tartinée de purée d'amandes et une banane – puis elle la mit au lit pour la sieste.

Elle frappa à la porte de la chambre de Harry pour voir s'il voulait quelque chose. Il avait toujours le nez plongé dans un bouquin ou alors il faisait de petits dessins. « Il a un côté artiste », confia-t-elle à Tommy, et il rétorqua : « On dit encore ça comme ça ? » « On ne choisit pas ses enfants, on prend ce qu'on a », répliqua-t-elle. Tommy n'avait aucun sens de l'humour, mais Harry, si, il avait toujours une blague idiote à raconter. (« Pourquoi dit-on que le fromage est bon pour la vue ? » « Je ne sais pas, avouait gentiment Crystal. Pourquoi le fromage est bon pour la vue ? » « T'as déjà croisé une souris avec des lunettes ? ») Pour une raison mystérieuse, dans presque toutes ses blagues il était question de fromage.

Personne ne répondit quand elle frappa à la porte. Il devait être sorti. Harry avait toujours quelque chose à faire – quand il ne lisait pas ou ne dessinait pas, il travaillait au truc du vampire. Et au théâtre aussi, cette année. Tommy ne lui donnait pas beaucoup d'argent de poche parce que selon lui, il devait apprendre à « voler de ses propres ailes » mais Crystal lui glissait de temps en temps un billet de vingt. Pourquoi pas ? C'était un bon gamin, et le pauvre avait perdu sa maman, on avait forcément mal au cœur pour lui.

« Moi aussi, j'ai perdu ma maman », dit-elle à Harry, sans ajouter que, pour ce qu'elle en savait, sa mère était toujours en vie. Elle ne l'imaginait pas comme une personne, plutôt comme un tas de chiffons imbibés de gin et tachés d'urine dans un trou perdu, quelque part. Et en ce qui concernait son père, eh bien, il valait mieux ne pas aller de ce côté-là. Il n'y avait, en fait, nulle part où aller.

« Est-ce que tu t'entendais bien avec ta maman ? » lui avait demandé Harry l'autre jour. Il posait tout le temps plein de questions. Elle était constamment obligée d'inventer des réponses. « Bien sûr, dit-elle. Comme tout le monde. »

Elle n'aimait pas l'idée que Harry travaille pour ce vieux vicelard de Barclay Jack au Palace Theatre. Toutefois elle pouvait difficilement expliquer ses objections à Harry sans révéler des choses qu'il valait mieux laisser pourrir dans les ténèbres du passé. Barclay était un vieux salopard lubrique, mais au moins il n'était pas branché par les garçons. Elle n'aurait pas permis que Harry s'approche de lui, si ça avait été le cas. Malgré tout, il ne devrait pas être autorisé à se balader en liberté. Crystal avait rencontré Barclay deux ou trois fois – elle lui avait été « présentée ». Il ne s'était rien passé, il n'avait pas été intéressé parce qu'elle était « trop vieille » pour lui, apparemment. Elle devait avoir quatorze ans, à ce moment-là. Elle frissonna en y repensant. Bridlington, bien sûr. Peu importe la distance qu'on parcourait, la route revenait toujours à Bridlington.

Une fois que Candy fut endormie, Crystal se prépara une tasse de thé à la menthe et passa en revue son butin. Après réflexion, elle libéra la génoise au beurre de son film plastique et la posa sur le comptoir. Puis elle la regarda longuement, tapotant ses faux ongles sur le granit poli comme si elle attendait impatiemment que le gâteau s'agite. Son cœur se mit à cogner dans sa poitrine et ses côtes lui donnaient l'impression d'être un corset qui se serrait seconde après seconde. C'était comme si elle était sur le point de commettre un meurtre. Le gâteau ne réagit pas et, après un long moment de débat silencieux avec elle-même, Crystal se coupa une petite tranche. Elle la mangea sans s'asseoir pour limiter son engagement dans l'action. Il était dégoûtant. Elle le rangea dans le placard.

« On dirait que tu profites, ma chérie », avait lancé Tommy en riant l'autre soir. Elle se brossait les dents dans la salle de bains voisine de leur chambre lorsqu'il était arrivé dans son dos ; il avait passé ses bras autour de sa taille, et attrapé une poignée de son ventre sous sa jolie nuisette La Perla. Quand elle était petite, elle n'avait jamais eu de chemise de nuit, elle était obligée de dormir en maillot de corps et culotte sur sa petite couchette dans la caravane.

Profites ? C'était quoi, ce délire ? (Deux ou trois kilos peut-être, mais c'était du muscle, à cause du wing chun.) Vachement culotté. *Lâchement. Lâchement calotté*, se corrigea-t-elle. (Mais d'une certaine façon, c'était pire.) « Ça ne me dérange pas, continua Tommy en posant ses mains sur ses hanches. J'aime bien un peu de chair sur les femmes. Ça donne quelque chose auquel se cramponner pour ne pas tomber. C'est bien pour ça qu'on les appelle les poignées d'amour. »

Crystal ressortit le gâteau du placard et le posa sur le comptoir. Elle le déballa à nouveau, coupa une nouvelle petite tranche. Elle s'assit pour la manger, cette fois. Coupa une autre tranche, toujours petite. La mangea. Puis une autre, et une autre, les bourra dans sa bouche. C'était étonnant, la vitesse à laquelle on pouvait manger un gâteau entier, quand on s'y mettait sérieusement.

Une fois le gâteau terminé, Crystal contempla l'assiette vide, puis descendit aux toilettes du bas et vomit tout le contenu de son estomac. Elle dut tirer la chasse deux fois pour tout faire partir. Elle frotta la cuvette avec de l'eau de javel. On aurait pu manger dans ses toilettes, tellement elles étaient propres. Elle plia à nouveau les serviettes et les lissa sur le porte-serviettes, aligna les rouleaux de papier toilette dans le placard sous le lavabo et pulvérisa du J'Adore dans la petite pièce. Elle se sentit plus légère, purifiée. Elle retourna à la cuisine et mit l'assiette dans le lave-vaisselle. Puis, dans le jardin d'hiver, elle alluma une autre cigarette. On dirait que tu retrouves tes anciennes habitudes, Christina, pensa-t-elle. Que se passait-il donc ?

Sauver des vies en mer

Le camp de base de *Collier* se trouvait à deux rues de là. Ils avaient réquisitionné la moitié d'un parking municipal – à grands frais, imaginait Jackson. Ils filmaient ici toute la semaine – d'après son « arche », Julia se faisait kidnapper par un psychopathe déchaîné qui s'était échappé de prison. Jackson ne parvenait pas à se rappeler pourquoi le psychopathe en cavale avait choisi d'amener son otage au bord de la mer. Il avait cessé de prêter attention à l'arche, au bout d'un moment.

Il était 17 heures et Julia pensait finir dans ces eaux-là. Elle était libre le lendemain et Nathan passerait la nuit avec elle au Crown Spa. Jackson se réjouissait d'une soirée paisible – vivre avec Nathan, c'était comme vivre au cœur d'une dispute permanente. Jackson n'avait réalisé que récemment à quel point il appréciait la solitude, désormais. (« Certains appelleraient ça une vie de reclus », ironisa Julia. « Tout de suite les grands mots », rétorqua Jackson.) Et il restait encore plusieurs semaines de vacances. Son fils s'ennuyait, ses amis lui manquaient. Plus exactement, il mourait d'ennui, précisa-t-il. Aucune autopsie n'avait conclu à « ennui » comme cause de la mort, indiqua Jackson.

« T'as déjà assisté à une autopsie ? demanda Nathan en s'animant à cette idée.

— Plein », fit Jackson.

Combien de cadavres avait-il vus ? « Genre, dans toute ta vie ?

— Trop », répondit Jackson. Et ils donnaient tous l'impression qu'ils auraient volontiers choisi l'ennui plutôt que la table d'autopsie.

Tandis qu'il longeait l'Esplanade, cherchant une place pour se garer, Jackson examina les maisons le long de la rue. C'était le territoire de Savile – sir Jimmy possédait un appartement quelque part par ici. À une époque, il existait même une plaque sur les grilles de l'Esplanade, surplombant la plage, sur laquelle on pouvait lire *Savile's View*. Elle avait été enlevée longtemps auparavant, bien sûr. Savile avait été enterré avec les honneurs dus à un saint catholique et pourrissait maintenant dans une tombe anonyme pour éviter qu'elle soit profanée. Ainsi vont les choses, songea Jackson, c'est juste dommage qu'il ait fallu si longtemps. Juste dommage qu'il y ait encore tant de prédateurs en liberté. On pouvait en attraper un, mais ensuite on avait l'impression qu'une dizaine d'autres s'empressaient de remplir le vide et personne ne paraissait capable d'endiguer cette prolifération.

Le nombre de pervers par zone géographique était ahurissant. Jackson n'avait jamais oublié la communication à laquelle il avait assisté, il y avait un siècle, faite

par une femme chargée de la protection de l'enfance.
« Regardez n'importe quelle plage en été, avait-elle
dit ; il y aura cent pédophiles en train de se faire plaisir
sur leur terrain de chasse de prédilection. »

Néanmoins, la vue était splendide, un panorama
impressionnant de South Bay se déployait sous leurs
yeux. « La vue est splendide », dit Jackson à Nathan,
bien qu'il sût qu'il fallait avoir au moins trente ans
pour apprécier un beau paysage. Et de toute façon,
Nathan était occupé à consulter l'oracle de son iPhone.

Jackson repéra une place de parking juste au
moment où une camionnette vendant des glaces Bassani se mettait à avancer avec une lenteur majestueuse
dans leur direction le long de l'Esplanade. Elle était
rose et diffusait « The Teddy Bears' Picnic ». Les
carillons donnaient l'impression d'être en mauvais
état, et rendaient la musique – si on pouvait l'appeler
ainsi – funèbre plutôt que joyeuse. Jackson avait un
vague souvenir de l'avoir chantée à sa fille quand elle
était petite. Il ne l'avait jamais trouvée triste, avant. *If
you go down to the woods today, you'd better go in disguise*. Ni menaçante. Et là, il la trouvait perturbante.

On avait dit quelque chose sur ces camionnettes
roses, non ? Elles étaient un des moyens d'attirer les
enfants. Est-ce qu'on pouvait envoûter les enfants
avec les carillons des camionnettes de marchands de
glaces ? Jackson se posait la question. Était-il possible de les ensorceler comme le Joueur de flûte et
de les attirer vers un destin horrible ? (Avait-il lu
ça dans un roman de Stephen King ?) Qui gérait
l'entreprise Bassani désormais ? se questionna-t-il.

Appartenait-elle toujours à la famille ou se réduisait-elle à un nom ?

Il se demanda comment Bassani et Carmody s'étaient rencontrés – lors d'un conseil municipal, lors d'une soirée caritative en smoking ? Ils avaient dû être ravis de découvrir qu'ils avaient le même appétit pour la même chair. L'histoire était tristement familière, une histoire de filles – et de garçons – incitées à quitter leurs foyers ou familles d'accueil, ou leurs propres foyers dysfonctionnels. En tant que notables et acteurs respectés du monde caritatif, Bassani et Carmody étaient dans la position idéale pour être les bienvenus dans ces endroits, on les y invitait, bon sang, comme des vampires. Ils venaient les bras chargés de cadeaux, offrant des fêtes de Noël, des sorties à la campagne et au bord de la mer, des vacances en camping et caravaning – Carmody possédait des terrains de caravaning tout le long de la côte est. On donnait aux gamins des entrées gratuites à des salles de jeux et des foires. Des glaces, des bonbons, des cigarettes. Des friandises. Les enfants défavorisés aimaient les friandises.

Des rumeurs couraient depuis toujours sur l'existence d'un troisième homme. Pas Savile, il avait son propre business, indépendant de Bassani et Carmody. Ces deux-là étaient en affaires depuis des décennies quand ils avaient été pris. Autrefois, il y avait une émission de télévision qui s'appelait *The Good Old Days*, un hommage au défunt music-hall. On la diffusait encore – Dieu seul savait pourquoi – sur BBC4. (« Post-ironique », dit Julia, un terme qui demeurait mystérieux pour Jackson.) Bassani et Carmody avaient leur propre émission. *The Bad Old Days.*

Bassani et Carmody régnaient sur cette côte, autrefois. C'était drôle de voir combien d'hommes étaient définis par leur chute. César, Fred Goodwin, Trotski, Harvey Weinstein, Hitler, Jimmy Savile. Les femmes, presque jamais. Elles ne tombaient pas. Elles restaient debout.

« Est-ce que je peux avoir une glace ? demanda Nathan, en réaction immédiate et pavlovienne aux carillons.

— Une deuxième glace ? À ton avis ?

— Pourquoi pas ?

— Parce que tu viens d'en manger une, tiens.

— Et alors ?

— Et alors, dit Jackson, tu n'en auras pas d'autre. » Toujours plus. C'était le trait dominant chez les amis de Nathan aussi. Peu importe la quantité qu'on leur donnait, la quantité de choses qu'ils achetaient, ils n'étaient jamais satisfaits. Ils avaient été élevés pour consommer et un jour, il ne resterait plus rien. Le capitalisme finirait par se dévorer lui-même, concrétisant ainsi sa raison d'être dans un acte d'autodestruction, soutenu par la boucle de rétroaction de la dopamine – le serpent qui se mord la queue.

Malgré tout, son fils n'était pas dépourvu de qualités, se rappela Jackson. Il était gentil avec Dido, par exemple. Il était sensible à toutes ses indispositions, toujours prêt à la brosser, à la nourrir. Il la connaissait depuis qu'elle était petite. Nathan aussi était un petit chien, adorable, joueur, mais maintenant, Dido l'avait laissé loin derrière elle. D'ici peu, elle arriverait au bout de son chemin et Jackson redoutait la manière dont Nathan allait réagir. La réaction de Julia serait pire, bien entendu.

Jackson fut distrait par une fille qui marchait de l'autre côté de la route. Elle portait des baskets, un jean et un T-shirt avec un motif à paillettes, une tête de chaton. Un sac à dos aux couleurs vives. Elle avait peut-être douze ans. Jackson n'aimait pas voir les filles toutes seules. Le camion de glaces ralentit avant de s'arrêter et la fille regarda des deux côtés (bien) avant de traverser ; Jackson se dit qu'elle allait acheter une glace mais il la vit tendre le pouce (pas bien) aux voitures qui arrivaient en face.

Bon sang, elle faisait du stop ! Mais qu'est-ce qui lui prenait, à cette gamine ? Elle courut vers le camion de glaces, son sac à dos tressautant sur ses frêles épaules. Le sac était bleu et on y voyait le dessin d'une licorne, entourée de plein de petits arcs-en-ciel. Des chatons, des licornes, des arcs-en-ciel – les filles étaient de drôles de créatures. Il ne pouvait imaginer Nathan affublé d'un sac avec une licorne ou portant un T-shirt avec une tête de chaton. À moins que ce soit le logo d'une marque mondialement connue, auquel cas les paillettes avaient probablement été cousues à la main par un enfant dans un atelier clandestin du tiers-monde. (« Tu es vraiment obligé de voir toujours le côté sombre de tout ? » dit Julia. « Il faut bien que quelqu'un le fasse », répondit Jackson. « Oui, mais faut-il que ce soit toi ? » Apparemment, oui. Il le fallait.)

La fille ne s'arrêta pas au camion de glaces mais elle le dépassa en courant, et c'est là que Jackson vit le break gris terriblement banal qui s'était arrêté devant la camionnette Bassani, et avant qu'il ait eu le temps d'énoncer dans sa tête *Ne fais pas ça !* elle montait à la place passager et la voiture s'éloignait.

« Vite ! fit Jackson à Nathan. Prends cette voiture en photo.

— Quoi ?

— Cette voiture, là, chope la plaque d'immatriculation. »

Trop tard. Jackson démarra la Toyota et opéra un demi-tour au moment où le marchand de glaces se remettait lentement en marche et – surprise ! – un camion poubelles apparut et se mit en travers de la route sans la moindre intention de laisser passer qui que ce soit ; Jackson se trouva bloqué. Entre la fourgonnette rose et le camion poubelles, Jackson avait perdu toute chance de suivre la voiture.

« Merde, je n'ai même pas noté la marque et le modèle. » Il perdait la main.

« Peugeot 308 », lâcha Nathan, le regard déjà sur son téléphone.

Malgré sa frustration, Jackson ressentit une pointe de fierté. C'est mon fils, pensa-t-il.

« Je ne sais pas pourquoi tu es tellement à cran. C'était probablement son père ou sa mère qui était venu la chercher.

— Elle faisait du stop !

— Peut-être que c'est une blague entre eux.

— Une blague ? »

Nathan passa son portable à Jackson. Il y avait une photo, finalement, mais trop floue pour qu'on puisse lire la plaque.

« On peut y aller, maintenant ? »

Pas le moindre signe de Julia au camp de base. « Toujours sur le plateau », l'informa quelqu'un. Les acteurs et l'équipe avaient l'habitude de voir Jackson. Le gars qui jouait Collier cherchait toujours à lui soutirer des informations sur la manière dont un « vrai » policier se comporterait, tout ça pour ne pas suivre ses conseils ensuite. « En même temps, pourquoi devrait-il les suivre ? demanda Julia. Ça fait des années que tu as quitté la police. » Oui, mais je serai toujours un flic, se dit Jackson. C'était son câblage par défaut. C'était inscrit dans son âme, pour l'amour du ciel.

Il était le deuxième acteur à assurer le rôle de Collier, celui qui avait commencé avait fait une dépression, et il n'était jamais revenu. Même si le changement datait de cinq ans, Jackson voyait toujours le nouveau comme le nouveau, et il avait un de ces noms – Sam, Max, Matt ? – que Jackson n'avait toujours pas gravés dans sa mémoire.

À la régie, on avait sorti des sandwichs et Nathan en engloutit plusieurs sans esquisser le moindre s'il vous plaît ni merci. Il était aussi efficace que Dido. « On est bien, là, dans la porcherie ? » demanda Jackson, et Nathan lui lança un regard noir. « Quoi ? » Comme si son père était un agent irritant. Il l'était, Jackson le savait. Irritant et gênant. (« Ça fait partie de tes caractéristiques de père, souligna Julia. Et de toute façon, t'es un vieux. » « Merci. » « À ses yeux, j'entends. »)

Jackson trouvait qu'il était plutôt pas mal pour son âge. Il avait encore ses cheveux, un trait – génétique – qu'il transmettrait à Nathan un jour, alors il devrait lui en être reconnaissant (tiens donc). Et avec sa veste Belstaff Roadmaster et ses Ray-Ban, Jackson estimait qu'il avait encore du charme, certains l'auraient même qualifié de cool. « Bien sûr que tu l'es », confirma Julia, comme si elle essayait d'apaiser un enfant grognon.

Julia finit par faire son apparition, donnant l'impression de revenir directement du champ de bataille. Elle était en blouse, ce qui lui allait bien, sauf qu'elle était couverte de taches de sang et avait une vilaine entaille sur le visage, aimablement fournie par le maquilleur. « Je me suis fait agresser par un tueur en série », lança-t-elle gaiement à Jackson. Nathan avait déjà commencé à reculer devant sa mère qui lui fonçait dessus, les bras grands ouverts, prête à l'enlacer. « Tu me le tiens, s'il te plaît ? » demanda-t-elle à Jackson. Il choisit son camp et refusa. Nathan esquiva, plongea, mais Julia réussit à l'attraper et à coller un baiser bruyant sur sa joue tandis qu'il se tortillait comme un poisson au bout d'une ligne pour essayer d'échapper à l'étreinte maternelle. « Maman… arrête. » Il se libéra.

« Il adore ça, vraiment, dit Julia à Jackson.

— Tu es dégoûtante, répliqua Nathan.

— Je sais. Super, non ? » Elle s'accroupit et câlina Dido avec presque autant d'effusion qu'elle avait témoignée à son fils. Le chien, contrairement à l'adolescent, lui rendit son affection.

Ils prenaient du retard, elle en avait encore pour un moment. « Tu devrais rentrer avec papa.

— Aucun problème », répondit « papa ».

Julia fit une grimace de clown excessivement triste et s'adressa à Nathan : « Et moi qui me réjouissais tant de passer du temps avec mon bébé. Reviens me voir demain, d'accord chéri ? » À Jackson, avec une expression moins boudeuse, privilégiant l'efficacité, elle lança : « J'ai une journée de congé demain. Est-ce que tu peux me l'amener à l'hôtel ?

— Aucun problème. Allez, viens Nathan. On va se faire un dîner de poisson. »

Ils mangèrent des fish-and-chips qu'on leur avait servis dans des boîtes en carton, tout en marchant le long de la plage. Jackson regrettait le papier journal graisseux, un peu vinaigré des fish-and-chips de son enfance. Il était en train de devenir un manuel d'histoire sur pattes, un musée de la culture populaire à lui tout seul, sauf que personne n'avait envie d'apprendre quoi que ce soit de lui. Jackson fourra leurs boîtes vides dans une poubelle qui débordait. Efficace, le camion poubelles qui les avait bloqués tout à l'heure.

Il y avait encore beaucoup de monde sur la plage, pour profiter de la douceur de la fin de l'après-midi. Dans le coin du Yorkshire où Jackson était né et avait grandi, il pleuvait tous les jours, toute la journée, depuis toujours, et il avait découvert avec plaisir la belle lumière et les vents de la côte. Et l'été était magnifique, le soleil faisant son apparition, parfois même alors qu'il portait son chapeau, pendant au moins quelques heures chaque jour.

La marée était à moitié descendue, ou à moitié montée, Jackson ne savait pas. (S'agissait-il d'un truc du verre à moitié plein / à moitié vide ?) Il en était encore à apprendre les subtilités de la vie sur la côte. S'il restait ici assez longtemps, peut-être sentirait-il le flux et reflux de la mer dans ses veines et il n'aurait plus besoin de consulter l'horaire des marées chaque fois qu'il allait courir sur la plage.

« Viens, fit Jackson. Allons marcher sur le sable.

— Marcher ?

— Ouais, marcher, c'est facile. Je vais te montrer, si tu veux. Regarde, ce pied d'abord, ensuite, tu avances l'autre.

— Ha ha.

— Allez. Ensuite on prendra le funiculaire pour retourner à la voiture. C'est fun, c'est pour ça qu'il s'appelle comme ça.

— C'est pas vrai.

— Tu as raison, mais tu vas bien aimer.

— Oh, retenez-moi, ou je vais faire un malheur », marmonna Nathan ; il arrivait à Jackson de dire cette phrase, dans des moments de cynisme exacerbé. Étrange et assez flatteur d'entendre le fils parler comme le père.

« Allez, l'encouragea Jackson quand ils atteignirent le sable.

— O-*kay*.

— Est-ce que tu sais que "okay" est le mot le plus reconnaissable du monde ?

— Ah ouais ? » Nathan signifia son absence d'intérêt par un haussement d'épaules mais continua à marcher à côté de lui. Des hommes avaient traversé à pied des déserts sous un soleil brûlant en manifestant plus d'enthousiasme.

« Allez, demande-moi, reprit Jackson, parce que je sais que tu en meurs d'envie – quel est le deuxième mot le plus reconnaissable dans le monde ?

— Papa ? » L'adolescent cynique avait disparu et, l'espace d'un instant, il redevint un jeune garçon.

« Quoi ?

— Regarde. » Nathan pointa un doigt vers un endroit de la baie où régnait une certaine agitation dans l'eau. « Il n'y a pas de requins ici, si ? demanda-t-il, dubitatif.

— Il y en a plein mais ils ne sont pas forcément dans la mer », répliqua Jackson. Ce n'était pas une bande de requins, mais le trio de sales gamins qu'ils avaient vus précédemment sur le parking. Deux d'entre eux étaient dans un bateau gonflable en piteux état, qui relevait plus du jouet pour enfants que de l'embarcation fiable. Le troisième était probablement celui qui causait la pagaille en ayant la mauvaise idée de se noyer. Jackson chercha des yeux un maître-nageur, mais n'en vit pas. Quand même, ces gens-là n'avaient pas des horaires de bureau ! Il soupira. C'était bien sa veine. Il enleva ses chaussures Magnum et tendit sa veste à Nathan – pas question de bousiller une

Belstaff pour un de ces crétins. Il courut jusqu'au bord de l'eau et poursuivit sa course, faisant jaillir des éclaboussures d'une manière assez inélégante jusqu'à ce qu'il puisse se jeter dans les vagues et commencer à nager. Un homme qui courait se jeter dans la mer en chaussettes manquait presque autant de dignité qu'un homme déambulant avec un cône de glace à la main.

Le gamin (ou le connard dans l'eau, comme il préférait l'appeler dans sa tête) avait déjà coulé quand Jackson le rejoignit. Les deux autres criaient inutilement comme des imbéciles, toute fanfaronnade disparue, remplacée par une panique totale. La mer paraissait calme, vue de la plage, mais ici, à moins de trente mètres du bord, on sentait qu'elle exerçait une emprise brutale. Elle ne faisait pas de prisonniers, on gagnait ou on perdait.

Jackson, un homme-sirène plutôt maladroit, en supposant que ce genre de créature ait jamais existé, remonta avant de redescendre. Il réussit à harponner le garçon en attrapant une poignée de cheveux puis la ceinture de son jean, jusqu'à ce qu'enfin, sans savoir comment, il parvienne à le tirer jusqu'à la surface. Le sauvetage n'était pas des plus élégants, mais il aurait été efficace si Jackson n'avait pas essayé ensuite de se cramponner au pathétique bateau gonflable. Il se révéla bien trop frêle et les deux autres furent projetés dans l'eau avec force hurlements. Et c'était reparti pour les noyades. Ils n'avaient donc pas appris à nager, ni les uns ni les autres ? Quels boulets, tous les trois, mais pas pour leurs mères, supposait-il. (Ou peut-être que si.) Boulets ou pas, son instinct lui commandait de les sauver.

Un, ça pouvait aller, mais trois, c'était impossible. Jackson sentit l'épuisement poindre et, l'espace d'une brève seconde, il pensa : c'est peut-être la fin. Mais heureusement pour eux, les sauveteurs approchaient sur leur canot motorisé et ils entreprirent de les sortir tous de l'eau.

De retour sur la terre ferme, quelqu'un fit du bouche-à-bouche et un massage cardiaque au noyé sur le sable, tandis que les badauds les entouraient, les encourageant en silence. Les deux autres garçons – une paire de rats d'eau trempés – s'éloignèrent de Jackson quand il s'approcha d'eux ; ils étaient incapables de réagir au dévouement, le sien ou celui de n'importe qui.

Le noyé revint à la vie en crachotant – un miracle, se dit Jackson, boulet ou non –, né de nouveau là, sur le sable. Il pensa à Penny Trotter qui était « née de nouveau ». Jackson lui-même était mort une fois. Il avait été blessé dans un accident de train et son cœur s'était arrêté. (« Brièvement », avait précisé le médecin aux urgences – non sans un certain dédain, avait remarqué Jackson.) Il avait été ranimé par quelqu'un – une fille – à côté de la voie de chemin de fer et, pendant une longue période par la suite, il avait ressenti l'euphorie du rescapé. Elle avait disparu, bien entendu, l'ordinaire de la vie quotidienne ayant fini par l'emporter sur la transcendance.

Un secouriste posa une couverture sur les épaules de Jackson et voulut l'emmener à l'hôpital. Il refusa.

« Papa ? » Nathan hésitait, pâle, inquiet. Dido s'approcha de Jackson pour lui offrir un soutien silencieux, inébranlable, qui se manifestait par le fait qu'elle s'appuyait très lourdement sur lui. « Ça va ? demanda Nathan.

— Ouais, on peut y aller, maintenant ? »

Du sucre et des épices[1]

L'odeur du petit déjeuner de son père – des saucisses, du bacon, des œufs, du boudin noir, des haricots, du pain frit – flottait toujours, menaçante, dans toute la maison (et elle était grande). « Ça va te tuer un jour, Tommy », déclarait Crystal presque chaque fois qu'elle le lui servait. « C'est pas pour aujourd'hui », lançait son père gaiement, comme s'il s'agissait d'un argument logique. (Harry imaginait sa mère répondant : « Eh bien, je ne suis pas encore tombée d'une falaise » à quelqu'un l'avertissant du danger.)

Son père était allé dès son lever ce matin au port de Tyne pour être présent à l'arrivée d'un ferry de la compagnie DFDS venant de Rotterdam. « Électroménager », fit-il. Il allait souvent accueillir lui-même ses camions aux douanes quand ils venaient du continent. « Contrôle qualité. C'est vital si on veut fidéliser sa clientèle. » Autrefois, il exprimait le souhait que Harry rejoigne l'entreprise – « Holroyd et fils » –, mais désormais il mentionnait cette idée bien moins

---

1. Voir note page 66.

souvent, surtout depuis que Harry avait annoncé qu'il voulait faire des études de théâtre. (« Pourquoi pas ingénieur, ou quelque chose comme ça ? »)

L'autre jour Harry l'avait entendu demander à Crystal si elle pensait que son fils était gay. « Je veux dire, il est un peu efféminé, non ? » « Sais pas, répondit Crystal. C'est important ? » Ça l'était pour son père, apparemment. Harry ne croyait pas qu'il était gay – il aimait bien les filles (bien que peut-être il ne les aimât pas de cette manière-là) –, mais il se sentait tellement peu avancé dans la formation de sa personnalité, de son personnage au centre de sa propre pièce, qu'il se trouvait incapable d'être catégorique sur quelque sujet que ce soit. Peut-être que son père devrait plutôt persuader Candace d'entrer dans son entreprise. Holroyd et fille. Il pourrait peindre ses camions en rose pour l'attirer.

Harry était seul à la maison. Crystal et Candace étaient à une après-midi d'enfants, qui était généralement suivie d'une sortie au parc ou d'un café au Costa avec les autres mères – ce qui était à peu près la même réunion dans un lieu différent, moins adapté. Pendant les vacances scolaires, Harry accompagnait parfois sa petite sœur à ces rencontres. C'était intéressant de prendre le café avec les autres mères. Grâce à elles et aux danseuses du théâtre, il avait beaucoup appris, des informations le plus souvent anatomiques et troublantes.

Il était de l'après-midi au Transylvania World, ou au « World » comme l'appelaient entre eux les employés sous-payés – en gros, Harry et ses amis. PRÊTS À AVOIR

PEUR ? disait l'affiche à l'extérieur. C'était une des attractions sur la jetée, bien que personne n'eût choisi l'adjectif « attrayant » pour le décrire. Harry y travaillait depuis deux étés ; il vendait les tickets. Ce n'était pas palpitant et, vu la rareté des clients, il passait le plus clair de son temps à lire. Il entrait en terminale en septembre et il avait une longue liste de lectures qu'il avait déjà un peu avancée. Il fréquentait une école de riches – c'était dans ces termes que son père en parlait. « Est-ce que cette école de riches t'apprend quelque chose, au moins ? » ou « Je paye cette école de riches pour t'apprendre l'éthique ? Pas besoin, je peux le faire, moi. Ne frappe pas un homme à terre. Que ta main droite ne sache pas ce que fait ta gauche. Les femmes et les enfants d'abord. » Pour ce qui était des codes moraux, il y avait à boire et à manger dans son discours, et Harry n'était pas certain que Socrate aurait été complètement d'accord, ou même que son père y souscrivait totalement.

Malgré le fait que c'était une « école de riches », presque tous les gens que Harry connaissait travaillaient pendant les vacances d'été. Il y avait tellement de petits boulots saisonniers qu'il semblait criminel de ne pas en avoir un. Les gamins cool – du moins, ceux qui se considéraient comme cool – passaient leur temps à faire du bodyboard ou à essayer d'avoir une formation de maître-nageur, tandis que les polards, comme Harry et ses amis, vendaient des billets, préparaient des boules de glace ou des cornets de frites et servaient dans les cafés.

Le World était la propriété des Carmody, la famille

des salles de jeux, et en termes d'attractions, c'était ce qu'on pouvait faire de plus minable – quelques mannequins mangés aux mites rachetés à un vieux musée de cire et deux ou trois tableaux mal fichus. L'affiche annonçait des « vrais acteurs » mais il n'y en avait qu'un, qui n'était pas un acteur mais un autre polard, Archie, qui suivait le même cours d'histoire que Harry et était payé des clopinettes pour se cacher dans les coins et bondir par surprise sous le nez des clients payants (extrêmement rares), affublé d'un masque de Dracula en caoutchouc. Rien à voir avec *True Blood*.

La ville était connue pour ses vampires, c'était l'endroit où le Comte d'origine avait atterri – dans la fiction, en tout cas, même si, à en croire la manière dont les gens ne cessaient d'y faire référence, on aurait pensé qu'il s'agissait d'un événement historique réel. Les magasins de souvenirs étaient pleins de crânes, de croix, de cercueils et de chauves-souris en plastique. Plusieurs fois par an, la ville subissait une invasion de goths captivés par les morts-vivants, et maintenant, il y avait une semaine Steampunk et une semaine Pirates ; du coup, toute la ville devenait le lieu d'un bal masqué. Les « pirates » portaient tous des cache-poussière miteux et de grands chapeaux piqués d'une plume, ainsi que des sabres d'abordage et des revolvers. Harry se demandait si les sabres étaient tranchants. « En réalité, dit Emma, l'amie de Harry, sur un ton sarcastique, ce sont des hommes appelés Kevin qui travaillent dans l'exploitation de données toute la semaine. Pendant le week-end, ils vivent leurs fantasmes ».

Harry pensait qu'il n'y avait rien de mal là-dedans, bien qu'il peinât à imaginer la raison pour laquelle quelqu'un aurait envie d'être un pirate ou la femme de Dracula. (« Eh bien, beaucoup de femmes sont mariées à des vampires », soutint Crystal.) Mais le Steampunk était quelque chose auquel Harry avait encore beaucoup de mal à se faire. Le week-end dernier encore, un homme l'avait percuté. Il portait un masque métallique avec des tuyaux et des tubes qui sortaient dans tous les sens. « Hé, désolé, mon garçon, fit-il gaiement. Je n'y vois rien, avec ce truc. » Harry ne voulait pas devenir quelqu'un d'autre, il voulait juste être lui-même. C'était déjà assez compliqué.

Il lui restait encore un peu de temps avant de partir. Il pourrait aller nager dans la piscine ou s'installer dans le jardin pour lire quelques pages – mais la journée était belle et il n'avait pas très envie de plonger le nez dans un livre. C'était l'expression qu'utilisait Crystal : « T'as à nouveau le nez plongé dans un livre, Harry ? » Ce serait drôle si son nez plongeait effectivement entre les pages d'un livre.

Entre le théâtre et le World, les trajets étaient laborieux, la plupart du temps. High Haven était plantée tout en haut des falaises, dans un no man's land entre Scarborough et Whitby, et Harry passait son été à faire la navette entre les deux. S'il avait beaucoup de temps, il lui arrivait d'emprunter à vélo le tracé de l'ancienne voie de chemin de fer, mais généralement, il prenait le bus. Il était impatient d'avoir son permis et de pouvoir conduire une voiture. Son père avait commencé à lui apprendre sur de petites routes, lui laissant le volant de sa Mercedes classe S. (« Qu'est-ce qui pourrait arriver de pire ? Que tu la bousilles ? ») Tommy était étonnamment (anormalement) patient et il se révéla que la conduite était un domaine où ils s'entendaient, eh bien, comme père et fils (« Tu n'es pas aussi naze au volant que je l'aurais cru », lança Tommy. Sacré compliment.) C'était réconfortant d'avoir découvert une activité dans laquelle ils ne se décevaient pas mutuellement.

Crystal l'avait emmené au travail quelques fois, « Parce que je descends, de toute façon, Harry » ou parfois elle avait « juste envie de conduire ». Crystal disait qu'elle inscrirait « conduire » dans la liste de ses passe-temps si un jour elle devait remplir un formulaire « pour une recherche d'emploi, par exemple ». Est-ce qu'elle envisageait de prendre un emploi ? Harry se demanda quelles étaient ses qualifications. Elle aimait bien conduire et Harry aimait bien être conduit par elle. Il s'asseyait le plus souvent à l'arrière de l'Evoque avec Candace et tous les trois chantaient « Libérée, délivrée » à tue-tête. Harry avait une jolie voix cristalline – il faisait partie de la chorale de son école – mais Crystal était sourde comme un pot et Candace poussait des cris stridents. Néanmoins, ils avaient l'impression de créer des liens. Comme dans une vraie famille. Il aperçut la pendule et se rendit compte qu'il avait passé tellement de temps à traînasser qu'il était sur le point de rater le bus.

Il n'y avait presque pas eu de visiteurs au Transylvania World de toute l'après-midi. C'était d'un ennui mortel, songea Harry. Ha ha. En plus, le soleil brillait et personne, à part de temps en temps un pervers de passage, n'avait envie d'être enfermé quand il faisait beau. La pluie était plus favorable aux affaires, les gens entraient pour s'abriter, et le ticket ne coûtait que deux livres, même si le prix semblait souvent excessif une fois qu'on avait vu la piètre quantité d'horreurs qu'offrait le spectacle. La sortie donnait sur une rue différente, alors Harry n'avait généralement pas affaire aux clients déçus. Le temps qu'ils comprennent où ils se trouvaient et comment revenir au point de départ, ils avaient perdu toute motivation et deux livres ne leur paraissaient plus valoir la peine de discuter.

Archie, le soi-disant « vrai acteur », n'était pas venu. Quand cela arrivait – ce qui était fréquent, et pas surprenant –, Harry emmenait les gens vers l'entrée (« Il fait assez sombre là-dedans. » C'était vrai !), ensuite il courait jusqu'à une porte dérobée au bout d'un couloir, attrapait le masque de Dracula et bondissait au moment où ils tournaient au coin, produisant des gargouillis du fond de sa gorge (*Yaargh !*) comme un vampire essayant de cracher des glaires. Les gens n'étaient jamais impressionnés et rarement effrayés. La peur n'était pas une mauvaise chose, disait son père. « Ça maintient en alerte. »

La mère de Harry, Louise, était décédée six ans auparavant, quand le jeune homme avait dix ans, et son père s'était remarié, avec Crystal ; un an plus tard, ils avaient eu Candace. Elle avait trois ans et se faisait appeler Candy par tout le monde sauf Harry, qui trouvait que c'était un nom un peu sexiste. Il pensait que les filles devaient avoir des noms simples tels que Emily, Olivia et Amy, les filles de son école qui étaient ses amies. « Des Hermiones », les appelait Miss Dangerfield, avec un certain dédain, surtout sachant qu'elles faisaient partie de son « fan-club ». « Un tout petit peu trop Jean Brodie à mon goût », dit-elle. (Miss Dangerfield était-elle dans ses « belles années[1] » ? s'interrogea Harry. Il n'avait pas demandé.)

Miss Dangerfield était leur professeur de théâtre et de littérature anglaise à l'école. « Appelle-moi Bella », disait-elle à Harry lorsqu'elle le ramenait après les répétitions. (« J'habite dans la même direction. ») À la fin du semestre, ils avaient monté *Mort d'un commis voyageur*. Harry avait un petit rôle – Stanley, le serveur du restaurant – bien qu'il eût passé l'audition, sans grande réussite, pour les rôles de Biff et de Happy. Il n'était pas très bon acteur. (« Ne t'inquiète pas, Harry, dit Crystal, tu apprendras en grandissant. »)

Ils jouèrent la pièce trois soirs. Le père de Harry ne parvint pas à se libérer mais Crystal assista à la première. (« Cette pièce est déprimante, j'ai trouvé. Mais tu as été très bon, Harry », ajouta-t-elle. Il savait que ce n'était pas vrai, mais elle était gentille de le dire.)

« Comment Hamlet a-t-il commencé son monologue sur le fromage ? » demanda-t-il à Miss Dangerfield qui le ramenait chez lui après la dernière représentation. « To brie or not to brie. » Elle avait ri et ensuite,

---

[1]. Référence au roman de Muriel Spark, *Les Belles Années de Jean Brodie* (1961).

quand elle avait garé sa voiture devant sa maison, elle avait posé sa main sur le genou de Harry et avait dit : « Tu es vraiment spécial, Harry, tu n'as pas idée à quel point. Rappelle-toi, ton avenir tout entier est devant toi, ne le gâche pas. » Et ensuite, elle s'était penchée pour l'embrasser sur la bouche et il avait senti sa langue, explorant la sienne, comme une douce limace aromatisée à la menthe.

« C'était ta Miss Dangerfield chérie ? demanda Crystal, le sourcil froncé, quand il entra dans la maison, encore étourdi après le baiser. Je t'ai vu sur la caméra de surveillance. » Harry rougit. Crystal lui donna une petite tape complice sur l'épaule. « Tu as conscience qu'elle est mutée dans une autre école l'année prochaine, n'est-ce pas ? » Harry ne sut pas s'il devait être déçu ou soulagé en apprenant la nouvelle.

Les filles portant des noms comme Bunny ou Bella pouvaient être troublantes. Et un nom comme Candy risquait de conduire à toutes sortes de choses embêtantes. (Se faire manger, essentiellement.) Bien entendu, on pouvait, devenu adulte, devenir dragqueen. Bunny Hopps, qui avait un numéro de dragqueen au Palace, connaissait quelqu'un qui s'appelait Candy Floss, même si Harry supposait que ce n'était pas son vrai nom.

Tout dans la chambre de Candace (dans sa vie, en fait) était rose et autour du thème des fées et des princesses. Elle dormait dans un lit complètement baroque qui était censé être une copie du carrosse de Cendrillon et elle avait toute une penderie pleine de costumes de personnages de Disney qu'elle aimait porter alternativement – Belle et Elsa, Ariel, Blanche-Neige, la fée Clochette, Vaiana, Cendrillon – une gamme infinie et virtuellement interchangeable de paillettes et de satin artificiel. Elles étaient allées à Disneyland Paris l'année précédente et avaient littéralement dévalisé le magasin.

« C'est mieux que de ressembler à JonBenét, j'imagine », affirma Bunny. S'il y en avait un qui s'y connaissait en déguisements, c'était Bunny, bien entendu. Il, elle – Harry devait faire attention à ses expressions de genre en présence de Bunny – était la confidente de Harry. C'était curieux, mais c'était à lui que Harry avait commencé à s'adresser pour avoir des conseils, pour raconter ses histoires. C'était presque comme de retrouver une mère. Une mère qui portait une perruque et des chaussures à talons taille 46, et qui était obligée de « ranger son train d'atterrissage » (pour ce faire, il n'y avait pas de doute sur le genre, même dans le lexique de Bunny).

Harry lisait souvent à Candace son histoire du soir et il avait récupéré ses propres livres dans l'une des dépendances où son enfance avait été rangée (pas très bien) en cartons et condamnée à moisir. Son père avait converti deux de ces annexes en garages et il essayait d'obtenir l'autorisation d'en transformer une troisième, mais il en était empêché parce qu'il y avait des chauves-souris (ou « des putain de chauves-souris » comme il les appelait toujours) qui s'y étaient installées et que c'était une espèce protégée. (« Pourquoi ? Pourquoi protéger des putain de chauves-souris, bon sang ? ») Harry aimait bien les regarder voleter dans la grange les soirs d'été et attraper des insectes. Elles étaient minuscules et paraissaient vulnérables, et Harry s'inquiétait que son père veuille leur faire du mal en cachette.

Harry avait trouvé une jolie édition illustrée des *Contes* de Grimm (portant l'inscription *De la part de maman, affectueusement*) dans un des cartons dans la Grotte aux chauves-souris et il s'en servait pour initier Candace aux côtés plus méchants des fées – des histoires où des gens étaient maudits ou abandonnés ou se faisaient trancher les orteils et arracher les yeux. Des histoires d'où le sucre et les épices étaient cruellement absents. Pas parce qu'il voulait faire peur à Candace – et il fallait reconnaître qu'elle n'était pas facile à effrayer –, mais parce qu'il avait le sentiment que quelqu'un devait lui proposer une alternative au monde guimauve rose et douillet qui était en train de l'engloutir. Et en l'absence de toute autre personne, il pensait qu'il devait s'en charger. En outre, les *Contes* de Grimm avaient été son introduction à la littérature et il se dit que ce serait bien si Candace devenait lectrice, elle aussi.

Il avait eu une conversation avec la dangereuse Miss Dangerfield sur les contes de fées, et elle expliquait qu'ils étaient des « introductions » destinées aux filles, pour qu'elles sachent comment survivre dans un monde de « prédateurs mâles ». (« Ou de loups, comme nous pourrions les appeler. ») Un manuel sur ce qu'il fallait faire, dit-elle, quand une fille se trouvait seule dans une sombre forêt. Harry supposa que la sombre forêt était une métaphore. Il n'y avait pas beaucoup de sombres forêts, de nos jours, mais quoi qu'il en soit, il aimait l'idée que Candace grandisse en sachant éviter les loups.

Malgré tous ses efforts pour la faire apparaître, sa mère n'était qu'un vague souvenir et il devenait de plus en plus difficile de la recréer. Parfois quelque chose parvenait à se former dans ce miasme, un fragment net se dessinait brusquement – une image de lui assis à côté d'elle dans une voiture ou d'elle en train de lui donner une glace – bien que le « contexte », comme l'aurait appelé Miss Dangerfield, fût totalement absent. Sa mère n'avait jamais vécu à High Haven, alors il n'y percevait pas du tout sa présence. Elle était fumeuse, il s'en souvenait. Il se rappelait aussi un rire rauque, des cheveux bruns. Et une fois où elle dansait dans la cuisine, pas une valse, plutôt comme la pauvre et maudite Karen dans *Les Chaussons rouges*. (Une histoire trop horrible pour les oreilles de Candace, jugea Harry.)

Emily semblait avoir plus de souvenirs de sa mère que lui, elle ne cessait de raconter des choses comme : « Tu te rappelles ce gâteau en forme de camion de pompiers que ta mère avait fait pour ton anniversaire ? » ou « C'était chouette, la fois où ta mère nous a emmenés dans le train à vapeur de Noël, hein ? » et ainsi de suite. C'était chouette ? Il ne savait pas, c'était comme si la plupart de ses souvenirs avaient été effacés lors de la disparition de sa mère. Comme un livre qui ne contenait plus une histoire, seulement quelques mots éparpillés ici et là dans ses pages. « Parfois, il vaut mieux oublier, Harry », suggérait Crystal.

Harry se demandait quelquefois si elle aurait fini par mourir d'un cancer, étant donné sa consommation de tabac, au lieu de dégringoler d'une falaise, comme c'était arrivé en réalité.

Personne ne l'avait vue tomber, elle était partie en promenade avec le chien, Tipsy, un gentil petit yorkshire dont Harry se souvenait plus nettement que de sa mère. Un nom prédestiné, étant donné ce qui s'était passé. (« Prédestiné » était un autre mot qu'affectionnait Miss Dangerfield.) Tipsy fut découverte sur une corniche en contrebas et on supposa que la chienne avait glissé et que sa mère avait essayé de la récupérer, qu'elle avait chancelé puis qu'elle était tombée à son tour.

Tipsy était en vie, mais le corps de Louise dut être récupéré dans la mer par les sauveteurs. Harry avait récemment trouvé le certificat de décès de sa mère alors qu'il cherchait son certificat de naissance – pour pouvoir prouver qu'il avait moins de dix-huit ans, quand il prendrait son abonnement de bus – et, sur le document, la cause de la mort était « noyade ». Il en avait été surpris car il avait toujours imaginé que la marée était basse et qu'elle s'était écrasé la tête sur les rochers, ce qui aurait été affreux mais, d'une certaine façon, moins moche, car la mort aurait probablement été plus rapide. Parfois il se demandait si Tipsy l'avait vue lors de sa chute, si elles avaient échangé un regard étonné.

Son père s'était débarrassé de la chienne, l'avait

donnée à un de ses chauffeurs. « Je n'arrive pas à la regarder sans penser à Lou. » Deux ans plus tard il était marié à Crystal. Harry regrettait qu'il ait donné Tipsy.

Sa mère avait été remplacée, mais pas la chienne. Il y avait juste un rottweiler appelé Brutus que son père avait acheté pour protéger l'entreprise Holroyd et, au départ, ils n'avaient pas eu le droit de s'en approcher. La préoccupation principale de son père était Candy, il ne paraissait pas s'inquiéter du fait que Crystal ou Harry puissent être mis en pièces par le chien. Finalement, Brutus ne se révéla pas tout à fait la bête féroce que son père avait espéré. C'était un grand sentimental, qui avait l'air d'apprécier particulièrement Harry, même si Crystal demeurait méfiante. Elle n'avait jamais eu d'animal de compagnie, dit-elle. « Pas même un hamster ? » demanda Harry, se sentant triste pour elle. « Pas même un hamster, confirma-t-elle. Mais il y avait beaucoup de rats dans mon coin. »

Crystal n'était pas une vilaine marâtre. Elle n'était pas constamment sur son dos (« Vivre et laisser vivre ») et elle manifestait un intérêt inoffensif pour sa vie (« Comment ça va, Harry ? Tout va bien ? »). Elle ne se promenait pas dans la maison en sous-vêtements, par exemple – Dieu merci. Elle ne faisait pas de plaisanteries sur l'absence de poils sur son menton ou la présence de boutons sur son visage. Elle avait même discrètement posé un nettoyant antibactérien dans sa salle de bains. Mais il faisait lui-même sa lessive, ces derniers temps ; il aurait été gênant que Crystal lave ses caleçons et ses chaussettes. « Ça m'est égal, Harry. J'ai fait bien pire. »

Elle ne le traitait pas comme un enfant, plutôt comme un adulte qui cohabitait dans la maison avec elle. À certains moments Harry aurait vraiment aimé être traité comme un enfant, mais il ne l'avoua jamais. (Il était « jeune pour son âge », d'après son père.) Ils étaient « potes » d'après Crystal et, effectivement, c'était bien sympa quand ils s'écroulaient ensemble sur le canapé après avoir couché Candace et regardaient leurs émissions favorites – *America's Next Top Model*, *Countryfile*, *SAS: Who Dares Wins*. Ils avaient des goûts éclectiques, lui dit Harry. (« Électriques ? » s'étonna Crystal. « Genre, oui. »)

Ils n'écoutaient presque jamais les informations. (« Éteins, Harry, il n'y a que de mauvaises nouvelles. ») Ils préféraient les émissions sur la nature, ponctuant par des *oooh* et des *aaah* la moindre apparition d'une mignonne créature couverte de fourrure, changeant de chaîne à la seconde où se profilait quelque événement triste ou gore. Il allait sans dire que le père de Harry n'était pas sur le canapé avec eux. (« C'est quoi, cette merde que vous regardez ? ») Il travaillait, la plupart du temps, et sinon, il était dans son « bureau » avec son téléviseur de 80 pouces sur Sky Sports. Dans cette pièce il soulevait aussi de la fonte, grognant et suant quand il levait des haltères au-dessus de sa tête ou cognait dans le gros sac de frappe Everlast qui était accroché au plafond. Parfois Harry avait l'impression que Crystal et lui étaient des conspirateurs, bien qu'il ne sût pas vraiment contre quoi ils se liguaient. Son père, supposait-il. Son père aimait penser qu'il était « le maître des lieux », déclara Crystal.

« Comme Mr Rochester », dit Harry. Crystal répondit : « Je ne crois pas le connaître. Il est professeur dans ton école ? »

Crystal faisait preuve d'un dévouement immense avec Candace et Harry se demandait parfois à quoi avait ressemblé son enfance. Il n'y avait pas le moindre indice – pas de photos, pas de famille, pas de grands-parents pour Candace –, c'était comme si Crystal était apparue sur terre totalement formée, comme la Vénus de Botticelli. Cette pensée était bien malvenue – Harry faisait des efforts considérables pour ne pas penser à Crystal nue. Ou à n'importe quelle femme dévêtue, d'ailleurs. Il avait un énorme livre d'art qu'il avait demandé pour Noël dont les nus étaient ce qu'il avait vu de plus proche de la pornographie. Regarder des femmes nues le gênait même quand il était seul. (« Ce garçon n'est pas normal », avait-il entendu de la bouche de son père parlant à Crystal. Peut-être que c'était vrai. « Qu'est-ce que c'est, normal ? » avait rétorqué Crystal.) Quand Harry avait interrogé Crystal sur son enfance, elle avait ri et parlé de fêtes foraines et de glaces, mais à l'entendre, il n'y avait rien de réjouissant.

Crystal cuisinait le genre de plats que son père aimait – le « full english breakfast » qu'elle préparait tous les matins, le rôti du dimanche (« avec tous les accompagnements ») et, autrement, des steaks et des burgers, même si son père passait beaucoup de temps au travail ou « par monts et par vaux » et se nourrissait à l'extérieur. Ou alors, il rentrait tard et sortait une pizza ou un plat tout préparé du congélateur (un Meneghini, dont le prix aurait permis d'acheter sa première voiture à Harry lorsque le moment viendrait).

Crystal et Candace ne mangeaient pas « ces saletés », comme les appelait Crystal. Avec l'arrivée de Candace, Crystal s'était convertie à la nourriture saine. « Manger sain, répétait-elle. J'adore ces mots. » Elle était tout le temps sur internet, à lire des blogs, à consulter des vlogs, des recettes. Où il était question de salades, de fruits, de légumes. De lait de noix de cajou, de tofu. De quinoa, de graines de chia, de baies de goji – des aliments dont le nom faisait penser à des choses dont devaient se nourrir les indigènes d'Amazonie, pas un garçon de seize ans habitant dans le Yorkshire. La semaine dernière, Crystal avait préparé un gâteau au « chocolat » avec des haricots noirs et des avocats, et hier, elle avait offert à Harry une « meringue », en s'exclamant : « Je parie que tu ne devineras jamais avec quoi c'est fait ! » Non, il ne devina pas. Avec quelque chose qui aurait crevé au fond d'un puits il y a cent ans, peut-être. « L'eau d'une boîte de pois chiches ! s'écria Crystal d'un air triomphant. Ça s'appelle de l'aquafaba. » Aux oreilles de Harry, on aurait dit un truc construit par les Romains.

Cependant, Harry avait généralement la liberté de choisir ce qu'il voulait manger, même si Crystal essayait toujours de lui servir des brocolis et des patates douces. « Tu es en pleine croissance, Harry. Tu es ce que tu manges. » Ce qui signifiait qu'il était en gros une pizza réchauffée. Malgré le manger sain, Crystal n'avait pas renoncé au tabac, remarquait Harry (« Une petite de temps en temps, Harry. Ne me dénonce pas, hein ? »), même si elle ne fumait pas devant Candace ni dans la maison, juste dans le jardin d'hiver, où ils n'allaient presque jamais. Et il ne l'avait pas vue boire beaucoup, rien de comparable avec son père.

Si Crystal se retrouvait dans un incendie, les premières choses qu'elle sauverait – à part Candace, bien évidemment – seraient son blender Vitamix et son extracteur de jus Kuvings, les dieux Lares et Pénates de High Haven, en ce qui la concernait. (« Ça te dirait, un verre de jus de kale et céleri, Harry ? ») Qui le sauverait, lui ? se demanda Harry. Son père, espérait-il. Ou peut-être Brutus. « Ne sois pas bête, fit Crystal. C'est moi qui te sauverais. »

Crystal adorait se consacrer aux tâches ménagères et, malgré l'insistance du père de Harry, elle refusa d'embaucher une femme de ménage car elle ne serait pas aussi « minutieuse » qu'elle. « J'ai épousé une Sindy et je me retrouve avec une fée du logis », se plaignait Tommy. « Sindy » et « fée du logis » étaient des expressions que Tommy avait apprises de son propre père, apparemment, et elles étaient totalement inédites pour Harry et Crystal.

High Haven était une demeure de l'époque édouardienne, bien que ce ne fût visible que de l'extérieur car Crystal l'avait dépouillée de tous ses équipements et aménagements d'origine pour lui donner un aspect blanc laqué rappelant l'intérieur d'un vaisseau spatial.

(« Je sais, disait Crystal en posant un regard attendri sur l'îlot de la cuisine, c'est aussi propre qu'un bloc opératoire. »)

High Haven avait été construite pour être la résidence secondaire d'un industriel de la laine de Bradford décédé depuis longtemps, et Harry aimait imaginer à quoi la propriété devait ressembler autrefois – les fougères dans les pots en cuivre, les lampes en pâte de verre, les frises Arts and Crafts. Et le bruissement des jupes en soie et le cliquetis des tasses à thé, au lieu de la machine à café encastrée Miele qui faisait un bruit de train à vapeur quand elle préparait l'injection de caféine pour son père. (« Pourquoi tu ne t'installes pas une perfusion ? » lançait Crystal à Tommy.)

Harry était doué pour sentir la manière dont les espaces étaient habités dans le passé. Il avait contribué à la conception d'un décor pour la pièce intitulée *L'Importance d'être constant*, montée dans son école. (« C'est une vision assez avant-gardiste, dites-moi », fit remarquer le directeur à Miss Dangerfield.) Miss Dangerfield confia à Harry qu'elle pressentait que son avenir résidait dans la création de décors plutôt que dans le jeu d'acteur.

Crystal était une « obsesso de la propreté », d'après son père. « Ouais, j'ai des TOC », déclarait-elle d'un ton triomphant, comme si elle avait travaillé dur pour en bénéficier. Tout devait être plié, trié, aligné parfaitement. Les boîtes, les objets de décoration, les vêtements, tout « nickel ». Elle était venue un jour dans la chambre de Harry pour lui demander quelque chose (contrairement à son père, elle frappait toujours avant d'entrer) et avait commencé à ranger les livres sur les étagères en ordre (pas tout à fait) alphabétique ; il n'eut pas le courage de lui faire remarquer qu'il les avait déjà classés par sujet. (« Je ne suis pas une lectrice, Harry. L'école et moi, ça a toujours fait deux. Ma limite, c'est *Marie Claire*. »)

Un jour où Harry cherchait des frites à cuire au four, il découvrit que les briques composant le mur de surgelés dans le Meneghini étaient ordonnées suivant un classement complexe de règles catégorielles qui auraient fait honte à un bibliothécaire. Il avait reçu Olivia et Amy une après-midi à la maison et Olivia avait ouvert le réfrigérateur pour prendre du jus de fruit ; elle avait poussé un cri, un vrai cri, quand elle avait aperçu l'intérieur. Harry devait reconnaître qu'il ressentait une certaine fierté d'être le beau-fils d'une femme dont les rangées de boîtes en plastique et en verre étiquetées pouvaient impressionner à ce point une fille de seize ans. Attends de voir la salle de bains, pensa-t-il.

Amy apparut, prête à reprendre le World derrière lui, puisque Harry devait se rendre au Palace à temps pour la représentation du soir.

« Il y a quelqu'un à l'intérieur, fit-il, indiquant l'entrée du tunnel sombre. Maman, papa, un gamin. » Le « gamin » avait environ dix ans, un garçon renfrogné et pataud qui rongeait un sucre d'orge comme un dinosaure mâchonnant un os. « Il n'aura pas peur, n'est-ce pas ? avait timidement demandé sa mère.

— C'est peu probable », avait répondu Harry.

« Archie n'est pas là, annonça-t-il à Amy. Tu vas devoir mettre le masque.

— Pas question, rétorqua Amy. Ce truc est dégoûtant, pas du tout hygiénique. Ils vont se passer de vampire. »

Amy avait un trouble alimentaire et Harry s'était abondamment renseigné sur le sujet pour savoir ce qu'il devait éviter – des phrases comme « Mange, tu n'as que la peau sur les os » ou « Au moins, finis ce que tu as dans ton assiette, bon sang », que la mère d'Amy répétait tout le temps à sa fille. Harry au contraire disait plutôt : « Je ne vais pas pouvoir manger cette pomme en entier, est-ce que tu en voudrais la moitié ? » Une demi-pomme ne déclenchait pas chez Amy la même panique qu'une grande assiette de pâtes.

« Ils sont là depuis longtemps – plus longtemps que d'habitude, en tout cas.

— Peut-être qu'ils sont morts de peur. Enfin... peu de chances que ça arrive. Tu vas être en retard, Harry.

— Et, au fait, signala Harry d'un ton léger en franchissant la porte, il y a un sandwich houmous-salade que je n'ai pas pu manger. C'est Crystal qui l'a préparé, il est super bon. Si tu n'en veux pas, tu n'as qu'à le jeter.

— Merci, Harry. »

Les jumeaux Kray

Reggie avait apporté du café dans une bouteille Thermos. Le café à la gare était mauvais, on aurait dit de l'eau sale. Ronnie préférait son café noir, et Reggie avait prévu un petit pot de lait de soja pour le sien. Elle était vegan depuis longtemps, presque dix ans, avant que les célébrités en fassent une mode. Les gens semblaient toujours vouloir l'interroger sur son régime alimentaire et la meilleure réaction, selon elle, était un vague « Oh, vous savez... j'ai des allergies... », parce que, de nos jours, tout le monde était allergique à quelque chose. En réalité, elle aurait préféré répondre : « Parce que je ne veux pas faire entrer dans mon corps des animaux morts » ou « Parce que le lait de vache, c'est pour les bébés vaches » ou « Je ne veux pas contribuer à la mort de la planète » mais, pour une raison mystérieuse, les gens n'aimaient pas entendre ça. Attention, cela exigeait pas mal d'efforts, d'être vegan, et Reggie ne cuisinait pas. Elle serait probablement morte de faim sans son plat ultrarapide de haricots sur toasts. Reggie avait vingt-six ans, mais elle avait l'impression de n'avoir jamais eu le bon âge.

« Merci », dit Ronnie quand Reggie lui versa du café. Elles avaient leur propre tasse. Elles avaient déjà pris du café ce matin-là, « à la maison » comme elles commençaient à dire, bien qu'elles n'aient passé que deux nuits dans la petite maison Airbnb délabrée à Robin Hood's Bay qui avait été louée pour une semaine – cela devait suffire pour boucler cette partie de l'enquête.

Elles prirent place côte à côte sur l'unique bureau qui leur avait été alloué dans une pièce rudimentaire située au dernier étage du commissariat. Il y avait un ordinateur et c'était à peu près tout, à l'exception d'une pile de cartons qui étaient apparus comme par magie la veille et contenaient les documents relatifs à l'enquête originelle sur Bassani et Carmody. C'était un ramassis confus de reçus, de factures et de notes mystérieuses que leur capitaine, Rod Gilmerton, avait demandé à la police locale de rassembler pour elles. « Les papiers » serait un jour un terme obsolète. Reggie l'espérait bien, en tout cas. Gilmerton leur avait ordonné de garder leurs distances – une autre raison de ne pas consommer le café du commissariat. « La prudence est la meilleure partie de… je ne sais plus quoi.

— Du courage, avança Reggie. Même si la phrase exacte de Shakespeare est "La meilleure partie du courage est la prudence". Les gens se trompent toujours.

— Ce serait bien que vous ayez une vie, Reggie, lança Gilmerton.

— Contrairement à l'opinion communément répandue, j'en ai une », répondit Reggie.

On n'avait pas sorti les drapeaux et les banderoles quand elles étaient arrivées. Elles étaient des intruses venues d'un autre service et elles n'avaient pas été chaleureusement accueillies dans ce coin du pays. On leur avait confié une affaire qui remontait à plus de dix ans. Elle avait été close un certain temps – les coupables punis, les innocents dédommagés, la tache avait été lavée, bien que, comme n'importe quel membre de la police scientifique vous le dirait, il restât toujours des traces. Néanmoins, tous se comportaient comme si l'affaire était bouclée, et pas seulement bouclée, mais rangée sur la plus haute étagère, dans une boîte scellée, que tout le monde avait essayé d'oublier pour passer à autre chose, et maintenant, voilà que Ronnie et Reggie brisaient les scellés et rouvraient la boîte.

Il était encore tôt et les locaux étaient calmes, même si, en bas, un petit groupe d'ivrognes de la veille se faisaient établir leur procès-verbal par le sergent à l'accueil avant d'être relâchés dans la société et de devenir les ivrognes de ce soir. Reggie et Ronnie passèrent quelques minutes assez futiles à relire leurs notes. L'après-midi précédente, elles avaient interrogé un pro au Belvedere Golf Club dont la mémoire aurait pu être totalement effacée par des extraterrestres. En réalité, les extraterrestres avaient apparemment développé activement les amnésies chez les habitants de la région.

Ronnie était en poste à Bradford et Reggie à Leeds et, même si elles ne travaillaient ensemble que depuis quelques semaines, envoyées par le commissariat de Leeds, elles s'étaient découvert beaucoup d'affinités. Reggie les imaginait même amies en dehors du travail, mais elle avait gardé cette pensée pour elle, car elle ne voulait pas paraître trop impatiente.

Elles avaient été missionnées pour rejoindre une petite unité opérationnelle extérieure qui s'appelait Opération Villette. En réalité, Opération Villette, c'était elles. Gilmerton partageait son temps entre plusieurs enquêtes. Il était plutôt agréable et, au départ, Reggie aimait bien la manière dont il prenait les choses avec légèreté mais, au bout d'un moment, elle avait commencé à trouver que c'était plutôt à la légère.

Reggie et Ronnie devaient interroger des témoins et contacts potentiels. De nouvelles accusations étaient apparues récemment et l'accusatrice vivait dans leur secteur. Leur boulot consistait à parler à des gens qui avaient été cités par d'autres qui à leur tour avaient été cités par d'autres, un peu comme dans un jeu de téléphone arabe. Le puzzle ne cessait de s'agrandir, et il manquait beaucoup de pièces, car il remontait jusqu'aux années 1970 et nombre de personnes citées étaient décédées. Malheureusement. Les nouvelles révélations portaient sur des figures de l'establishment – de grosses légumes, des « eaux grasses » dans la terminologie de Reggie – et l'enquête ne pouvait pas être plus discrète. Peut-être pour une bonne raison. Ou peut-être pas.

Gilmerton était sur le point de prendre sa retraite (la quille !) et en gros, il les laissait « se dépatouiller » toutes seules. Il ne s'attendait pas à grand-chose en termes de résultats, concéda-t-il (« Nous sommes juste en train de mettre quelques points sur des i et quelques barres sur des t »), ce qui n'avait fait que renforcer la détermination de Ronnie et Reggie à résoudre le puzzle.

« Nous trouverons toutes les pièces, assura Reggie. Elles sont peut-être sous un tapis ou derrière les coussins d'un canapé. Mais nous finirons ce puzzle.

— Peut-être qu'elles ont été cachées exprès sous le tapis », suggéra Ronnie.

Ronnie aimait être organisée presque autant que Reggie, et c'était rien de le dire. Elles avaient toutes les deux été récemment promues, et fonçaient à toute vitesse « pour arriver tout en haut », comme le répétait Ronnie. Deux années en uniforme, puis une formation en enquêtes criminelles. Débordantes d'enthousiasme. Reggie prévoyait de se présenter à la National Crime Agency. Ronnie voulait entrer dans la Metropolitan Police.

Reggie était écossaise, mais l'exilée n'avait pas le mal du pays. Elle avait passé les pires années de sa vie à Édimbourg, la ville dont elle était originaire. Et de toute façon, sa famille était maintenant décédée, alors il n'y avait personne auprès de qui retourner là-bas. À l'âge de dix-huit ans, elle avait pris l'avion vers le sud et atterri à Derby, où elle avait suivi des études de droit et de criminologie. Avant d'y aller, elle n'aurait jamais pu trouver Derby sur une carte. Elle se fichait de l'endroit où elle se rendait, du moment qu'il était différent de celui d'où elle venait.

Ronnie avait obtenu un master en sciences médico-légales de l'université du Kent. Son nom était Veronika, orthographié Weronika. Ses parents étaient polonais ; sa mère l'appelait Vera et elle détestait ça. Elle était une immigrée de la deuxième génération. Ses parents parlaient beaucoup de retourner au pays mais Ronnie n'en avait aucune envie. Encore une chose qu'elle avait en commun avec Reggie.

Elles faisaient la même taille – elles étaient petites (« Menues », corrigeait Ronnie). Reggie avait une coupe au carré et Ronnie rassemblait ses cheveux en un chignon maintenu en place par un chouchou. Les policières plus âgées n'étaient, dans l'ensemble, pas des modèles d'élégance – un jean ou une jupe mal taillés, des chemisiers passés et des vestes ringardes sur des corps ramollis par trop de casse-croûte et de paquets de chips. Reggie et Ronnie étaient impeccables. Ce jour-là, Ronnie portait un chemisier blanc et un pantalon bleu marine. Malgré le beau temps, Reggie était en tailleur noir en « laine d'été » (elle avait découvert que ça n'existait pas – la laine, c'était de la laine).

Quand elle était plus jeune, Reggie avait espéré qu'un jour elle porterait des tailleurs noirs. Son employeur et mentor à cette époque-là, Joanna Hunter, médecin généraliste, partait travailler tous les jours en tailleur noir. Reggie était employée comme gouvernante chez le Dr Hunter et elles étaient encore en contact régulier, bien que le Dr Hunter ait déménagé en Nouvelle-Zélande avec son fils Gabriel pour « prendre un nouveau départ ». (On pouvait difficilement lui en vouloir, quand on pensait à ce qui lui était arrivé.) « Pourquoi ne viendrais-tu pas, Reggie ? Viens nous voir. Tu pourrais même envisager de trouver un emploi ici. » Aux yeux de Reggie, la Nouvelle-Zélande paraissait terriblement loin. « Eh bien, ce n'est pas le cas une fois que tu es ici, écrivit le Dr Hunter. À ce moment-là, ce n'est pas loin du tout. C'est juste l'endroit où tu te trouves. » Plutôt que mentor, mieux vaudrait dire gourou.

Reggie pratiquait le taekwondo, Ronnie, la boxe. Il fallait faire quelque chose quand on était petite et une femme et dans la police. Un triple coup de malchance. Reggie progressait à toute vitesse dans le domaine des enquêtes criminelles comme en taekwondo – elle avait déjà son troisième dan. Elle rêvait d'une chose : une nuit sombre, une ruelle sinistre, une agression inattendue – et la surprise de son assaillant quand il se retrouverait les quatre fers en l'air. *Hi-yah !* Personne ne lâchait ça dans son cours, bien entendu. Et elle n'était pas violente, mais si vous aviez toute votre vie été appelée « petiote » ou « la pauvre petite Reggie Chase », vous aviez le droit, de temps en temps, de rêver de violence.

On avait proposé une bourse à Reggie pour aller à Cambridge, mais elle avait refusé. Elle savait qu'elle se sentirait submergée par tant de générosité et de privilèges, et s'ils l'avaient acceptée, ils auraient vu le milieu modeste d'où elle venait tous les jours qu'elle aurait passés là-bas. Son père avait été tué avant sa naissance dans un incident de « tir ami » (pas du tout ami, de l'avis de Reggie) lors d'une guerre futile que tout le monde avait globalement oubliée. Et sa mère s'était accidentellement noyée dans une piscine lorsque Reggie avait quinze ans, ne lui laissant qu'un frère qui finirait drogué.

Derby avait été une révélation : des gens de son âge qui l'aimaient (Elle avait des amis !) et une relation (Le sexe ! Même pas de gêne !) avec un garçon drôle, poli, qui avait étudié l'informatique et travaillait maintenant dans la lutte anti-hackers pour la multinationale horrible qu'il avait piratée quand il était étudiant, parce que bien sûr, cela arrivait à tous les bons hackers – contraints de collaborer avec le diable sous la menace d'une longue peine de prison ou d'extradition. Il s'appelait Sai et avait un charme typiquement asiatique ; ils ne se voyaient plus car ses parents avaient arrangé son mariage, il avait été débauché par le FBI et allait partir à Quantico. Aux yeux de Reggie, c'était une façon excessivement dramatique de terminer une relation.

Son cœur n'était pas brisé, juste fissuré, bien que fissuré fût déjà un peu douloureux. Et elle avait sa carrière, et le tailleur noir, pour se réconforter. « C'est le plus important », affirma Ronnie. Ronnie, elle, était « entre deux petites amies ». Reggie se surprenait souvent à regretter de ne pas être gay, elle aussi, ça lui rendrait peut-être la vie plus facile, mais Ronnie réagit en riant comme une bossue et lui lança : « Ah oui, plus simple, tu crois vraiment ? »

Reggie avait commencé le taekwondo à l'université. Des clubs permettaient d'apprendre tout ce qui vous passait par la tête. Le Dr Hunter faisait partie du club de course à pied dans son université – ainsi que du club de tir – et Reggie savait à quel point ces deux choses pouvaient être utiles, car le Dr Hunter lui en avait fait la démonstration.

Le Dr Hunter était la personne la plus aimable, la plus gentille, la plus bienveillante que Reggie ait jamais rencontrée – et Reggie savait avec certitude que le Dr Hunter avait tué deux hommes à mains nues (littéralement). Seules Reggie et une autre personne étaient au courant. Comme quoi... « La justice n'a rien à voir avec la loi », lui avait dit un jour le Dr Hunter. Reggie comprenait ce que cela signifiait, comme cette unique personne qui avait connaissance de la courte carrière d'assassin du Dr Hunter.

Ronnie et Reggie burent ce qui leur restait de café et finirent en même temps. Elles laissèrent un message à Gilmerton pour l'informer de ce qu'elles avaient prévu ce jour-là, puis firent de même avec les autorités locales. Une simple formalité, parce que Reggie avait l'impression que tout le monde s'en fichait, en réalité.

« Bon, dit Ronnie. On devrait s'y mettre. »

Elles avaient sorti leurs plaques lorsque Ronnie sonna à la porte du Seashell. Une femme ouvrit et Ronnie les présenta : « Bonjour. Je suis l'inspectrice Ronnie Dibicki et voici l'inspectrice Reggie Chase. » Reggie sourit et tint sa plaque bien haut pour qu'elle soit lisible, mais la femme y jeta à peine un coup d'œil. « Nous cherchons un certain Andrew Bragg, déclara Ronnie.

— Andy ? Qu'est-ce que vous lui voulez ?
— Êtes-vous Mrs Bragg ? demanda Reggie.

— Peut-être », fit la femme. Eh bien, soit vous l'êtes, soit vous ne l'êtes pas, pensa Reggie. Vous n'êtes pas le chat de Schrödinger.

« Est-ce que Mr Bragg est là ? questionna Ronnie. Nous avons juste besoin de lui parler brièvement, se radoucit-elle. Nous réglons les derniers détails d'une affaire ancienne. De simples formalités, rien de plus. » Ronnie leva un sourcil interrogateur. Elle était très bonne en relevé de sourcil. Reggie avait essayé de reproduire la mimique, mais elle donnait juste l'impression qu'elle tentait (sans grande réussite) d'imiter Roger Moore. Ou Groucho Marx.

La femme d'Andy Bragg obéit à l'injonction du sourcil. « Je vais voir s'il est là. Entrez donc », ajouta-t-elle de mauvaise grâce, les conduisant dans le salon des résidents avant de disparaître dans les entrailles de la maison.

Des prospectus touristiques étaient posés en éventail sur un buffet. Des excursions en bateau, des restaurants dans le coin, des numéros pour appeler un taxi. Reggie s'assit sur un canapé et prit un horaire des marées sur la table basse. Le tissu des coussins et des rideaux aux fenêtres avait des motifs de coquillages. Une fois qu'on commençait à regarder, on constatait qu'ils étaient partout. C'était étrangement troublant. Reggie parcourut les informations ésotériques contenues dans le tableau. « Marée basse à 15 heures aujourd'hui », dit-elle. Ni Ronnie ni Reggie n'avait jamais vécu au bord de la mer. Ces marées étaient un mystère, montantes, descendantes, montantes, descendantes, esclaves de la lune.

Un chien de la taille d'un cheval de trait entra d'un pas tranquille dans la pièce et les examina en silence avant de s'en aller sans changer d'allure.

« Il était grand, ce chien, fit remarquer Ronnie.

— Effectivement, acquiesça Reggie. Presque aussi grand que toi.

— Ou toi. »

Reggie jeta un coup d'œil à sa montre. « Tu penses que Mrs Bragg a oublié qu'elle cherche Mr Bragg ? »

Un homme entra dans le salon et parut fort surpris en les voyant.

« Mr Bragg ? demanda Reggie en se levant comme un ressort.

— Non, dit-il. Vous l'avez vu quelque part ? Il n'y a plus d'eau chaude dans la douche. »

Le dix-neuvième trou

« Ta tournée, je crois, mon ami, dit Andy.
— Encore ? » fit Vince. Comment était-ce possible ? se demanda-t-il. Il venait de payer une tournée, non ? Sa note avait dû exploser – Tommy et Andy avalaient des doubles malts. Vince avait essayé de se limiter à des pintes mais, malgré tout, il se sentait un peu vaseux.

« Tu ne tiens pas bien l'alcool aujourd'hui, Vince, observa Tommy. Qu'est-ce qui t'arrive ?
— J'ai sauté le déjeuner. Trop occupé pour manger. » C'était loin d'être vrai. Enfin, la partie sur le déjeuner, si, mais pas « occupé » du tout, parce qu'en plus de tout le reste – et il n'en avait parlé à personne – il avait perdu son emploi une semaine auparavant. Il touchait le fond. Vraiment le fond. Les malheurs s'accumulaient. Tout cela prenait une dimension biblique, comme s'il était mis à l'épreuve par un dieu vengeur de l'Ancien Testament. La souffrance de Job, songea-t-il. Il avait été élevé dans une famille baptiste du Yorkshire de l'Ouest et ses

séances de catéchisme du dimanche s'étaient enracinées.

C'était une drôle de coïncidence, quand on y pensait – « Job » et « job », le même mot. Enfin, ce n'était pas si drôle que ça, quand on n'en avait plus. Licencié.

« Désolé, Vince, avait dit son patron, Neil Mosser. Mais tu sais… » Il haussa les épaules. « Le rachat, tout ça. » Vince trouva qu'un haussement d'épaules était une réaction assez inappropriée face à un homme qui perdait ses moyens de subsistance. « C'était inévitable qu'ils procèdent à des réductions de personnel dès qu'ils enclencheraient la fusion », avait ajouté Mosser. (« Ça rime avec "branleur" », raillaient-ils tous dans son dos. C'était vrai. Il en était un.)

Au contraire, tout le monde aimait bien Vince, leurs visages s'éclairaient quand il arrivait, ils étaient toujours heureux de le voir – *Tu veux que j'aille te chercher une tasse de café, Vince ? Comment va ta fille, Vince ? Ashley, c'est ça ?* Pas comme Wendy, qui depuis un an levait à peine les yeux quand il entrait dans la pièce. Une femme particulièrement gentille travaillait dans le bureau de York, elle s'appelait Heather. Assez potelée, on avait l'impression qu'elle était toujours habillée en violet. Aucune de ces deux caractéristiques n'était retenue contre elle, bien sûr. Elle le serrait toujours contre elle en disant : « Regardez qui arrive, ne serait-ce pas Vince ! » comme si personne ne s'attendait à le voir.

« Je travaille pour l'entreprise depuis vingt ans », déclara Vince à Mosser. Ça ne comptait donc pas ? « Est-ce que ce n'est pas censé être "premier arrivé dernier parti" ? Et pas "premier arrivé, premier parti" ? »

Nouveau haussement d'épaules du branleur. « Ils veulent du sang neuf, tu vois. Des jeunes aux dents longues, des gars qui sont prêts à se battre jusqu'au sang pour la boîte.

— Je me bats jusqu'au sang ! Je me suis vidé de mon sang ! Je suis comme la victime d'un vampire après un festin !

— Ne rends pas les choses plus difficiles qu'elles ne le sont, Vince. » (Et pourquoi pas ?) « Tu vas avoir une jolie indemnité de licenciement. »

Jolie mon cul, pensa Vince. Elle ne tiendrait même pas un an. L'univers était en train de lui jouer un mauvais tour. Un homme divorcé au chômage et approchant de la cinquantaine – y avait-il une forme plus basse de vie sur la planète ? Un an auparavant, il était en parfait état de marche – un mari, un père, un professionnel –, maintenant, il était à la porte, dans tous les sens du terme. Une miette au fond de la friteuse.

« Allez, Vince, bouge-toi ! » La voix de Tommy résonna puissamment à ses oreilles, interrompant sa rêverie. « Y a des hommes qui ont soif. »

« Vous avez entendu la nouvelle ? » demanda Tommy d'un air dégagé tandis qu'ils s'asseyaient à une table près de la fenêtre d'où on avait une superbe vue sur le fairway. (Tommy se voyait toujours attribuer la meilleure table, le personnel féminin du club l'aimait bien.) « Quelqu'un m'a dit que Carmody va probablement bénéficier d'une libération anticipée. Ils vont le laisser sortir en conditionnelle.

— Bon sang, fit Vince. Comment a-t-il réussi à négocier ça ?

— Raisons familiales. Sa femme est mourante. Paraît-il. » Tommy et Andy échangèrent un regard que Vince trouva difficile à interpréter. Bassani et Carmody avaient été membres du Belvedere. Leur nom n'était jamais prononcé ici mais leurs fantômes étaient tapis dans l'ombre. Ils avaient laissé derrière eux un relent sordide, un point d'interrogation sur tout ce qu'ils avaient touché. Et il y avait toujours eu des rumeurs concernant un troisième homme. S'agissait-il de quelqu'un qui se trouvait encore au club ? se demanda Vince, qui jeta un coup d'œil autour de la salle, où régnait une certaine animation, grâce à l'alcool et aux échanges détendus des clients pétris d'autosatisfaction. Vince n'avait jamais eu l'impression d'être légitime, et c'était encore moins le cas maintenant qu'il était tombé en disgrâce.

Bassani et Carmody avaient été accusés de choses affreuses, le genre de choses qui donnaient la nausée à Vince quand il y pensait – surtout des histoires d'enfants mineurs. Toutes sortes d'accusations avaient été formulées – sur des « fêtes » qui avaient été données, des enfants « fournis », des voyages vers une destination « spéciale » à l'étranger. Un livre noir contenant les noms de juges, de banquiers et de policiers. De gros bonnets. Sans parler de la corruption : ils avaient tous deux été élus locaux pendant des années. Presque rien n'avait été prouvé, seulement (seulement !) attentat à la pudeur sur des filles mineures, prostitution d'enfants et possession de pornographie enfantine. Cela suffit à les faire boucler ou, en tout cas, à faire boucler Carmody, car Bassani s'était pendu à la prison d'Armley pendant sa détention provisoire. Carmody avait été déclaré coupable de tous les chefs d'accusation et envoyé à la prison de Wakefield, bien qu'il ne cessât de clamer son innocence. Aucun d'eux ne divulgua le contenu du petit livre noir, s'il existait.

« J'ai cru comprendre que Carmody est malade, dit Tommy.

— Qui t'a raconté ça ? demanda Andy.

— Un petit oiseau. Ou plutôt, un gros oiseau – le commissaire de police à la retraite qui picole souvent ici.

— Le grand type avec la barbe grise ?

— Ouais, exactement. D'après lui, Carmody n'en a plus pour longtemps. Il sera éligible à une libération conditionnelle d'ici quelques mois et voudrait sortir plus vite. On raconte qu'il a passé un accord.

— Un accord ? questionna Andy d'un ton brusque. Quel genre d'accord ?

— Sais pas, dit Tommy. Il livrera des noms, peut-être.

— Quels noms ? demanda Vince en essayant de ne pas être écarté de la conversation. Celui du troisième homme, par exemple ? »

Tommy et Andy se tournèrent vers lui et le regardèrent comme si c'était la première fois qu'ils le voyaient ce soir-là. Il fallut quelques instants avant que Tommy se mette à rire et lance : « Le troisième homme ? C'est un film, non, Vince ? »

Tommy et Andy échangèrent à nouveau un regard, qui excluait complètement Vince. La complicité des amis d'amitié.

Holding out for a hero[1]

Dès qu'il arriva à la maison, Jackson ôta ses vêtements trempés et les jeta dans la machine à laver, puis il entra dans la douche et fit longuement couler l'eau chaude. Un plongeon dans la mer du Nord, même en été, suffisait à provoquer l'hypothermie.

Ça faisait du bien d'être de retour sur la terre ferme. La mer n'était vraiment pas son élément, Jackson se sentait nettement mieux sur le plancher des vaches. C'était agréable d'être au chaud dans une jolie maison. Du bois dans l'appentis, du chèvrefeuille autour de la porte. La maison faisait partie d'un domaine qui remontait à des centaines d'années, à l'époque où les Normands s'étaient approprié cette terre. Tout était bien entretenu, Jackson y était sensible. Spontanément, il n'aurait jamais prédit qu'il finirait dans un endroit pareil. Non pas qu'il fût nécessairement à la fin de quelque chose.

La maison était à environ trois cents mètres de la

---

1. Chanson interprétée par Bonnie Tyler (1984), fait partie de la bande-son du film *Footloose*. (J'attends un héros.)

mer, nichée au fond d'une petite vallée, une fente dans le paysage, ce qui signifiait qu'elle était abritée des plus violentes rafales de vent. Il y avait une vue sur un bois d'un côté, une colline derrière laquelle s'abriter de l'autre. Un torrent coulait au fond du vallon. Parfois, des vaches paissaient par là. La disparition et la réapparition des vaches étaient un mystère auquel Jackson réfléchissait plus longuement que ne l'aurait fait un homme plus jeune.

Il vivait ici depuis le printemps et il aimait assez l'endroit pour envisager de s'y installer de façon plus permanente. Lorsqu'il neigeait, ils étaient fort isolés, lui avait dit un voisin le jour de son emménagement, il pouvait se passer des jours sans qu'on voie qui que ce soit. L'idée paraissait séduisante. (« Une vie de reclus, insista Julia. C'est bien ce que je disais. »)

« Ça va ? » fit Nathan, lui jetant un regard lorsqu'il entra dans la pièce en se frottant les cheveux avec une serviette. Son inquiétude était rassurante – ils n'avaient pas produit un sociopathe, après tout.

« Oui, merci », répondit-il.

Nathan était avachi sur le canapé – sur un site où il chattait, apparemment, pendant qu'à la télévision il y avait une espèce de jeu – compliqué et débile en même temps. (« Comme toi, donc », résonna la voix de Julia dans sa tête.) Des gens déguisés en animaux – des poules, des lapins, des écureuils, avec des têtes hypertrophiées – couraient partout tandis que d'autres leur hurlaient des encouragements.

« Pendant ce temps-là, à Alep…, murmura Jackson.
— Quoi ?

— Rien, fit Jackson avec un soupir.
— C'était cool, dit Nathan au bout d'un moment.
— Quoi ?
— Ce que t'as fait aujourd'hui.
— La routine, quoi. » Son cœur se gonfla d'orgueil. Le fils honorait le père.

Julia avait omis d'avoir une opinion sur les chips alors ils partagèrent un moment agréable avec un grand paquet de Kettle au piment doux et à la crème, et regardèrent les écureuils et lapins géants qui continuaient à se pourchasser. La journée avait été bonne, quand on avait sauvé la vie à quelqu'un, songea Jackson. Encore meilleure quand on n'avait pas perdu la sienne.

Saison d'été

Barclay Jack était dans sa loge, en train d'appliquer du fond de teint à la truelle sur l'ensemble de son visage. Il marqua une pause pour jeter un regard sinistre dans le miroir. Faisait-il son âge ? (Cinquante-huit ans.) Oui, chaque minute de toutes ces années, et même plus. Barclay (de son vrai nom Brian Smith) se sentit affecté par une grosse baisse de moral. Son estomac faisait la culbute. Le trac ? Ou un curry douteux ?

Quelqu'un frappa à la porte. Elle s'ouvrit doucement et Harry passa sa tête. Barclay s'était vu attribuer un « assistant » pour la saison, un bénévole, un gamin qui voulait « mettre un pied dans le théâtre ». Eh bien, en venant ici, tu n'es pas sur la bonne voie, mon joli, se dit Barclay. Harry. Harry Holroyd. C'était un nom pour un personnage de film muet. Ou un roi de l'évasion.

« C'est à vous dans dix minutes, Mr Jack.
— Casse-toi.
— Oui, Mr Jack. »

Harry referma la porte et resta, un peu désœuvré, dans le couloir. L'année prochaine, il déposerait sa candidature à l'université de Sunderland pour commencer des études de cinéma et de théâtre, et il voyait le Palace comme une expérience de terrain qui serait un plus sur son CV. C'était assurément une expérience – en venant travailler ici, Harry l'innocent se rendit compte à quel point il avait vécu dans un milieu protégé. Le Palace était une appellation trompeuse, il n'avait vraiment rien qui pût ressembler à un palace.

Bunny Hopps avança dans l'étroit couloir en ondulant des hanches, chancelant sur ses immenses talons rouges à paillettes. Honeybun Hopps – mais tout le monde l'appelait Bunny – était gigantesque, bien plus d'un mètre quatre-vingt, et bâti comme un avant de rugby. « Aucune parenté avec Lady Bunny, lança-t-il, assez mystérieux. Je suis Bunny depuis que je suis gosse. » Son vrai prénom était Clive mais son nom de famille était bien Hopps. Il était annoncé comme un « travesti » – un terme qui semblait le mettre en rage. « Je ne suis pas putain de Danny La Rue », dit-il à Harry. Harry n'avait aucune idée de qui était cette personne, mais il le trouva – la trouva – dans une vieille émission de télévision appelée *The Good Old Days*. « C'était un peu... bizarre », rapporta Harry à Bunny. « Oh, chéri, fit Bunny avec son accent de Newcastle, attends de tomber sur Fanny Cradock. » Le spectacle donné au Palace était un retour aux années 1980 – un show de variétés qui, d'une manière un peu étrange, rappelait *The Good Old Days*.

« Je suis une drag-queen, bordel, insista Bunny. Pourquoi ils ne me présentent pas comme ça ? » Par curiosité, Harry avait cherché *RuPaul's Drag Race* et découvert que Bunny, malgré ses protestations, était un élément plutôt conservateur dans le milieu transformiste des drag-queens, plus Lily Savage que RuPaul. Bien entendu, son père, qui ne s'intéressait à rien de ce que Harry regardait, avait choisi ce moment précis pour faire irruption dans sa chambre. « Bon Dieu, s'emporta-t-il. Tu pourrais pas mater du porno, comme tout le monde ? »

Bunny plongea la main dans le corset dans lequel il était saucissonné à la recherche de cigarettes. Il était strictement interdit de fumer dans le théâtre – qui était une « poudrière » prête à exploser, d'après l'assistant régisseur. Les batteries des détecteurs de fumée étaient mortes depuis longtemps et il y avait une absence singulière d'asperseurs en coulisses, ce qui permettait aux artistes de fumer beaucoup. Les danseuses étaient les pires, elles fumaient comme des cheminées dans leur loge au milieu d'un mélange de laque à cheveux et de polyester – un défi cauchemardesque à l'hygiène et à la sécurité.

Bunny tendit son paquet de cigarettes à Harry.

« Vas-y, chéri, ça te tuera pas.

— Non, ça va, merci Bunny. » En gros, ils avaient le même échange tous les soirs, et Harry gardait une boîte d'allumettes dans sa poche pour pouvoir allumer les cigarettes de Bunny. Il (elle, *elle*, se réprimanda-t-il) avait des cigarettes mais il n'y avait pas assez de place dans son costume pour transporter du feu. « C'est trop serré, grognait Bunny. Si j'essayais de glisser autre chose là-dedans, la friction que ça provoquerait serait dangereuse. Si ça se trouve, tu assisterais à une combustion spontanée. »

Harry savait qu'à peu près tout ce que Bunny disait était salace, mais il n'était jamais certain de saisir ses sous-entendus. Il se dégageait quelque chose d'étrangement shakespearien chez Bunny. Ils avaient travaillé sur les problématiques de genre à l'école – « Comparez et contrastez les rôles masculins et féminins dans *La Nuit des rois* et *Le Marchand de Venise*. »

Harry avait étudié le numéro de Bunny comme il aurait étudié Shakespeare, en fait. Il présentait une trajectoire (un des termes préférés de Miss Dangerfield) intéressante. Le numéro de Bunny marquait la fin de la première partie du spectacle et était fondé sur l'idée qu'il – elle – était une diva de l'opéra, une soprano qui hurle, qui n'arrive jamais vraiment à chanter son grand aria. (C'était plus divertissant qu'il n'y paraissait.) Pendant la première moitié du numéro de Bunny, le public était agité, sifflait et ronchonnait – une grande partie des spectateurs venaient uniquement pour Barclay Jack, pas pour un grand type perché sur des talons.

« Mais vous arrivez toujours à emporter leur adhésion, ajouta Harry.

— Merci de m'expliquer mon propre numéro, chéri, fit Bunny.

— Désolé, dit Harry sans pour autant s'arrêter là. Mais j'aime vraiment la manière dont vous le faites – vous êtes drôle et aussi… téméraire. » Harry aurait bien voulu apprendre à être téméraire. « Et quand vous arrivez au final… ("Oo, Betty", fit Bunny d'un air mystérieux) ils vous applaudissent comme un héros. C'est formidable. »

Harry aimait le pouvoir de transformation à l'œuvre dans ce que faisait Bunny. Il se demandait s'il lui suffirait de changer de nom pour être une personne différente. Quel nom choisirait-il s'il devenait drag-queen ? (C'était peu probable, il n'aurait jamais le cran de le faire.) « Hedda Gobbler ? proposa-t-il à Bunny. Lynn Crusta ?

— Un peu obscur, chéri. »

Bunny connaissait une drag-queen appelée Auntie Hista-Mean, et une autre qui s'appelait Miss Demena, clairement pas des vrais noms. Et Anna Rexia, qui était tout simplement raté. Harry se demanda si Amy avait mangé le sandwich à l'houmous qu'il avait laissé pour elle.

Crystal s'appelait Crystal Waters avant que son père l'épouse. Ce nom paraissait improbable. Elle confia à Harry que c'était son « nom de scène ». Était-elle montée sur scène ? avait demandé Harry avidement. « Eh bien, tu vois… », avait-elle dit en restant évasive. Son père avait déclaré qu'autrefois elle était mannequin de charme, « seins nus seulement », comme si c'était un exploit, plus de sa part à lui que de la sienne à elle.

Pas un exploit mais un avilissement, d'après Emily.

Emily portait des jugements très durs, surtout sur Crystal. « Une femme ersatz », comme elle l'appelait. Harry connaissait Emily depuis l'école primaire, alors il était un peu tard pour commencer à lui tenir tête. « Ta belle-mère n'est pas exactement une icône du féminisme, n'est-ce pas Harry ? » « Non, mais elle est gentille », défendait mollement Harry. Et on ne pouvait qu'admirer les efforts qu'elle mettait à soigner son apparence – presque autant que Bunny. (« Donatella, tu vas verdir de jalousie », dit Bunny quand Harry lui montra une photo. En réalité, il lui montrait une photo de Candace, mais Bunny était plus intéressé par Crystal, qui se trouvait être aussi sur la photo.) Harry reconnut « ersatz » comme un des mots de Miss Dangerfield. Emily serait très en colère quand elle apprendrait que Miss Dangerfield ne reviendrait pas à l'école après l'été. Emily était d'une intelligence effrayante. Elle lisait *Ulysse* et *Finnegans Wake* « pour s'amuser » pendant les vacances d'été. Elle aurait été consternée si elle avait vu le spectacle du Palace.

Crystal était plus intelligente qu'Emily ne voulait le reconnaître, plus intelligente qu'elle-même ne voulait l'admettre. Par exemple, elle jouait vachement bien aux échecs, quand elle se laissait convaincre de jouer, même si elle répétait toujours qu'elle était bête. Et il fallait être plutôt futée pour digérer (c'est le mot) toute cette science sur le « manger sain ». Parfois, à l'entendre, on aurait cru qu'elle avait un diplôme en nutrition avancée. « Tu vois, le truc sur la vitamine B12, Harry, c'est que... » Et ça durait.

Harry pensait qu'elle gardait ses talents « sous le boisseau » – c'était ce que Miss Dangerfield avait dit concernant Harry à ses parents lors de la dernière réunion parents-professeurs.

« Le *buisson* de Miss Dangerfield, dit son père avec un sourire, quand il rentra. Ce serait un vrai plaisir pour les yeux. » Il pouvait tenir des propos horriblement crus, parfois. Il semblait croire que ça aiderait à faire de Harry un homme.

« Et c'est ce que tu as envie de devenir, chéri ? demanda Bunny. Un homme ? Parce que, crois-moi, il n'y a pas de raison d'en faire tout un plat. »

« Qu'est-ce que vous pensez de Polly Esther ? suggéra Harry à Bunny. (Il était dans une bonne phase.) Ou Phyllis Tyne ! Celui-là, il est bon. Ça vous irait bien, Bunny, vous qui venez du Tyneside. »

(« Tu sembles être vraiment branché par tout ce truc de drag-queens, Harry, constata Emily. Tu devrais te méfier de l'appropriation culturelle. » Clairement quelque chose qu'elle avait appris de Miss Dangerfield.)

Dans la loge de Barclay Jack résonna le bruit de quelque chose qui se fracassait par terre, puis un cri de colère de Barclay lui-même.

Bunny désigna la porte du bout de sa cigarette. « Est-ce que ce salopard t'a fait des misères à nouveau ? »

Harry haussa les épaules. « C'est pas grave.

— Il est fou de rage parce qu'il ne passe plus à la télé. Et que c'est un gros connard. »

Si le père de Harry entendait Bunny employer ces mots, il lui éclaterait probablement la tête. Son père avait un langage affreux, aussi épouvantable que tout ce qui pouvait sortir de la bouche repulpée de Bunny, mais cela ne comptait pas. Tommy avait des normes pour les autres, en particulier pour Harry. « C'est pour que tu t'améliores. Fais ce que je dis, pas ce que je fais. » Harry espérait que son père ne croiserait jamais Bunny. Il ne les imaginait pas du tout dans la même pièce, ces deux-là.

Harry frappa à nouveau à la porte de Barclay Jack et cria : « Deux minutes, Mr Jack !

— S'il te fait des ennuis, lâcha Bunny tandis qu'ils écoutaient le chapelet de jurons balancé par Barclay Jack, parle-lui juste de Bridlington.

— Bridlington ? fit Harry. Que s'est-il passé à Bridlington ?

— T'occupe pas de ça, chéri. Tu sais ce qu'on dit – ce qui se passe à Brid reste à Brid. Enfin, quand on a de la chance. »

*

Les lumières s'éteignirent sur un couple de chanteurs – mari et femme – qui avaient autrefois représenté le Royaume-Uni au concours de l'Eurovision (sans succès, inutile de le préciser). Bon Dieu, pensa Barclay, on avait l'impression de remonter dans le temps. Enfin, c'était bien de cela qu'il s'agissait – avec eux, on remontait dans le temps, autrement dit, on retrouvait les restes de la télé des années 1970 et 1980.

Ces décennies avaient été un âge d'or pour Barclay, mais ce n'était plus aussi vrai maintenant. Il y avait des danseuses qui levaient la jambe et un ventriloque dont la « poupée » était un poulet (Clucky) et qui autrefois hantait les couloirs de la télévision pour enfants, le comble de l'abêtissement. Un groupe glam rock qui était devenu un phénomène avec un morceau unique et qui tournait dans des shows revival depuis quarante ans sur cette seule réputation. Un magicien qui avait été régulièrement l'invité de marque dans une émission de télé – était-ce un format magazine ? Cilla Black ? Esther Rantzen ? Barclay n'arrivait pas à se rappeler son nom. Celui du magicien non plus. Tout le monde pensait qu'il était mort. (« Moi aussi », dit le magicien.)

Et bien sûr, ce maudit Bunny Hopps qui tortille des fesses comme une actrice de pantomime de troisième zone. Cela suffisait à faire dégueuler n'importe qui. Le théâtre essayait de présenter la revue comme un spectacle familial, mais il avait été contraint par les autorités compétentes de diffuser un avertissement aux parents présents avec enfants – à eux de juger s'ils restaient pour la deuxième partie, car Barclay Jack était « un peu osé ». La direction lui avait demandé de « mettre la pédale douce » pour les matinées. Quelle impudence. Il s'en fichait, il savait que les spectateurs ne viendraient pas deux fois. Tout le spectacle, toute la saison, était considéré comme une nullité datant du Moyen Âge. Comme Barclay lui-même.

Il avait connu l'ascension. Il avait connu la chute. Autrefois, il passait à la télévision tout le temps, il avait remporté le prix du « choix du public ». Il avait reçu des centaines de lettres de fans par semaine, animé *Saturday Night at the London Palladium*, rencontré le prince de Galles. Deux fois. Il avait eu son propre jeu télévisé sur ITV pendant un moment. Et brièvement un jeu de questions sur Channel 5 à ses débuts. Les concurrents n'étaient pas les plus affûtés du monde, ils semblaient dépassés par les questions de culture générale les plus simples. (Question : Quel était le prénom de Hitler ? Réponse : Heil ?)

Et maintenant, regardez-moi, songea Barclay. Je ne ramasse plus que des miettes. (« Barclay, répétait son manager, Trevor, entre le crack et les filles mineures, la route vers la rédemption peut être longue. »

« Des rumeurs, Trevor, insistait Barclay. Rien n'a jamais été prouvé. » Et c'était les années 1960, bon sang. Tout le monde le faisait, à l'époque.)

Les lumières se rallumèrent. Il sentit l'excitation, comme une vapeur chaude qui montait et remplissait la salle. Ce soir, le public était tapageur, deux ou trois bandes pour un enterrement de vie de jeune fille, d'après le bruit. Voilà le truc, il était encore populaire – extrêmement populaire, à en croire cette salle. Pourquoi les huiles de la télévision ne le voyaient-elles pas ?

Il entra en scène et prit quelques instants pour savourer la sensation, son estomac ayant retrouvé sa stabilité. Il agita un sourcil lubrique vers une femme du premier rang et elle donna l'impression qu'elle allait se pisser dessus. « Qu'est-ce qu'il faut pour obtenir d'une grosse qu'elle couche avec vous ? » cria-t-il à l'intention du dernier rang au balcon. Ils riaient déjà, même avant la chute.

« Facile ! hurla-t-il. C'est du gâteau ! » Comme on l'aimait.

Time, gentlemen

« Bon, fit Andy, je suppose qu'il est temps de rentrer à la maison et de retrouver la douceur des liens du mariage. » Tommy eut un gloussement de sympathie. La femme d'Andy, Rhoda, était d'une architecture très différente de Crystal, dont le modèle était une déesse. « On pourrait croire que si Crystal a effectivement été mannequin de charme, dit un jour Andy à Vince, sans que Tommy l'entende, il y aurait des photos d'elle nue partout sur le web, mais je n'ai pas trouvé quoi que ce soit. Je crois que notre Tommy raconte des bobards.

— Tu as regardé ? demanda Vince, horrifié.

— Bien sûr ! Ne me dis pas que t'as pas cherché. »

Il n'avait pas cherché. Il ne chercherait pas. Ce serait un manque de respect. Après il ne pourrait plus jamais regarder Crystal sans l'imaginer nue.

« Ben, c'est justement l'intérêt, Vince. »

Les hôtes du bar du Belvedere finirent par rentrer chez eux. Attentif à la loi, Tommy Holroyd avait appelé un taxi.

Andy, comme toujours, préférait risquer de se faire

arrêter. Le Belvedere était la résidence secondaire d'un certain nombre de membres de la police qui fermeraient probablement les yeux sur ses transgressions. Il proposa à Vince de le ramener dans le taudis où Wendy l'avait forcé à s'installer, mais il refusa.

S'il devait mourir – et, pour être parfaitement honnête, ça ne l'ennuierait pas tant que ça si ça arrivait – Vince ne voulait pas que ce soit le visage enfoui dans l'airbag de la Volvo d'Andy Bragg. Il y avait de meilleurs endroits – enfoui dans le décolleté violet de Heather à York, par exemple. Il s'imaginait très bien plongeant la tête entre ses seins gros comme des ballons de baudruche. *Regardez qui arrive, ne serait-ce pas Vince !* et ensuite il…

Andy Bragg donna un coup de klaxon en passant à côté de lui. Il ralentit et descendit la vitre côté passager. « Tu es sûr que tu ne veux pas que je te ramène, Vince ?

— Nan, ça va, Andy. Merci. Je suis content de prendre un peu l'air. La soirée est belle. Je m'arrêterai peut-être à la maison, je sortirai le chien avant la nuit. Ça fait un moment que j'ai pas vu Sparky.

— Comme tu veux, l'ami. » Andy partit en rugissant et disparut dans la nuit. Il vivait à trois quarts d'heure de route sur la côte, dans son hôtel, le Seashell – mais Vince savait qu'il essayerait d'y arriver en une demi-heure.

Le Seashell. Ils avaient racheté le Sea View quelques années auparavant, en avaient changé le nom et le présentaient partout comme un « boutique hôtel ».

(« Boutique de luxe », insistait Rhoda.) Quand ils l'avaient repris, c'était un établissement très fatigué, passé de mode. Moquette à motifs rouges et bleus, papier peint Lincrusta taché de nicotine, appliques aux abat-jour frangés et ampoules flammes. Ils mirent tout à nu, dotèrent les sept chambres d'une salle de bains, repeignirent tout en gris, bleus et verts doux, poncèrent et chaulèrent les planchers. « Style Cape Cod », affirma Rhoda, même si ni l'un ni l'autre n'était jamais allé à Cape Cod. En référence à quelque chose de plus britannique, ils avaient donné aux chambres les noms des zones marines – Lundy, Malin, Cromarty et ainsi de suite. En excluant les noms bizarres comme German Bight ou Dooger, qui semblaient dénoter quelque chose de vaguement pornographique.

En réalité, c'était le bébé de Rhoda. Andy s'occupait de « soulever la fonte », comme elle disait – aller en voiture au Cash and Carry, superviser l'entretien, jamais fini, sans parler de la gestion des clients les plus difficiles qu'il fallait apaiser. Il savait s'y prendre – M. Amabilité, comme Rhoda l'appelait parfois, bien que ça ne paraisse pas toujours être un compliment. La résolution de conflit n'était pas le point fort de Rhoda. Elle était plus susceptible d'initier une dispute que d'en faire cesser une.

L'agence de voyages d'Andy – au nom éponyme de Les voyages d'Andy – avait fait faillite il y avait un certain temps et, désormais, il gérait la réincarnation de son entreprise depuis la maison, avec le nom de Rhoda sur les documents de l'entreprise, sous la dénomination plus anonyme d'Exotic Tours.

Il travaillait dans le secteur du voyage depuis aussi longtemps qu'il s'en souvenait. Après un apprentissage chez Thomas Cook, il avait commencé son affaire avec un bureau dans l'agence de quelqu'un d'autre – il se trouvait à Bridlington à l'époque – jusqu'à ce qu'il réunisse assez d'argent pour avoir son propre pas de porte plus loin, sur la côte. En ce temps-là, on vendait encore surtout des formules tout compris – deux semaines à Lanzarote, en Algarve ou sur la Costa Brava, avec vos chèques de voyage dans une main et une bouteille d'huile de bronzage dans l'autre.

La vie était simple, alors. On avait besoin des agents de voyages. Maintenant, ils étaient morts et bien morts, tués par internet. Depuis longtemps, c'était chacun pour soi, dans ce milieu, et on ne pouvait survivre que si on évoluait. Alors, Andy avait évolué, se concentrant sur les niches du business – « un service sur mesure pour satisfaire vos goûts personnels », comme il disait pour décrire son approche. Du tourisme sexuel, en réalité. Des voyages pour des hommes vers la Thaïlande, Bali, le Sri Lanka, où ils pouvaient ramasser des filles dans les bars, des garçons sur les plages, et même trouver une épouse si c'était ce qu'ils cherchaient. Maintenant, ça aussi, c'était parti en couille, si l'on pouvait dire. Les gars s'organisaient tout seuls et Exotic Tours n'avait plus vraiment d'existence que par son nom. Le business d'Andy était devenu clandestin. En ce moment, il s'agissait plutôt d'importations que d'exportations. Rhoda ne s'intéressait pas du tout à ces affaires-là, ce qui était aussi bien.

La pente était glissante. On commençait par vendre des séjours au Club Med à des jeunes de dix-huit ans qui voulaient s'amuser au soleil, et on finissait au bout d'une fourche en train de rôtir comme un bout de viande. Péchés de commission. Andy savait ce qui l'attendait. Il avait été élevé dans un environnement catholique strict, sa mère était féroce dans sa foi. Il allait falloir plus que quelques Ave Maria pour se refaire une virginité.

Le Seashell se trouvait dans un village, ou ce qui passait pour un village bien qu'il réunît surtout des maisons louées pour les vacances s'égrenant le long de la route ou, pour les plus chères, nichées dans la vallée. Il n'y avait pas du tout l'atmosphère de carnaval de mauvais goût qu'on trouvait plus bas sur la côte, pas de salles de jeux, de marchands de fish-and-chips ou d'attractions de fête foraine. L'air n'empestait pas l'huile de friture et le sucre. C'était l'endroit qu'appréciaient les promeneurs de chiens – de jeunes retraités, des gens venus pour la journée (malheureusement) et des couples avec de petits enfants qui voulaient des vacances à l'ancienne, avec pelle et seau. Les « vacances comme à la maison » (il détestait ce concept). Aucun de ces profils ne constituait la clientèle idéale pour le Seashell. Pourtant ils étaient autorisés à vendre de l'alcool et faisaient des « déjeuners légers », ce qui aidait, mais Andy était certain qu'Airbnb signifierait leur mort à plus ou moins brève échéance. Ce ne serait pas grave, ce n'était pas comme s'il manquait d'argent, il nageait dans l'argent liquide, c'était juste dommage qu'il ne trouve pas un moyen de l'expliquer à Rhoda.

Rhoda avait fait du coquillage la signature du lieu. De grosses conques dans les toilettes, des coquilles Saint-Jacques comme porte-savons, des carillons à l'extérieur faits de bigorneaux et de berlingots de mer. Andy était incapable de distinguer un bigorneau d'une moule. Les sets de table dans la salle à manger, très chers, comportaient chacun un dessin de style classique représentant des coquillages. Ils n'auraient pas eu l'air déplacés à Pompéi. Un grand coquillage ornait le centre de chaque table. Rhoda avait elle-même collé des palourdes sur les pieds de lampes IKEA. Andy trouvait qu'elle avait poussé le motif trop loin, elle était comme possédée. Au TK Maxx du MetroCentre à Gateshead, elle avait vu des rideaux de douche avec des coquillages et, maintenant, elle envisageait de faire faire des serviettes de toilette sur lesquelles elle ferait broder le logo de l'hôtel – un coquillage au-dessus d'une paire de S entremêlés. Andy s'inquiétait des connotations nazies. Rhoda, qui avait quelque chose d'un Stormtrooper, trouvait qu'il était vraiment trop sensible, un reproche qu'on faisait rarement à Andy.

Andy avait rencontré Rhoda dix ans auparavant quand elle était entrée dans son agence pour réserver un séjour seule à Fuerteventura. Elle était de passage – elle était représentante pour une entreprise pharmaceutique et c'était une femme formidable à plus d'un point de vue, y compris et surtout en taille. Elle portait un tailleur-pantalon gris mal coupé (qui le fit immédiatement penser au mot « cuissot ») et elle était enveloppée d'un brouillard suffocant composé à parts égales de laque Elnett et de *Poison* de Dior. Une fois qu'Andy eut enregistré sa réservation et accepté les arrhes, il lança : « Une femme magnifique comme vous ne devrait pas être célibataire. » Rhoda avait ri comme une écolière hystérique. Ensuite, elle avait ramassé sa lourde valise contenant ses échantillons et elle était remontée dans sa voiture de société. Néanmoins, cette phrase avait dû faire son effet car, un an plus tard, ils étaient en lune de miel dans un hôtel en Crète pour lequel il avait négocié un super prix.

Rhoda vivait à Luton (« un trou ») à l'époque mais, à l'origine, elle venait de Filey et elle fut soulagée de revenir vers la côte est. L'attraction magnétique du Nord. « Comme un saumon pour la ponte, nota Rhoda. Sauf que je ne vais pas pondre pour de vrai. Dieu m'en préserve. » C'était un deuxième mariage pour l'un comme pour l'autre et Rhoda n'avait pas voulu d'enfant. « Le dernier train est parti depuis longtemps », dit-elle, sans une once de regret. Andy se demandait parfois à quoi ressemblerait la paternité – voir son propre ADN s'exprimer dans un enfant. Mais en même temps, songeait-il, il valait peut-être mieux ne pas imposer au monde la présence d'un autre Andy Bragg.

Au lieu d'un enfant, ils avaient un chien, un terre-neuve appelé Lottie, aussi grande qu'un poney et qui apparaissait sur leur site web comme si elle était une des attractions du Seashell, bien qu'elle restât d'une indifférence et d'un stoïcisme remarquables vis-à-vis des clients. Andy et Rhoda projetaient tout un assortiment d'émotions sur elle, même si, dans les faits, son expression – une espèce d'impassibilité butée – ne changeait jamais. Andy trouvait dommage qu'elle ne joue pas au poker. Elle avait tendance à vous empêcher de passer, comme un meuble inébranlable. Par certains côtés, Lottie lui rappelait sa femme.

Rhoda était déterminée, c'était une de ses plus remarquables caractéristiques. Et l'une des pires, bien sûr. Elle était décidée à faire du Seashell une réussite, même si elle devait droguer les passants et les faire entrer de force. Comme un tigre avec sa proie, se dit Andy.

Lorsque Andy arriva à la maison, il trouva la porte d'entrée verrouillée – les résidents avaient une clé. Il lui fallut plusieurs minutes pour retrouver la sienne et quelques tentatives embrumées par l'alcool pour réussir à la mettre dans la serrure. Il n'était pas question qu'il sonne et qu'il fasse sortir Rhoda du lit – c'était un cauchemar quand son sommeil était troublé. Elle était une hirondelle, pas un hibou, disait-elle. Les différences entre Rhoda et une hirondelle étaient trop immenses pour qu'on puisse les imaginer.

Il finit par entrer, non sans trébucher sur le lambi géant qui servait à bloquer la porte intérieure du porche.

Il passa devant la salle à manger où tout était joliment disposé pour les petits déjeuners du lendemain matin. De petits pots individuels de ketchup et de confiture qui coûtaient un bras et ne servaient à rien, mais apparemment, c'était ça, la définition du « luxe ». On était en haute saison et seules trois chambres sur sept étaient occupées. C'était étonnant, l'impact que pouvait avoir un mauvais avis sur TripAdvisor.

Il dut contourner Lottie, qui dormait comme un loir sur le palier, avant de pouvoir monter à pas de loup jusqu'à la pièce sous les toits qui servait de bureau à Exotic Tours. Il marqua une pause sur le seuil et tendit l'oreille pour s'assurer que Rhoda ne bougeait pas dans la chambre en dessous. Il alluma son ordinateur. Entra son mot de passe. L'écran était la seule lumière dans la pièce et il le regarda fixement pendant un long moment avant de taper une adresse web. Ce n'était pas le genre de site qu'on pouvait trouver sur Google.

*

Crystal fumait une cigarette en douce devant la porte quand elle entendit le bruit d'une voiture qui s'engageait dans l'allée. Plissant les yeux pour distinguer l'identité du visiteur, elle fut parcourue d'un petit frisson de peur. Et si c'était la BMW gris métallisé ?

Les spots dotés de détecteurs de mouvements qui bordaient l'allée s'activèrent soudain et elle vit que ce n'était qu'un taxi – Tommy qui rentrait du Belvedere. « Mercredi », marmonna-t-elle en éteignant le mégot sous son pied.

Elle s'envoya une dose de spray buccal haleine fraîche et prit la pose sur le perron, comme si elle était sur un podium en train de défiler, et, quand Tommy descendit du taxi, elle l'accueillit d'un : « Bonsoir chéri. Tu as passé une bonne journée ?

— Ouais, super, dit Tommy Holroyd. J'ai fait un albatros. »

Crystal fronça les sourcils. Elle n'arrivait pas à imaginer un scénario dans lequel un tel événement pourrait mener à la conclusion que la journée avait été super bonne, en particulier pour l'albatros, mais elle dit : « Ah, bravo ! Je ne savais même pas qu'il y en avait en Grande-Bretagne. »

*

Sam'Sufy. « Le domicile conjugal », comme il était appelé dans le jargon juridique de Steve Mellors. Le cerveau reptilien de Vince guida ses pieds jusque là-bas. Peut-être pourrait-il échanger deux mots avec Wendy, lui demander de baisser ses prétentions dans le divorce pour qu'il ne perde pas absolument tout, surtout sa dignité.

Les lumières étaient allumées, un fait qui l'agaça, car c'était encore lui qui payait les factures d'électricité. Wendy pourrait manifester un peu de compassion, au moins en éteignant les lumières. Elle avait un emploi, après tout, seulement à temps partiel, mais elle pouvait facilement passer à plein temps et gagner plus d'argent, plutôt que de lui prendre tout le sien. (Et la moitié de sa retraite ! Comment une chose pareille pouvait-elle être juste ?) Wendy travaillait au service administratif de l'université de la ville, même si on aurait pu croire qu'elle passait ses journées à extraire du charbon à mains nues, à voir la manière théâtrale dont elle se jetait sur le canapé quand elle rentrait le soir. (« Je suis lessivée, Vince, tu veux bien aller me chercher un verre de prosecco ? »)

Vince se colla à la vitre mais ne parvint pas à voir quoi que ce soit entre les rideaux écartés de la largeur d'un doigt. Il semblait peu probable que Wendy fût à la maison avec un autre homme, ils seraient plutôt en train de se lécher la pomme dans la lueur douce d'une lampe ou d'une bougie flatteuse plutôt que dans la lumière violente de leur grand lustre baroque de BHS. British Home Stores avaient peut-être fait faillite, mais leurs luminaires continuaient à éclairer avec bravoure. On était samedi soir, il se dit que Wendy était sortie faire la tournée des lieux branchés de la ville.

Il posa son front contre la vitre froide pendant quelques instants. La maison paraissait plongée dans un silence mortel. Pas de bruit provenant de la télévision, pas d'aboiement frénétique de Sparky.

« Vince ! »

Vince s'écarta d'un bond de la fenêtre ; ce n'était qu'un voisin – Benny. Un ex-voisin.

« Ça va, mon ami ?

— Je viens juste voir l'ancienne maison, c'est tout.

— Tu nous manques à tous ici.

— Je me manque aussi, lâcha Vince.

— Comment vas-tu, toi ? demanda Benny, le visage empreint d'inquiétude, comme un médecin avec un patient en phase terminale.

— Oh tu sais, fit Vince, avec une amabilité un peu

forcée, peux pas me plaindre. » Tout à coup, il avait perdu toute envie de confrontation avec Wendy. « Je ferais mieux d'y aller. À un de ces quatre, Benny.

— Ouais, Vince, à un de ces quatre. »

Vince se glissa entre ses draps qui sentaient le moisi. Oui, il y avait bien quelque chose de plus pathétique qu'un quadragénaire bientôt divorcé en train de se commander du poisson pour lui seul – c'était un quadragénaire bientôt divorcé traînant un sac de linge sale dans la rue jusqu'à la laverie automatique. La voiture de société avait disparu avec le boulot, le chien avec le mariage et la machine à laver, avec la maison. Qu'est-ce qui lui serait enlevé ensuite ? se demanda-t-il.

Il resta allongé, bien éveillé. Les pubs venaient juste de fermer leurs portes et le vacarme était trop assourdissant pour qu'il puisse dormir. Il entendait le bruit de la salle de jeux Carmody de l'autre côté de la ruelle. Elle appartenait toujours à la famille du même nom. Chaque fois qu'il passait devant, Vince voyait la fille filiforme de Carmody père assise au comptoir, paraissant s'ennuyer à mourir. On parlait de « l'empire » Carmody, juste parce qu'il avait plus d'une salle dans plus d'une ville. Quatre salles de jeux ne font pas un empire, pensa Vince. Et maintenant, où était l'empereur ? Enfermé dans une cellule quelque part – il était déchu. « Voyez mon œuvre, ô Puissants, et désespérez ! » se récita Vince. Il avait appris ce poème de Shelley à l'école. Il avait une excellente mémoire, plutôt une malédiction qu'un don. Carmody allait-il vraiment livrer des noms ? Déchoir d'autres empereurs ? Ou seulement leurs laquais ?

Il était épuisé, mais il supposait que son sommeil serait agité, torturé, comme la plupart des nuits depuis qu'il avait emménagé ici. Le schéma habituel était que, à l'instant où il oublierait ses soucis et s'endormirait, il serait brutalement réveillé par des mouettes faisant leur ballet de claquettes sur le toit en tuiles au-dessus de sa tête.

Vince soupira. Il commençait à réaliser, bien malgré lui, que tout le monde s'en ficherait s'il ne se réveillait pas le lendemain matin. Vince se demandait s'il ne s'en fichait pas, lui aussi. S'il tombait d'une falaise, comme Louise Holroyd, il doutait que le lieu soit marqué d'un bouquet de fleurs fanées. Une larme coula sur sa joue. Je suis très triste, se dit-il. Je suis un homme très triste. Peut-être était-il temps de décréter la fin de la partie.

Une autre !

« Comment on engrosse une nonne ? »

Harry n'avait jamais écouté la chute de cette blague parce que, lorsqu'il l'entendait du haut-parleur en coulisses, il savait qu'il lui restait cinq minutes pour s'assurer que tout était en place pour la sortie de Barclay Jack, côté cour. Mais pas poursuivi par un ours, comme dans Shakespeare. Barclay Jack était l'ours. Dès qu'il quittait la scène, il lui fallait une cigarette et un gin – trois glaçons, une goutte de tonic. (« Et je veux bien dire une goutte, gamin. Le tonic fait coucou au gin, de loin – *capiche* ? ») Harry devait aussi tenir une serviette de toilette propre prête pour que Barclay éponge la sueur sur son visage (et son crâne chauve) ainsi que des lingettes démaquillantes. Après ça, Barclay devait toujours manger un burger. Harry était déjà allé en acheter un, et maintenant il était en train de le faire chauffer dans le petit four à micro-ondes que les danseuses avaient installé dans leur loge, où elles se baladaient à moitié nues sans la moindre gêne. (« Remonte ma fermeture Éclair, s'il te plaît Harry. ») Il était pour elles comme un chiot, amusant et plutôt mignon, mais asexué. Il rêvait parfois d'elles la nuit, d'une manière totalement inavouable.

Les artistes étaient déjà en place dans les coulisses pour le final. Tout le monde se plaignait du dernier rappel, surtout les danseuses, car ce n'était pas un véritable final et il fallait rester planté là pendant toute la durée de la deuxième partie juste pour faire une révérence après dix secondes de levers de jambes en french cancan. Barclay Jack avait insisté là-dessus, disant qu'il refusait d'être seul en scène à la fin comme s'il n'avait pas d'amis. « Mais tu n'as pas d'amis, Barclay », confirma Bunny.

Harry rejoignit les filles (des femmes, en fait) dans les coulisses, où elles se bousculaient comme une volée d'oiseaux géants, l'écrasant entre leurs jambes musclées gainées de bas résille – il n'y avait pas que les grandes plumes de leurs coiffes et de leurs queues, et leurs immenses cils (presque aussi longs que ceux de Bunny) qui lui rappelaient les autruches. Elles sentaient fort parce que leurs costumes n'allaient à la teinturerie qu'une fois par semaine. Leur laque à cheveux et leur maquillage étaient des produits industriels qui émettaient une étrange vapeur chimique, comme de l'ozone.

« Parce qu'un homme cherche toujours une balle de golf ! » hurla Barclay Jack. Harry n'avait jamais eu droit au début de cette plaisanterie-là, mais ça ne lui manquait guère. Une des filles pouffa, bien qu'elle eût entendu le numéro des douzaines de fois – le programme de Barclay était le même chaque soir, pas de changement, aucune variation. Et il détestait les perturbateurs car il était incapable de répondre du tac au tac. C'était drôle, trouvait Harry, mais, pour un comédien, il n'avait que très peu le sens de l'humour. Harry aimait les blagues. Il en connaissait beaucoup. (« Allez, vas-y, fais-moi rire », dit Barclay. « On m'avait affirmé que Mozart était mort, mais ce n'est pas vrai. » « Ah bon ? » « J'ai ouvert le frigo et... mozzarella ! » « Bon sang... Gamin, surtout, ne quitte pas ton job. »)

Il ne restait plus que la blague sur la laitue iceberg et ce serait terminé. Même d'ici on voyait la sueur perler sur le visage de Barclay Jack. Il avait l'air d'être en très mauvaise santé. Depuis le côté jardin, Bunny, tout de paillettes vêtu, fit un clin d'œil à Harry et un geste grossier en direction de Barclay Jack. Bunny était la deuxième tête d'affiche, et sa prestation marquait la fin de la première partie du spectacle. Il avait été applaudi debout ce soir-là – son numéro se finissait sur un tel crescendo que parfois le public ne parvenait pas à se retenir et se levait. Barclay fulminait chaque fois que Bunny avait du succès.

« Un homme entre dans le cabinet d'un médecin avec une feuille de laitue qui lui sort du cul ! brailla Barclay. Alors, le docteur dit "Je ferais bien de jeter un coup d'œil. Baissez votre pantalon et penchez-vous en avant. Mmm... Je vois ce que vous voulez dire. On dirait bien que vous avez un problème, là." Et l'homme dit : "Ben oui, c'est le sommet de l'iceberg, docteur." » Le public rugit son approbation.

« C'est tout pour ce soir. Mesdames et messieurs, vous avez été un putain de bon public, j'espère qu'on vous reverra très bientôt. » Barclay Jack sortit de scène sous un tonnerre d'applaudissements, puis effectua un demi-tour dans les coulisses pour retourner sur scène et saluer. Les lumières furent éteintes avant qu'il quitte la scène une deuxième fois, ne lui laissant pas le loisir d'engranger les applaudissements. Harry savait que l'assistant régisseur allait se faire remonter les bretelles, tout à l'heure.

Harry regarda le sourire factice que Barclay réservait au public se transformer en grimace. « Va me chercher mon verre, grogna-t-il à l'intention de Harry. Et illico presto.

— Oui, Mr Jack. »

QFMM ?

Jackson jouait avec son portable, désœuvré. Il était sur une app de messagerie, mais personne ne lui avait envoyé de message. Il y avait deux canapés dans le salon de la maisonnette, Jackson en occupait un, la reine de Carthage et ses ronflements, l'autre. La télé était encore allumée, sur une de ces chaînes destinées aux vieux insomniaques qui programmaient d'anciennes séries criminelles, vraisemblablement parce qu'elles n'étaient pas chères à l'achat. Un antique épisode d'*Inspecteur Barnaby* laissa la place à un des premiers épisodes de *Collier*. Jackson guetta l'apparition de Julia. Lorsqu'elle vint, elle fut brève. Julia était à la morgue, et tenait dans sa main ce qui était censé être un cœur humain. (« Homme en bonne santé. Pas le moindre signe de problème cardiaque. ») Il y avait sûrement une métaphore cachée là quelque part mais il ne savait pas trop laquelle. Était-ce son cœur à lui qu'elle tenait dans sa main ? (Et était-il un homme en bonne santé ?)

Depuis qu'il s'était installé ici et qu'il la voyait régulièrement grâce aux innombrables allers-retours de Nathan, ils avaient adopté une routine confortable. « C'est comme enfiler une paire de vieilles pantoufles », avoua-t-elle. « Merci, dit Jackson. Exactement ce que j'ai toujours voulu entendre de la bouche d'une femme. » Ils s'étaient embrassés une fois – non, deux fois – mais ce n'était pas allé plus loin, et un de ces baisers avait eu lieu à Noël, donc ne comptait pas vraiment.

Il avait enfin réussi à convaincre Nathan d'aller se coucher – la même bagarre pénible tous les soirs. « Pourquoi ? Je ne suis pas fatigué », répétait-il inlassablement dans l'espoir d'épuiser Jackson jusqu'à l'indifférence. Il s'était mis debout pour lui dire bonne nuit, retenant son envie de serrer son fils dans ses bras par peur d'être repoussé. Il devrait favoriser plus souvent le contact, comme Julia. (*Tu me le tiens, s'il te plaît ?*) Nathan était probablement encore réveillé là-haut, en train d'échanger sur Snapchat dans la lueur argentée de la lune. Ce soir-là elle était plus dorée qu'argentée, grosse et ronde, accrochée dans le sombre ciel nocturne au-dessus du bois. Jackson n'avait pas tiré les rideaux et, par la fenêtre, il la voyait monter. Il entendit une chouette. Avant de vivre ici, il pensait que les chouettes poussaient de petits cris de conte de fées – *touit-ta-houou* – mais, à entendre celle-ci, on aurait dit un vieux bonhomme avec une mauvaise toux de gros fumeur.

Le téléphone sonna. Jackson soupira. Il n'y avait qu'une seule personne qui l'appelait à cette heure.

« Tu es au lit ? Tu veux que je te raconte histoire ? Histoire pour dormir ? » ronronna Tatiana. Jackson aurait préféré qu'elle n'ait pas toujours la voix d'une opératrice de téléphone rose. Et non, il n'avait jamais appelé un téléphone rose – mais il imaginait que ces services étaient assurés (et assumés) non pas par les Tatianas de notre monde mais par des femmes épuisées et adroites, des mères de famille qui débitaient des saletés à leurs invisibles clients tout en rangeant les affaires de football de leur fils ou en touillant une sauce bolognaise. Des femmes âgées complétant leur retraite, un œil sur leur jeu télévisé favori avec le son coupé tout en prétendant être emportées par l'extase.

« Non, je ne suis pas couché. » Même si ça avait été vrai, il l'aurait nié. Il se serait senti vulnérable et étrangement asexué. « Et si tu me disais juste ce qui se passe, fit-il. Tout va bien ?

— Tout va bien, oui.

— Où es-tu ?

— Dans un taxi. Je viens de quitter Malmaison. Robbie est très vilain garçon. » Parfois – plutôt souvent –, Jackson avait l'impression que Tatiana était parfaitement capable d'utiliser les temps verbaux, les articles et toutes les petites particularités de la grammaire, mais qu'elle préférait parler comme une Russe de sitcom. « Je le rencontre dans bar d'hôtel et je dis "Vous voulez offrir verre à moi ?" et après je dis j'ai chambre ici, est-ce qu'il veut monter ? Il dit *da*, je dis "Vous avez petite amie ?".

— Et il dit ?

— *Nyet*. Il dit qu'il est célibataire et sans tache.

— Sans attache, corrigea-t-il. Est-ce que tu as enregistré tout ça ?

— *Da*. T'inquiète pas. »

Devrait-il s'inquiéter ? Son boulot consistait à protéger les femmes (oui, vraiment), pas à les payer pour qu'elles se mettent dans des positions où elles prenaient des risques. Et si cette mission lui créait des ennuis ? Elle n'était pas comme la plupart des femmes, bien entendu, elle était sibérienne et probablement capable de fracasser la tête d'un homme entre ses cuisses puissantes comme un casse-noix.

Tatiana n'apparaissait pas dans sa comptabilité, bien que Jackson fût plus que prêt à la déclarer, à faire prélever son impôt sur le revenu et sa couverture sociale et tout ce qui était légalement requis, mais elle était russe, ce qui était synonyme d'argent liquide. Elle correspondait à absolument tous les clichés. Parfois, il s'imaginait apprendre qu'elle n'était pas du tout sibérienne mais née dans un endroit comme Scunthorpe ou Skegness et qu'elle avait été employée dans la plus grande chaîne de boulangerie du Royaume-Uni avant de décider de se réinventer.

« Pauvre petite amie – comment elle s'appelle, déjà ?

— Jenna, dit Jackson. Tu connais très bien son nom.

— Y aura pas robe de mariée. » Tatiana n'éprouvait aucune empathie. Elle ferait un parfait assassin. En fait, il ne serait pas étonné qu'elle effectue ce genre de contrats, de temps en temps.

« Où est-il, maintenant ? demanda-t-il. Robbie ?

— Dans chambre d'hôtel, il m'attend. Ha. Attente sera longue. Je rentre à la maison. »

Jackson n'avait aucune idée de l'endroit où Tatiana habitait. « À la maison » semblait être une expression bien trop douillette pour elle. Il était plus facile de l'imaginer dans une tanière dans la forêt ou tapie sur une branche d'arbre, un œil ouvert même dans le sommeil, prête à fondre sur une victime innocente, mais non, elle était une créature pleine de surprises. « Je vais me faire chocolat chaud et regarder vieux *Marple*. »

En mettant fin à la communication, Jackson se souvint tout à coup de la fille de l'Esplanade. Il repensa au sac à dos avec les arcs-en-ciel et la licorne, et la vitesse à laquelle elle était montée dans la Peugeot et avait disparu. La culpabilité lui serra la gorge. Il avait encore des contacts dans la police. Demain, il essayerait de découvrir si des filles avaient disparu, de voir si quelqu'un pouvait faire quelque chose avec cette plaque minéralogique floue. Il se sentit mal de l'avoir ainsi oubliée mais la journée avait été longue.

Barclay Jack le turlupinait toujours, luttant pour se libérer de l'ancre qui le maintenait accroché au fond bourbeux de sa mémoire. Oh... ah oui. Il avait fait un truc pour Britain First. Ça devait être ça.

À la télévision, Miss Marple coupait les roses fanées dans son jardin à St Mary Mead. Qu'aurait-elle fait au sujet de la fille ? se demanda-t-il. Il fut distrait de ses pensées par un petit *ding* provenant de son portable. Il avait un message.

EWAN : Salut. Ça va ? Bien ?
CHLOÉ : Ouais, bien. Tfk ?
EWAN : Rien. Tas 14 ans ?

Chloé : 13.
Ewan : Tu fais +
Chloé : Mdr. Tu trouves ?
Ewan : Envoie + photos. Sans fringues, OK ? !
Chloé : Euh… jsp. Tu…
« Papa ? »
Merde. Jackson s'empressa de couper court.
Chloé : Faut qu'j'y aille. Parents.
Ewan : OK. À +

Avec un petit sourire narquois, Nathan dit : « J't'ai chopé en train de regarder du porno ?

— Haha. Non. Le boulot. Confidentiel. » Ce qui était vrai. Une version différente du pot de miel. Jackson se faisait passer pour une jeune adolescente appelée Chloé, et c'était aussi éprouvant qu'il l'avait imaginé quand il avait accepté la mission. « Pourquoi tu n'es pas au lit ?

— J'arrivais pas à dormir. Il y a quelque chose qui fait plein de bruit dehors.

— Une chouette.

— Et j'ai cru entendre quelqu'un crier.

— Un renard. C'est la jungle, là dehors, fiston. »

Darcy Slee

Dans une rue sombre, la banale voiture grise se glissa sans bruit et s'arrêta sous un lampadaire qui avait la bonne idée d'être cassé. Le moteur se tut et le conducteur, d'une apparence presque aussi anonyme que la Peugeot, sortit et referma doucement la portière. La portière passager s'ouvrit et une fille sortit. Le conducteur attendit sur le trottoir qu'elle prenne son sac à dos. Les couleurs des petits arcs-en-ciel s'étaient toutes fondues en gris dans la nuit et la licorne était presque invisible. Elle referma la portière et entendit le couinement lorsque l'homme la verrouilla. Il passa devant, puis se retourna, sourit et dit : « Par ici, viens. » Il s'approcha d'une maison, la clé prête dans la main. Darcy hésita un instant. Quelque chose lui disait qu'elle ferait mieux de courir mais, à treize ans, elle n'avait pas encore appris à se fier à son instinct, alors elle jeta son sac sur une épaule et suivit l'homme.

Écumeur de plages

Jackson emmena Dido faire son petit tour matinal. Il avait laissé Nathan endormi dans son lit. Son fils était assez grand pour rester seul, non ? Ce n'était pas illégal et, de toute manière, Jackson pouvait être sûr qu'il serait encore profondément endormi quand il rentrerait. Lorsque Jackson avait treize ans – il entendait presque Julia en train de soupirer à l'idée de ce qu'il allait penser, alors il céda et laissa l'idée partir ; elle descendit en flottant doucement pour rejoindre les autres débris jonchant le fond de sa mémoire. Dans une minute, il rentrerait, virerait Nathan de son antre, lui donnerait son petit déjeuner, puis les ramènerait, le chien et lui, à Julia. Vingt-quatre heures de liberté, songea-t-il.

Il lança une balle pour Dido, un lancer tout doux qui alla juste assez loin pour lui rappeler qu'elle était encore un chien, mais pas assez loin pour que ses hanches rouillées se grippent. Elle partit la récupérer en trottinant laborieusement, puis revint avec la balle et la déposa à ses pieds. Elle était couverte de bave et de sable, et Jackson se dit qu'il devrait acheter un lance-balles.

La plage était presque déserte à cette heure, il n'y avait que Jackson et les habituels promeneurs de chiens matinaux. Ils se saluaient d'un « B'jour » marmonné ou d'un « Quelle belle journée » (c'était vrai). Les chiens étaient plus enthousiastes, se reniflant les parties en connaisseurs. Dieu merci, les maîtres n'étaient pas obligés de faire de même, se dit Jackson.

Whitby était visible de là où il se trouvait, à trois kilomètres au sud en suivant la côte, le squelette de l'abbaye posé en haut de la falaise. La marée descendait, c'était clair, décida-t-il. La plage était propre et luisante dans le soleil du matin. Chaque matin est une promesse, pensa Jackson, et il se reprocha cet aphorisme de carte de vœux. Non, pas de carte de vœux – il avait vu cette phrase écrite dans la boutique de Penny Trotter, La Malle aux trésors, sur une pancarte en bois. Elle en avait beaucoup du genre *Prudence – Enfants élevés en plein air* et *Comptez les souvenirs, pas les calories* (une devise qu'elle appliquait, s'il fallait en croire son tour de taille), sans parler de l'omniprésent *Restez calme et avancez*, un conseil banal qui avait le don de mettre Jackson en colère.

Un peu plus loin devant, quelque chose avait été déposé sur le sable par le reflux. Dido trempait ses pattes dans l'eau aussi délicatement qu'une douairière venue barboter, et reniflait l'objet. On aurait dit un sac. Jackson appela Dido pour qu'elle revienne près de lui, il n'aimait pas les sacs abandonnés, même ceux qui donnaient l'impression d'avoir passé la nuit dans l'eau. En approchant, il eut tout à coup la gorge serrée. Malgré le fait que le sac était trempé et décoloré par son séjour dans l'eau, Jackson voyait encore les petits arcs-en-ciel. Et la licorne.

« Merde. » Dido lui lança un regard plein d'empathie, à défaut de compréhension.

« J'étais policier, avant.
— Ouais, ils disent tous ça, fit le sergent de garde.
— Vraiment ? » Surprenant, pensa Jackson. Et qui étaient ces « ils » ? Des hommes qui venaient au commissariat en prétendant qu'il s'était passé quelque chose, ce qui était précisément ce qu'il était en train de faire depuis dix minutes, sans le moindre résultat.

« C'est la vérité, protesta-t-il. J'étais membre de la police du Cambridgeshire. Et maintenant, je suis détective privé. J'ai une licence », ajouta-t-il. Cela paraissait foireux, même à ses oreilles.

Il avait rapporté chez lui le sac à dos avec la licorne et les arcs-en-ciel et l'avait examiné tandis que Nathan enfournait des Crunchy Nut dans sa bouche comme un soutier en train de pelleter du charbon dans les chaudières du *Titanic*. Ces céréales étaient sur la liste des produits interdits, mais où se trouvait donc le granola quand on en avait besoin ? « Ne le dis pas à ta mère, lança Jackson.
— Qu'est-ce que c'est ? C'est dégoûtant.
— Ce n'est pas dégoûtant, juste mouillé. » Le sac à dos avait un peu séché, puisqu'il avait passé la dernière heure suspendu tout près de la cuisinière Aga. Oui, Jackson vivait avec une Aga. Il l'aimait

bien. Finalement, c'était un objet plus viril qu'il ne l'avait cru.

« Tu ne le reconnais pas ? demanda Jackson.

— Nan.

— La fille hier – celle sur l'Esplanade, qui faisait du stop. »

Nathan haussa les épaules. « Vaguement. Ouais, tu croyais qu'elle faisait du stop.

— Oui, celle-là. Elle en avait un exactement pareil. Il faudrait une incroyable coïncidence pour que ce ne soit pas le sien. » Jackson ne croyait pas aux coïncidences. « Une coïncidence est juste une explication qui attend de se révéler » – c'était un de ses mantras. Ainsi que « S'il y a assez de coïncidences, elles se combinent pour donner une probabilité », qu'il avait repris d'un vieil épisode de la minisérie *Law and Order*. « Pourquoi il se retrouverait dans la mer ? s'étonna-t-il.

— Sais pas », fit Nathan.

Je me sentirais moins seul si je parlais à Dido, pensa Jackson. « Moi non plus. Mais ça n'augure rien de bon. »

La première fois que Jackson avait vu la licorne, c'était à Scarborough, à une trentaine de kilomètres au sud. Les courants avaient-ils ramené le sac jusqu'ici ? Ou avait-il été perdu – ou jeté à la mer – plus près d'ici ? Les vents, les marées, les courants ; c'était les forces qui gouvernaient le monde, n'est-ce pas ? Et pourtant, il ne les comprenait pas du tout.

La fille avec le sac à dos licorne. On aurait dit le titre d'un de ces polars scandinaves qu'il ne lisait pas.

Jackson ne les aimait pas beaucoup – trop noirs et trop entortillés, ou alors, trop lugubres. Il aimait quand les romans policiers étaient joyeusement irréalistes, même s'il ne lisait plus beaucoup, aucune littérature. La vie était trop courte et Netflix, c'était trop bien.

Le sac à dos licorne n'avait livré aucun indice. Pas de porte-monnaie, pas même une brosse à cheveux ou une carte de bus détrempée. « Je le déposerai dans un commissariat tout à l'heure », dit-il à Nathan. Il n'y avait pas de commissariat près de l'endroit où il habitait. Que la vallée, les bois, un magasin, un chapelet de résidences secondaires et de maisons appartenant aux employés des domaines voisins. Parfois des vaches. Et un hôtel aussi – le Seashell. Il y avait déjeuné dans le jardin avec Julia et Nathan. Très moyen. Des tourtes au poisson, des puddings au caramel collant, ce genre de choses. Tout était servi dans des plats individuels. « Du congélateur au four à micro-ondes, direct », releva Julia d'un air méprisant, alors que c'était exactement sa façon de cuisiner.

« OK », répondit Nathan avec un haussement d'épaules, qui ne s'intéressait ni à la genèse ni à l'exode du sac à dos licorne. Son sac à dos à lui était énorme, et orné d'un énorme logo. Même sa coque de téléphone portable était couverte de logos. Les adolescents étaient comme des hommes-sandwichs sur pattes, couverts de publicité gratuite pour le grand capitalisme malfaisant. Où est passée l'individualité ? se demanda Jackson. (« Oh, ça suffit avec l'*Hymne à la jeunesse perdue* », railla Julia.)

« Allez, termine. On y va.

— Dans une minute.
— Maintenant.
— Dans une minute. Il faut que je finisse ça. » Il était en train d'instagrammer ses céréales. Non, il se photographiait, lui, les cornflakes se trouvaient par hasard dans le champ. Les adolescents ne photographiaient pas la nourriture devant eux, ce n'aurait pas été cool – c'était ce que les Gary et Kirsty pas cool de ce monde faisaient, prenant chaque repas qui passait sous leur nez. L'agneau kandhari à la Bengal Brasserie sur le Merrion Way. Le poulet pad thaï à Chaopraya. Kirsty et son cocktail préféré – daïquiri au citron vert – au bar Harvey Nichols. Le daïquiri était plus photogénique que Kirsty. Jackson était allé en vacances en Afrique du Sud quelques années auparavant (une longue histoire) et le personnel du bar ne parvenait pas à comprendre la femme qui l'accompagnait (une histoire encore plus longue) quand elle prononçait le nom de sa boisson préférée – un daïquiri, ou, avec son accent marqué, un « dackeriii ». Elle était irrémédiablement originaire du mauvais côté des Pennines, alors le voyage avait été d'emblée voué à l'échec. Sa soif impressionnante fut finalement étanchée lorsqu'elle apprit à communiquer en le prononçant « daïkiiiriii », grâce à Jackson, enfin, grâce à une devinette à l'humour douteux. (« Comment tu appelles un pull drôle ? Un chan-dail qui rit. » Les personnes présentes trouvèrent ce jeu de mots consternant.)

Jackson, lui, n'aurait jamais bu quelque chose

d'aussi frivole. Un malt sec, une pinte de Black Sheep, un Ricard ou un Pernod, éventuellement.

Kirsty postait toute sa nourriture et ses boissons sur son compte Instagram privé en croyant, à tort, que Penny Trotter ne les verrait jamais. « Les Fat Rascals de Betty à Harlow Carr – quelle tuerie ces scones ! » (Les « Fat Bastards », les appelait Julia.) « Rien n'est plus jamais privé », affirmait Sam Tilling, l'assistant de Jackson ; en plus d'assumer les aspects les plus fastidieux de la surveillance, le gamin détective était aussi un gamin magicien – pas dans le sens Harry Potter du terme (même si, malheureusement pour sa vie amoureuse, il avait des côtés Potter-esques), mais il en savait plus sur les ordinateurs que Jackson n'en saurait jamais dans ses rêves.

« Il va y laisser sa vie », s'alarma Penny Trotter en examinant les photos la dernière fois qu'il était venu à La Malle aux trésors. La main de Gary ornée d'une alliance se trouvait sur la photo, elle se tendait vers un millefeuille. Il était diabétique. Type 2, supposa Jackson – c'était ainsi que la race humaine allait disparaître, sur une montagne de sucre et de gras –, mais non, sa fidèle épouse annonça type 1. « La totale, injections quotidiennes d'insuline », qu'il fallait lui rappeler. « Il est le genre d'homme qui a besoin d'être materné », ajouta Penny. Est-ce que Kirsty le savait ? se demanda Jackson. Est-ce qu'elle le resservirait constamment en Fat Rascals si elle était au courant ? Est-ce qu'elle le maternait ? Cela paraissait peu probable.

« Allez, bouge, fit Jackson.

— Dans une minute.

— Parce que c'est important que tu te prennes en photo, dit Jackson la voix pleine de sarcasme.

— Ouais, ça l'est. » (« Tu ne peux pas lui imposer tes propres valeurs », affirma Julia. Je peux essayer, en tout cas, pensa Jackson. C'était son boulot, de faire de ce garçon un homme.)

Il devrait être content de ne pas avoir à forcer son fils à aller à l'école tous les matins. Content également que Nathan ne monte pas dans les voitures d'étrangers avant de disparaître dans la nuit. Jackson avait installé un traceur GPS dans le portable de son fils, mais il aurait volontiers glissé une puce sous la peau de son cou s'il avait pu. Il avait étudié la question mais il s'était avéré que ce n'était pas si simple, et qu'il lui faudrait implanter un récepteur et une encombrante batterie aussi. À son avis, Nathan n'aimerait pas trop.

Il entreprit de mettre ses troupes en ordre de marche, Nathan à la place passager, Dido à l'arrière. Il se sentirait mieux si la chienne avait une ceinture de sécurité. Elle se tenait toujours assise bien droite en bon copilote guettant le danger, mais elle serait catapultée comme un boulet de canon à travers le pare-brise s'il était obligé de freiner sec. Il jeta le sac à dos vide dans le coffre.

Il démarra le moteur et demanda à Nathan : « Un peu de musique ? » mais avant qu'il ait eu le temps de prononcer « playlist », Nathan hurlait des protestations véhémentes. « Papa, s'il te plaît, pas ces horribles

181

merdes que tu écoutes. » Ils s'accordèrent sur Radio 2 – un grand compromis de la part de Nathan.

Lorsqu'ils arrivèrent au Crown Spa Hotel sur l'Esplanade, Jackson chercha sur Google le commissariat le plus proche pendant qu'il attendait Julia dans le hall de l'hôtel.

« Mes deux personnes préférées ! » s'exclama-t-elle. Jackson en conçut un certain plaisir, jusqu'à ce qu'il se rende compte qu'elle parlait de Nathan et Dido. « Les chiens ne sont pas des personnes, précisa-t-il.

— Bien sûr que si. Tu as prévu quelque chose de sympa pour ta journée libre ?

— Courir après des licornes.

— Super. » C'est ainsi qu'il sut qu'elle n'écoutait pas. Un nombre croissant de gens ne l'écoutaient pas, il l'avait remarqué ces derniers temps.

« Mais vous pouvez certainement me dire si des filles ont disparu ces vingt-quatre dernières heures ? insista-t-il auprès du sergent.

— Non. » Il ne regardait même pas Jackson, mais s'appliquait à paraître très occupé par la paperasse qui envahissait son bureau.

— "Non, aucune fille n'a disparu" ou "Non, vous ne me le direz pas même s'il y en a eu" ?

— Exactement.

— Quoi ? Pas de fille disparue ?

— Pas de fille disparue, soupira le sergent. Maintenant, pouvez-vous vous en aller et "enquêter" sur autre chose ?

— Pas de caméras de surveillance sur l'Esplanade

qui auraient pu enregistrer l'image d'une jeune fille en train de monter dans une voiture ?
— Non.
— Pas de caméras de surveillance ou pas d'image ? »
Il y avait des caméras partout. Impossible de faire un pas en Grande-Bretagne sans être filmé. Jackson adorait ça.
« Aucune des deux.
— Vous n'allez pas chercher ce numéro de plaque dans le registre du service des immatriculations ?
— Non. En revanche, j'envisage de vous arrêter parce que vous faites perdre son temps à la police.
— Non, vous n'y pensez pas, répondit Jackson. Trop de formulaires à remplir. »

Malgré ses protestations, le sergent avait pris le sac à dos pour l'enregistrer aux objets trouvés.
« Personne ne va le réclamer, déclara Jackson.
— Eh bien, laissez votre nom et votre adresse, et si personne n'est venu le récupérer, dans six mois, il vous appartiendra. »
Jackson avait fait une photo du sac à dos avant de partir de la maison – il photographiait tout, ces temps-ci, on ne sait jamais quand on risque d'avoir besoin de preuves. Malgré tout, il était contrarié de laisser le sac, c'était le seul et unique lien tangible qui le reliait à l'insaisissable jeune fille et, maintenant, il allait disparaître au fond d'un cagibi noir.
Il remonta dans sa Toyota et reprit la route de la côte. Rentrons au ranch pour passer quelques appels téléphoniques, songea-t-il, réclamer quelques faveurs.

Libéré des préjugés musicaux de Nathan, il fouilla dans ses CD et mit Lori McKenna. Il imaginait toujours que Lori était quelqu'un qui comprendrait sa mélancolie. *Wreck you*, chanta-t-elle. C'est ce que les gens faisaient tout le temps, non ? D'une manière ou d'une autre.

Il soupira. La journée n'était pas très avancée, mais on avait la sensation qu'elle réservait désormais moins de promesses. Il n'y avait pas de pancarte affirmant cela dans la boutique de Penny Trotter.

La dame au petit chien[1]

À leur grande surprise, le poste les appela en leur demandant si elles étaient toujours sur l'A165.

« Ouais, dit Ronnie. On est au carrefour de Burniston Road.

— Eh bien, faites demi-tour et prenez la direction de l'ouest. On nous a signalé un meurtre. Tout le monde est pris sur un truc chaud qui vient de commencer en ville – un groupe de motards agités ou une émeute de jeunes, ce n'est pas clair. Vous êtes les plus proches. »

Ronnie et Reggie échangèrent un regard et grimacèrent, les yeux leur sortant de la tête. Parfois, c'était comme si elles communiquaient par télépathie. Ronnie s'empressa de rentrer l'adresse dans leur GPS.

« La Criminelle ne va pas tarder, mais est-ce que vous pouvez garder la boutique jusqu'à leur arrivée ? » Elles avaient pour mission de sécuriser la scène de crime, rien d'autre. Ce n'était pas leur domaine, après tout.

---

1. Titre d'une nouvelle d'Anton Tchekhov.

« Aucun problème, on y va. »

Elles échangèrent un sourire avant d'allumer leur gyrophare et de mettre la sirène en route. Reggie remonta ses lunettes de soleil sur son nez, examina la circulation alentour et accéléra. Elle était une conductrice prudente. C'était rien de le dire. « Punaise, dit-elle, en imitant Taggart. Il y a eu un meurrrrtre.

— Hein ? » fit Ronnie.

Si elles étaient honnêtes, ce qui était presque toujours le cas, Ronnie et Reggie admettraient qu'elles étaient un peu tendues. Elles avaient toutes les deux vu beaucoup de morts – à la suite de prises de drogue, d'alcool, d'incendies, de noyades, de suicides – mais les vrais meurtres étaient rares.

L'appel au 999 avait été passé par un certain Leo Parker, un élagueur qui était arrivé sur les lieux « pour abattre un arbre » (ce qui pour Reggie équivalait à un crime mafieux). Au lieu de quoi il avait découvert un corps – une femme allongée sur la pelouse. Abattue, pensa Reggie.

« C'est tout ce que nous savons, avait expliqué l'agent par radio. Les ambulances sont empêtrées dans ce gros incident dont je parlais, mais l'homme est formel : elle est morte. »

Dans l'allée menant à la maison, il y avait une camionnette avec *L'ami des jardins* écrit sur le flanc, et garée devant se trouvait une énorme machine dont Reggie devina qu'il s'agissait d'une broyeuse quelconque. On aurait dit qu'on pouvait mettre un arbre entier dans l'engin. Ou un corps, en l'occurrence.

Un homme était assis à la place passager du van, il fumait et il semblait sur le point de lâcher son goujon (Reggie adorait cette expression). « Mr Parker ? » demanda Reggie ; il désigna un autre homme, moins prêt à lâcher son goujon, qui se tenait à côté du portail donnant sur le jardin. Il était coiffé d'un bun, une sorte de chignon style pseudo-viking et portait une ceinture à outils et un harnais. « Un peu suffisant, non ? » murmura Ronnie. Il eut l'air méfiant quand elles approchèrent, brandissant leurs insignes. Souvent elles s'entendaient dire par des gens du public ou même des délinquants (parfois, les deux se télescopaient, bien sûr – assez souvent, en fait) qu'elles étaient « toutes petites » ou « très jeunes » ou les deux. Et Ronnie répondait : « Je sais, on en a, de la chance ! » et Reggie s'imaginait hurlant *Hi-yah !*

« Mr Parker ? Je suis l'inspectrice Reggie Chase et voici l'inspectrice Ronnie Dibicki.

— Je me suis dit qu'il valait mieux que je monte la garde ici, déclara Mr Bun. Pour sécuriser la scène. »

Était-ce lui qui avait appelé les services d'urgence ?

Oui.

Et savait-il s'il y avait quelqu'un dans la maison ?

Non.

Ronnie repartit vers la porte, sonna et frappa fort. Toutes les lumières étaient allumées mais il n'y avait personne.

Et qui était censé accueillir Mr Parker ?

« La dame de la maison. Je ne l'ai jamais rencontrée,

je me suis contenté de lui parler au téléphone. Une certaine Mrs Easton.

— Comme Sheena ? questionna Reggie en écrivant le nom sur son bloc-notes. Vous avez son prénom ? »

Il ne l'avait pas. Tout ce qu'il savait, c'était qu'elle lui avait demandé de couper un arbre. « Un sycomore », ajouta-t-il, comme si ça pouvait être pertinent. Il prit une cigarette roulée toute cabossée derrière son oreille et l'alluma. « Là », fit-il en gesticulant vers le jardin avec la cigarette. De l'autre côté du portail, Reggie aperçut le corps immobile d'une femme sur la pelouse.

« Êtes-vous entré dans le jardin, Mr Parker ? demanda Reggie.

— Oui, bien sûr. Je croyais qu'elle était blessée, ou malade. »

Ronnie revint. « Personne n'a ouvert, indiqua-t-elle.

— Mrs Easton, dit Reggie à Ronnie. C'est le nom de la dame qui vit ici, apparemment. Continuez, Mr Parker.

— Eh bien, je suis ressorti tout de suite. Je ne voulais rien déranger. Vous savez, pour la police scientifique. » Tout le monde était devenu expert, grâce à la télévision. *Collier* et les séries du même genre y étaient pour beaucoup, pensa Reggie. Malgré tout, il avait fait ce qu'il fallait.

« Bien, reprit Reggie. Restez là, Mr Parker. » Elles enfilèrent des gants et des chaussons bleus et examinèrent les lieux attentivement avant d'entrer dans le jardin. Si quelqu'un avait été assassiné, alors il y avait forcément un meurtrier, et s'il y avait un meurtrier, il rôdait peut-être encore par là, même si ce n'était pas le genre de jardin qui encourageât les rôdeurs. Pas d'arbres, en dehors de celui qui se dressait dans les bordures bien tenues, insipides – on ne pouvait pas le louper. Le sycomore mal-aimé, supposa Reggie. Il y avait une grande terrasse couverte d'un dallage qui ne servait qu'à compliquer la vie à la planète.

Pourquoi Mr Parker était-il tellement sûr que c'était un meurtre et pas un accident ?

« Vous verrez », dit Mr Bun.

Elle était vêtue d'une chemise de nuit et d'un négligé presque transparents, le genre de tenue qu'on portait pour la baise, pas pour une bonne nuit de sommeil. Ronnie et Reggie portaient des vêtements de nuit pratiques pour leurs nuits solitaires. Ronnie enfilait un pyjama et des chaussettes de marche. Reggie dormait en survêtement. Toujours prête à partir en courant. Le Dr Hunter lui avait appris ça.

Il y avait un garage, dont elles s'approchèrent avec précaution. Juste assez de place pour une petite Honda et une tondeuse Flymo. Pas de tueur caché là. Elles concentrèrent leur attention sur la femme.

Elle était couchée sur le flanc et donnait l'impression de s'être simplement endormie par terre parce qu'elle n'avait pas eu l'énergie de se mettre au lit. Cette impression disparaissait quand on s'approchait et qu'on voyait que l'arrière du crâne était enfoncé. Le sang avait coulé sur l'herbe, où il formait une tache d'une couleur boueuse peu attrayante qu'on ne trouverait pas dans une boîte de peinture.

Et il y avait un chien. Qui n'était pas mort, Dieu soit loué, pensa Reggie ; il était en position de sphinx, comme s'il montait la garde auprès du corps. « Fido, dit-elle.

— Quoi ? fit Ronnie.

— Greyfriars Bobby. Fidèle jusqu'à la mort. Les chiens, tu sais, restent auprès de leur maître jusqu'après leur mort. » Fido, Hachiko, Ruswarp, Old Shep, Squeak, Spot. Il y avait une liste sur Wikipédia. Reggie la lisait parfois quand elle avait une grosse envie de pleurer mais qu'elle ne voulait pas se plonger dans son puits personnel de chagrin.

Sadie, c'était le nom du berger allemand du Dr Hunter. Morte depuis longtemps, maintenant, mais si le Dr Hunter était morte, Sadie serait restée à côté d'elle, quoi qu'il arrive. Le Dr Hunter affirmait qu'à part quelques exceptions (Reggie faisait partie de cette liste, Dieu merci) elle préférait les chiens aux gens. Et qu'une des grandes tragédies concernant les chiens, c'était qu'ils ne vivaient pas aussi longtemps que les humains. Le Dr Hunter avait eu un chien quand elle était enfant. Scout. « C'était un si bon chien. » Scout avait été assassiné en même temps que la mère, la sœur et le petit frère du Dr Hunter par une chaude journée d'été, il y avait très longtemps. Cette scène était si vivace dans la mémoire de Reggie que parfois elle avait l'impression qu'elle avait été présente, ce jour-là.

« Reggie ?

— Oui, pardon. Bon chien », dit-elle à l'animal. Il lui répondit par une mine un peu honteuse, comme s'il savait qu'il ne méritait pas un tel adjectif. C'est à ce moment-là que Reggie remarqua que le museau du chien était couvert de sang. Il avait léché sa maîtresse. Peut-être que le chien ne serait pas qualifié pour apparaître sur la liste de Wikipédia, après tout.

Ni Ronnie ni Reggie ne tremblaient devant la scène. Elles supportaient étonnamment bien ce genre de choses. Pas de nausée. Malgré l'aspect très mort de la femme, Ronnie s'accroupit et chercha un pouls dans son cou. « Pour être absolument sûre. Au cas où quelqu'un poserait la question. Quelque chose qui ressemblerait à une arme ? » demanda-t-elle à Reggie.

Reggie parcourut la pelouse des yeux puis alla jusqu'à l'une des platebandes parfaites, sans intérêt. Ronnie la rejoignit et fit : « Ouah », quand elle aperçut le club de golf taché de sang gisant au milieu d'un massif fadasse. Un fragment de crâne y adhérait encore et un peu de matière grise, comme du hachis.

Et là, avant qu'elles aient pu formuler que la preuve était faite, la cavalerie arriva en trombe. Des flics en uniforme, des secouristes, la Criminelle, un médecin légiste, la Scientifique, toute la clique. Reggie en reconnut certains – deux flics en uniforme et un capitaine appelé Marriot qu'elles avaient déjà rencontrée et qui leur annonça qu'elle était l'enquêtrice principale sur l'affaire. « Oh là là, l'entendirent-elles dire tandis qu'elle avançait comme un tank droit sur elles, voilà les Kray.

— Oh-oh, le Fat Controller », murmura Reggie à Ronnie.

Le capitaine était une femme qui aimait bien jouer

les gros bras, et il n'y avait pas que les bras qu'elle avait gros. On aurait probablement pu mettre Ronnie *et* Reggie dans sa peau et il serait certainement resté de la place pour la petite sœur de Ronnie, Dominika.

« J'espère que vous vous êtes pas emballées façon *Suspect numéro 1* sur cette affaire, lâcha le capitaine Marriot. Et vous pouvez filer maintenant, les adultes prennent la relève. »

Elles se sentaient toutes les deux un peu abattues. Avoir été si proches d'une enquête pour meurtre. Et en même temps, si loin. Le capitaine Marriot voulait un rapport écrit de leur part sur tout ce qu'elles avaient fait avant son arrivée, alors elles s'en allèrent, se garèrent sur l'Esplanade et le rédigèrent sur l'iPad de Ronnie.

« Tu sais, Jimmy Savile avait un appartement par ici, dit Reggie.

— L'enfer doit être assez surpeuplé, rétorqua Ronnie.

— Il y a toujours de la place pour un de plus. »

Elles avaient dû quitter la scène de crime avant que le corps ait été identifié, ce qui était frustrant. « C'était forcément la dame de la maison citée par Mr Bun – Mrs Easton, non ? raisonna Reggie.

— J'imagine qu'on le saura assez tôt », fit Ronnie.

Quand elles avaient désigné le club de golf au capitaine, celle-ci l'avait regardé sans beaucoup d'attention avant de demander, à personne en particulier : « Qu'est-ce que c'est ? Un putter ? »

« "Nous sommes arrivées sur les lieux à 10 h 22,

lut Ronnie sur son iPad, et nous avons trouvé un certain Mr Leo Parker qui nous attendait." Comment s'appelait l'autre type ? Celui dans la camionnette. Je n'ai pas noté. »

Reggie fouilla dans son carnet. « Owen. Owen Watts. »

À leur arrivée, Ronnie avait manifesté sa perplexité au vu du nom de la maison, inscrit sur une pancarte accrochée au portail. Elle avait levé un sourcil inquisiteur.

« Sam'Sufy… », prononça Ronnie lentement. Son visage s'éclaira. « Ah… C'est un peu nul, non ?

— Ouais », acquiesça Reggie. Son ventre gargouillait comme un train.

« On pourra aller chercher à déjeuner après le prochain sur la liste », fit Ronnie.

Reggie feuilleta son carnet. « J'ai une petite liste…, chantonna-t-elle.

— Hein ?

— Gilbert et Sullivan. Laisse tomber. Le suivant est un certain Mr Vincent Ives, qui vit à Friargate.

— "Fryer" ? Comme la friteuse ?

— Non, "friar" comme le moine. »

Le coup de grâce

« Mr Ives ? Mr Vincent Ives ? Je suis l'inspectrice Ronnie Dibicki et voici ma collègue, l'inspectrice Reggie Chase. Pouvons-nous entrer ? »

Vince leur ouvrit grand la porte et leur offrit du thé. « Ou du café, mais c'est de l'instantané, malheureusement », s'excusa-t-il. Wendy avait exigé la garde de la machine Krups à moulin intégré.

« C'est très gentil à vous, répondit celle qui avait l'accent écossais, mais ça ira, merci. »

Avait-il fait quelque chose qui méritait une visite de la police ? Comme ça, de but en blanc, il ne trouva rien, mais il ne serait pas surpris de se tromper. Depuis peu, il éprouvait une sorte de malaise général qui le faisait se sentir tout le temps vaguement coupable. Il regarda autour de lui, essaya de voir l'appartement à travers les yeux des inspectrices. Cet endroit était moche, miteux, même si ça ne se traduisait pas dans le montant du loyer.

« Désolé, ce n'est pas très rangé.

— Et si on s'asseyait ? demanda celle qui n'était pas écossaise.

— Désolé. Bien sûr. » Il déplaça des papiers posés sur le canapé, enleva les miettes et le désigna d'un geste qui le fit ressembler à sir Walter Raleigh jetant sa cape par-dessus une flaque devant la reine Elizabeth I pour qu'elle ne se salisse pas les pieds. Il s'en rendit compte et se sentit bête mais elles ne parurent pas s'en apercevoir. Elles s'assirent, croisèrent soigneusement les chevilles et sortirent leurs blocs-notes. On aurait dit des lycéennes appliquées préparant un exposé.

« Est-ce que j'ai fait quelque chose ?

— Oh non. Tout va bien, pas d'inquiétude », le rassura celle qui n'était pas écossaise. Vince avait déjà oublié leurs noms. « Vous n'êtes soupçonné de rien. Nous menons une enquête sur une affaire ancienne et nous effectuons des interrogatoires de routine. Nous enquêtons sur plusieurs individus et nous voudrions vous poser quelques questions. Nous essayons de reconstituer des faits, d'ajouter certains détails manquants. Un peu comme pour reconstituer un puzzle. Votre nom a été cité par quelqu'un...

— Qui ? Qui a cité mon nom ?

— Je suis désolée, monsieur. Nous n'avons pas la liberté de dévoiler cette information. Est-ce que vous voulez bien répondre à quelques questions ?

— Oui, fit Vince prudemment.

— D'abord, je voudrais savoir si vous avez déjà entendu le nom d'Antonio ou de Tony Bassani ? demanda l'Écossaise.

— Oui, comme tout le monde. » Était-ce de cela dont Tommy et Andy parlaient l'autre jour ? Du fait que Carmody avait « donné des noms » ? Mais sûrement pas le mien, pensa Vince.

« Avez-vous déjà rencontré Mr Bassani ?

— Il était membre de mon club de golf, mais c'était longtemps avant que je prenne ma carte.

— De quel club s'agit-il ?

— Du Belvedere Golf Club. »

L'Écossaise écrivait tout ce qu'il disait dans son calepin. Ça ne faisait qu'augmenter son sentiment de culpabilité. Tout ce que vous direz pourra être retenu contre vous, pensa-t-il. Elle progressait dans une liste de points à vérifier, notant soigneusement ses réponses à côté de chaque question. L'autre, la non-Écossaise, prenait des notes librement qui compléteraient celles de sa collègue. Il imagina que ses commentaires à elle étaient plus descriptifs (« Il a dit "oui" avec circonspection », ou « Il a dit qu'il ne savait pas mais il avait l'air fuyant »). Vince avait l'impression de passer un examen.

« Et connaissez-vous le nom de Michael – ou Mick – Carmody ?

— Oui. Encore une fois, comme tout le monde.

— Tout le monde ?

— Eh bien...

— Avez-vous jamais rencontré Michael Carmody ?

— Non.

— Même pas au Belvedere Golf Club ?

— Non. Il est en prison.

— C'est vrai. Et Andrew Bragg ? Connaissez-vous ce nom ?

— Andy ? » Comment Andy pouvait-il sortir dans

la foulée de Carmody et Bassani ? « Je joue au golf avec lui. Au Belvedere.

— Au Belvedere Golf Club ?
— Oui.
— C'est un de vos amis ? s'enquit l'Écossaise d'une voix enjôleuse.
— Oui, enfin, pas un ami d'amitié.
— Quel genre d'ami, alors ? fit la non-Écossaise, un peu perplexe.
— Un ami de golf.
— Alors, vous ne le voyez pas en dehors du club ?
— En fait, si, reconnut-il.
— Alors, ce n'est pas seulement un ami de golf. Et le nom de Thomas – ou Tommy – Holroyd ? L'avez-vous déjà entendu ? »

Vince sentit sa gorge devenir sèche et sa voix commencer à s'érailler. Bassani et Carmody, c'était une affaire de maltraitance. Pourquoi l'interrogeait-on sur Tommy et Andy ? C'était ridicule, ils n'étaient pas comme ça. Oh, mon Dieu, s'affola-t-il, est-ce qu'elles me mettraient en cause ? Il ne ferait jamais une chose pareille. Vince sentit une cascade glacée de terreur se déverser sur ses entrailles. Il n'avait jamais maltraité qui que ce soit ! Qui prétendrait une chose pareille ? Wendy, probablement, juste pour se venger de lui parce qu'il l'avait épousée. « Je n'ai rien fait.

— Vous, non, Mr Ives », assura l'Écossaise d'une voix apaisante tandis que Vince bondissait sur ses pieds, agité. Il aurait volontiers fait les cent pas si la taille de la pièce le lui avait permis. « Asseyez-vous, voulez-vous, Mr Ives ? Nous en étions à Thomas Holroyd.

— Oui. Au Belvedere. Tommy est membre du club. Nous jouons ensemble.

— Au Belvedere Golf Club.

— Avec Mr Bragg ?

— Oui.

— C'est un ami de golf ?

— Oui.

— Et êtes-vous déjà allé dans la maison de Mr Holroyd ? demanda l'Écossaise en consultant ses notes. Le Haven. » Quand elle posait une question, elle penchait la tête sur le côté comme un petit oiseau. Un moineau.

« High Haven, corrigea-t-il. Quelques fois, oui.

— Et pouvez-vous me dire, quand vous étiez chez Mr Holroyd, à High Haven, y avait-il d'autres personnes présentes ?

— Généralement oui.

— Mr Bragg ?

— Généralement oui.

— Mr Bassani ?

— Non.

— Mr Carmody ?

— Non. Je vous l'ai dit. Je ne l'ai jamais rencontré. C'était avant que j'arrive. »

Vince commençait à avoir la nausée. Combien de temps cet interrogatoire allait-il durer ? Qu'est-ce qu'elles essayaient de lui faire dire ?

« C'est presque terminé, Mr Ives », l'informa l'Écossaise, comme si elle lisait dans ses pensées. Elle lui sourit avec sympathie. Comme une assistante dentaire en pleine procédure de dévitalisation.

« Et quand vous vous trouviez dans la maison de Mr Holroyd, reprit celle qui n'avait pas l'accent écossais, pouvez-vous citer le nom de quelqu'un d'autre qui était présent ? À une occasion ou une autre ?

— Eh bien, la femme de Tommy, Crystal. Son fils, Harry. Andy – Andy Bragg, et sa femme, Rhoda. Beaucoup de gens vont chez lui – ils reçoivent souvent, un verre à Noël, une soirée pour la nuit de Guy Fawkes, l'anniversaire de Tommy. Une fête autour de la piscine.

— Ils ont une piscine avec de l'eau ?

— Oui, une piscine intérieure, chauffée, creusée dans le sous-sol. Tommy l'a fait installer quand ils ont acheté la maison. C'était une soirée pour l'anniversaire de Crystal. » Tommy s'était occupé du barbecue à l'extérieur, il ne s'était pas baigné. « Il n'a jamais appris à nager, confia Crystal. Je crois qu'il a un peu peur de l'eau. C'est son... comment dit-on ? Son talon d'Achille. Ça vient du grec, tu sais. C'est un mythe grec, Harry m'en a parlé. » Elle se tenait devant lui en bikini, alors c'était assez difficile de se concentrer sur les mythes grecs. Elle était un peu comme un mythe grec, elle aussi, une déesse blonde sculpturale descendue de l'Olympe. À la simple pensée de Crystal, Vince devenait romantique, la manière dont elle se déplaçait dans l'eau, sa magnifique brasse coulée...

Le souvenir d'elle dans son bikini le fit rougir, le mot « sculpturale » aussi, et il s'inquiéta que les deux inspectrices le remarquent. Les deux femmes penchaient la tête de concert et le contemplaient avec curiosité. « Un barbecue dans le jardin, ajouta-t-il. Avec des steaks, des burgers. Du poulet. Des côtelettes », poursuivit-il d'une voix faible. Il dut faire un effort pour s'empêcher d'énumérer tout ce qui se trouvait sur l'étal du boucher. L'Écossaise écrivait tout, comme pour une liste de courses.

« Y avait-il d'autres gens ? Que vous auriez rencontrés à cet endroit ? À High Haven ?

— Des tas de gens. Ellerman – le gars de l'épicerie en gros, Pete Robinson – c'est le gérant du grand hôtel sur la côte. Toutes sortes de gars. Un type qui est élu local, Brook, je crois. Quelqu'un qui travaille dans le social. Oh, et Steve Mellors. Stephen Mellors. C'est un avocat, il s'occupe de mon divorce. Il joue parfois au Belvedere avec nous.

— Au Belvedere Golf Club ?

— Oui.

— Et c'est votre… ?

— Mon avocat. Et un ami.

— Un ami ? répéta la non-Écossaise.

— Nous étions à l'école ensemble.

— Un ami d'amitié, alors ?

— Un ami d'école », murmura-t-il. Il se sentait complètement idiot.

« Vous vous connaissez depuis longtemps, alors ?

— Oui.

— D'autres personnes ? Lors de ces soirées ? D'autres personnes plus ou moins dans le domaine juridique ?

— Eh bien, un policier, commissaire, je crois.

— Un commissaire ? reprirent-elles à l'unisson.

— Ouais, je crois qu'il était écossais. Comme vous », ajouta-t-il à l'intention de l'inspectrice écossaise comme si elle risquait de ne pas savoir ce qu'il entendait par là.

Les deux femmes se redressèrent et échangèrent un regard. Un regard appuyé, elles semblaient communiquer par télépathie.

« Est-ce que vous vous rappelez son nom ? demanda la non-Écossaise.

— Non, désolé. Je n'arrive même pas à me souvenir du vôtre et vous me l'avez donné il y a à peine cinq minutes. » Même si ces minutes avaient duré des heures.

« Inspectrice Reggie Chase et inspectrice Ronnie Dibicki, lui rappela la non-Écossaise.

— Ah oui, pardon. » (Avait-elle dit « Ronnie di Bicky » ? Sûrement que non. On aurait cru un gangster londonien des années 1960.)

Elles firent une pause, rassemblant leurs pensées. L'Écossaise – Reggie Chase – contempla son bloc-notes en fronçant les sourcils. L'autre, la Bicky, demanda : « Mr Ives, avez-vous jamais entendu l'expression "le cercle magique" ?

— Ouais. Ce sont des magiciens.

— Des magiciens ?

— Comme un syndicat des magiciens. Pas un syndicat, plutôt un... une organisation. Il faut prouver qu'on est capable de faire des tours pour entrer. »

Elles le regardèrent toutes les deux. « Des tours ? » répéta l'inspectrice Bicky d'un ton froid.

Avant qu'il puisse ajouter quoi que ce soit, on sonna. Tous les trois se tournèrent vers la porte, ce bruit était forcément un sinistre présage. Vince hésitait, on aurait dit qu'il avait besoin de leur permission pour ouvrir. On sonna à nouveau et elles le regardèrent, l'air interrogateur. « Je vais y aller », fit-il avec empressement.

La porte s'ouvrait directement dans l'appartement, qui ne disposait même pas du luxe d'une entrée. Deux policiers en uniforme – des femmes – se tenaient sur le seuil. Elles enlevèrent leurs casquettes et lui montrèrent leurs insignes, le visage grave.

« Mr Ives ? Mr Vincent Ives ? Pouvons-nous entrer ? »

Oh mon Dieu, se dit Vince. Qu'est-ce qui se passe encore ?

La Malle aux trésors

Andy Bragg connaissait l'aéroport de Newcastle comme sa poche. Il passait pas mal de temps là-bas, généralement dans un café, à attendre. Autrefois, son agence de voyages se chargeait de faire sortir les gens du pays, désormais, elle s'employait à les faire entrer.

Le vol était en retard ; il en était à son troisième expresso et il commençait à se sentir fébrile. Il savait à quelle table s'asseoir pour avoir le tableau des arrivées dans son champ de vision. Une flopée de vols d'Amsterdam à cette heure de la journée, comme de Charles de Gaulle. Heathrow, Berlin, Gdansk, Tenerife, Sofia. Un avion en provenance de Malaga était en roulage. Celui qu'il attendait fut déclaré « posé », alors il termina son café et se dirigea d'un pas tranquille vers le hall des arrivées.

Il n'y avait pas d'urgence – il leur fallait passer les contrôles de l'immigration et cela prenait toujours un temps infini, bien qu'elles eussent des visas de touristes et une adresse à Quayside qu'elles pouvaient donner. Ensuite, bien sûr, elles devraient récupérer leurs bagages et elles apportaient systématiquement des valises énormes. Malgré tout, il ne voulait pas les manquer, alors il prit place derrière la barrière, tenant son iPad où leurs noms étaient inscrits. Très professionnel – pas un gribouillis à peine lisible sur un bout de papier.

Au bout d'une demi-heure, il commença à croire qu'elles avaient raté leur avion ou n'avaient pas réussi à passer le contrôle des passeports ; c'est alors que les portes coulissèrent dans un bruissement et deux filles apparurent – on aurait dit des sœurs, jetant un regard hésitant. Jean et baskets, de marque, très certainement des contrefaçons. Queue-de-cheval, beaucoup de maquillage. Elles auraient pu être jumelles. Des valises énormes, naturellement. Elles aperçurent l'iPad et il vit l'expression de soulagement sur leurs visages.

Elles le rejoignirent d'un pas décidé et l'une d'elles demanda : « Mr Mark ?

— Non, ma chère, je suis Andy. Je suis envoyé par Mr Price – Mr Mark. » Il tendit la main et elle la saisit. « Jasmine ? » avança-t-il, avec un grand sourire. Regardons les choses en face, elles se ressemblaient toutes. Il avait deviné juste. Il ne s'était pas embarrassé des noms de famille, il n'allait certainement pas commencer à apprendre la prononciation du tagalog. (Était-ce vraiment ainsi que s'appelait leur langue ? On aurait dit le titre d'une émission de télé pour enfants.) « Vous devez être Maria, alors », dit-il à l'autre. Elle lui répondit par un large sourire. Elle avait une poignée de main étonnamment ferme pour quelqu'un d'aussi menu.

« Vous avez fait bon voyage ? » Elles acquiescèrent.

Oui. Hésitantes. Sur leur formulaire de candidature, elles avaient toutes les deux affirmé que leur anglais était « bon ». Elles avaient probablement menti. Comme la majorité des filles.

« Allez, venez, mesdemoiselles, fit-il, d'une voix faussement joyeuse. Sortons d'ici. Vous avez faim ? » Il mima le geste de la cuillère qui porte de la nourriture jusqu'à sa bouche. Elles rirent et hochèrent la tête. Il attrapa les valises, une dans chaque main, et commença à les traîner derrière lui. Bon sang, mais qu'est-ce qu'elles trimballaient – des cadavres ? Elles suivirent, débarrassées de leurs fardeaux, la queue-de-cheval dansant à chaque pas.

« Nous y sommes, les filles », déclara Andy en ouvrant la porte de l'appartement. C'était un studio à Quayside qu'ils avaient acheté quelques années auparavant et dont ils se servaient pour une occasion ou une autre. Il était situé au septième étage, il était propre, moderne, et avait une vue magnifique, si on aimait Newcastle. Maria et Jasmine parurent impressionnées, ce qui était le but recherché. Andy considérait cette étape comme « la caresse dans le sens du poil » – le but étant d'endormir leur méfiance. Il les aurait volontiers emmenées directement aux Bouleaux Blancs mais ni Jason ni Vasily – les hommes de main de Tommy – n'étaient libres pour les prendre en charge et la résidence était « verrouillée », affirma Tommy.

« Une seule nuit », les avertit-il tandis qu'elles exploraient les lieux. C'était le titre d'une chanson, non ? Un spectacle qu'il avait vu avec Rhoda. Ils s'étaient offert un week-end à Londres, avaient fait tous les trucs touristiques, le London Eye, le bus à impériale, la comédie musicale dans le West End. Rhoda connaissait la ville bien mieux qu'Andy et il s'était senti un peu comme le péquenot venu de sa province, à manipuler maladroitement sa carte de transport et à se promener les yeux rivés sur Google Maps affiché sur son portable. Malgré tout, dans l'ensemble, ils avaient passé un bon moment et cette escapade avait rappelé à Andy que, la plupart du temps, il aimait bien être marié à Rhoda, quoiqu'il ne fût pas certain que Rhoda éprouvât le même sentiment à son égard.

Ils avaient laissé le Seashell entre les mains de Wendy Ives. On était hors saison et il n'y avait qu'une seule réservation. Ils auraient pu économiser l'argent qu'ils lui donnaient et confier à Lottie tout le travail. C'était avant que Wendy se sépare d'avec Vince, elle avait déjà cette liaison avec le sauveteur en mer. Rhoda soupçonnait que Wendy se fût portée volontaire pour avoir un endroit où se réfugier avec son nouveau bonhomme tandis que l'ancien restait à la maison, promenait le chien et passait un peu pour un crétin parce qu'il ne savait rien. Maintenant, il était au courant, d'accord. Et Wendy était en train de mettre Vince sur la paille.

Wendy s'était jetée sur Andy un jour où elle avait bu – enfin, ils avaient bu tous les deux, mais il n'aurait pas osé, même s'il avait voulu, ce qui n'était pas le cas. Rhoda était amplement suffisante. Littéralement. Un quart de Rhoda aurait suffi à n'importe quel homme. En plus, elle le tuerait si elle découvrait qu'il avait été infidèle. En le torturant avant, probablement. Mais c'était le cadet de ses soucis. Il avait un secret bien plus lourd qu'il n'avait pas partagé avec elle, qui devenait de plus en plus imposant et encombrant chaque jour.

« Mr Andy ?

— Oui, Jasmine ? » Il était désormais capable de les distinguer l'une de l'autre. Il avait même réussi à retenir leurs noms – quelque chose qui lui était généralement difficile.

« On reste ici ce soir ?

— Oui. Mais seulement une nuit. (*Dreamgirls* – voilà comment s'appelait le spectacle.) Dès demain matin, nous irons aux Bouleaux Blancs. Ils sont en train de préparer votre chambre. »

Il était épuisé. Il les avait emmenées faire des emplettes à Primark, non pas parce qu'elles avaient besoin de nouveaux vêtements, leurs valises étaient pleines jusqu'à la gueule, mais il les avait adroitement aiguillées vers des trucs à paillettes qui ne cachaient pas grand-chose et qui les avaient attirées comme des pies. Elles avaient pris d'interminables selfies. Essayé d'obtenir qu'il pose avec elles. Certainement pas, fit-il en riant, avant de s'écarter. Il n'était pas question qu'il apparaisse sur la page Facebook de qui que ce soit, néanmoins, c'était une bonne chose qu'elles postent une photo ; du coup, tout le monde chez elles verrait qu'elles étaient vivantes et bien arrivées en Grande-Bretagne, et qu'elles s'amusaient. Elles n'étaient pas serveuses, elles travaillaient dans une usine de confection à Manille et elles venaient là pour devenir aides-soignantes. Les maisons de santé étaient pleines de Philippines car les Anglais étaient incapables de prendre soin de quoi que ce soit, surtout pas de leurs propres familles.

Ils avaient ensuite fait des courses chez Sainsbury et il avait aidé les filles à choisir des trucs pour leur soirée. Des plats tout prêts – il y avait un micro-ondes dans l'appartement de Quayside. Elles mangeaient toutes sortes de choses affreuses dans leur pays – des pattes de poulet, des insectes frits, Dieu sait quoi d'autre. Elles avaient arpenté les rayons du supermarché, complètement survoltées. Elles étaient facilement survoltées, toutes les deux.

Son portable sonna. Stephen Mellors. Alias Mark Price. « Oui ?

— Tout va toujours bien avec Bumbum et Bambi ? »

« Mr Price », murmura Andy à l'intention des filles en désignant le téléphone. Elles sourirent et acquiescèrent. « Jasmine et Maria ? dit-il à Steve. Ouais, bien. Je les installe pour la nuit. » Les filles avaient allumé la télé et regardaient le jeu *Pointless*. Elles paraissaient hypnotisées, même si, bien entendu, elles ne comprenaient rien. « On a passé une bonne journée, hein, les filles ? » demanda Andy plus fort en leur montrant son pouce levé et en souriant jusqu'aux oreilles. Elles gloussèrent et imitèrent son geste de manière exagérée. Il était tellement facile de les berner, c'en était criminel. Elles étaient si innocentes, comme des enfants ou des bébés lapins, se dit-il. Des agneaux. Il aperçut son reflet dans un miroir sur le mur et sentit un pincement de quelque chose. De culpabilité ? C'était une émotion nouvelle pour lui. Parfois il se demandait où était passée son humanité. Ah oui, se souvint-il – il n'en avait jamais eu.

« Je te rappelle plus tard », déclara-t-il en raccrochant. Le portable se ralluma presque aussitôt et l'identité de l'appelant apparut – une photo de Lottie. Ce n'était pas vraiment Lottie qui téléphonait, bien sûr, c'était la photo qu'il utilisait pour Rhoda. Il alla se réfugier dans l'étroit couloir pour décrocher.

« Bonjour chérie », dit-il en essayant de ne pas laisser transparaître la lassitude dans sa voix. Cela ne servait à rien de solliciter l'empathie de Rhoda. Elle avait la subtilité d'un train japonais.

« Tu en as encore pour longtemps, Andrew ? Pour finir ce que tu es en train de faire ? »

Pourquoi Rhoda s'était mise à l'appeler Andrew au lieu d'Andy ? Il associait « Andrew » à sa mère, car elle avait été la seule à l'appeler ainsi, et encore, seulement quand il l'agaçait (même si c'était souvent), alors maintenant, il avait l'impression que Rhoda était constamment irritée contre lui. (Était-ce le cas ?)

« Est-ce la voix d'Alexander Armstrong que j'entends ? Tu regardes *Pointless* ? demanda-t-elle, soupçonneuse. Où es-tu, Andrew ? »

Dans un vide dénué de sens, pensa-t-il. « Sur le chemin du retour, lança-t-il gaiement. Veux-tu que je prenne quelque chose en route ? Que dirais-tu d'un repas indien ? Ou chinois ? »

Paperasse

« La probabilité d'un truc pareil est quand même infime, observa Reggie une fois qu'elles eurent quitté l'appartement de Vincent Ives à Friargate. L'homme que nous étions venues interroger au sujet de l'Opération Villette se trouve être précisément l'homme marié à notre cadavre. Quand elle n'était pas un cadavre.

— Je sais. Drôle de coïncidence, acquiesça Ronnie. Bizarre. Très, très bizarre. » Vincent Ives n'était soupçonné de rien, tout au moins par Reggie et Ronnie. Il était une toute petite croix sur leur liste, une pièce sans grand intérêt dans le puzzle – un bout de ciel ou d'herbe – qui avait été mentionné par un barman au Belvedere, et pourtant, maintenant, il était le mari d'une femme assassinée. Du coup, on avait très envie de remettre en question son innocence.

Les deux policières en uniforme qui s'étaient présentées chez Vincent Ives avaient été troublées par la présence de Ronnie et Reggie. Au début, elles pensaient qu'elles étaient des amies d'Ives, et ensuite, elles crurent apparemment qu'elles étaient envoyées par les services sociaux ; ce n'est que lorsqu'elles sortirent leurs insignes et que Reggie dit « Inspectrice Reggie Chase et inspectrice Ronnie Dibicki » que les autres eurent l'air de piger. « L'avez-vous déjà informé ? demanda l'une d'elles.

— Informé de quoi ? fit Ronnie, interloquée.

— À propos de sa femme.

— Et qu'est-ce qui se passe, avec sa femme ?

— Oui, qu'est-ce qui se passe, avec ma femme ? répéta Ives.

— Mrs Easton, répondit une policière d'une voix douce. Wendy Easton, ou Ives, est-ce bien le nom de votre femme ?

— De ma presque ex-femme, murmura-t-il.

— Voudriez-vous vous asseoir, Mr Ives ? dit l'une des policières à Vincent Ives. Je crains que nous ayons une mauvaise nouvelle. »

Assassinée ! Ronnie et Reggie échangèrent un regard, communiquant en silence, les yeux écarquillés. Qui était la personne la plus susceptible d'avoir assassiné cette dame sur l'herbe si ce n'était le presque ex-mari ? L'homme qui était assis sur un canapé juste là, devant elles ! Reggie repensa au club de golf jeté dans le massif de fleurs. « Le Belvedere », murmura-t-elle à Ronnie. « Je sais », marmonna Ronnie à son tour.

Ensuite les policières emmenèrent Vince Ives – il devait les accompagner pour identifier sa femme. Et, hop, le meurtre de Wendy Easton leur filait à nouveau entre les doigts.

Et détail vraiment bizarre, convinrent-elles ensuite, quand elles lui avaient annoncé que sa femme avait été assassinée, la première chose que Vincent Ives avait dite, c'était : « Est-ce que le chien va bien ? »

Elles retournèrent au Seashell.
« Peut-être que Mr Bragg sera à la maison, cette fois. »
Le soleil commençait à se coucher, dessinant de grandes bandes colorées dans le ciel. « "Voyez, voilà le sang du Christ qui ruisselle dans le firmament", déclama Reggie, en pensant au Dr Faust.
— Hein ? » fit Ronnie.

« Bonjour à nouveau, Mrs Bragg. Est-ce que Mr Bragg est rentré ?
— Non.
— L'attendez-vous bientôt ?
— Non.
— Je vais vous laisser ma carte, dans ce cas. Pourriez-vous lui demander de nous appeler ? »

« "Ils le cherchent par ici, ils le cherchent par là" », déclama Reggie lorsqu'elles furent remontées dans la voiture. Elles partagèrent un paquet de fruits secs. « Le Mouron rouge, ajouta-t-elle. Il était connu pour être insaisissable. Comme notre Mr Bragg.
— Peut-être que nous devrions prendre une chambre, dit Ronnie. On arriverait à lui mettre la main dessus. »
Elles finirent les fruits secs. Ronnie plia l'étui et le glissa dans le petit sac en plastique qui leur servait de poubelle. Même leurs ordures étaient rangées.

« Il ne nous reste plus qu'à rentrer à la maison, soupira Ronnie. Et nous mettre à travailler sur les archives.

— Ouais. » Reggie commençait à bien aimer la manière dont elles l'appelaient spontanément « la maison ».

Elles avaient chargé les boîtes sur le siège arrière – la voiture en était pleine, à l'exception de l'espace que Reggie et Ronnie s'étaient gardé pour elles. Les cartons, ces passagers non désirés, commençaient à les oppresser. Reggie et Ronnie avaient fait leurs devoirs, elles connaissaient l'affaire Bassani et Carmody dans ses moindres détails, et il était peu probable qu'elles trouvent quoi que ce soit dans les archives qui n'ait déjà été passé en revue ; la plupart des choses importantes étaient sur support informatique, de toute manière.

« Ben ça alors, s'étonna Ronnie. Quand on parle du loup.

— Quoi ?

— Là-bas, assis sur le banc. Ce n'est autre que notre vieil ami Mr Ives, on dirait.

— Il est bien loin de chez lui. Qu'est-ce qu'il fait ici, à ton avis ? s'étonna Reggie.

— Bizarre, hein ? Peut-être qu'il cherche Andy Bragg aussi. Bien sûr, ils ne sont pas amis d'amitié, ajouta Ronnie en riant.

— Peut-être qu'il est venu lui dire que nous avons posé des questions sur lui. Ou lui parler du meurtre de sa femme. Je me demande s'il est considéré comme suspect.

— Attention ! s'exclama Ronnie. Il bouge. »

Elles observèrent Vincent Ives qui entrait dans le parking derrière la digue, se dévissant le cou pour voir la direction qu'il prenait. Il monta d'un pas lourd les marches qui allaient du parking au sentier de la falaise.

« Promenade du soir, dit Ronnie. Peut-être qu'il veut un peu de paix pour pleurer la presque ex-Mrs Ives.

— Plus "presque ex", remarqua Reggie. Complètement ex, désormais. »

Elles décidèrent de rester un peu, des fois qu'Andy Bragg rentre chez lui ou que Vincent Ives revienne et fasse quelque chose d'intéressant. Elles sortirent de la voiture et s'appuyèrent sur le muret pour profiter de la brise marine et apprécier les dernières minutes du coucher de soleil et l'immensité de la mer du Nord. La marée était haute, et les vagues se soulevaient pour venir se jeter contre la digue et la promenade.

« On se demande à quoi ça peut ressembler en hiver, remarqua Ronnie.

— Ça doit être assez impressionnant. » Reggie pensa qu'elle deviendrait folle dans un endroit pareil. Un coureur qui traversait le parking en petites foulées attira son regard. La quarantaine, écouteurs dans les oreilles. Elle eut un hoquet de surprise.

« Quoi ? fit Ronnie.

— Ce type, là.

— Celui qui monte vers la falaise en courant ?

— Ouais. Celui-là. Je le connais.

— C'est le jour des coïncidences, on dirait.

— Tu sais ce qu'on dit, fit Reggie.

— Non, qu'est-ce qu'on dit ?

— Une coïncidence est juste une explication qui attend de se révéler. » Ou du moins, pensa Reggie, c'était ce que répétait l'homme qui courait vers la falaise.

« Tu as vu ça ? » s'enquit Ronnie.

Elles fouillaient dans le fourbi des cartons insondables, l'ampleur de la tâche un peu adoucie par la pizza extra-large et la bouteille de Rioja qu'elles avaient achetées au Co-op à Whitby en rentrant. Il ne faisait pas assez froid pour justifier un feu mais Reggie en avait allumé un quand même et il crépitait joyeusement dans l'âtre. Cela paraissait parfaitement approprié quand on était dans une maisonnette au bord de la mer. Elle n'avait jamais fait de feu auparavant, et elle dut regarder comment s'y prendre sur Google. Mais elle était assez fière du résultat.

« Vu quoi ? » demanda-t-elle.

Ronnie brandit un vieux morceau de papier chiffonné. « C'est le compte rendu d'un procès de 1998. On dirait une procédure de transfert de propriété, concernant un appartement à Filey. Il est question de "flying freehold" – qu'est-ce que c'est ?

— Je crois que c'est quand on ne possède pas le sol sous sa propriété. Si tu as une pièce au-dessus d'un porche, par exemple, ou un balcon placé au-dessus du terrain de ton voisin.

— Comment tu sais ce genre de choses ?

— Je suis une banque de connaissances inutiles, dit Reggie. Il y a un siècle, j'aurais été une bête de music-hall. Comme Mr Memory dans *Les Trente-neuf Marches*.

— Les quoi ?

— *Les Trente-neuf Marches*. C'est un film de Hitchcock. Célèbre. » Reggie se demandait parfois si Ronnie avait ouvert un livre ou regardé un film ou assisté à une pièce de théâtre. Elle était une béotienne en tout. Reggie ne lui en voulait pas pour autant, en réalité, elle l'admirait. Elle qui avait tout lu et tout vu, de l'*Iliade* à *Passeport pour Pimlico*, elle n'avait pas l'impression que ça lui avait fait tellement de bien. En tout cas, ça ne l'avait pas aidée à garder Sai.

« Bref. Il est dit ici que l'acheteur n'était pas informé du "flying freehold" et que l'avocat de l'acheteur va poursuivre l'avocat du vendeur. Pour déclaration inexacte, apparemment. L'acheteur était Antonio Bassani, mais ce n'est pas le plus intéressant. L'avocat qui le représentait au tribunal était Stephen Mellors. Tu te souviens de ce nom ?

— L'avocat de Vincent Ives », répondit Reggie. Elle attrapa son carnet, tourna les pages et lut à haute voix : « *Il est avocat, il s'occupe de mon divorce, il joue parfois au Belvedere avec nous*.

— C'est un ami d'école, rappelle-toi. Ils se connaissent depuis très longtemps.

— Il y a d'autres vieux trucs comme ça, là, signala Reggie en passant à sa collègue un dossier mince, dont le carton était devenu duveteux avec les années. Des éléments sur le patrimoine de Bassani dans les années 1970, surtout. Des terrains de caravaning. Une maison de retraite. Des appartements à Redcar,

Saltburn, Scarborough. On peut facilement imaginer un propriétaire dont la réputation concurrençait celle de Rachman.

— Qui ça ?

— Laisse tomber. Ces documents ont dû être épluchés dans le détail par les comptables de la police à l'époque du procès, tu ne crois pas ?

— Sais pas. Est-ce qu'il faut qu'on ouvre une autre bouteille ? »

Deux petites chambres étaient aménagées sous les avant-toits, chacune offrant un lit étroit, le genre de lit où une tante vieille fille aurait pu se voir reléguée. Ou une bonne sœur.

« On dirait un béguinage, dit Reggie.

— Hein ?

— C'est comme un couvent laïc pour les femmes, une communauté religieuse datant de l'époque médiévale. Il y en a un à Bruges. Magnifique. Il n'y en a plus guère aujourd'hui. C'est bien dommage. » Reggie était allée à Bruges avec Sai, en prenant un ferry de nuit jusqu'à Zeebrugges. Elle avait eu le mal de mer du début à la fin de la traversée et il avait tenu ses cheveux pendant qu'elle vomissait dans la cuvette en acier inoxydable des toilettes, dans la minuscule salle de bains de leur cabine. « Il n'y a pas de plus grand amour que celui… du petit ami », avait-il dit en riant. Après qu'il était parti épouser la fille que ses parents avaient choisie pour lui, Reggie était allée chez le coiffeur et avait demandé qu'on lui coupe les cheveux court, un rituel que les femmes pratiquaient depuis des temps immémoriaux, ou au moins depuis que le premier homme avait largué la première femme. Adam et Ève, peut-être. Qui connaissait la tournure qu'avait pris leur union quand Adam avait cafté à Dieu qu'Ève s'amusait avec l'arbre de la connaissance ?

« En même temps, qui veut d'une femme qui sait quelque chose ? demanda Reggie à Ronnie sur un ton revêche.

— Sais pas. Une autre femme ? »

Point de bascule

Assassinée ? Vince s'était attendu à ce qu'elles l'emmènent dans une morgue ou même sur la scène de crime (ou à « ma maison », comme il l'appelait encore en pensée) pour lui montrer le corps, mais non, elles le conduisirent dans un commissariat et lui tendirent un Polaroid. On aurait pu croire que le fait de divorcer d'une femme vous libérerait de l'obligation d'identifier son corps, mais apparemment, ce n'était pas le cas.

On ne voyait pas vraiment ce qui clochait chez Wendy en regardant la photo. On n'aurait peut-être pas été jusqu'à conclure qu'elle était endormie, mais devant un questionnaire à choix multiple, on ne choisirait pas nécessairement « morte ». Elles lui dirent qu'elle avait eu une blessure à la tête mais elles avaient dû la disposer d'une manière qui rendait invisible toute trace horrible. Elles refusèrent de lui révéler comment avait été infligée cette « blessure à la tête ». Elles expliquèrent néanmoins qu'on avait découvert son corps dans le jardin et qu'à leur avis, elle avait été tuée soit tard la veille au soir, soit au petit jour. Elles durent le solliciter pour qu'il l'identifie

– il restait muet, les yeux rivés sur la photo. Était-ce bien Wendy ? Il fut frappé car elle n'avait pas de traits particulièrement distinctifs. Il n'avait jamais vraiment remarqué cela auparavant.

« Mr Ives ?

— Oui, répondit-il enfin. C'est elle. C'est Wendy. » Était-ce bien elle ? Il avait encore des doutes. Ça y ressemblait, mais toute l'affaire paraissait tellement peu vraisemblable. Assassinée ! Par qui ?

« Savez-vous qui a fait ça ? » demanda-t-il à celle qui se présenta comme la responsable de l'enquête. « Capitaine Marriot. » Elle l'interrogea sur « votre fille » mais Ashley se trouvait quelque part au milieu d'une jungle sans réseau téléphonique. « Je travaille pour la protection des orangs-outans », avait-elle dit avant de se couper du monde. On aurait pu penser qu'il y avait plus près de la maison plein de choses qu'elle aurait pu protéger. Sa mère, pour commencer. (Il ne lui en voulait pas pour autant. Il l'aimait !)

« Nous contacterons le consulat britannique à Sarawak.

— Merci. Elle sera anéantie en apprenant la nouvelle. Elles étaient très proches.

— Et vous, non ?

— Wendy était en train de divorcer de moi. Alors je pense que cela signifie que nous n'étions pas proches. »

Les policières en uniforme lui avaient posé beaucoup de questions. Il avait déjà été interrogé une fois ce matin-là ; deux fois le même jour, cela paraissait un peu injuste. Il avait été entouré toute la journée de femmes aux noms bizarres qui le questionnaient, même s'il avait commencé à penser presque avec tendresse aux deux inspectrices qui ressemblaient à des oiseaux et à leur fascination pour le Belvedere. Rétrospectivement, leurs questions paraissaient presque inoffensives et, au moins, elles ne l'avaient pas soupçonné de meurtre. Juste de jouer au golf, apparemment.

Le capitaine Marriot était intéressée par le golf, elle aussi, elle ne cessait de l'interroger sur ses clubs. Ils restaient au Belvedere, lui expliqua-t-il. On proposait un casier (à prix d'or) aux membres, ce qui était aussi bien car il n'y avait pas de place dans l'appartement. Pas de place pour quoi que ce soit, à peine la place pour Vince. En tout cas, pas assez de place pour Vince et quatre policières, si menues soient-elles. Il avait eu l'impression de suffoquer. *Je crains que nous ayons une mauvaise nouvelle à propos de Mrs Easton.*

« Agressée », dirent-elles d'abord, comme si elles avançaient progressivement vers le mot vraiment affreux. Assassinée. La maison était silencieuse quand il était passé la veille au soir. Était-elle déjà morte ? S'il avait fait le tour par-derrière, jeté un coup d'œil dans le jardin, l'aurait-il trouvée ? C'était là qu'elle avait été découverte le matin même, apparemment. Il pensa à tous ces rendez-vous par internet que Wendy avait eus. Était-ce un étranger qu'elle avait ramassé et mis dans le lit conjugal ? Le meurtre était-il en train de se produire lorsqu'il avait jeté un regard entre les rideaux du salon ? Aurait-il pu arrêter ça ? Mais Sparky aurait aboyé comme un fou, non ? C'était un bon chien de garde, il aurait été curieux qu'il ne réagisse pas à la présence d'un inconnu.

« Mr Ives ?
— Oui, pardon. »

Il avait fallu un moment à Vince pour se rendre compte qu'il était peut-être suspecté. Quand il le comprit, l'idée lui parut tellement ahurissante qu'il trébucha au milieu de la réponse à l'une de leurs questions (« Et y a-t-il quelqu'un, Mr Ives, qui peut attester de l'endroit où vous vous trouviez hier soir ? Ou très tôt ce matin ? »). Il se mit à débiter des âneries. « J'étais endormi. Endormi. Je venais de m'endormir parce que la salle de jeux est tellement bruyante. Je dors seul, alors non, personne ne peut confirmer mon alibi. » Oh mon Dieu – je dors seul. Quelle phrase pathétique.

« Alibi ? répéta l'inspecteur d'un ton placide. Personne ne parle d'alibi, Mr Ives. Seulement vous. »

Il se sentit traversé par un frisson d'angoisse, comme s'il avait assassiné Wendy et ensuite tout oublié, par un miracle quelconque, sa mémoire habituellement efficace mise en échec par l'intensité dramatique de la situation.

« Le Belvedere, fit-il. J'étais au club-house, je buvais un verre avec des amis. Tommy Holroyd et Andy Bragg. »

Il ne dit pas au capitaine Marriot qu'il y était allé, à la maison. C'était stupide, il s'en rendait compte maintenant. Il avait été vu, après tout, il avait parlé à Benny, le voisin, il y avait probablement des caméras de surveillance partout et il ne les avait pas remarquées. Malheureusement, le temps qu'il pense à corriger son erreur, ils étaient passés à autre chose et le capitaine Marriot demandait un échantillon de son ADN, « pour vous innocenter ». Ses empreintes digitales aussi. « Tant que vous y êtes », fit-elle, comme si c'était pour lui rendre service, à lui.

Autrefois, c'était une plaisanterie entre Wendy et lui. Ils étaient assis tous les deux sur le canapé en train de regarder la télévision et elle disait : « Tant que t'es debout, chéri, tu peux me faire une tasse de thé ? », réussissant à faire comme si c'était elle qui lui rendait service. Il réagissait comme un chien de Pavlov, se levait d'un bond et mettait la bouilloire à chauffer avant de percuter qu'il n'était pas plus « debout » que Wendy, au départ. Il l'entendait rire (gentiment, ou il le croyait à l'époque) tandis qu'il s'appliquait à sortir les sachets de thé de la boîte commémorant le jubilé d'or de la reine qu'elle avait commandée. Elle était une fidèle monarchiste. Elle avait des bonsaïs. Elle fréquentait deux fois par semaine un cours de Callanetics et elle aimait les émissions de télévision sur les femmes qui cherchaient à se venger. Et elle était morte. Elle ne s'assiérait plus jamais sur le canapé.

Ils avaient passé beaucoup de temps sur ce canapé ensemble, beaucoup regardé la télévision assis là, mangé beaucoup de repas tout prêts, bu beaucoup de thé, sans parler de vin, assis sur ce canapé. Le chien s'installait, avachi, entre eux deux, comme un accoudoir. Oui, c'était une existence morne et banale, mais il y avait de bons côtés aussi. C'était mieux que de crever de faim ou de se faire tirer dessus ou d'être emporté par un tsunami. Mieux que d'être suspecté d'avoir commis un meurtre. Assurément mieux que d'être mort.

Après qu'il avait été éjecté du canapé en question, Wendy lui avait dit que dans leur vie ensemble elle était devenue « une morte-vivante », une expression que Vince avait trouvée un peu exagérée. Aujourd'hui, elle se contenterait probablement avec joie d'être une morte-vivante, plutôt que de se retrouver morte-morte. Vince regrettait ce canapé. Il s'y était senti en sécurité, à son aise. C'était un canot de sauvetage et maintenant, il se noyait.

« Vous ne vous souvenez pas d'être allé à la maison de Mrs Easton – Sam'Sufy – hier soir, vers 19 heures ? poursuivit sans pitié l'Inquisiteur espagnol. Vous avez été repéré par la caméra de surveillance d'un voisin.

— C'est la mienne aussi, pas seulement celle de Wendy, corrigea-t-il mollement. Je continue à payer l'emprunt. Et je n'ai pas choisi de ne plus y habiter. » Est-ce que je viens de faire une double négation ? se demanda-t-il.

« Ou, dit-elle, ignorant sa remarque, vous rappelez-vous avoir parlé à un homme qui habite dans la maison voisine, un certain… » Elle consulta ses notes. « Un certain Benjamin Lincoln.

— Benny. Oui. Ça m'était sorti de l'esprit. Désolé.

— Sorti de l'esprit ? »

Vince s'attendait un peu à ce que le capitaine Marriot l'arrête sur-le-champ mais on lui annonça qu'il était libre de partir. « Nous aimerions que vous reveniez demain, si ça ne vous fait rien, Mr Ives.

— Comment a-t-elle été tuée ? s'enquit-il. Je veux dire, je sais que c'était une blessure à la tête, mais comment ? Qu'est-ce qu'ils ont utilisé comme arme ?
— Un club de golf, Mr Ives. Un club de golf. »

Qu'est-ce qu'il était censé faire maintenant ? se demanda-t-il. Peut-être pourrait-il aller se promener pour s'éclaircir les idées. On avait refusé de lui donner le chien, il fallait « le tester à la recherche d'ADN ». Pensaient-ils que Sparky avait tué Wendy ? Non, répondit l'inspecteur en le regardant tristement comme si elle était désolée qu'il soit si idiot. « Au cas où le chien aurait attaqué l'assassin. »

Il ne partit pas à pied, il prit un autobus. Il traînait, hésitant, à côté d'un arrêt lorsqu'un bus s'arrêta et, d'une façon spontanée qui lui était tout à fait inhabituelle, il monta dedans. C'était la première fois qu'il prenait le bus depuis vingt ans. Qui conduisait désormais sa voiture de société ? se demanda-t-il en s'installant. Il n'y avait pas pensé une seconde quand elle était à lui, là il y pensait avec une espèce de tendresse, presque comme à Sparky.

Le bus avait *Middlesbrough* inscrit sur le devant, mais il aurait aussi bien pu y avoir *Le premier cercle de l'Enfer*. Quelle importance, finalement ? Il lui fallait juste s'éloigner, laisser tout ça derrière lui. Si seulement il pouvait se laisser derrière lui. S'il disparaissait, la police supposerait qu'il était coupable, mais il s'en fichait. Peut-être qu'ils lanceraient un de ces trucs qu'ils avaient dans les séries policières américaines. Un avis de recherche, c'est comme ça qu'on les appelait, c'est ça ? Il pourrait essayer d'atteindre la frontière en courant, pensa-t-il, comme le personnage d'un livre ou d'un film, même s'il n'était ni l'un ni l'autre, il était bien dans la vraie vie, et cette vie partait en lambeaux. Et il n'y avait pas de frontière à atteindre, à moins de compter la limite administrative invisible entre le Yorkshire du Nord et Teesside. Vince n'arriva pas jusque-là. Il descendit du bus à Whitby, au cas où il s'endormirait et se réveillerait on ne savait où, ou à Middlesbrough, ce qui était à peu près la même chose, et ensuite, il marcha le long de la plage aussi loin qu'il put jusqu'à ce que la marée commence à le chasser et il monta un escalier couvert d'algues glissantes jusqu'à la promenade qui longeait le bord de mer.

Il passa devant un petit hôtel et, à sa grande surprise, se rendit compte que c'était le Seashell – celui d'Andy Bragg. Il n'y était allé que deux ou trois fois et en voiture. Tout paraissait différent quand on était à pied. (Tout était plus lent, déjà.) Il envisagea d'entrer et de noyer son chagrin, de se décharger de ses problèmes auprès d'une oreille compatissante (*Tu ne devineras jamais ce qui m'est arrivé aujourd'hui, Andy*), mais il savait qu'Andy n'était pas doté d'une oreille compatissante et que sa femme, Rhoda, l'était encore moins. Dans des moments comme celui-ci, on avait besoin d'un ami (d'amitié), mais il ne parvenait pas à en trouver un. Il avait essayé d'appeler chez Tommy, espérant que Crystal serait peut-être là, mais seul le répondeur lui parla, ou plutôt Harry, le fils de Tommy, dont la voix annonçait : « Vous êtes bien chez la famille Holroyd. » Il avait essayé le portable de

Tommy aussi, mais il sonna dans le vide, ne basculant même pas sur messagerie. Il n'avait personne à qui parler. Même pas le chien.

Il dépassa le Seashell, trouva un banc à côté du parking, près de la digue. Vince s'abîma dans la contemplation de la mer jusqu'à ce que sa tête soit aussi vide que le front de mer.

Au bout d'un moment, il se leva et regarda autour de lui. Depuis le parking, une série de marches montait jusqu'à la falaise. On pouvait parcourir des kilomètres là-haut, c'était une portion du Cleveland Way. Ils étaient venus ici avec Ashley quand elle était petite. Avaient mangé un pique-nique dans un vent glacial, assis sur un banc au milieu de Kettleness. Il n'y avait rien là-bas, pas même un café, et la sortie n'avait pas été une réussite, mais avec le temps c'était devenu un souvenir presque agréable. Il n'y aurait plus de souvenirs agréables, n'est-ce pas ? Ne serait-ce pas plus facile à tous points de vue de suivre le chemin de Louise Holroyd et dégringoler de la falaise ?

Vince frissonna. Le soleil avait commencé à plonger dans la mer. Il fallait qu'il continue à bouger. Il soupira et se leva, quelque peu engourdi, avant de se mettre à monter les marches en direction de la falaise. Un homme qui n'allait nulle part. Dont la vie n'était que laborieuse.

Rappel de rideau

Jackson courait. Il était retourné chez lui, sans le sac à dos licorne, avec le moral en berne. Il était temps de rassembler ses petites cellules grises. Il adressa à Poirot un salut avec un chapeau invisible. Jackson préférait le détective belge à Miss Marple. Il le trouvait plus direct, tandis que Miss Marple s'égarait dans des digressions interminables.

Il avait Miranda Lambert dans ses écouteurs. Blonde, pulpeuse, elle était sa favorite, de loin. Ses chansons parlaient de boisson, de sexe, de cœurs brisés, de nostalgie et il soupçonnait qu'elle l'intimiderait dans la vraie vie. Mais elle était quand même de loin sa favorite. Il courait dans le bois à côté de sa maison. Il faisait un peu sombre, ça sentait l'humidité et les champignons, les parfums de l'automne. Un avant-goût du changement de saison qui se profilait, menaçant, à l'horizon. L'hiver approchait. Toujours. Sans s'arrêter ni s'abstenir.

Il y avait deux entrées pour accéder au bois. Une entrée principale, à partir de la route, avec un parking et un café, et une autre beaucoup plus petite, près de sa maison – un sentier si bien caché qu'il semblait presque secret et Jackson avait commencé à le considérer comme son accès privé. Les deux itinéraires étaient jalonnés de pancartes officielles mentionnant le respect des lieux, les jours d'ouverture, les avertissements concernant les chiens non tenus en laisse, et ainsi de suite. On n'avait pas le droit de s'y rendre tous les jours, le domaine organisait des parties de chasse et, lorsque ce n'était pas le cas, ils élevaient des créatures qui pouvaient être chassées. Les faisans se promenaient docilement dans le jardin de Jackson, complètement inconscients de leur destination finale. Les mâles étaient magnifiques dans leurs beaux atours, mais Jackson préférait les femelles tachetées, plus sobres.

Il courait beaucoup ces derniers temps, malgré les protestations de ses genoux.

« Vos genoux sont trop vieux pour courir », avait énoncé sèchement sa généraliste. Elle était jeune. Avec de charmants genoux qu'elle exhibait volontiers. De charmants jeunes genoux. Elle apprendrait, avec le temps.

Il courut dans le bois, il courut sur la plage. Il courut le long de la falaise. S'il prenait la direction du nord, il pourrait aller jusqu'à Kettleness, Runswick Bay, Hinderwell, Staithes. Il aurait probablement pu courir jusqu'à Saltburn, mais il n'avait pas essayé. Il aurait pu quitter le chemin de la falaise et aller jusqu'à Middlesbrough, mais il n'allait certainement pas pousser aussi loin. Il n'y avait pas que ses genoux qui protesteraient s'il choisissait cette option.

Dans l'autre direction, il pourrait suivre la falaise de Whitby Abbey jusqu'à Robin Hood's Bay. Il aimait bien Robin Hood's Bay. Autrefois il y avait beaucoup de contrebande là-bas. La contrebande avait un côté romantique – des tonneaux de rhum, des coffrets de thé, des rouleaux de soie, transportés depuis le rivage par des gens du coin en passant par des tunnels secrets. Du brandy en quantité. Il crut se rappeler avoir lu un livre à ce propos quand il était jeune (ou plus probablement, connaissant le jeune Jackson, ce devait être une bande dessinée). La contrebande avait désormais perdu son charme romanesque. On importait des contrefaçons, de l'héroïne, des espèces animales en danger, des personnes vulnérables.

L'arrivée d'un adolescent et d'un chien vieillissant perturbait sa pratique de la course à pied. Nathan ne voyait pas l'intérêt de marcher, alors celui de courir, encore moins. (« Il n'est pas question d'intérêt », dit Jackson) et même si Dido aurait vaillamment tenté de l'accompagner, la reine de Carthage ne pouvait plus courir que dans son sommeil.

Courir n'était pas dénué d'intérêt, bien entendu. Parfois on le faisait pour semer nos pensées, parfois pour les rattraper et les immobiliser. Parfois, on courait pour ne pas penser du tout. Jackson avait essayé la méditation (honnêtement, il avait vraiment essayé), mais il n'arrivait pas à s'asseoir sans penser à rien. Est-ce que certains en étaient capables, vraiment ? Il imaginait le Bouddha assis en tailleur sous son arbre, une bulle au-dessus de la tête avec des phrases comme : « Ne pas oublier la pâtée pour le chien, véri-

fier la pression des pneus, appeler mon comptable. »
Mais courir – courir était bien une méditation.

À ce moment précis, pourtant, son esprit était plutôt plein que vide – concentré sur la fille avec le sac à dos. Ou désormais sans le sac à dos. Il avait fait le tour de ses contacts dans la police – qui étaient moins nombreux qu'il ne l'avait pensé, la plupart à la retraite aujourd'hui ou, dans certains cas, décédés – et n'avait trouvé personne. Cela faisait trop longtemps qu'il ne s'était pas frotté à une vraie enquête digne de ce nom. Piéger des petits amis et maris infidèles n'avait rien à voir avec la recherche de criminels, ceux-ci n'étaient que des crétins peu performants.

Quant aux logiciels d'amélioration d'images qui auraient pu lui servir, il n'avait aucune idée du mode d'emploi, alors il avait envoyé la photo de la plaque de la Peugeot à Sam Tilling, son jeune apprenti si dévoué. Il était presque sûr qu'il saurait quoi en faire. S'il parvenait à déchiffrer le numéro, Jackson pourrait demander au service des immatriculations de lui communiquer les informations sur le propriétaire – avoir une licence de détective privé servait quand même à quelque chose. Ce n'était pas la première fois que Jackson se surprenait à regretter d'avoir quitté la police, où il avait toutes ces ressources à portée de main. Pour quelle raison était-il parti ? Honnêtement, il ne se rappelait plus. Un caprice, probablement.

S'il ne s'était pas retiré de l'institution si prématurément, il serait comme un coq en pâte. Élevé en plein air avec une bonne retraite, des économies, beaucoup de loisirs. Il pourrait apprendre des choses nouvelles – avoir des hobbies, alors qu'il n'en avait jamais eu le temps. L'identification des arbres, pour commencer. Il était entouré d'arbres en ce moment même, mais il aurait été bien en peine de nommer une seule espèce. Il reconnaissait les chênes car les feuilles étaient particulières et qu'ils avaient occupé une position tellement centrale dans l'histoire britannique – tous ces chantiers navals, la grande marine du roi Harry. La chanson de marins « Heart of Oak ». Le futur Charles II se cachant dans un chêne. Quand il était plus jeune, les idées politiques de Jackson penchaient vers les Têtes-rondes, maintenant, il éprouvait une certaine sympathie pour les royalistes. C'était la trajectoire inévitable quand on avançait en âge, présumait-il.

Tous les autres arbres du bois n'étaient que des « arbres » génériques, il était incapable de distinguer un bouleau d'un hêtre. Quelqu'un devrait inventer un Shazam pour les arbres et les plantes. (C'était probablement déjà fait.) Ça manque sur le marché, pensa Jackson. Mais un marché de niche, quand même, destiné essentiellement aux membres du National Trust. Classe moyenne, revenus moyens – la colonne vertébrale de l'Angleterre, frêle et surchargée. Le genre de gens qui possédaient des labradors, écoutaient le feuilleton *The Archers* à la radio et ne supportaient pas la téléréalité. Genre moi, se dit Jackson. Même si le labrador était un prêt et qu'il n'écoutait pas vraiment *The Archers* (« Tu parles », comme dirait Nathan), juste pour faire mentir Julia et ses affirmations à l'emporte-pièce. Jackson était la première personne de sa famille à se frayer un chemin jusqu'à la classe moyenne et si quiconque remettait en question son droit de s'y trouver, il pourrait lui flanquer sa carte de membre du National Trust sous le nez. Peut-être que Julia avait raison sur le fait que la lutte des classes était terminée, mais tout le monde ne l'avait pas perdue.

Il n'avait pas croisé âme qui vive sur son parcours. Ce n'était pas une partie fréquentée du bois. On pouvait probablement mourir ici et ne pas être retrouvé avant des semaines. Si on l'était un jour. La même chose était vraie pour un arbre, supposa-t-il. Si un arbre tombait dans la forêt et qu'il n'y avait personne pour l'entendre, cela faisait-il du bruit ? Bien qu'on eût dit un koan zen (oui, il connaissait le mot « koan »), en réalité, c'était une question scientifique, en rapport avec la vibration et la pression de l'air et la physiologie de l'oreille. Et si un homme tombait dans la forêt ?…

Il partit en vol plané, trébuchant sur une racine qui l'attendait, cachée, en embuscade exprès pour se venger de son ignorance. Une punition supplémentaire pour ses genoux. Au moins, il n'y avait personne alentour pour assister à ça, même si, en tendant l'oreille, Jackson crut entendre le bruit d'un applaudissement.

Il se remit debout, s'épousseta et repartit au pas de course, sortit du bois, passa devant sa maison, suivant le cours du torrent, laissa le Seashell et monta sur la falaise.

Dans les écouteurs, Maren Morris avait pris le relais. Dans sa chanson, elle déclarait que sa voiture était son église. Ce n'était pas une remarque qu'on entendait fréquemment chez les femmes. Si elle n'avait pas été assez jeune pour être sa fille (sans parler du fait qu'elle l'aurait envoyé promener avec un rire moqueur), Jackson aurait essayé de l'épouser. *Hallelujah*.

Les derniers vestiges d'un beau coucher de soleil teintaient encore le ciel. Il courait le long de l'ancienne voie de chemin de fer. Elle avait été construite pour desservir les carrières d'alun qui avaient contribué à l'enrichissement de cette partie de la côte. La ligne n'avait jamais été utilisée, lui avait dit son petit guide touristique de la région, parce qu'on s'était rendu compte qu'elle était trop proche de la falaise dont la roche risquait de s'effriter. Jackson n'avait aucune idée de ce qu'était l'alun quand il s'était installé ici. On l'obtenait à partir du schiste et on s'en servait depuis toujours pour fixer des teintures, apparemment, et il fallait de grandes quantités d'urine pour le produire. L'urine était autrefois acheminée ici par tonneaux. Drôle de métier. En haut de la falaise, on pouvait encore voir les tas de schiste abandonnés lorsque l'extraction avait été arrêtée. L'ancienne ligne de chemin de fer faisait partie du Cleveland Way, désormais, et pendant la journée, Jackson croisait des types joviaux avec des sacs à dos et des bâtons de marche, mais maintenant, à cette heure tardive, il était le seul là-haut. Une fois ou deux, il était tombé sur un chevreuil, mais là tout de suite, à une certaine distance de lui, se trouvait un homme.

L'homme se tenait au bord du promontoire, contemplant la mer comme s'il attendait que son navire rentre au port, contenant non seulement sa fortune mais aussi la réponse à ses questions sur le sens de la vie. Ou peut-être envisageait-il de prendre son envol, comme un oiseau attendant un courant ascendant. Il était près du bord. Très près, vu le risque d'éboulement. Jackson enleva ses écouteurs et changea de direction pour longer la falaise, sentant le schiste instable sous ses semelles. Il ralentit en approchant de l'homme. « Jolie soirée », lança l'homme courant à l'homme debout. L'homme debout se retourna, surpris.

Un sauteur ? se demanda Jackson. « Vous devriez faire attention, dit-il en feignant la décontraction. Cette falaise s'effrite. »

Ignorant le conseil, l'homme fit un pas pour s'approcher un peu plus du bord et le schiste sous son pied tomba en pluie. Ouais, se dit Jackson, ce gars-là a une envie suicidaire. Il essaya de l'amadouer. « Vous devriez peut-être reculer un peu. » Il fallait approcher les candidats au suicide comme des chiens nerveux. Ne pas leur faire peur, les laisser vous jauger avant de leur tendre la main. Mais surtout, le plus important, ne pas les laisser vous entraîner avec eux.

« Vous voulez qu'on parle ? » demanda Jackson.

« Pas vraiment », répondit l'homme. Il fit un pas supplémentaire. Puis un autre. Jackson désobéit à ses propres règles et plongea pour rattraper l'homme, le saisissant dans une étreinte maladroite ; l'homme debout et l'homme courant ne firent plus qu'un et tombèrent. L'homme qui choit.

Trac

« Et c'est juste le sommet de l'iceberg, docteur ! »

« Mon verre, s'il te plaît, Harry, si tu avais la gentillesse de me l'apporter », dit Barclay Jack avec une politesse exagérée en sortant de scène. Il était de bonne humeur, plein du lait de la tendresse humaine. Trevor, son manager, était venu voir le spectacle la veille au soir sans le prévenir (« Je ne voulais pas risquer de te déconcentrer ») et il avait amené avec lui un gars de la télévision, un type d'une chaîne paumée avec une poignée de téléspectateurs, mais la télévision quand même, et il avait « aimé ce qu'il avait vu », d'après Trevor.

Le portable de Barclay Jack se mit à vibrer dans sa poche au moment où Harry lui tendait son verre de gin.

« Ou-hou, Barclay, lança Bunny Hopps, c'est ton téléphone ou tu es juste content de me voir ?

— Lâche-moi, la veuve Twanky. » Sa bonne humeur s'était abruptement envolée, le lait de la tendresse humaine tout à coup caillé par le texte qui s'affichait sur l'écran. Il le contempla, hébété, pendant quelques instants avant de comprendre ce qu'il signifiait. Son sang se précipita dans ses chaussures. Ses jambes se plièrent et s'écroulèrent comme des colonnes lors d'un tremblement de terre. Il allait plonger. Y compris dans le sens littéral du terme.

Barclay entendit Bunny dire : « Harry, vite. Attrape le gars des ambulances St John avant qu'il quitte le théâtre. Cet idiot nous fait une crise cardiaque. »

Ensuite, tout devint noir.

Tout le monde veut être le loup

EWAN : Tu fais quoi auj ?
CHLOÉ : Rien. On se voit ?
EWAN : Quelle h c'est bon pr toi ?
CHLOÉ : 16 h ?
EWAN : OK ?? Cool ! Où ?
CHLOÉ : Spa ?
EWAN : OK. Kiosk à musik ?
CHLOÉ : OK
EWAN : À toute ! ☺

C'était comme s'il apprenait une langue étrangère. C'était bien une langue étrangère. Chloé – la vraie Chloé – était enfermée dans sa chambre et consignée jusqu'à la fin de sa vie depuis que sa mère avait découvert qu'elle se faisait draguer en ligne. « Ewan » prétendait – tout à fait improbable – aimer les petits chiens et Hello Kitty et un boys band coréen mielleux que Jackson avait regardé sur YouTube avec une espèce de fascination horrifiée. « T'essaye d'être branché, papa ? » fit Nathan avec un petit sourire narquois lorsqu'il le surprit en train de regarder ces vidéos. En réalité, supposait Jackson, Ewan était certainement un pathétique quadragénaire assis devant son ordinateur en caleçon. (« Tu sais, précisa Julia, une grande proportion de pédophiles est assez jeune. » Comment diable le savait-elle ? « Nous l'avons abordé dans un épisode de *Collier*. Tu ne l'as pas vu ? » « Mmm... j'ai dû le rater, celui-là », répondit-il. Il le savait, mais il aurait préféré l'ignorer. L'idée de garçons à peine plus âgés que Nathan en train de traquer des filles sur internet était vraiment trop troublante.)

La mère de Chloé, une femme terrifiante du nom de Ricky Kemp, avait choisi de ne pas suivre la procédure conventionnelle, à savoir appeler la police, principalement parce que son conjoint, le père de Chloé, était un membre qualifié de la pègre de la côte est. « Je connais des gens vraiment peu recommandables. » Jackson n'en doutait pas un instant.

Ricky lui avait donné l'ordinateur et le portable de Chloé et maintenant Jackson se faisait passer pour la jeune fille pour tenter de piéger Ewan. La drague à l'envers dans l'étrange monde de la justice occulte.

« Et quand vous lui aurez mis le grappin dessus, vous me l'amenez », ordonna Ricky. Jackson n'avait rien contre le piégeage – c'était une grosse partie de son activité professionnelle – et il n'était pas non plus défavorable à l'idée de débarrasser les rues d'un pervers supplémentaire, mais il n'était pas tellement emballé par la partie « vous me l'amenez ». Il n'était pas un justicier autoproclamé, vraiment pas, même si son idée de ce qui était juste et injuste n'était pas toujours conforme à la norme légale communément acceptée. Ce qui était une jolie manière de dire qu'il avait déjà enfreint la loi. Plus d'une fois. Pour des raisons justes.

Ewan était peut-être un pauvre type, mais Jackson voulait-il être responsable du fait qu'il soit tabassé – probablement à mort – par le père de Chloé et ses amis du milieu ? S'il réussissait à organiser un rendez-vous avec Ewan, Jackson avait prévu de risquer le courroux de la mafia locale et de procéder à une « arrestation citoyenne », avant de le confier à la police et de laisser la main froide de la loi s'occuper de lui.

Avec un peu de chance, tout se résoudrait cette après-midi à 16 heures quand ils se retrouveraient pour leur « rendez-vous ».

Jackson prépara du café sur la vieille Aga avec l'aide de son fidèle ami Bialetti et s'assit au soleil sur le banc devant sa maison. Dido vint le rejoindre en titubant et s'allongea à ses pieds sur le petit carré de pelouse. Jackson la gratta derrière l'oreille gauche, son endroit préféré, et son pelage frissonna tout le long de son dos. (« Toi, tu frissonnes jusqu'en bas du dos si je gratte toi derrière l'oreille ? » avait demandé Tatiana. Elle avait rencontré Dido. Elle aimait les chiens. Quand elle était « petite enfant », elle avait fait partie d'un numéro avec des chiens. « On jouait des tours ensemble », lui dit-elle. « On faisait des tours », la corrigea-t-il. « Si tu veux. »)

Jackson se demanda distraitement comment Vince se remettait. Il lui fallut un moment pour retrouver son nom de famille, en passant en revue méthodiquement toutes les lettres de l'alphabet jusqu'à arriver à « I ». Ives. St Ives, se dit-il. Jackson n'était jamais allé en Cornouailles, il y avait encore de grandes zones sur la carte de la Grande-Bretagne qu'il n'avait jamais explorées. (Le Leicestershire – un mystère. Idem pour le Suffolk. Et bien d'autres endroits aussi, pour être honnête.) Peut-être devrait-il faire un road trip. Un grand tour du royaume. Peut-être trouverait-il St Mary Mead, s'il cherchait bien.

Vince Ives n'était probablement pas un saint, mais Jackson n'avait pas l'impression qu'il était un pécheur non plus. En même temps, qu'en savait-on ?

Ce n'était pas tous les jours qu'on tombait d'une falaise. Heureusement, il s'était révélé qu'il y avait une corniche miraculeuse en pente douce juste en dessous, et ils avaient fait une chute de moins de deux mètres, même s'ils avaient hurlé suffisamment fort pour déclencher un éboulement avant que leur glissade ne les amène qu'à quelques centimètres du bord.

Bon sang de bois, s'était dit Jackson, allongé sur le dos, le regard plongé dans le ciel déjà sombre. Son cœur battait la chamade comme s'il venait de courir un sprint et ses « vieux » genoux avaient encore pris un coup quand ils avaient heurté l'implacable roche. Il se redressa en position assise et déclara à l'homme debout, devenu l'homme allongé : « Cet à-pic est terriblement haut et il n'est pas question que j'essaye d'arrêter vos acrobaties une deuxième fois. OK ? » Le gars eut la décence d'avoir l'air penaud.

Jackson pensa que c'était probablement une bonne idée d'éloigner de l'abîme un type avec une envie de mort. « Allez, venez », dit-il en se mettant sur ses pieds et en tendant à Vince une main secourable – mais prudente, au cas où il serait à nouveau pris d'un accès de folie et déciderait de les jeter tous les deux dans le vide.

Il s'appelait Vince, « Vince Ives », se présenta-t-il la main tendue pour saluer Jackson comme s'ils se trouvaient à une soirée ou à une conférence, et pas en train de vaciller d'une manière mortellement dangereuse sur un escarpement rocheux. Il était terriblement désolé. « Un moment de folie. J'avais atteint un point de bascule. »

« Et si on prenait un verre ? proposa Jackson lorsqu'ils furent descendus de la falaise et eurent retrouvé ce qu'on nomme la civilisation. On dirait que cet endroit est encore ouvert », ajouta-t-il en désignant le Seashell à Vince Ives. Vince ne parut pas impressionné, en fait, il se prononça carrément contre : « Le Seashell ? Non merci », avec ce qui ressemblait à un petit frisson. Du coup, Jackson le ramena chez lui, comme il l'aurait fait pour un chien perdu. Il alluma un feu et lui offrit un whisky, qu'il refusa. Apparemment, Vince n'avait pas mangé depuis la veille, alors Jackson leur prépara du thé et des toasts.

La journée avait été bonne, pensa Jackson en posant la bouilloire sur le poêle, quand on avait sauvé la vie à quelqu'un. Encore meilleure quand on n'avait pas perdu la sienne. Il espérait que ça n'allait pas devenir régulièrement la pensée du jour parce que, tôt ou tard, il allait forcément échouer dans l'une ou l'autre partie de l'équation.

Finalement, Vince commença à retrouver ses esprits et il se révéla qu'ils avaient quelque chose en commun. Ils venaient tous les deux du même coin et ils étaient tous les deux d'anciens frères d'armes. « Nous, les privilégiés », ironisa Vince, en ayant l'air de ne pas se trouver du tout privilégié.

« Le corps des transmissions, expliqua-t-il. Dans une autre vie.

— Ah, fit Jackson. Moi, j'étais dans la police. »

L'histoire était banale. Crise de la quarantaine, perte de sens, dépression, et cætera. Il était un raté, affirma-t-il. « Nous avons tous ressenti ça », fit Jackson, bien qu'en réalité il ne se permît jamais plus d'un rapide coup d'œil au fond de l'abysse. Il n'avait pas vraiment trouvé l'intérêt de l'angoisse existentielle. Si on n'aimait pas quelque chose, on le modifiait, et si on ne pouvait pas le changer, on prenait sur soi et on avançait, comme un bon petit soldat, un pas après l'autre. (« Rappelle-moi de ne surtout pas m'adresser à toi si je cherche un thérapeute », dit Julia.)

« J'ai avancé laborieusement, poursuivit Vince. Jamais fait quoi que ce soit d'intéressant, d'important. J'ai toujours mené une très petite vie. J'ai pas été le patron, vous voyez ?

— Eh bien, je ne crois pas qu'être le mâle alpha soit forcément un destin enviable, répondit Jackson. Il n'y a rien de mal à rester à sa place. "Pas moins ne sert là et se tient prêt", tout ça. »

Vince laissa échapper un soupir sinistre. « Il n'y a pas que ça. J'ai tout perdu – mon travail, ma femme, ma maison, mon chien. Et j'ai probablement perdu ma fille aussi », ajouta-t-il.

La liste était longue mais elle était familière à Jackson. « Ma première femme a divorcé de moi, aussi, déclara-t-il par solidarité.

— Vous vous êtes remarié ?

— Eh bien, oui », dit Jackson, regrettant immédiatement d'avoir mentionné Tessa, si tel était son vrai nom. Une louve prédatrice. Sa fierté masculine l'empêcha d'admettre devant un étranger que sa deuxième épouse avait été une arnaqueuse fourbe et puissante qui lui avait enlevé son argent avec une précision chirurgicale avant de disparaître dans la nuit. Il se contenta d'ajouter : « Non, ce mariage-là n'a pas été une réussite non plus.

— On dirait que la vie est contre moi. Comme si j'étais maudit.

— Parfois on est le pare-brise, Vince, d'autres fois on est l'insecte. » C'était ce que Mary Chapin Carpenter chantait, en tout cas, n'en déplaise à Dire Straits.

« Vous avez peut-être raison », acquiesça Vince, haussant lentement les épaules tout en mâchant le dernier morceau de pain grillé. Un bon signe, selon les critères de Jackson. Les gens qui mangeaient n'étaient généralement pas sur le point de se suicider.

« Et il n'y a aucun intérêt à se raccrocher aux choses si elles sont définitivement terminées », poursuivit Jackson. (Julia avait raison, peut-être que l'aide psychologique n'était pas son fort.) « Vous savez ce qu'on dit (ou ce que Kenny Rogers dirait) : "Il faut savoir quand les enlacer et savoir quand les lâcher." »

Voilà qui était mieux, pensa Jackson ; tout ce qu'il avait à faire, c'était utiliser les paroles de chansons country, elles contenaient de meilleurs conseils que tout ce qu'il pourrait inventer tout seul. Mais mieux valait éviter Hank Williams – *I am so lonesome I could cry. I'll never get out of this world alive. I don't care if tomorrow never comes.* Pauvre vieux Hank, pas ce qu'il y avait de mieux à servir à un homme qui venait d'essayer de se jeter du haut d'une falaise. Mais, se demanda Jackson, Vince avait-il connaissance de cette corniche providentielle en dessous ? Avait-il conscience, à la différence de Jackson, que le scénario était moins dangereux qu'il n'y paraissait ? Un appel à l'aide plutôt qu'un vrai suicide ? Il l'espérait.

« Wendy, ma femme, était sur le point de s'en aller avec tout, me traitant comme si je n'étais rien, ni personne.

— Elle a empoigné les choses par le manche, Vince, et vous, vous avez attrapé la lame. (Merci Ashley Monroe.)

— Et je me suis fait virer. Après vingt et quelques années. À travailler d'arrache-pied, sans relâche, opiniâtre, tous les clichés y sont – sans jamais me plaindre.

— Vous trouverez un autre emploi, Vince. » Y arriverait-il ? se demanda Jackson. Le gars aurait bientôt cinquante ans, personne ne voulait de vous une fois que vous aviez passé un demi-siècle sur le terrain. (Jackson s'était mis à regarder le cricket à la télévision. Il ne divulguait pas cette information, il avait l'impression que c'était un vice secret.)

« Et ils m'ont pris ma voiture de fonction, ajouta Vince.

— Ah, ouais, ça, c'est pas bien », convint Jackson. Il n'y avait pas de chanson country qui puisse commenter cette catastrophe. On ne peut pas pratiquer sans lieu de culte.

Ce n'est qu'une fois que Jackson eût proposé à Vince Ives de le ramener (qu'il eût insisté, en réalité, au cas où il aurait décidé de retourner à la falaise) et que Vince eût bouclé sa ceinture qu'il déclara : « Ma femme est morte aujourd'hui.

— Aujourd'hui ? Celle qui veut divorcer ?
— Ouais, celle-là.
— Oh là là, je suis désolé, Vince. » Alors peut-être avaient-ils enfin touché la vraie raison pour laquelle le bonhomme voulait faire le grand saut. Jackson supposa un cancer ou un accident – mais non, apparemment ce n'était pas ça.

« Assassinée.
— Assassinée ? » répéta Jackson, et il sentit les petites cellules grises se mettre au garde-à-vous. Autrefois il était policier, après tout.

« Ouais. Assassinée. Ça paraît ridicule, rien qu'en le disant.
— Et vous n'êtes pas l'assassin ? (Juste pour être sûr.)
— Non.
— Comment a-t-elle été tuée ? Vous le savez ?
— Frappée avec un club de golf, d'après la police.
— On dirait que c'était violent. » Sans parler

de personnel. Même s'il avait vu pire. (*Combien de cadavres est-ce que tu as vu ? Genre, dans toute ta vie ?*)

« Je joue au golf, dit Vince. La police a trouvé ça très intéressant. »

Le cricket, c'était une chose, mais le golf était une toute autre énigme, de l'avis de Jackson. Il était prêt à parier l'avenir de l'univers sur le fait qu'il n'y jouerait pas une fois. Il n'avait jamais mis le pied sur un parcours de golf, sauf quand il était inspecteur à Cambridge et qu'un corps avait été découvert dans la végétation au bord du terrain de golf de Gog Magog. (Y avait-il au monde un terrain de golf plus mal nommé ? se demanda Jackson.)

« Des tas de gens jouent au golf, dit Jackson à Vince. Ça ne fait pas d'eux des tueurs. Le plus souvent, en tout cas. » Vince Ives jouait au golf, sa femme avait été tuée avec un club de golf, par conséquent Vince Ives l'avait tuée. Cela ne portait-il pas un nom – un syllogisme ? (Était-ce une invention de sa part ? Ses petites cellules grises se mirent au boulot, mais, sans surprise, ne trouvèrent rien.)

« Et où sont rangés vos clubs de golf, Vince ?

— Est-ce qu'on ne pourrait pas juste rouler ? soupira Vince. Je réponds à des questions depuis ce matin.

— OK.

— Mon Dieu, je viens de me rappeler, tout à coup, s'allarma Vince. J'avais un putter supplémentaire, que je gardais au garage. Je m'en servais pour m'entraîner sur la pelouse. Wendy détestait que je fasse ça. Je suis surpris qu'elle n'ait pas mis une pancarte PELOUSE

INTERDITE. » Il soupira. « On trouvera mes empreintes partout, j'imagine.

— J'imagine, oui. »

Le temps qu'ils rejoignent la route, il était déjà tard. Jackson avait sillonné l'A171 si fréquemment ces derniers temps qu'il commençait à avoir l'impression de connaître le moindre centimètre d'asphalte. Ça ne valait pratiquement pas la peine de rentrer chez lui vu qu'il fallait qu'il revienne demain à la première heure pour récupérer Nathan et le fardeau du devoir parental. Il s'interrogea sur l'hypothèse de passer la nuit au Crown Spa – il pourrait dormir par terre dans la chambre de Julia. Peut-être qu'elle lui laisserait même une place dans son lit. Était-ce une bonne ou une mauvaise idée ? Marée montante ou marée descendante ? Il ne savait pas.

Il proposa de déposer Vince à son appartement, mais au milieu d'un dédale de ruelles désertes, Vince dit soudain : « Non, laissez-moi ici. Ça m'suffit. » Il émit un rire sombre et Jackson se demanda ce qui était drôle.

Jackson avait téléphoné à Julia en arrivant devant le Crown mais sa réaction ensommeillée n'avait pas été exactement encourageante (« Dégage, Jackson »), et il était sur le point de se remettre en route lorsque l'écran de son portable s'alluma. Il crut qu'elle avait changé d'avis, mais c'était seulement pour lui dire que Nathan était parti passer la nuit avec un copain d'école dont la famille campait dans le coin, et voulait-il bien prendre Dido ?

« Je monte. » Julia rétorqua aussitôt : « Non, je descends », et il ne put s'empêcher de s'interroger. Avait-elle quelqu'un avec elle là-haut ? Ou était-elle inquiète à l'idée d'être si submergée de désir quand il s'approcherait de son lit qu'elle se pâmerait dans ses bras ? Les chances étaient minces.

Elle apparut dans le hall feutré de l'hôtel pieds nus, les cheveux en désordre, et vêtue d'un pyjama tellement vieux qu'il le reconnut comme datant de l'époque où ils étaient ensemble. Elle n'était pas d'humeur à jouer la séduction. « Tiens », fit-elle en lui tendant la laisse, avec le chien à l'autre bout. Puis elle tourna les talons, marmonnant un « Bonn'uit » d'une voix endormie et remonta l'escalier. (« Quand tu as dormi avec femme la dernière fois ? avait interrogé Tatiana quelques soirs auparavant. Avec vraie femme ? » Il passa son tour, sur celle-là.)

« Tous les deux la queue entre les jambes, hein ? » dit-il à Dido dans le rétroviseur tandis qu'ils repartaient en voiture, mais elle était déjà endormie.

Alors là, il avait le chien mais pas le fils, et il fut surpris de la déception que provoqua l'absence de ce dernier.

Il avala son café, jeta un coup d'œil à son téléphone et découvrit que Sam Tilling avait répondu avec un numéro de plaque pour la Peugeot. Il était bien lisible, et Jackson envoya aussitôt un e-mail au service des immatriculations, demandant les informations sur le propriétaire. Il n'espérait pas une réponse rapide. Il appela Sam et le remercia. « Comment vont Gary et Kirsty ?

— Rien de nouveau sous le soleil. Des burritos au poulet au All Bar One de Greek Street hier soir.

— Des photos ?

— Ouaip. Je les ai envoyées à Mrs Trotter. Elle m'a demandé de vous dire bonjour.

— Continue comme ça. Il y aura un paquet de caramels mous pour toi quand ce sera fini.

— Ha ha. »

Penny Trotter avait amassé un énorme dossier prouvant l'adultère de Gary. Était-ce Ce Que Jésus Voulait qu'elle fasse ? Ça paraissait peu probable, mais il ne poserait pas la question. Les femmes trompées n'obéissaient qu'à leurs propres règles. Elles payaient les factures et tenaient le loup de la famine éloigné de chez lui. (« As-tu jamais envisagé que tu étais peut-être le loup ? » questionna Julia. « Ouais, le loup solitaire », répliqua-t-il. « Je sais que tu aimes à le penser, mais il n'y a rien d'héroïque chez le loup solitaire, Jackson. Le loup solitaire souffre de sa solitude, c'est tout. »)

D'autres photos apparurent sur son portable. Il avait un album partagé avec Sam Tilling spécialement consacré à Gary et Kirsty. Ils se bécotaient dans tous les lieux publics – « Se léchaient la pomme », aurait dit Julia. (« J'adore cette expression », s'amusait-elle.) Apparemment Julia n'était pas prête à ce qu'ils se lèchent la pomme, que ce soit dans des lieux publics ou privés. Peut-être voulait-elle de l'engagement. Peut-être devrait-il lui demander de l'épouser. (Venait-il vraiment de penser ça ?)

Il finit son café. Il avait beaucoup de temps devant lui avant son rendez-vous galant avec Ewan et il s'interrogea sur ce qu'il allait en faire – un footing ? Peu convaincu, il regarda Dido qui ronflait doucement au soleil à ses pieds. Une promenade tranquille était probablement le projet le plus ambitieux.

Son téléphone vibra. Il se demanda si c'était Julia, s'excusant de s'être montrée cavalière la veille au soir. Ce n'était pas elle. C'était un client. Un nouveau client.

Girls, girls, girls

« T'as entendu la nouvelle ? » demanda Rhoda lorsque Andy entra dans la cuisine du Seashell le lendemain matin. Elle s'activait pour préparer les petits déjeuners, remuant des casseroles et des spatules d'une manière étonnamment menaçante. Elle était d'une efficacité intimidante le matin. À tous les moments de la journée, en réalité. Il supposa qu'elle était contrariée parce qu'il n'était pas rentré directement à la maison de Newcastle hier soir. Il avait fait un crochet par le Belvedere, où il s'était adonné à une longue beuverie solitaire. Il valait mieux boire que penser, parfois. Souvent, en fait. Rhoda dormait et ronflait plus fort que Lottie quand il était enfin arrivé d'un pas moyennement assuré.

« La nouvelle ? » demanda Andy en tendant la main vers sa bouée de sauvetage, la cafetière. Il inspira le parfum du bacon en train de frire comme si c'était de l'oxygène. Son cerveau était encore brouillé de sommeil, sans parler de la gueule de bois qui s'installait lentement. « Laquelle ? » Les nouvelles étaient rarement bonnes, de l'avis d'Andy. Elles amenaient invariablement des conséquences.

Il essaya de voler un morceau de bacon dans la poêle pour faire un sandwich mais Rhoda lui mit une tape sur la main. Elle le bombardait déjà de ses ordres. « Est-ce que tu peux garder un œil sur les saucisses ? Il faut que je m'occupe des trois plats d'œufs différents. Et mets du pain à griller, tu veux ? Le couple de Fastnet a commandé le petit déjeuner anglais – œufs sur le plat pour lui, brouillés pour elle. L'homme de Lundy prend aussi l'anglais, mais sa femme n'aime que les œufs pochés. Et les lesbiennes végétariennes de Rockall ont décidé maintenant d'être vegan. Il y a des saucisses végétariennes dans le congélateur – sors-en quatre. Et ouvre une boîte de haricots.

— Quelle nouvelle ? s'entêta Andy, résistant à l'assaut de Rhoda.

— À propos de Wendy, dit-elle en cassant des œufs dans une poêle pleine d'huile crépitante.

— Wendy ? Wendy Ives ? s'étonna Andy. Ou Easton, ou je ne sais plus comment elle a décidé de se faire appeler. Qu'est-ce qu'elle a fait ?

— Elle est partie rejoindre le club des épouses défuntes.

— Le quoi ?

— Assassinée, fit Rhoda en forçant sur le dramatique.

— Assassinée ? » Le cerveau embrumé par l'alcool d'Andy tourna autour du mot, essaya de lui donner un sens. « Assassinée ? » Apparemment, le fait de le répéter n'aidait pas beaucoup.

« Oui, assassinée. Tuée. » Rhoda prit un moment pour consulter son dictionnaire des synonymes intérieur. « Massacrée, lança-t-elle en coupant un morceau de boudin. Trucidée, ajouta-t-elle avec une satisfaction non dissimulée. Ne reste pas planté là, va chercher les saucisses.

— Comment elle a été assassinée ? » L'odeur du bacon ne paraissait plus tout à fait appétissante. (*Trucidée ?*) « Quand ? Et par qui, grands dieux ? Je ne comprends pas. » Il se rappela vaguement avoir entendu quelque chose aux informations à la radio en rentrant en voiture la veille au soir. *Une femme a été assassinée...* Mais pas de nom, pas *Wendy* – la femme de Vince ! Incroyable ! Il sortit les saucisses du congélateur et lu les ingrédients listés sur l'étiquette. « Elles contiennent du blanc d'œuf.

— Dommage, c'est tout ce que j'ai. Les goudous s'apercevront de rien. » Rhoda avait plusieurs amis gay, hommes et femmes, mais ça ne l'empêchait pas de les désigner par des expressions insultantes dans leur dos. Elle affichait les hommes de cette communauté comme des sacs de marque – dont elle possédait plusieurs exemplaires d'un prix violemment faramineux qu'Andy lui avait achetés pour ses anniversaires et Noël. Ainsi que quelques montres. C'était une manière (assez insignifiante au regard du tableau d'ensemble) de dépenser l'argent qui s'amassait. La somme d'argent liquide qu'il jugeait anodin de garder était limitée. Elle était cachée dans les combles, au-dessus du grenier. Et les montants qu'il pouvait faire passer dans la comptabilité de son affaire ou refourguer dans un bar à ongles étaient limités aussi. Il ne pensait pas aux sacs et aux montres en termes de blanchiment, juste un genre de dépôt en lieu sûr, et les objets avaient une valeur à la revente, en ultime recours. En les offrant à Rhoda, il prétendit que les Rolex et les sacs Chanel étaient des faux, alors qu'en réalité ils étaient authentiques. C'était le monde à l'envers, ce monde dans lequel il vivait ces derniers temps.

Il lui avait offert une Patek Philippe l'an dernier pour son anniversaire, une vraie ; il l'avait achetée chez un bijoutier à Leeds. Le vendeur s'était montré méfiant à la vue de sa liasse d'argent liquide, mais il lui expliqua qu'il avait gagné des paris en cascade. Il éprouva la nécessité de détailler : « Un Américain à Redcar. » La montre coûtait une petite fortune. On aurait pu acheter tout un pâté de maisons à Middlesbrough pour le même prix. La totalité de Middlesbrough, si on avait voulu. Il raconta à Rhoda que c'était une fausse qu'un client lui avait rapportée de Hong Kong. Rhoda ne l'avait portée qu'une fois, disant qu'on voyait tout de suite que ce n'était pas une vraie. (« Et arrête de m'acheter des montres, s'il te plaît, Andrew. Je n'ai qu'un seul poignet et c'est toi qui as un problème avec l'heure, pas moi. » Elle avait deux poignets, se dit-il, mais il se garda de s'exprimer à haute voix.)

« Oh, au fait, j'ai oublié de te dire, parce que tu es rentré tellement tard hier soir… » Elle marqua une pause pour bien enfoncer le clou.

« Ouais, ouais. Je suis désolé, tout ça. Alors, quoi ? Qu'est-ce que tu as oublié de me dire ?

— La police te cherchait, hier.
— La police ? répéta-t-il prudemment.
— Oui, la police. Deux inspectrices. Des filles. On dirait qu'elles sont encore à l'école primaire. Elles sont passées le matin, puis elles sont revenues le soir.
— Je me demande de quoi elles voulaient me parler », murmura Andy, tendant la main vers la cafetière. En se servant, il remarqua qu'il tremblait un peu. Rhoda l'avait-elle vu ?

« Peut-être qu'elles pensent que tu as assassiné Wendy.
— Quoi ? Je n'ai pas tué Wendy ! protesta-t-il.
— Tu es sûr ?
— Sûr ? Bien sûr que je suis sûr. Je ne l'ai pas vue depuis des semaines.
— Pauvre cloche, fit Rhoda avec un rire moqueur. Je plaisantais. Est-ce que tu crois honnêtement qu'elles te soupçonnent, toi ? Elles ont parlé de paperasse. Tu as recommencé à ne pas payer tes amendes de stationnement ?
— Ouais, c'est probablement ça.
— Ou peut-être que c'était des questions sur Vince – tu sais, genre, si tu l'as vu. Tu picolais avec lui, non, avant-hier soir ? Tu pourras peut-être lui fournir un alibi.
— Tu crois que la police soupçonne Vince ?
— Eh bien, c'est généralement le mari, n'est-ce pas ? dit Rhoda.
— Ah bon ?
— Ces saucisses sont sur le point de cramer, au fait.
— Vince ? Impossible. » Il enleva les saucisses du

gril, en se brûlant les doigts. « Je ne pense pas qu'il soit capable de faire une chose pareille. Il n'aurait pas le cran, tu ne crois pas ?

— Oh, je ne sais pas, fit Rhoda. J'ai toujours pensé que Vince cachait bien son jeu.

— Vraiment ?

— C'était vraiment moche, apparemment. On lui a défoncé la tête avec un club de golf. Elle était dans le jardin, avec presque rien sur le dos. Du coup, on peut se demander ce qu'elle avait prévu.

— Comment est-ce que tu sais tout ça ? s'étonna Andy.

— Trish Parker. C'est la mère d'un des gars qui a découvert le corps. Elle fait partie de mon club de lecture.

— Ton club de lecture ? » Andy ne savait pas ce qui était le plus ahurissant – que Wendy Ives ait été assassinée ou que Rhoda fasse partie d'un club de lecture.

« Première règle du club de lecture, exposa Rhoda, il n'y a pas de club de lecture. Tu vas laisser le pain brûler aussi ? »

« Un petit déjeuner anglais pour vous, monsieur, ou le Yorkshire, comme nous aimons l'appeler ici, dit Andy en déposant une assiette lourde de la promesse d'une crise cardiaque à l'homme de Lundy. Et pour votre dame, deux œufs parfaitement pochés. Élevés en plein air, bio, qui viennent d'une ferme voisine. » (Ou du supermarché Morrisons, comme nous aimons aussi l'appeler, pensa-t-il.) Que voulait la police ?

Son estomac faisait la culbute tellement il avait peur et l'odeur des œufs n'arrangeait rien. Le numéro d'amabilité matinale ne lui venait pas aussi facilement que d'habitude.

La police avait-elle aussi contacté Tommy ? Dès qu'il put, il fonça dans le hall et composa son numéro, mais fut dirigé immédiatement vers sa messagerie. Avant qu'il puisse réfléchir à un message, il entendit un cri suraigu provenant de la salle à manger, suivi aussitôt des vociférations de Rhoda qui le cherchait partout.

« Andrew ! Bon Dieu, tu as donné du boudin à une des lesbiennes ! »

Il fallut presque trois heures à Andy pour atteindre Newcastle. Un camion avait perdu son chargement sur l'A19 et la police était toujours en train de régir la circulation autour de l'hécatombe d'appareils électro-ménagers. Il ressentit un pincement d'empathie pour les grands cartons qui jonchaient la bande d'arrêt d'urgence comme autant de soldats tombés. L'un d'eux s'était éventré, et une machine à laver gisait tristement sur le flanc, cabossée, mutilée. Ça le fit penser à Wendy Ives, et à son crâne enfoncé par un club de golf.

Quel genre de club ? se demanda-t-il distraitement en passant lentement à côté du tas de cartons. Qu'est-ce qu'il choisirait, lui, pour ce genre de geste ? Un bois, peut-être, mais en même temps, il ne s'agirait pas d'envoyer la tête de Wendy à une distance donnée sur le green. Un fer court serait peut-être plus adéquat, un 8 ? Un 9 ? Il décida que la meilleure option serait un putter. Le tranchant du wedge, nota-t-il. Il fendrait un crâne comme un œuf. Ses pensées s'interrompirent soudain lorsqu'il comprit que c'était un camion des Transports Holroyd qui avait perdu sa cargaison. Tommy allait faire passer un sale quart d'heure au chauffeur.

Andy réessaya de joindre son ami, mais il ne répondait toujours pas.

Andy avait l'impression que la journée était déjà bien avancée lorsqu'il vint chercher Jasmine et Maria à l'appartement de Quayside pour les faire monter dans sa voiture. Leurs affaires semblaient s'être multipliées pendant la nuit et il lui fallut un temps considérable pour charger tous les bagages dans le coffre. Son portable sonna, un numéro qu'il ne reconnaissait pas, il ne décrocha pas.

Ils étaient à peine partis qu'il dut s'arrêter à une station-service pour leur acheter des burgers. Il en prit un aussi parce que son estomac criait famine après avoir été privé de son sandwich au bacon ; mais le burger ne fit qu'aggraver sa nausée. Il en profita pour écouter le message laissé sur son portable. Une certaine capitaine Marriot avait besoin de lui dire deux mots. Pouvait-il la rappeler ? Non, il ne pouvait pas. Rhoda n'avait-elle pas dit que les agents qui s'étaient présentés à la maison étaient des inspectrices ? Et maintenant, un capitaine qui appelait ? Il commençait à trouver qu'on le harcelait. Il essaya de joindre Tommy à nouveau, mais il ne décrochait toujours pas, sur aucun de ses téléphones. Il se sentait mal, et ce n'était pas seulement à cause du burger. Pourquoi le long bras de la loi se tendait-il vers lui ?

Ils passèrent devant l'Ange du Nord et il le montra à Jasmine et Maria. « Voici l'Ange du Nord, les filles », comme s'il était un guide touristique. Elles poussèrent quelques oh et ah comme si elles comprenaient.

L'Ange était-il de sexe masculin ou féminin ? se demanda-t-il. Les anges étaient asexués, non ? Andy aimait à penser que l'Ange déployait ses ailes pour le protéger, mais en réalité, il devait le toiser, le juger. S'il n'avait pas été en train de conduire, il aurait posé sa tête sur le volant et pleuré sur la vanité de tout ça. « On arrive bientôt », dit-il avec un sourire encourageant en jetant un coup d'œil dans le rétroviseur.

Il dut s'arrêter à nouveau à un Roadchef à la sortie de Durham pour que les filles puissent aller aux toilettes. En attendant, il acheta des barres de chocolat et des canettes de Fanta, leur boisson préférée, apparemment. Elles restèrent absentes un temps infini et, pendant un moment de paranoïa totale, il se demanda si elles s'étaient enfuies, mais elles finirent par revenir en gloussant comme des poules et en bavardant dans leur langue incompréhensible.

« Puis-je vous offrir une boisson fraîche, mesdemoiselles ? » proposa-t-il avec une galanterie exagérée après qu'il les eut escortées jusqu'à la voiture. Les gloussements redoublèrent.

Elles lui rappelaient une fille thaïe qu'il avait connue à Bangkok deux ou trois ans avant de se marier avec

Rhoda. Elle riait à tout ce qu'il disait, admirait tout ce qu'il faisait. Du coup, il avait l'impression d'être l'homme le plus amusant, le plus intéressant que la terre ait jamais porté. Elle simulait totalement, à l'évidence, mais était-ce important ?

Il avait envisagé de la ramener au pays, de l'épouser, d'avoir des enfants – enfin, tout. Mais ça ne s'était pas fait, finalement. « J'ai changé d'avis », affirma-t-il à Tommy à l'époque, alors qu'en vérité c'était la fille qui avait changé d'avis. Elle avait un de ces drôles de surnoms thaïs – Chompoo. Quelque chose dans ce genre. Tommy l'appelait toujours Shampoo. Tommy était là-bas avec lui, ils s'occupaient de l'« Oasis » comme ils l'avaient toujours surnommée, même si elle n'avait pas de nom, seulement un numéro dans une rue de la banlieue de Pattaya. Aux dernières nouvelles, Chompoo était devenue une nonne bouddhiste.

Tommy s'était acoquiné avec Bassani et Carmody quelques mois avant qu'Andy n'entre dans l'organisation. Il avait effectué quelques missions de protection pour eux – il était encore boxeur à l'époque et ses poings étaient un atout appréciable s'ils se retrouvaient dans une situation périlleuse. Un poids lourd, un « garde du corps ». Maintenant, il s'abstenait de faire le sale boulot. Il avait une paire d'adjoints, comme il les appelait – deux voyous sociopathes, Jason et Vasily. Andy avait toujours supposé que Vasily était russe, mais il n'avait jamais été assez intéressé pour poser la question. Ils faisaient tout ce qu'on leur demandait. C'était troublant.

La prétendue Oasis en Thaïlande était un endroit où

Tony Bassani, Mick Carmody, leurs amis et connaissances de la même sensibilité allaient « se relaxer ». Beaucoup de ces amis et connaissances occupaient des fonctions élevées, glorieuses, même – au moins un juge, un premier magistrat, une poignée de conseillers municipaux, des policiers chevronnés, des avocats, un ou deux députés. À l'Oasis, ils pouvaient se faire plaisir grâce à une population locale accommodante, docile. Peut-être ces adjectifs n'étaient-ils pas tout à fait exacts. Maltraitée et exploitée, plutôt. De jeunes mineurs, pour la plupart – ils étaient légion, là-bas. Et finalement, personne ne leur pressait une arme contre la tempe, avait pensé Andy pour se justifier. Sauf une fois, mais il valait mieux oublier. Cet épisode avait marqué le début de la fin pour Tommy et Andy. « Il est temps qu'on mette les voiles, tu ne crois pas ? » avait lâché Tommy.

Andy ne les avait jamais rencontrés, ni Bassani ni Carmody. Bien sûr, il les avait vus au Belvedere – sur le green, au club-house avec leurs femmes un samedi soir –, mais on n'avait pas fait les présentations, discrétion oblige.

C'était l'avocat de Bassani et Carmody qui avait approché Andy. Un blanc-bec ambitieux qui venait juste de finir ses classes. Bassani et Carmody avaient récemment coupé les ponts avec un cabinet plus ancien, plus établi, et, vraisemblablement, les deux hommes avaient choisi le jeune type parce qu'il était motivé par l'argent et avait très peu de scrupules. Il les avait représentés pour une procédure de transfert de propriété et ils avaient « bien aimé son style ».

Ses clients, confia-t-il à Andy, avaient besoin d'un agent de voyages et il serait leur intermédiaire. « D'accord », accepta Andy. Il trouva que l'avocat était un peu un connard. (Andy avait dix bonnes années de maturité et de cynisme de plus que lui.) Le gars se comportait comme s'il était dans la mafia et que son client était Al Capone. On était à la fin des années 1990, et il rappelait Tony Blair à Andy. Le type suave et chafouin qui la joue copain-copain. Ses clients, dit-il, voulaient créer une résidence de vacances, où ils pourraient se reposer de leurs vies stressantes au Royaume-Uni. Leurs amis et eux auraient besoin qu'on s'occupe de leurs voyages. Il se chargerait de la paperasse (« les trucs juridiques ») et il cherchait quelqu'un pour faire le boulot sur le terrain là-bas.

« Comme un agent immobilier ? s'étonna Andy.

— Un peu, oui.

— Donc, dit Andy, quelles destinations de vacances plairaient à vos clients ? Benidorm ? Tenerife ? Que diriez-vous de Ayia Napa – de plus en plus populaire.

— Nous pensions à la Thaïlande.

— Oh, très exotique.

— Eh bien, ces messieurs ont des goûts exotiques. On aimerait bien que vous alliez là-bas voir un peu.

— Moi ? fit Andy.

— Oui, vous », confirma Steve Mellors.

La résidence ne serait pas à leurs noms, expliqua Steve Mellors, Bassani et Carmody avaient une structure commerciale créée exprès – SanKat ; ce nom faisait penser à une entreprise d'entretien, pensa Andy, une de ces boîtes qui venaient changer les rouleaux d'essuie-main dans les toilettes pour hommes ou vider les contenus des poubelles d'« hygiène féminine ». C'était des années avant qu'il apprenne que le nom était un amalgame des prénoms de leurs filles aînées – Santina et Kathleen. Cela posait question.

Andy savait qui étaient Bassani et Carmody, bien sûr. Comme tout le monde. Leur influence s'étendait sur toute la côte est, ils avaient des intérêts dans beaucoup d'entreprises. Bassani l'empereur de la crème glacée, Carmody le propriétaire de salles de jeux et de fêtes foraines. Ils occupaient des postes à responsabilité au niveau local, étaient connus pour leurs actions de charité, Carmody avait même fait un mandat de maire, en paradant et en s'exhibant à la moindre occasion. Ils étaient le genre d'hommes qui portaient des chevalières en or sur leurs gros doigts boudinés et avaient plus d'un smoking taillé sur mesure dans leur garde-robe. Le genre d'hommes dont les gens lèchent les bottes parce qu'ils vous rendent service – permis de construire, permis de conduire, licences de débit de boissons, contrats de taxis privés. Tout était à leur portée, moyennant un certain prix. Parfois ce prix était le silence.

Andy ne savait pas grand-chose des autres affaires, des affaires plus anciennes qui étaient au centre de leur procès. Les « fêtes », les gamins. Il avait conscience maintenant que beaucoup d'autres magouilles n'étaient pas sorties, beaucoup de gens dans leur cercle n'avaient pas été identifiés. Des décennies de méfaits, remontant jusqu'aux années 1970 et 1980. Tous ces amis et connaissances haut placés s'achetaient et se vendaient des enfants depuis des lustres. Des intouchables. Étaient-ils les hommes dont Carmody s'apprêtait à donner les noms ? La plupart d'entre eux étaient décédés – peut-être était-ce pour cela qu'il était prêt à parler.

Bassani et Carmody furent arrêtés des années après s'être débarrassés de l'Oasis. À ce moment-là, Andy et Tommy avaient repris leur liberté et personne ne découvrit jamais le lien entre eux. Steve aussi, bien entendu, avait depuis longtemps cessé d'être leur conseil. Pendant leur procès, ils furent défendus par un duo de connards aux dents longues et le jeune avocat qui autrefois gérait leurs affaires demeura invisible. Ils ne dirent rien, ne citèrent aucun nom, et Andy se demanda si c'était par peur des représailles – contre eux ou contre leurs familles. Ces années-là, ils avaient été mêlés à de vilaines combines avec des hommes puissants, capables de prendre facilement des dispositions pour que vous soyez accidentellement poignardé sous la douche de la prison.

Lors du procès, les rumeurs avaient couru bon train. Parmi elles, un « petit livre noir » avait été mentionné, mais personne n'avait jamais pu le produire et personne n'avait jamais découvert les noms des hommes qui avaient fait le commerce d'enfants pendant des décennies, de ceux qui s'étaient retrouvés chez les uns ou les autres pour des « soirées spéciales ». Mais Andy connaissait leurs noms car il avait organisé leurs voyages quand ils allaient à Bangkok ou en revenaient. Il avait vu leurs passeports. Il avait fait des photocopies. Et il avait tout gardé. On ne sait jamais quand on peut avoir besoin de protection. Le petit livre noir. Ni petit, ni noir, ni livre, mais un fichier informatique, sur une clé, cachée avec le trop-plein d'argent liquide d'Andy dans le grenier du Seashell.

Après qu'ils s'étaient séparés de Bassani et Carmody, les trois amis – Steve, Tommy et Andy (les Trois Mousquetaires, disait Steve, quel nom stupide) – avaient lancé leur affaire de filles.

Anderson Price Associates était l'idée de Steve. Une agence de recrutement, qui avait l'air parfaitement honnête, « totalement casher ». Juste des filles, car il y avait toujours de la demande pour des filles, il y en avait toujours eu, il y en aurait toujours. Les faire venir une par une, deux par deux au maximum, comme sur l'Arche, pas par lots. Un commerce simple, ni petits enfants, ni réfugiés. Juste des filles.

Tommy s'était empressé de donner son accord, mais bon, pour une raison mystérieuse, il se pâmait d'admiration pour l'avocat.

Andy n'était pas tellement chaud, mais Tommy avait insisté : « Ne te fais pas de bile, Foxy, c'est MST garanti – Magot Sans Taxe. » Et c'était vrai.

Anderson Price Associates était le visage officiel et souriant de l'entreprise servant au recrutement. La boîte d'Andy, Exotic Tours, faisait entrer les filles dans le pays. L'offre et la demande, c'était bien la base du capitalisme, non ? Ils avaient des demandes en veux-tu en voilà. « Exponentiel », affirmait Steve.

Elles n'étaient pas enlevées dans la rue ni envoyées de force, elles venaient de leur plein gré. Elles pensaient qu'elles émigraient pour occuper de vrais emplois – d'infirmières, de comptables, d'aides-soignantes, d'employées de bureau, même de traductrices. Certains commerçants vendaient du pain, des chaussures, des voitures, Anderson Price vendait des filles. « C'est juste du business, fit Tommy en haussant les épaules. Pas très différent d'autres commerces, en réalité. »

Le cabinet Anderson Price Associates, incarné par Steve, les recrutait via Skype depuis l'endroit qu'il appelait son « second bureau ». Une simple caravane, sur cales, posée sur un ancien terrain ayant appartenu à Carmody, mais l'installation était impressionnante, jusque dans les bruits de fond enregistrés – ceux d'authentiques bureaux bourdonnant d'activité.

Beaucoup de ces filles avaient des talents et des qualifications. Ce qui ne leur servait pas à grand-chose une fois que, menottées à un vieux lit d'hôpital aux Bouleaux Blancs, elles recevaient leurs injections de drogue quotidiennes. Steve appelait ça « le débourrage », comme s'il s'agissait de chevaux. Après, elles étaient distribuées. Sheffield, Doncaster, Leeds, Nottingham, Manchester, Hull. Les recrues de choix étaient envoyées à des contacts à Londres, certaines parvenaient même à aller sur le continent européen. Une traite des Blanches, bien réelle et lucrative, dans la nouvelle Jérusalem.

Et qui allait soupçonner une bande de quadragénaires

blancs dans une petite ville balnéaire ? La police, les services de sécurité se concentraient sur autre chose – les gangs de pédophiles asiatiques, les esclavagistes roumains. Ainsi, au vu et au su de tous, ils répondaient aux besoins inextinguibles en sexe des bordels, des saunas, et de lieux encore moins légitimes, plus insalubres (même si on pouvait penser que ce n'était pas possible), toujours plus nombreux.

Les comptes étaient tenus rigoureusement, stockés dans les arcanes du dark web. Anderson Price Associates était le parapluie qui supervisait tout mais Anderson Price était essentiellement Steve. Le truc avec Steve, c'était qu'il aimait bien le jeu – le pouvoir, la manipulation, les mensonges, il aimait bien tromper les filles. Cette vieille caravane chez Carmody était plutôt un hobby, pour lui – peut-être un refuge, aussi. D'autres hommes avaient des cabanons ou des jardins ouvriers, Steve avait sa caravane.

Ils s'arrêtèrent à nouveau dans un Sainsbury's local avant d'arriver en ville et il leur acheta un friand à la viande à chacune, d'autres canettes de Fanta, et du café rance pour lui. Il trouvait incroyable la quantité de nourriture qu'elles étaient capables d'ingurgiter. « Vous avez un sacré appétit, hein, les filles ! » En même temps, songea-t-il, elles n'allaient probablement plus manger grand-chose à partir de maintenant, alors, autant les gâter un peu. En réponse, elles gazouillèrent un truc inintelligible qu'il interpréta comme de la gratitude. Il sentit sa conscience essayer de se frayer un passage pour faire entendre sa voix. Il la repoussa et annonça : « Nous y sommes, les filles, nous sommes arrivés », tandis qu'apparaissait le bâtiment tentaculaire et décrépit des Bouleaux Blancs.

C'était bien une sorte de maison de repos. Dans sa première vie, au XIXe siècle, elle avait hébergé un hôpital psychiatrique privé pour les riches, mais dans sa dernière vie, elle était devenue un lieu d'accueil pour les personnes âgées et les personnes « désorientées ». Elle appartenait à Tony Bassani à l'époque où il gérait plusieurs maisons de repos sur la côte. Elle avait fermé des années auparavant et avait été rachetée par une société-écran. Celle-ci était domiciliée dans un appartement vide à Dundee, mais il y avait d'autres écrans fantomatiques derrière celui-là. « Comme la danse des sept voiles, putain », dit Tommy. Tommy et Andy n'avaient aucune idée de ce qui se passait au-delà de la société de Dundee – l'aspect légal des choses était le domaine de Steve. Tommy, toujours insouciant, pensait que leur ignorance les protégeait ; Andy doutait que l'ignorance ait jamais protégé quiconque.

Jasmine et Maria contemplèrent le bâtiment d'un air dubitatif. La plupart des fenêtres étaient condamnées et les autres étaient équipées de barreaux. La peinture qui s'écaillait était d'une déprimante nuance rose pâle. Malgré la présence de barreaux, le bâtiment rappelait plutôt à Andy un entrepôt des douanes qu'une prison – un endroit où les marchandises étaient stockées jusqu'à ce qu'elles soient prêtes à être envoyées. Ce qui correspondait à peu près à la réalité.

« C'est *houlohla* ? demanda Jasmine, le sourcil froncé.

— L'intérieur est beaucoup plus beau, assura Andy, vous verrez. Venez, maintenant, sortez de la voiture. » Un berger et deux moutons réticents. Des agneaux, plutôt. Qu'on amenait à l'abattoir. Sa conscience revint au galop et il la rabroua. Son combat avec sa conscience, c'était comme une partie de jeu de la taupe.

Quelqu'un tapota sur sa vitre, et il tressaillit. Vasily. Il tenait le rottweiler de Tommy au bout d'une courte chaîne et les filles émirent de petits pépiements. Elles n'avaient pas besoin d'avoir peur, ce clébard idiot n'était là que pour la galerie.

« Ne vous inquiétez pas, Brutus est doux comme un chaton, promit Andy, même si elles ne comprenaient pas un mot de ce qu'il racontait. Venez, les filles, on y va. Hop hop. Votre nouvelle vie a commencé ! Dans un nouveau chez-vous. »

Les Hauts de Hurlevent

Le matin, à la prison surnommée Monster Mansion par les tabloïds, les odeurs du petit déjeuner réglementaire – un mélange d'œuf et de flocons d'avoine – imbibaient toujours les misérables couloirs du pénitencier de Wakefield, donnant la nausée à Reggie.

Elles s'attendaient à trouver le prisonnier JS 5896 à l'infirmerie, puisqu'il était censé avoir déjà un pied dans la tombe, mais on les conduisit dans une salle d'interrogatoire ordinaire. Un gardien leur apporta un café à chacune. « On est allé le chercher. Il est un peu lent. » Dans cette pièce déprimante aux murs nus, les relents du petit déjeuner étaient masqués par l'odeur d'un désinfectant commercial au pin, comme si quelqu'un avait vomi récemment. Le café était effroyable, mais au moins, il fournissait un vague antidote sensoriel.

L'objet de leur intérêt finit par arriver d'un pas vacillant, précédé d'un genre de fracas métallique qui, l'espace d'un instant, fit croire à Reggie que l'homme qu'elles étaient venues interroger portait des bracelets, aux poignets et aux chevilles. Wakefield était une prison de haute sécurité, mais il s'avéra que Michael Carmody n'était entravé que par le tuyau qui le reliait à une grosse bonbonne d'oxygène sur un chariot.

« Emphysème », indiqua-t-il dans un sifflement avant de s'écrouler sur une des chaises autour de la table. Un gardien resta posté à la porte mais il semblait peu probable que Michael Carmody tente de prendre la poudre d'escampette. La seule manière dont il sortirait de cet endroit serait les pieds devant.

« Mr Carmody, commença Ronnie. Nous sommes ici parce que de nouvelles informations pertinentes dans l'affaire vous concernant ont été portées à l'attention de la police. Un certain nombre d'individus ont été nommés et ils ne faisaient pas partie de l'enquête d'origine sur vos délits, ceux pour lesquels vous purgez aujourd'hui une peine de prison.

— Tiens, je n'avais pas remarqué », fit Carmody d'un ton moqueur.

Malgré son attitude méprisante, il n'était plus que l'ombre de l'homme qu'il avait dû être autrefois, pensa Reggie. Elle avait vu des photos de lui quand il était paré de ses atours de maire et, même sur la photo d'identité judiciaire qui avait été prise après son arrestation – soyons francs, la plupart des gens n'y étaient pas à leur avantage –, il paraissait malgré tout en pleine forme, quoique rougeaud et en surpoids. Aujourd'hui, son visage était creusé et il avait le blanc des yeux d'un jaune maladif. Il devait avoir quatre-vingts ans passés maintenant. Un vieux retraité inoffensif, aurait-on cru si on l'avait croisé dans la rue.

« Vous pourriez éventuellement nous fournir des informations concernant les personnes sur lesquelles nous enquêtons et nous aimerions vous poser quelques questions. Est-ce possible, Mr Carmody ? »

« Pfiou, fit Reggie.
— Ouais. J'aurais cru qu'il voudrait parler », s'étonna Ronnie quand elles remontèrent dans leur voiture à peine vingt minutes plus tard. (« Tu aurais des lingettes antibactériennes ? Je me sens sale. »)
« Il était censé être sur le point de se mettre à table, et pourtant, on a eu l'impression que c'était la dernière chose qu'il voulait faire.
— Tu crois que quelqu'un lui est tombé dessus ? L'a menacé ?
— Peut-être, dit Reggie. La prison est pleine de criminels, après tout. Tu veux conduire, ou c'est moi ?
— Prends le volant si tu as envie », répondit Ronnie – avec générosité, vu qu'elle passait beaucoup de temps à enfoncer une pédale d'accélérateur imaginaire lorsque Reggie l'escargot conduisait. Deux heures de route dans chaque sens. « Pour rien, dit Ronnie.
— Eh bien, des paysages intéressants », fit Reggie. La lande. *The wiley, windy moors*. Haworth se trouvait à cinquante kilomètres dans la direction opposée. Reggie le savait parce qu'elle y était allée en excursion avec Sai, avant qu'il choisisse un banquet de mariage à l'indienne, cinq jours pleins, au lieu de toasts aux haricots et le coffret de *Mad Men* avec Reggie. (« Ton choix, pas le mien », dit-il.) Le mot *wiley* n'existait pas dans l'*Oxford English Dictionary* (Reggie avait

cherché). Les gens qui inventaient des mots étaient dignes d'admiration. « Est-ce que tu es déjà allée à Haworth ?

— Non, dit Ronnie. Qu'est-ce que c'est ?

— Le presbytère des Brontë. L'endroit où vivaient les trois sœurs.

— Les sœurs Brontë ?

— Ouais.

— J'imagine que c'est de là que vient le nom de notre Bronte. Je n'y avais jamais pensé.

— Je suppose, oui, fit Reggie. Même s'il y a une ville en Sicile qui s'appelle Bronte, du nom d'un des Cyclopes, dit-on, qui vivaient sous l'Etna. L'amiral Nelson s'est vu octroyer le titre de duc de Bronte par le roi Ferdinand pour l'avoir aidé à récupérer son trône pendant la période napoléonienne. Mais notre Bronte ne s'orthographie pas avec un tréma.

— Un quoi ?

— Un tréma – les deux petits points au-dessus du e, qui sont différents du *Umlaut*. En réalité, c'était une affectation ajoutée au nom par leur père.

— Tu ne sors pas beaucoup, on dirait, Reggie…

— Honnêtement ? Non, plus beaucoup. »

Elles avaient interrogé « leur » Bronte – Bronte Finch – dans sa maison à elle à Ilkley, dans un charmant salon citronné où Bronte leur avait servi du thé dans de jolies tasses et des tartes aux fraises individuelles de chez Betty's, auxquelles elles ne purent résister malgré leur pacte tacite de ne jamais rien manger ni boire quand elles étaient en service. Leur hôtesse les avait achetées exprès, alors il aurait été grossier de ne pas les manger, s'accordèrent-elles à dire ensuite. Elle était leur patient zéro, la première pièce du puzzle.

La pièce était meublée de canapés moelleux, de véritables œuvres d'art accrochées aux murs et d'un magnifique tapis ancien (« Ispahan ») sur le parquet en chêne. Un grand vase plein de pivoines rose foncé était posé dans l'âtre. Tout était de bon goût, tout était accueillant. La pièce rappela la maison du Dr Hunter à Reggie. Le genre de maison que Reggie aimerait bien avoir un jour.

La Bronte sans tréma était une petite femme jolie d'une quarantaine d'années, mère de trois enfants (« Noé, Tilly et Jacob »), vêtue d'une tenue de sport Lululemon. Ses cheveux étaient vaguement attachés en un chignon haut et elle donnait l'impression de revenir à peine de son entraînement. « Yoga Bikram », indiqua-t-elle avec un grand rire d'excuses comme si l'idée était un peu ridicule. Un gros chat gris foncé paressait sur le canapé. « Ivan. Comme Ivan le Terrible. Faites attention, il mord », ajouta-t-elle, attendrie. Elle prit le félin et l'emporta dans une autre pièce. « Juste au cas où. Il n'aime pas les étrangers.

— Comme tout le monde », dit Reggie.

Bronte était vétérinaire. « Pour les petits animaux seulement. Je ne veux pas passer mon temps le bras enfoncé dans le cul d'une vache », précisa-t-elle en riant. Son mari, Ben, était médecin urgentiste au Leeds General. À eux deux, ils soignaient toutes les créatures, grandes et petites. Elle avait un sourire magnifique, c'était ce que Reggie retenait d'elle.

Ilkley venait de passer de l'autre côté de la frontière pour faire désormais partie du Yorkshire de l'Ouest, et c'était pour cela qu'elles avaient récupéré cette affaire. Toutes deux aimèrent immédiatement Bronte. On ne pouvait s'empêcher d'aimer une femme qui disait « le cul d'une vache » avec un accent bourgeois et qui vous apportait des tartelettes aux fraises de chez Betty's.

La lumière du soleil traversant les vitres fit étinceler le modeste diamant de sa bague de fiançailles sur sa main fine. Il réfléchit de petits fragments d'arcs-en-ciel sur les murs jaune citron tandis qu'elle versait le thé. Ronnie et Reggie burent leur thé et mangèrent leurs tartelettes, puis elles sortirent leurs calepins et notèrent sous la dictée la litanie des noms de tous les hommes qui avaient abusé de Bronte Finch pendant son enfance, à commencer par son père, Mr Lawson Finch, juge à la Cour de la Couronne.

« Quel endroit sinistre.
— La prison de Wakefield ?
— Haworth. Je crois que les sœurs Brontë se sentaient emprisonnées dans leurs vies là-bas, murmura Reggie, songeuse. Et pourtant, d'une manière étrange, cet endroit leur a donné une certaine liberté.
— Je n'ai jamais lu aucun de leurs livres.
— Pas même *Les Hauts de Hurlevent* pour l'école ?
— Nan. Je connais juste la chanson de Kate Bush. »

« Inspectrice Ronnie Dibicki et inspectrice Reggie Chase. Nous cherchons Mr Stephen Mellors.

— Je suis désolée, dit la réceptionniste au cabinet de Stephen Mellors à Leeds. Mr Mellors n'est pas au bureau aujourd'hui. Je crois qu'il travaille depuis chez lui. » Le bâtiment était neuf, tout en acier, chrome et œuvres d'art bizarres. Un temple dédié à l'argent.

— Merci. Si vous pouviez lui dire que nous sommes passées.

— Puis-je savoir de quoi il s'agit ?

— Juste de questions concernant des clients. D'anciens clients. Je vais vous laisser ma carte. »

Elles sortirent leur voiture du parking à étages. « Il y a beaucoup d'argent à Leeds, fit observer Ronnie.

— Ça, c'est sûr. » L'espace d'un moment Reggie avait envisagé d'inviter Ronnie chez elle « pour un petit café », mais ensuite, elle se rendit compte à quel point cela pouvait paraître non professionnel. Elle s'inquiéta que Ronnie pense que c'était une invitation à s'engager dans une relation plus intime et Reggie serait obligée de sortir tout le baratin sur le mode : « Je ne suis pas gay, mais si je l'étais, ce serait volontiers. » En même temps, il était absurde d'imaginer que juste parce que Ronnie était gay, elle lui ferait des avances, et de toute manière, pourquoi Ronnie la trouverait-elle attirante alors que personne d'autre sur la planète n'était de cet avis ? (Et si elle était gay, en réalité, et refoulait la chose dans un drôle d'instinct écossais presbytérien ?) Chaque fois que quelqu'un supposait qu'elle était gay, elle ne niait jamais (cela arrivait souvent, sans qu'elle sache trop pourquoi), parce que si elle niait, elle impliquait que l'homosexualité était quelque chose de mal. Et pourquoi s'empêtrait-elle dans un nœud knoxien comme ça ? « Est-ce qu'on va rester toute la journée dans ce parking, à contempler des murs en béton ?

— Pardon. Qu'est-ce qu'on fait maintenant ? Tu peux conduire, si tu veux. »

« Felicity Yardley. Connue de la police locale – prostitution, drogue. » L'interphone était vétuste et avait l'air crasseux.

« Elle est chez elle, affirma Reggie. J'ai vu un rideau bouger à l'étage. »

Ronnie appuya sur la sonnette. Pas de réponse. Elles n'étaient pas certaines que l'interphone fonctionne mais Ronnie parla quand même. « Miss Yardley ? Je suis l'inspectrice Ronnie Dibicki et je suis avec l'inspectrice Reggie Chase. Nous menons une enquête sur une ancienne affaire. Il s'agit juste de quelques questions de routine, vous n'avez aucun souci à vous faire. Nous enquêtons sur plusieurs personnes en lien avec l'affaire parce que de nouvelles accusations ont été formulées. »

Rien. Ronnie sonna à nouveau. Toujours rien. « Bon... On ne peut pas l'obliger à nous parler. On reviendra plus tard. Est-ce que je peux avoir une autre lingette ? Dieu sait qui a tripoté cette sonnette. Au fait, j'ai une faim de loup. On va prendre des frites quelque part, d'accord ?

— Carrément », acquiesça Reggie.

« Qui est le suivant ? »

Reggie consulta son carnet. « Kathleen Carmody, la fille de Carmody. Elle n'a jamais été interrogée mais Bronte a dit qu'elle était présente à certaines soirées. Elles ont à peu près le même âge, alors je pense qu'on peut deviner ce que cela signifie. Je n'aime pas les appeler "fêtes", ajouta-t-elle.

— Parce que les fêtes sont un endroit où on devrait s'amuser.

— Oui, enfin, pas moi personnellement », fit Reggie.

Kathleen Carmody était installée au milieu de la salle de jeux, comme une araignée sur sa toile. Parfois, quelqu'un venait lui demander d'échanger des billets pour des pièces. Des machines faisaient la même chose, alors la présence de la fille de Carmody paraissait tout à fait inutile. Elle avait le teint brouillé de quelqu'un qui ne voyait jamais la lumière du jour.

Dans la salle de jeux régnait un mélange de couleurs et de bruits stridents. On se serait cru dans un de ces dispositifs secrets où la CIA enferme les gens pour les rendre fous.

« Miss Carmody ? Kathleen Carmody ? dit Reggie en élevant la voix pour pouvoir être entendue dans le vacarme ambiant. Je suis l'inspectrice Reggie Chase et voici l'inspectrice Ronnie Dibicki. Nous enquêtons sur une affaire ancienne à laquelle votre père, Michael Carmody, a été mêlé. Il s'agit juste d'un interrogatoire de routine, vous n'avez aucun souci à vous faire. Nous interrogeons plusieurs personnes en lien avec l'affaire car de nouvelles accusations ont été formulées, et nous aimerions vous poser quelques questions, si vous le voulez bien. Nous essayons de reconstituer une vue d'ensemble, d'élucider certains détails manquants. Un peu comme dans un puzzle. Y a-t-il un endroit plus calme où nous pourrions aller ?

— Cassez-vous. Et si vous vous pointez à nouveau ici, je vous arrache la gueule. Compris ? »

« Tu as eu l'impression qu'elle ne voulait pas nous parler, toi aussi ? » demanda Reggie une fois à leur voiture.

« Inspectrice Reggie Chase et inspectrice Ronnie Dibicki, Mrs Bragg. Vous vous souvenez de nous ? Est-ce que Mr Bragg est là ?

— Vous l'avez manqué de peu.

— Une idée de l'heure à laquelle il rentrera ?

— Non.

— Pouvez-vous lui dire que nous sommes venues ? À nouveau. »

Deux randonneuses visiblement mécontentes étaient en train d'ajuster leurs sacs à dos réciproques dans le hall d'accueil du Seashell. Elles rappelèrent à Reggie les escargots géants qu'elle avait vus dans un zoo, un jour.

« Vous devriez l'arrêter, suggéra une des femmes à Ronnie, en désignant Rhoda Bragg d'un mouvement du menton. Les prix sont violents et ils essayent de vous empoisonner.

— Cassez-vous, cria gaiement Rhoda tandis que les

clientes aux corps lourdement chargés franchissaient la porte avec peine. Maudites lesbiennes, dit-elle à Ronnie et Reggie. Enfin, vous devez être au courant, vous deux.

— Oui, fit Ronnie, exprès pour l'embêter. La police est le premier employeur de LGBT du Royaume-Uni.

— Et j'imagine que vous avez voté contre le Brexit aussi. Toutes les mêmes.

— Lesbiennes et contre le Brexit ?

— Oui. »

« Elle a probablement raison sur ce point, approuva Reggie une fois qu'elles furent remontées en voiture.

— Probablement. » Ronnie brandit un poing léninien et ajouta d'un ton lourd de sarcasme : « Rendons sa grandeur à la Grande-Bretagne. Vaut mieux en rire.

— Ça, c'est une des expressions préférées de Barclay Jack.

— "Vaut mieux en rire" ? Et les gens rient, effectivement ?

— Allons voir ça par nous-mêmes. »

La licorne dans la pièce

Jackson avait suggéré un café en ville, un endroit facile pour se rencontrer. Il savait que les chiens y étaient admis, même si c'était vrai presque partout car personne n'aurait pu faire tourner un commerce dans cette ville sans accepter les clients canins ; et en plus, à cette adresse, le café était relativement bon. Il était arrivé en avance et avait déjà avalé le contenu de la tasse posée devant lui tandis que Dido, à ses pieds sous la table, était encore en train de mâcher avec ardeur la saucisse qu'il avait commandée pour elle. (« Elle perd ses dents », dit Julia avec tristesse.)

Il avait acheté le *Yorkshire Post* chez un marchand de journaux et le parcourait distraitement, se demandant si le meurtre de la femme de Vince Ives était commenté quelque part. Il finit par trouver un petit article sur « Wendy Easton, également connue sous le nom de Ives ». Un porte-parole de la police déclarait qu'il s'agissait d'un « assassinat particulièrement brutal. Nous demandons à toute personne susceptible d'avoir des informations de se faire connaître ». Rien sur le club de golf avec lequel elle avait été frappée, nota Jackson. Ils avaient sans doute décidé de ne pas divulguer ce détail. Le policier en lui était très intéressé par le club de golf. S'agissait-il du putter de Vince – qui se trouvait là et avait servi d'arme – ou le tueur l'avait-il apporté, dans un acte prémédité ? Si…

« Mr Brodie ?

— Mrs Holroyd ? »

« Vous me reconnaîtrez, avait dit Jackson à sa nouvelle cliente au téléphone. Je serai l'homme avec le labrador jaune. » Il aurait peut-être dû porter un œillet rouge à la boutonnière ou avoir à la main un exemplaire du *Guardian*, deux accessoires qui, dans cet endroit, auraient été moins probables qu'un homme en compagnie d'un labrador jaune.

Elle s'appelait Mrs Holroyd et elle ne lui avait pas donné de moyen pour l'identifier. Il avait été frappé, lorsqu'elle avait donné son nom, par le fait que de moins en moins de femmes de nos jours faisaient précéder leur nom de « Mrs ». C'était un titre qui lui faisait penser à sa mère. Foulard sur la tête, panier à courses dans des mains de blanchisseuse.

Cependant Crystal Holroyd ne ressemblait pas à sa mère. Pas du tout. Mais alors pas du tout.

Elle était grande, blonde, et apparemment sublimée de multiples façons ; elle venait accessoirisée non pas d'un chien mais d'un enfant, une fillette appelée Candy, déguisée, si Jackson ne se trompait pas, en Blanche-Neige. Ou plutôt, l'idée que Disney se faisait de Blanche-Neige – le corsage rouge et bleu avec la jupe jaune, le célèbre serre-tête rouge avec le nœud.

Jackson avait autrefois été le père d'une fillette. Il connaissait ces choses-là.

Il sentit un petit pincement douloureux au souvenir de la dernière fois qu'il avait vu Marlee, qui n'était plus une fillette mais une femme adulte, désormais. Ils s'étaient disputés de façon terrible, à partir de rien. (« Papa, tu es vraiment un *luddite*. Pourquoi tu ne cherches pas un piquet de grève quelque part ou une manifestation où tu pourrais aller crier : "Maggie Thatcher – voleuse de lait !" » Oui, l'insulte avait été complexe et assez verbeuse. Il avait été trop surpris par l'analyse historico-politique de sa fille – sa terminologie à elle – pour pouvoir lui opposer grand-chose en termes de défense.) Il devrait l'appeler, pensa-t-il. Se réconcilier avec elle avant de la voir le week-end suivant. Ils étaient sur le point d'entreprendre (ou peut-être d'endurer) ensemble un des plus grands rites de passage de la vie. Ils n'avaient échangé que quelques messages sans chaleur depuis cette dispute qui datait d'un mois. C'était à lui d'arranger les choses, Jackson le savait. On pouvait difficilement conduire sa fille à l'autel si on était à couteaux tirés avec elle.

La fille de Mrs Holroyd, contrairement à la sienne, semblait être une enfant placide, bien élevée. Elle mangeait des tranches de pomme d'une main et, de l'autre, elle tenait une peluche qu'au départ Jackson avait identifiée comme un cheval blanc mais qui, une fois examinée de près, était une licorne, dont l'appendice était un cornet en spirale aux couleurs de l'arc-en-ciel. Il repensa à la fille sur l'Esplanade.

Forcément. Il avait un devoir moral dont il ne s'acquittait pas.

« Est-ce que ça va, Mr Brodie ?
— Oui, oui, Mrs Holroyd. Merci.
— Appelez-moi Crystal. »

Il se commanda un autre café et elle choisit une tisane à la menthe. Jackson éprouvait toujours un peu de méfiance à l'égard des gens qui buvaient des tisanes. (Oui, il savait pertinemment que c'était totalement irrationnel.) Il était sur le point de refermer le *Yorkshire Post*, prêt à aborder la question professionnelle, lorsqu'elle posa sa main sur son bras et dit : « Attendez. » Elle lui prit le journal des mains et lut avec attention. Ses lèvres bougeaient au fur et à mesure de sa lecture, remarqua-t-il. De très jolies lèvres, d'ailleurs, qui apparemment n'avaient pas subi d'intervention chirurgicale comme d'autres parties de son corps – non qu'il fût nécessairement un expert dans ce domaine. Elle portait un rouge à lèvres rose. La couleur était assortie à ses talons (très) hauts, des espèces d'escarpins classiques qui dénotaient une femme, plutôt qu'une fille. On pouvait dire beaucoup de choses d'une personne en regardant ses chaussures. Sa robe courte, sans être impudique, dévoilait ses jambes magnifiques. (« Simple conclusion tirée d'observations », se défendit-il face au juge Julia dans sa tête. Elle présidait le tribunal des femmes.)

« Wendy Ives. Assassinée, murmura Crystal Holroyd en secouant la tête. Mercredi. Je n'arrive pas à y croire.

— Vous la connaissiez ? » demanda Jackson. Il supposait que c'était probable, vu la taille de la ville.

« Ouais, un peu. On s'est croisées. Elle est mariée à Vince, un ami de mon mari. Un type sympa. »

Vince n'avait pas mentionné de copains la veille au soir, en fait il avait paru incroyablement seul.

« Ils étaient en train de divorcer, poursuivit-elle. Wendy avait repris son nom de jeune fille. » Elle contempla le journal en fronçant les sourcils. « Elle n'était pas particulièrement gentille, même si ce n'est pas une raison pour tuer quelqu'un.

— Parfois, ça suffit, dit Jackson.

— En tout cas, elle en faisait voir de toutes les couleurs à son mari.

— Je l'ai rencontré par hasard hier soir, avoua Jackson.

— Ah bon ? Comment ? Où ?

— Sur la falaise. Il envisageait de sauter.

— Putain », fit-elle avant de coller ses mains sur les oreilles de Blanche-Neige comme si elle essayait d'aller plus vite que la vitesse du son. « Tu n'as rien entendu, ma chérie. » Blanche-Neige continua sans sourciller à manger sa pomme – une tranche pour elle, une tranche pour la licorne. Pas d'empoisonnement à la clé, pas besoin d'un cercueil en verre.

Apparemment, Crystal Holroyd pensait qu'elle était suivie et elle voulait découvrir par qui.

« Croyez-vous que ça pourrait être votre mari ? Pense-t-il que vous le trompez ? » Jackson soupira intérieurement en constatant qu'il était en terrain connu. Un autre époux soupçonneux. Mais, à sa grande surprise, cela ne semblait pas être le cas.

« Ça pourrait être Tommy, j'imagine. Mais ça me paraît peu probable.

— Est-ce que vous trompez votre mari ? demanda Jackson. Juste pour que les choses soient claires.

— Non. Pas du tout.

— Qui d'autre aurait une raison de vous suivre, à votre avis ? »

Elle haussa les épaules. « C'est bien ce que je vous demande de découvrir. »

Il eut la nette impression qu'elle omettait de lui dire quelque chose. D'après son expérience, la vérité était souvent cachée, tapie entre les lignes. Parfois, bien sûr, il valait mieux qu'il en soit ainsi plutôt que de la voir vous charger bille en tête armée d'une baïonnette.

Jackson ne parvenait pas à s'imaginer marié à une femme ressemblant à Crystal Holroyd. *The Only Way is Essex*, une émission sur laquelle il était tombé par hasard (c'était vrai) en zappant, était pleine de créatures comme Crystal. Elle ne venait pas de l'Essex – à en juger par son accent, elle devait venir de quelque part dans l'East Riding. C'était révélateur de son âge, songea Jackson, qu'il pensât encore en termes de *ridings*, des circonscriptions qui avaient disparu des années auparavant lorsque les frontières administratives avaient été redessinées.

Crystal Holroyd n'était pas son genre, même si Jackson n'était pas certain d'avoir encore un genre. (« Du moment qu'elle respire », avait ironisé Julia récemment. Inutilement hostile, avait-il trouvé.)

Autrefois, sa femme idéale était Françoise Hardy – il avait toujours été assez francophile, après tout. Il avait d'ailleurs épousé quelqu'un de ce type, sauf qu'elle était anglaise – Tessa la louve prédatrice et traîtresse –, mais il soupçonnait qu'elle était un artefact parfaitement conçu pour le piéger. (« Je peux devenir ton genre, dit Tatiana. Je peux être française, si tu veux. » Elle le répétait par provocation, pas dans un but de séduction. Elle semblait trouver très amusante sa situation de célibataire. C'était déjà assez pénible d'avoir Julia, qui avait colonisé son cerveau depuis longtemps, mais avoir Tatiana qui y bourdonnait comme une abeille était plutôt malvenu. L'expression « voix intérieure » se voyait attribuer un tout autre sens. Au moins, à elles deux, elles avaient réussi à éjecter sa première femme, Josie.)

« Et que voulez-vous que je fasse si je découvre l'identité de la personne qui vous suit ? avait-il demandé à Crystal Holroyd, redoutant d'être embarqué dans une nouvelle mission d'élimination comme celle de la mère de Chloé, Ricky Kemp.

— Rien. Je veux juste savoir qui c'est. Vous ne voudriez pas, à ma place ? »

Si, bien sûr.

« Et vous avez de l'expérience dans ce genre de choses, n'est-ce pas ? » demanda-t-elle, un petit froncement inquiet déformant momentanément son visage lisse. Botox ? s'interrogea Jackson. Non pas qu'il sût quoi que ce soit sur le sujet, sauf qu'on payait quelqu'un qui n'était pas qualifié sur le plan médical pour vous enfoncer des aiguilles dans le visage. Cela semblait relever de la panoplie macabre des films d'horreur. Jackson aimait ses femmes au naturel. (« Avec poireaux et verrues », confia-t-il à Julia, qui ne parut pas prendre la remarque comme un compliment.)

« Ne vous inquiétez pas, Mrs Holroyd – Crystal –, c'est pas mon premier rodéo.

— Mais vous n'êtes pas un cow-boy, j'espère », s'inquiéta-t-elle, le regardant droit dans les yeux. Elle avait des yeux d'un vert étonnant, le vert des lacs de glacier dans les Rockies. (Il y était allé, avec la femme buveuse de daïquiris du Lancashire. Elle écrivait des récits de voyages – elle le faisait toujours, supposait-il –, ce qui était la raison pour laquelle leur relation curieusement conflictuelle s'était incarnée presque intégralement sur des rivages étrangers.)

« Non, dit Jackson en riant. Je ne suis pas un cow-boy. Je suis le shérif. »

Elle n'eut pas l'air impressionnée.

Il prit note de quelques informations. Crystal ne travaillait pas, elle était « juste » femme au foyer et mère, bien que ce fût un travail à temps complet, ajouta-t-elle sur la défensive.

« Absolument », acquiesça Jackson. Il n'allait certainement pas l'ouvrir et oser remettre en question les choix que faisaient les femmes. Il l'avait fait une fois ou deux dans sa vie et cela s'était toujours mal terminé. (*Luddite* résonnait encore à ses oreilles.)

Crystal vivait avec son mari, le susmentionné Tommy, dans une grande maison appelée High Haven à quelques kilomètres de là. Tommy avait une entreprise de transport de marchandises et, en plus de mini-Blanche-Neige, elle avait un beau-fils, Harry, issu du premier mariage de son mari. C'était un bon garçon, assura Crystal. Seize ans mais « un peu jeune pour son âge ». Vieux pour son âge aussi, ajouta-t-elle.

« Votre mari est-il divorcé ? » demanda Jackson, poussant le stéréotype jusqu'au bout – il avait dû échanger sa première femme pour un modèle plus jeune. Mais Crystal répondit non, elle était décédée dans un accident.

« Quel genre d'accident ?
— Elle est tombée du haut d'une falaise.
— D'une falaise ? » Les petites cellules grises de Jackson se prirent par la main et se mirent à sauter en tous sens tant elles étaient excitées. Les gens ne tombaient pas des falaises – il avait récemment acquis une certaine expertise en la matière –, ils sautaient ou ils étaient poussés ou ils vous embarquaient avec eux dans leur chute.

« Ouais, d'une falaise. C'était un accident. Enfin, j'espère. »

C'était lui qui avait choisi le café, elle qui avait décidé du parking – « celui qui se trouve derrière le Co-op. Garez-vous près du mur du côté de la voie ferrée. J'essayerai de me garer là aussi », lui avait-elle dit au téléphone. Il s'était conformé à cette instruction sans la comprendre ; il ne l'avait certainement pas interprétée comme signifiant que, dix minutes après avoir bu son deuxième café et payé la note, il recevrait l'ordre de suivre lentement le Range Rover de Crystal.

Le parking était grand et, s'il avait stationné sa

voiture à une plus grande distance d'elle, il aurait presque inévitablement perdu sa trace en sortant. Il aimait les femmes qui s'organisaient à l'avance.

« Vous quittez le café le premier. Je vous suivrai dans cinq minutes.

— OK », avait répondu Jackson. Il n'avait pas de mal à obéir aux ordres d'une jolie femme. Un empressement qui avait causé sa ruine plus d'une fois dans sa vie.

Crystal lui avait déjà donné le numéro d'immatriculation de sa voiture – un gros Evoque blanc qui était facilement reconnaissable ; il passa tranquillement à côté du véhicule, simulant la nonchalance, tout en l'examinant sous toutes les coutures. On en apprenait long sur une personne en observant sa voiture. Les vitres étaient fumées mais en regardant à travers le pare-brise, il put constater que l'intérieur était immaculé, surtout quand on pensait que c'était le carrosse de Blanche-Neige. La voiture de Julia était une illustration pratique du chaos – des biscuits pour chiens et des miettes, des vêtements qui ne servaient plus, des lunettes de soleil, des survêtements qui appartenaient à Nathan, des journaux, des scripts de *Collier* constellés de taches de café, des livres à moitié lus. Elle l'appelait sa « turne » – un mot un peu ancien, apparemment. (« Ce sont les meilleurs », dit-elle. Comme « épouse », pensa Jackson.)

Ce n'était pas tant l'intérieur de la voiture de Crystal Holroyd qui intéressait Jackson que l'extérieur ; quelque chose avait été glissé sous l'un des essuie-glaces. Pas un ticket de parking mais une enveloppe blanche avec un nom écrit dessus. *Tina*.

Jackson la dégagea doucement. (« Tu sais quel est l'animal le plus curieux, n'est-ce pas ? » demanda Julia. Ouais, le chat, pensa Jackson, mais il lui restait encore huit vies, non ? Et à lui ? Il était tombé du haut d'une falaise, avait été attaqué par un chien enragé, était presque mort dans un accident de train, avait failli mourir noyé, avait été écrasé dans un camion poubelles, avait sauté dans une explosion – celle de sa maison –, sans compter deux ou trois situations où il était passé près, du temps où il était dans la police et dans l'armée. Sa vie avait été une succession de désastres. Et s'il en était déjà à sa neuvième vie ? Dernier tour de piste. Peut-être devrait-il faire plus attention.)

L'enveloppe n'était pas scellée et il parvint à en extraire le contenu. Ce n'était ni un message ni une lettre, mais une photo de Blanche-Neige – portant le costume d'une autre princesse, une robe bleue. Un instantané innocent de la fillette sur une balançoire. Au téléobjectif, apparemment. Qui prenait des photos d'enfants dans des parcs au téléobjectif ? Les pervers, les obsédés, les détectives privés. Il retourna la photo. Au dos quelqu'un avait écrit : *T'as pas intérêt à ouvrir la bouche, Christina.* Intéressant. Avant de retourner la photo il avait pensé que c'était innocent – quelqu'un que Crystal connaissait qui voulait lui transmettre une photo qu'il avait prise de sa fille. Mais il n'y avait rien d'innocent dans *T'as pas intérêt à ouvrir la bouche*. La personne qui avait écrit ce message ne s'était pas donné la peine d'ajouter *sinon...* Elle n'avait pas besoin.

Et Tina, et Christina – les deux étaient-elles Crystal ? Trois femmes en une. Une Sainte Trinité. Ou une trinité impie ?

Il y avait toujours plus de questions que de réponses. Toujours. Peut-être que quand on mourait toutes les questions trouvaient une réponse et qu'on se voyait enfin offrir cette chose tellement cliché : la « conclusion ». Peut-être qu'il finirait par découvrir qui avait assassiné sa sœur, mais il serait trop tard pour obtenir qu'il lui soit fait justice et ce serait presque aussi frustrant que de ne pas savoir qui l'avait tuée. (« Laisse tomber, Jackson », dit Julia. Mais comment le pouvait-il ?)

Il remit l'enveloppe sous l'essuie-glace et se dépêcha de rejoindre sa voiture avant que Crystal ne puisse le surprendre. Il jeta un coup d'œil alentour. Si quelqu'un la suivait – et maintenant qu'il avait trouvé la photo, cela paraissait plus vraisemblable –, il l'avait vu ouvrir l'enveloppe. Venait-il de commettre une erreur de débutant ou son geste donnerait-il du grain à moudre à la personne qui pourchassait Crystal Holroyd ? Que cela lui plaise ou non, Crystal était sous sa protection, désormais. Que cela lui plaise, à elle, ou non, aussi.

Il regarda Crystal qui se dirigeait vers sa voiture, tenant Candy par la main, toutes les deux en train de discuter d'un air insouciant. Elle s'immobilisa en apercevant l'enveloppe, puis la prit d'un geste las, avant de l'ouvrir d'une main encore plus lasse. Elle regarda la photo, puis la retourna et lut le message inscrit au dos. Il était difficile à cette distance d'identifier exactement l'expression de son visage, mais son langage corporel était très explicite. Elle se figea, une statue statuesque, les yeux rivés sur la photo – on aurait cru qu'elle essayait de déchiffrer une langue étrangère. Puis elle prit Candy dans ses bras comme si elle risquait de ne pas être en sécurité par terre. Une Madone à l'enfant, bien que Jackson supposât que Notre Dame n'avait jamais porté de talons roses comme Crystal Holroyd. La mère de Jackson l'avait traîné à la messe tous les dimanches, essayant vainement de lui instiller la religion. Une Madone qui ressemblait à Crystal Holroyd l'aurait peut-être motivé davantage.

Crystal reprit ses esprits. Elle installa Candy dans le siège enfant à l'arrière de l'Evoque et, quelques secondes plus tard, elle filait comme une femme chargée d'une mission d'importance vitale.

Jackson sortit du parking derrière elle. Plus précisément, ce n'était pas Crystal Holroyd que Jackson suivait mais la BMW gris métallisé qui s'était furtivement glissée entre eux.

Initialement, il avait soupçonné Crystal Holroyd d'être paranoïaque ; la déclaration qu'elle avait faite entre deux gorgées de tisane à la menthe avait paru un peu mélodramatique (« Je suis suivie ») mais, ô surprise, il s'avérait qu'elle avait raison.

Le petit convoi de trois véhicules serpenta dans les rues jusqu'à rejoindre l'A174, Jackson fermant la marche. Il était bon en surveillance discrète – heureusement, il en avait fait beaucoup autrefois. Il avait pris en photo la plaque minéralogique de la BMW – une autre demande qui serait envoyée au service des immatriculations.

Devant, Jackson vit l'Evoque qui clignotait à droite. Il avait rentré High Haven dans son GPS alors il était presque sûr que Crystal se dirigeait vers son domicile. La BMW gris métallisé l'avait escortée jusqu'à l'endroit nécessaire, ou voulu, et elle continua tout droit, Jackson à sa suite.

Était-ce un détective privé, comme lui, qui se cachait derrière ces vitres fumées ? Un détective privé qui venait d'assister à la rencontre clandestine de sa proie avec un homme bizarre, qui maintenant le suivait. Avaient-ils été photographiés ensemble ? Cela ne jouerait pas en sa faveur s'il s'avérait que c'était le mari soupçonneux qui la faisait suivre. Cette photo sur son pare-brise pouvait tout à fait être un message de sa part – une menace explicite sur le fait qu'il demanderait la garde de son enfant, par exemple. Ou peut-être était-il du genre à décider qu'une femme volage devait être punie par la mort de ses enfants. Jackson avait eu affaire à un gars de ce type un jour – le type avait projeté sa voiture à deux portes dans un fleuve avec ses deux petites filles attachées à l'arrière. Rien que d'y penser, des années après, il en avait la nausée.

Et même si leur rencontre avait été parfaitement innocente, avait-il par inadvertance laissé croire qu'il était l'homme avec qui Crystal Holroyd entretenait une liaison ? Ou bien – et c'était une pensée compliquée pour ses petites cellules grises – le comportement de Crystal elle-même avait-il laissé supposer que Jackson était l'homme avec lequel elle avait une liaison ? Pourquoi ferait-elle une chose pareille ? Pour agiter un gros leurre sous le nez de quelqu'un ? Il poussait trop loin, là, non ?

Quelques kilomètres plus loin, ils arrivèrent à une zone de travaux où la circulation alternée était régie par des feux temporaires. La BMW passa en trombe à l'orange, Jackson resta coincé au rouge (inutilement long). Reconnaissant que la filature était terminée, il effectua un demi-tour lorsque le feu passa au vert et repartit. Il jeta un coup d'œil à sa montre – encore deux bonnes heures avant son rendez-vous avec Ewan. Plein de temps.

En approchant de la bifurcation pour aller à High Haven, il aperçut l'Evoque, qui cette fois rejoignait la route principale. Elle roulait vite, très vite, comme si elle était pilotée par un chauffeur spécialisé dans les fuites plutôt qu'une femme se présentant comme une mère au foyer. Jackson n'aurait jamais choisi un Evoque. Il était conçu pour être une voiture de femme, de femme riche. Malgré tout, reconnut-il à contrecœur, il avait des caractéristiques techniques et des performances de qualité. Certains modèles – dont celui-ci, visiblement – pouvaient passer de 0 à 100 km/h en moins de sept secondes. En plus, un homme au volant d'une Toyota milieu de gamme n'était vraiment pas en position de juger.

Où allait Crystal Holroyd avec tant d'empressement ? Avait-elle fait semblant de prendre le chemin de High Haven pour semer la BMW grise ?

Ou pour semer la Toyota milieu de gamme ? Cette dernière hypothèse n'avait absolument aucun sens. Cette femme était décidément énigmatique, se dit-il. Elle était déjà presque hors de vue lorsqu'il écrasa la pédale de l'accélérateur et se lança à sa poursuite. Les petites cellules grises en furent surprises et durent se mettre à courir pour ne pas être distancées.

Trans-Sylvanian Families

Crystal avait installé Candy devant *Peppa Pig* quand elles étaient rentrées à la maison. Il y avait une télé dans la cuisine, alors elle pouvait garder un œil sur sa fille depuis le jardin d'hiver, où elle fumait fébrilement une cigarette. Candy ne risquait pas d'aller où que ce soit, pour elle, Peppa était aussi addictive que de l'héroïne. La petite n'avait pas quitté son déguisement de Blanche-Neige mais Crystal s'était débarrassée de ses talons hauts et avait enfilé un jean et un vieux T-shirt. Elle ressentait le besoin de faire du ménage. Le ménage l'aiderait à réfléchir à la photo et au message au dos : *T'as pas intérêt à ouvrir la bouche, Christina.* Qui l'appelait encore Christina ? Personne, en l'occurrence. Tina, morte et enterrée depuis longtemps, s'était réincarnée en Crystal, aussi lisse et lustrée qu'un miroir. Et à propos de quoi était-elle censée ne pas ouvrir la bouche ? Personne ne lui avait jamais rien demandé. C'était forcément en relation avec la BMW gris métallisé, non ? La surveillait-elle pour s'assurer qu'elle n'ouvrait pas la bouche (mais pour dire quoi ?) ?

Comme elle l'avait prédit à un Jackson Brodie dubitatif, elle avait été prise en filature dès la sortie du parking. Dans le rétroviseur elle parvenait tout juste à apercevoir la Toyota de Jackson Brodie. Elle se sentit du coup un peu plus en sécurité – seulement un peu – de savoir que quelqu'un surveillait la personne qui la surveillait. Peut-être quelqu'un le surveillait-il aussi, formant une file interminable de gens qui l'avaient, elle, en ligne de mire. Rien à voir avec Tommy, elle en était certaine, désormais. Elle devinait qu'il s'agissait de quelque chose de plus gros, de plus vilain. Ça sentait le passé. En même temps, c'était vrai : si elle parlait du passé, tous les démons de l'enfer seraient lâchés.

Jackson Brodie était-il un bon détective ? se demanda-t-elle. *Pas mon premier rodéo*, avait-il dit. Typiquement masculin, tout le temps à rouler des mécaniques. Toute sa vie, elle avait été là pour satisfaire les caprices d'hommes bravaches, qui la traitaient comme une poupée – et plus mal que ça encore. (« Outrecuidants, précisa Harry. Ça vient du latin. » On aurait dit le nom d'un cheval de course.) Crystal préférait les hommes discrets qui avaient une piètre opinion d'eux-mêmes – Vince Ives par exemple. Il semblait être dans le camp des gentils. Wendy avait-elle vraiment été assassinée ? Pourquoi ? Était-ce parce qu'elle avait ouvert la bouche à propos de quelque chose ? Avait-elle un passé, elle aussi ? Cela paraissait peu probable. Elle faisait ses achats dans le catalogue Boden et elle était fière d'avoir fait pousser un affreux petit arbre rachitique.

La porte de la maison s'ouvrit avec fracas. Tommy. Il n'avait jamais appris à entrer sans faire de bruit. Il était rentré tard la veille au soir et il était parti avant 6 heures ce matin, se glissant hors du lit sans la réveiller. Ça ne ressemblait pas à Tommy, de partir sans prendre son petit déjeuner, et le plus souvent, il ne la laissait pas dormir tranquillement. Elle avait l'habitude d'être réveillée sans ménagements pour lui préparer une tasse de café. Cela faisait partie de ses attributions, apparemment. Le jour de la fête des Mères, Harry et Candy lui avaient apporté le petit déjeuner au lit – un plateau avec une fleur cueillie dans le jardin dans un petit vase, une cafetière, des croissants, de la confiture, une pêche parfaite. (C'était Candy – une pêche parfaite. Pas encore malmenée par la vie.) Et une carte que Candy avait fabriquée avec l'aide de Harry. Une famille dessinée en bâtons – maman, papa, deux enfants. « À la meilleure maman du monde », avait lu Crystal. Harry la tapota, gêné, sur l'épaule en soufflant : « Désolé, je ne voulais pas te faire pleurer. » « Ce sont des larmes de joie, Harry. » Combien de fois ça arrive, ce genre de larmes ? Pas souvent, c'est sûr. C'était agréable de savoir que ses yeux ne s'étaient pas complètement desséchés.

« Crystal ! cria Tommy. Mais où t'es planquée, putain ? »

Crystal soupira. Il te suffit de chercher, pensa-t-elle. Elle écrasa sa cigarette et enfourna un bonbon à la menthe. « Ici ! »

Elle présenta son plus beau sourire lorsque Tommy entra dans la cuisine : « Eh bien, quelle surprise

– tu rentres en plein milieu de la journée ! Voilà un événement historique.

— Tu étais sortie ?

— Sortie… ?

— Ouais, sortie. Quand je suis revenu, tout à l'heure, tu n'étais pas là.

— Je suis allée en vitesse à Whitby faire quelques courses.

— Dans cette tenue ?

— Je viens de me changer. T'es au courant, pour Wendy ?

— Wendy ? » Tommy eut l'air de ne pas savoir de qui elle parlait.

« Wendy Ives, la femme de Vince. Elle est morte. Quelqu'un l'a tuée.

— Putain de merde. Comment ?

— Sais pas.

— Tu crois que c'est Vince ? Je comprendrais, elle avait vraiment un balai dans le cul. Et si tu me préparais quelque chose à manger ? Un sandwich ? »

Rien de plus ? Le meurtre de Wendy était-il donc moins important que son déjeuner ? C'était très inquiétant de voir avec quelle facilité il écartait la pensée d'une épouse défunte. Peut-être celle d'une épouse vivante aussi. « Pas de problème, dit Crystal. Porc et pickles ou poulet rôti ?

— Comme tu veux. Poulet. Je mangerai dans mon bureau. »

Il avait l'air de mauvais poil, pas le Tommy insouciant et gai de d'habitude.

« Des soucis au boulot ? » s'enquit-elle avec

commisération. La gentillesse faisait également partie de son rôle.

« On pourrait dire ça. Faut que j'y aille », lança-t-il en marmonnant quelque chose concernant de la paperasse. Puis il eut l'élégance de grommeler des excuses. « Mauvaise matinée, grogna-t-il, et il déposa un baiser rapide sur sa joue. Pardon.

— Pas grave, chéri. » Il n'était décidément pas lui-même. Qui était-il, alors ?

Il ferma la porte du bureau.

Elle sortit des tranches de poulet rôti du réfrigérateur. Elle ouvrit l'opercule en plastique et plissa le nez en sentant l'odeur de la viande. Un animal mort. Était-ce l'odeur que dégageait Wendy maintenant ? *Ainsi va toute chair.* Ça venait de quelque part, ça. La Bible ou Shakespeare, sûrement. Harry saurait. Harry savait tout. Parfois Crystal s'inquiétait, il connaissait trop de choses. *T'as pas intérêt à ouvrir la bouche.* Les mots ne cessaient de rebondir contre les parois de sa boîte crânienne.

Elle posa le sandwich sur une assiette et l'accompagna d'un brin de persil. Tommy n'apprécierait probablement pas cette touche décorative. Quand elle était plus jeune, ce qu'elle avait eu de plus proche d'un accompagnement était une dosette de ketchup pour aller avec ses frites. C'était déprimant de penser qu'elle avait atteint un âge où elle pouvait dire « quand j'étais jeune ». Même si ce n'était pas aussi déprimant que de se rappeler comment c'était quand elle était jeune. Elle espérait que, plus tard, Candy ne se souviendrait que de moments de bonheur, en repensant à son enfance. *Ne l'ouvre pas.*

Dans le bureau, elle trouva Tommy les yeux rivés sur l'écran noir de son ordinateur. Crystal se demandait parfois s'il savait l'allumer – il faisait tout sur son iPhone. Ou ses iPhones au pluriel, parce qu'il en avait deux, celui dont elle était censée connaître l'existence, et celui dont elle n'était pas censée connaître l'existence, ou du moins, celui dont il ne lui avait jamais parlé. Elle avait découvert le deuxième quand elle avait apporté son blouson à la teinturerie quelques semaines auparavant, et son cœur s'était serré. Sa première idée, évidemment, était qu'il avait une liaison ; mais pour être honnête, ainsi qu'elle l'avait expliqué à Jackson Brodie, elle en aurait été surprise car, malgré ses fanfaronnades de macho, ce n'était pas vraiment son genre. Tommy aimait être marié, cela lui rendait la vie facile ; l'infidélité, ça compliquait tout. « En latin, on dirait que papa est *uxorius* », indiqua Harry. (Devinez d'où lui venait ce savoir.) « *Uxor* est le mot latin pour épouse et *uxorius* signifie qui cherche à plaire à son épouse. » Aux oreilles de Crystal, ce mot ressemblait plutôt à quelque chose en rapport avec du bétail ou des cochons.

À son grand soulagement, elle vit que le téléphone semblait concerner exclusivement le travail et contenait essentiellement des textos – *Nouvelle livraison attendue à 4 heures.* Ou *Envoi en route vers Huddersfield.* Aucun nom dans le carnet d'adresses et les messages étaient échangés avec des gens désignés seulement par leurs initiales – A, V, J, T et plusieurs autres, au point qu'on y trouvait presque l'alphabet tout entier. Principalement des chauffeurs, supposa-t-elle. *Ai déchargé la cargaison à Sheffield, patron. Sans problème.* Aucun de ses employés n'était jamais venu à la maison. « Il y a le travail et le plaisir, disait Tommy. Faut jamais mélanger les deux. » Elle supposait que la même règle s'appliquait à ses téléphones.

Le « bureau » de Tommy était une petite pièce sur le devant qui avait dû servir autrefois d'antichambre pour accueillir les visiteurs. (La maison était édouardienne, d'après Harry. « Environ 1905 », ajouta-t-il, car il savait qu'elle n'avait aucune idée de la date.) Le bureau était assez différent de l'immense repaire que Tommy s'était aménagé au sous-sol. Une salle pleine de jouets masculins – une table de billard, une télé gigantesque, un bar bien garni. Le bureau était tout en bois foncé, cuir vert et lampes de banquiers. Un meuble de classement métallique, un ordinateur sinistre et une boîte de cigares très chers exposée aux regards. On avait l'impression d'être dans un décor de bureau plutôt que dans un vrai. Un bureau tel que l'imaginait quelqu'un qui avait commencé sur un ring de boxe. Et il était difficile de savoir exactement ce que Tommy faisait là-dedans, parce que tous les deux avaient conscience que le véritable bureau était le préfabriqué qu'il avait dans l'enceinte de l'entreprise. Ni bois foncé ni cuir vert aux Transports Holroyd, plutôt un réfrigérateur rempli de bières, un calendrier Pirelli et un tas de relevés de chronotachygraphes, de devis et de factures couverts de taches de café que le comptable de Tommy venait chercher tous les mois pour leur donner l'air de livres de comptes respectables. Aussi respectables que possible.

Elle était passée le voir là-bas un jour – au début de leur relation, pensant lui faire une surprise pour la Saint-Valentin. Elle était arrivée avec un gâteau – en forme de cœur – qu'elle avait acheté chez Marks & Spencer (à l'époque où elle mangeait mal), mais il l'avait mise à la porte du préfabriqué aussi vite qu'il avait pu. « C'est pas un endroit pour une dame, avait-il dit. Mais les gars vont aimer ça, c'est sûr », ajouta-t-il en lui prenant le gâteau des mains ; elle n'avait pas eu le cœur (ha !) de lui faire remarquer qu'il s'agissait d'un geste romantique qu'elle lui destinait, à lui, et pas aux types obèses qui fumaient et jouaient aux cartes qu'elle avait aperçus à l'intérieur.

« Merci. » Il prit le sandwich sur l'assiette avant de mordre dedans sans même y jeter un coup d'œil. Crystal eut une dernière pensée pour les poulets. Dieu seul savait ce qu'ils avaient enduré pour que Tommy Holroyd soit nourri. Il valait mieux ne pas s'y attarder. *T'as pas intérêt à ouvrir la bouche.*

« Je peux faire autre chose pour toi, chéri ? demanda-t-elle.

— Nan. Ferme la porte en sortant, si tu veux bien. »

On sonna à l'interphone alors qu'elle était encore dans le hall et Tommy lui cria depuis le bureau : « Tu ouvres, s'il te plaît ? »

Crystal jeta un coup d'œil à l'écran du visiophone

à côté de la porte d'entrée, il y avait une fille debout devant la caméra. Elle était tellement petite qu'on ne voyait que la moitié supérieure de sa tête. Crystal appuya sur le bouton du micro et demanda : « Oui ? » La fille brandit quelque chose, un portefeuille ou une carte, Crystal n'arrivait pas à l'identifier. « Je suis l'inspectrice Reggie Chase, et je suis accompagnée de ma collègue, l'inspectrice Ronnie Dibicki. » Elle désigna quelqu'un qui se trouvait hors du champ de la caméra. « Nous voudrions avoir une petite conversation avec Mr Holroyd. Mr Thomas Holroyd. »

La police ? « Il s'agit d'une enquête de routine. Aucune raison de s'inquiéter. » *T'as pas intérêt à ouvrir la bouche, Christina.* Mais elles étaient là pour Tommy, pas pour elle. Crystal hésita, plus par aversion naturelle vis-à-vis de l'institution que par angoisse au sujet de quelque méfait qu'aurait pu commettre Tommy.

« Mrs Holroyd ? »

Crystal leur ouvrit. Elle n'avait pas vraiment le choix. Elle frappa à la porte du bureau et dit : « Tommy ? Il y a deux inspectrices qui sont là. Elles voudraient te dire un mot.

— Bavarder un peu, corrigea gentiment l'une des inspectrices. Juste bavarder un peu. »

Crystal les emmena dans le salon. La pièce comportait plusieurs immenses fenêtres offrant des panoramas fantastiques sur la mer – on en prenait plein les yeux, se vantait Tommy. Aucune des inspectrices ne parut en prendre plein la vue.

Tommy fit son apparition, ayant l'air plus massif que d'habitude à côté des deux filles. Il aurait pu en soulever une dans chaque main.

« Fais-nous du café, s'il te plaît chérie. Et pour ces dames ici aussi ? »

Les dames sourirent et dirent non, merci.

Crystal sortit de la pièce mais laissa la porte entrouverte et s'attarda dans le hall. Tommy avait-il des ennuis ? Elle supposa qu'il devait s'agir des camions, ou des chauffeurs. Un accident quelconque, une infraction au Code de la route. Ce n'était pas la première fois que la police débarquait ici avec des questions sur ses véhicules, mais les problèmes disparaissaient généralement sans faire grand bruit. Pour ce que Crystal en savait, Tommy était plutôt respectueux de la loi. C'était ce qu'il disait, en tout cas. « C'est pas dans mon intérêt, en tant qu'homme d'affaires, de ne pas respecter la loi. Il y a plein d'argent à gagner en restant du bon côté de la barrière. »

Ou peut-être s'agissait-il de Wendy. Forcément, ils allaient interroger toutes les personnes qui la connaissaient. Wendy était venue quelques fois à High Haven – la fête autour de la piscine pour son anniversaire, des pots à l'occasion de Noël, ce genre de choses. Une vraie pimbêche, comme si elle valait mieux que tout le monde. Mieux que Crystal, en tout cas. (« Oh, si seulement j'avais moi aussi le courage de porter un bikini aussi minuscule ! » « Évitons, avait dit Tommy. Ça risquerait de choquer. »)

Elle entendit une espèce de préambule énoncé par Tommy – ainsi que les noms de deux policiers gradés avec lesquels « il tapait quelques balles » au Belvedere. Les inspectrices ne parurent pas impressionnées.

« Cela a-t-il quelque chose à voir avec Wendy Ives ? » demanda-t-il.

Cela a-t-il quelque chose à voir avec Wendy Ives ? Reggie échangea un regard avec Ronnie. Ronnie articula silencieusement le mot « golf » et leva non pas un mais deux sourcils. Vince avait dit que Tommy Holroyd était un « ami de golf ». Se pouvait-il qu'il ait aussi été un « ami spécial » de Wendy Easton ? Beaucoup de choses s'articulaient autour du propriétaire présumé de ce club de golf. Avait-il déjà été examiné à la recherche d'empreintes ? Y avait-il un lien étrange, pour l'instant mystérieux, entre le meurtre de Wendy Easton et leur Opération Villette ? Tellement de questions. Quelqu'un avait expliqué un jour à Reggie qu'il y avait toujours plus de questions que de réponses. Le quelqu'un qu'elle avait vu en train de courir vers la falaise la veille au soir. Le quelqu'un à qui elle avait sauvé la vie, autrefois. Qu'est-ce que Jackson Brodie faisait ici ? C'était un homme qui créait la confusion dans son sillage. En plus il lui devait de l'argent.

« Wendy Ives ? fit Ronnie. Non, c'est une enquête de la Criminelle. Vous n'avez aucun souci à vous faire. Juste une affaire ancienne que nous reprenons. Plusieurs noms, parmi lesquels le vôtre, sont apparus en lien avec un individu, et nous voudrions vous poser quelques questions de routine, si ça ne vous ennuie pas. Nous essayons de reconstituer une image complète de ces personnes, d'élucider quelques détails périphériques manquants.

— Bien sûr, je ferai tout pour vous aider, répondit Tommy aimablement. Qui sont ces "personnes", si ça ne vous ennuie pas que je pose la question ?

— Je suis désolée, je ne suis pas en mesure de vous le dire. Mr Holroyd, avez-vous connaissance de quelque chose qui s'appelle le cercle magique ? »

Tous trois entendirent le bruit d'une voiture qui démarrait en trombe.

« Tu as entendu ça ? demanda Ronnie, perplexe, à Reggie.

— Quoi ? dit Reggie, en sourcillant. Une voiture qui part à toute vitesse ?

— Est-ce Mrs Holroyd qui vient de partir ? questionna Ronnie avec un sourire aimable. Visiblement, vous n'allez pas avoir votre café. »

Il la regarda en fronçant les sourcils comme s'il essayait de traduire ce qu'elle disait.

Reggie se leva et s'approcha d'une des grandes baies vitrées de High Haven. Elles donnaient sur l'arrière de la maison. Pas d'allée, pas de voitures, seuls le ciel et la mer, aussi loin que portait le regard.

« Quelle vue », fit-elle.

Christina et Felicity. Qui courent. Qui s'enfuient.

Christina, Tina pour ses amis, bien qu'elle n'en eût qu'une, Felicity – Fee. Tina et Fee qui courent dans la rue, échevelées, hurlant de rire, comme des otages qui se sont libérées, même si les portes de leur foyer d'accueil n'étaient pas verrouillées, même si tout le monde se fichait pas mal qu'elles soient là ou pas. Les Ormes, ça s'appelait, et ça n'avait pas grand-chose à voir avec un foyer.

Les Ormes était un lieu où on mettait les « filles difficiles », et Tina n'avait jamais compris pourquoi elle avait atterri là parce qu'elle ne se considérait pas du tout comme difficile. Elle avait été placée dans un foyer après que sa mère l'avait abandonnée et que son père avait été jugé inapte à s'occuper d'elle – il avait essayé de la prostituer auprès de ses potes de beuverie au pub. Les Ormes ressemblait à une punition pour quelque chose que ses parents avaient fait, pas elle.

Fee était en foyer d'accueil depuis l'âge de cinq ans, et elle, elle était difficile. C'était une rebelle, audacieuse et insolente – une « mauvaise fille » répétait Giddy. Mrs Gidding, qu'on appelait Giddy l'écervelée, bien entendu, était petite et grosse, presque ronde, comme un œuf. Tina aimait à l'imaginer dégringolant le grand escalier aux Ormes et se cassant en mille morceaux. Giddy avait les cheveux cotonneux et elle passait son temps à crier après les filles de sa voix haut perchée, mais pas une d'elles n'y prêtait la moindre attention. Il y avait un sous-directeur avec lequel c'était une autre paire de manches. Davy – un grand type baraqué qui donnait toujours l'impression d'avoir envie de tabasser les filles à coups de ceinturon, même s'il leur achetait des cigarettes et parfois des canettes de bière. Fee était tout le temps en train de l'amadouer pour qu'il lui apporte des choses. The Flea, il l'appelait. Tina était Teeny – on ne croirait pas, mais elle était petite quand elle était enfant. Parfois Tina avait vu Fee sortir en vacillant du bureau étouffant et taché de nicotine de Davy, le visage blanc de dégoût, mais lorsque Tina lui demandait si ça allait, elle haussait les épaules en disait « Au top du top », qui était une de ses expressions favorites (comme « Ah, Bisto » et « Pourrais-je avoir un P, Bob ? »).

Elles s'étaient déjà « enfuies », plein de fois, bien entendu. Elles avaient attrapé le bus pour le centre-ville et piqué des trucs au Woolworths – un CD des New Kids on the Block (il y avait un lecteur dans la salle de jeux), un vernis à ongles, un gloss parfumé à la fraise et des tonnes de bonbons. Elles étaient aussi allées au cinéma, entrant par la sortie de secours pour voir *Candyman* et ensuite elles avaient fait des cauchemars pendant des semaines. Elles avaient réussi à pousser jusqu'à Grimsby (affreux, méritait bien son nom) et jusqu'à Beverley (rasoir) en stop, mais là, elles étaient parties pour une plus grande aventure. Non seulement elles s'enfuyaient, mais elles s'enfuyaient pour de bon. Pour ne pas revenir. Jamais.

Fee suggéra qu'elles se rendent à Bridlington car c'était l'endroit où habitaient les deux mecs vicelards. « Des âmes charitables », ricanait Giddy, comme si les gens charitables étaient en réalité de mauvaises gens (ce qui dans ce cas précis était vrai, bien entendu). Davy était pote avec les deux âmes charitables – Tony et Mick –, et c'était Davy qui les avait invités à visiter les Ormes. Tony était le type des glaces Bassani et lorsqu'il venait, il apportait de gros pots de glace sans étiquette. Elles étaient généralement à moitié fondues quand il débarquait mais ça allait quand même. Il la distribuait lui-même, obligeant les filles à faire la queue, puis à chacune, il lançait quelque chose : « Tiens, ma jolie, mets-toi ça dans le gosier » ou « Lèche-moi ça, tu m'en diras des nouvelles » et tout le monde gloussait, même Giddy.

Tony et Mick étaient des hommes d'affaires de la région, d'après Davy. Des célébrités locales aussi, toujours dans le journal pour une raison ou une autre. Fee et Tina ne lisaient pas le journal, mais Davy leur montrait. Tony avait une grosse voiture, une Bentley, dans laquelle il emmenait les filles faire un tour. Tina n'était jamais montée dedans mais Fee affirmait qu'elle avait reçu toutes sortes de trucs en acceptant la proposition – des bonbons, des cigarettes, même de l'argent liquide. Elle ne détaillait pas ce qu'elle avait fait pour obtenir ces récompenses, mais on pouvait aisément deviner. Mick possédait des salles de jeu et des attractions de fête foraine au bord de la mer, et Fee pensait que si elles arrivaient à Brid, Tony et Mick leur donneraient du travail et ensuite, elles pourraient avoir un endroit où vivre et elles seraient libres de faire ce qu'elles voulaient, quand elles voulaient.

The Flea et Teeny. Qui s'enfuient. Elles avaient douze ans.

Elles furent d'abord ramassées devant un garage situé dans la banlieue de la ville par un chauffeur de poids lourds discret qui leur acheta des chips et des canettes de Pepsi. Elles lui racontèrent qu'elles avaient seize ans et il rit parce qu'il ne les croyait pas ; quand il les déposa à un rond-point, il dit : « Passez un bon moment au bord de la mer, les filles » et leur donna quelques livres à chacune. « Achetez-vous un sucre d'orge, et ne laissez pas les garçons vous embrasser. »

Le trajet suivant fut effectué par un gars qui conduisait un gros break beige et qui au bout de quelques kilomètres fit : « Je ne suis pas taxi, les filles, je ne promène pas les gens pour rien. » Fee répondit : « Les taxis non plus », et il répliqua « Tu es une sacrée petite effrontée, toi. » Il s'arrêta sur une aire de repos et Fee demanda à Tina de sortir de la voiture cinq minutes. Quand elle remonta dans la voiture, le chauffeur ne redit plus qu'il n'était pas taxi et il les emmena jusqu'à Bridlington ; il les déposa sur South Marine Drive. « Quel gros dégueulasse », lâcha Fee une fois qu'il fut parti. Dès leur arrivée à Brid, elles achetèrent des frites et des clopes avec l'argent que le chauffeur de poids lourd leur avait donné.

« La belle vie », lança Fee tandis qu'appuyées contre la balustrade sur le front de mer elles fumaient leurs cigarettes en regardant les vagues se briser en contrebas.

Pas tout à fait, en réalité. Mick les installa dans une caravane ; elle était placée en bordure d'un terrain qui lui appartenait, et se trouvait à deux pas de l'abattoir. Il leur donna effectivement du travail, si on pouvait l'appeler ainsi. Parfois elles bossaient à la fête foraine ou à la réception sur le site de caravaning, mais surtout, elles étaient obligées d'aller aux « fêtes » de Tony et Mick. Avant la première de ces soirées, Tina avait imaginé des ballons, de la glace, des jeux, le genre de fête qu'elle n'avait jamais eue, mais elle se trompait sur absolument tout. Pas de crème glacée, alors qu'on aurait pu croire qu'il y en aurait, vu qui était Bassani. Mais il y avait des jeux. Sûrement pas le genre de jeux qu'on trouvait dans les fêtes d'enfants, même s'il y avait deux ou trois autres filles de leur âge. Il y avait toujours des enfants, jamais les mêmes. Pas seulement des filles, des garçons aussi. « T'as qu'à penser à autre chose, lui conseilla une des filles. Quelque chose de chouette. Des licornes ou des arcs-en-ciel », ajouta-t-elle d'un air cynique.

Il n'y avait pas que les « fêtes » ; les amis de Mick et Tony venaient aussi parfois à la caravane. Le tramway nommé désir, comme l'appelait Mick en rigolant. (Affreux souvenir. On passait trente ans à essayer de l'effacer de sa mémoire.) « Ne vous plaignez pas, dit-il. Vous n'avez nulle part où aller. Et de toute manière, je sais que vous aimez ça. Vous êtes de petites salopes, toutes les deux. »

Crystal sentit son sang se glacer en se rappelant ces phrases. Elles étaient des enfants. Des fillettes, pas tellement plus âgées que Candy. Personne ne les avait cherchées. Ni Giddy ni Davy. Ni la police ni les travailleurs sociaux. Elles n'étaient que des déchets – pas la peine qu'on s'inquiète pour elles.

Elle se souvint que Fee lui disait toujours qu'elles avaient de la chance car Mick et Tony prenaient soin d'elles, mais ce mot, « soin », était bizarre. Il ne devrait pas évoquer une caravane cradingue, des bonbons et des clopes pour accorder des « faveurs » à de vieux bonshommes. Ils paraissaient vieux, en tout cas. En y repensant, ils ne l'étaient probablement pas du tout. Pas à ce moment-là, du moins. Le juge lui avait dit un jour qu'il avait su qu'il vieillissait quand il avait commencé à trouver que la reine faisait jeune. Reine, cavaliers, fous, pions. Ils étaient tous des pièces sur le grand échiquier de l'univers, n'est-ce pas ?

L'un des amis du juge lui avait appris à jouer. Sir Quelque chose, un nom à double détente. Cough-Plunkett. Quelque chose de ce genre, en tout cas. Un « chevalier de l'Ordre de l'Empire », avait déclaré Tony Bassani. Il était fier de son carnet d'adresses. Cough-Plunkett, ou quel que soit son nom, avait apporté un jeu d'échecs à la caravane. Il trouvait qu'elle était une « fille maligne ». Il était la première personne qui lui eût jamais dit une chose pareille. C'était étrange, quand elle y repensait, mais les hommes avaient beaucoup de bizarreries bien pires que les échecs. Bien entendu, ensuite, il avait voulu plus que jouer aux échecs. Elle n'avait pas pensé au juge et à ses amis depuis longtemps. Le cercle magique.

Voilà comment ils s'appelaient. Le cercle magique. « Passes et passe-passe », lâcha l'un d'eux en riant.

*

Ce matin, grâce à l'absence bienvenue de clients au Transylvania World, Harry avait le nez plongé dans *Cranford*. Il aimait bien Cranford, c'était un endroit sûr où de petits événements se voyaient accorder une portée dramatique. Harry trouvait que c'était bien mieux que de traiter de grandes choses comme si elles étaient sans importance.

Mieux que Transylvania World, on devrait inventer Cranford World, estimait Harry. Un endroit où, pour le prix de l'entrée, on pourrait rendre visite à Miss Matty et boire le thé, ou passer une soirée à jouer aux cartes, ou chanter en chœur autour du piano avec ses voisins. (Miss Dangerfield avait qualifié Cranford de « lieu sûr ».) Il aimerait écouter le Capitaine lire à haute voix des extraits des *Pickwick Papers*. Il pourrait...

« Harry ?

— Crystal ? » Il sortit brutalement de sa rêverie. « Qu'est-ce que tu fais là ? » Elle tenait Candace dans ses bras et elle la déposa sur le comptoir avec un soupir de soulagement.

Harry fronça les sourcils. « Tu n'as pas l'intention d'emmener Candace là-dedans, si ? s'étonna-t-il en indiquant la bouche béante du sombre tunnel qui conduisait au Transylvania.

— Grand bleu, non. »

Crystal s'efforçait tellement de ne pas jurer. Ses efforts étaient si énormes que Harry pensait qu'elle devait jurer beaucoup, beaucoup avant d'épouser son père. Le résultat était assez drôle, parce que parfois, dans sa bouche, les mots inoffensifs et bêtes qu'elle choisissait comme substituts paraissaient tout aussi grossiers.

« J'ai besoin que tu la surveilles quelques minutes, Harry.

— Ici ?
— Oui, ici.
— Je vais bientôt devoir partir pour le théâtre.
— J'en ai pas pour longtemps. »

« Mais qu'est-ce que c'est que ce truc ? demanda Barclay Jack lorsqu'il rencontra dans les coulisses Harry tenant dans ses bras une Blanche-Neige ébouriffée.
— C'est ma sœur, dit Harry. Pas un truc.
— Ta sœur ? » Barclay Jack fronça les sourcils comme si le fait d'avoir de la famille était une idée bizarre. Peut-être qu'il n'en avait pas. Harry ne l'avait jamais entendu parler d'une femme ou d'un enfant et il était presque impossible de l'imaginer en père, il appartenait tout juste à la catégorie des êtres humains.

Malgré sa promesse, Crystal n'était pas encore revenue lorsque Harry dut passer la main à Amy, et Amy, presque aussi directe qu'Emily, refusa clair et net de jouer les baby-sitters. Harry fut donc obligé d'emmener Candace avec lui en bus, un parcours de montagnes russes dans la lande. Elle n'avait jamais pris le bus avant et la nouveauté l'empêcha de s'agiter pendant un temps, ainsi que le paquet de Monster Munch que Harry lui avait donné, strictement interdit par Crystal, évidemment ; néanmoins, elle n'aurait pas dû s'inquiéter, car Candace vomit le contenu entier quelques minutes plus tard puis s'empressa de s'endormir sur les genoux de Harry. Il fit de son mieux pour nettoyer les traînées orangées mais c'était difficile sans le sac immense plein d'accessoires que Crystal promenait généralement avec elle – tout un attirail de lingettes, de gobelets, tenues de rechange, boissons, goûters, gants de toilette. Au moins, Crystal aurait pu se rappeler de prendre la poussette. (« Ouais, ça aurait été franchement plus facile », fit Amy en le regardant partir en courant avec Candace dans les bras pour attraper le bus.) Et quelque chose pour l'amuser – un jouet ou un livre, ou mieux encore, son petit lecteur de DVD et une sélection tirée de « l'œuvre » *Peppa Pig*, comme aurait dit Miss Dangerfield, même s'il doutait que Miss Dangerfield ait jamais vu *Peppa*. Où était donc partie Crystal avec tant de précipitation ? Rétrospectivement, elle ne paraissait pas dans son état normal. Elle ne portait pas de talons, déjà. C'était révélateur.

Quand ils arrivèrent à destination, aussi bien Harry que Candace étaient en assez piteux état.

« Eh bien, qu'elle ne traîne pas dans mes pattes », lança Barclay d'un ton bourru.

Barclay était « revenu d'entre les morts », comme avait dit Bunny. Bunny avait (à contrecœur) accompagné Barclay dans l'ambulance qui l'avait emmené aux urgences la veille au soir, d'où on l'avait renvoyé deux heures plus tard. « Crise de panique, rapporta Bunny à Harry. Dommage, j'espérais bien sa dernière heure arrivée. C'est quelque chose qu'il a lu sur son téléphone qui l'a mis en vrac, n'est-ce pas ?

— Sais pas », fit Harry avec un haussement d'épaules innocent. Barclay avait laissé tomber son portable quand il s'était écroulé et ce n'était que plus tard, après le départ de l'ambulance, que Harry avait remarqué qu'il avait glissé sous le lourd rideau rouge. Lorsqu'il s'était penché pour récupérer l'appareil, l'écran s'était allumé et avait affiché un message. *Juste pour que ce soit clair, T'AS PAS INTÉRÊT À IGNORER mon dernier message.* Intrigué, Harry avait été voir les autres messages de Barclay. Il n'y avait pas de mot de passe sur son téléphone – Harry le savait parce qu'il l'avait aidé à l'enlever après qu'il l'avait oublié pour la n-ième fois la semaine dernière. Cela pouvait être considéré comme une indiscrétion caractérisée, supposait Harry, mais pour ce qu'il en savait, Barclay avait déjà un pied dans la tombe et ses messages étaient peut-être pertinents d'une façon ou d'une autre. « Ou c'est juste que tu es trop curieux », dit Bunny. C'est vrai, concéda Harry. Le message qui ne devait pas être ignoré avait été envoyé à 22 h 05, à peu près à l'heure où Barclay avait soudain changé de couleur avant de tomber par terre. Il provenait d'un numéro sans nom associé, et il était plutôt direct. *T'ouvre pas ta grande bouche, Barclay, sinon il t'arrivera quelque chose de TRÈS vilain.*

Harry avait glissé le téléphone dans sa poche et l'appareil le brûlait tant il se sentait coupable. Il ne l'avait pas encore rendu à Barclay, en partie parce que la simple vue de l'objet risquait de déclencher un nouvel épisode de panique ou une vraie crise cardiaque, et en partie parce que... eh bien, Harry ne savait pas très bien pourquoi. Parce qu'il y avait quelque chose de captivant dans cette affaire. D'excitant, même. Comme une histoire policière. Quelle était cette chose que Barclay savait et qui justifiait des menaces pareilles ? « Eh bien, Barclay a toujours eu de mauvaises habitudes », affirma Bunny, plissant les yeux pour lire le message, après avoir chaussé des lunettes de lecture qui paraissaient tellement démodées qu'elles étaient probablement à la mode. « Et les mauvaises habitudes amènent toujours de mauvaises personnes dans leur sillage. » Une phrase qui sonnait assez shakespearienne, vu le ton sur lequel Bunny l'avait énoncée.

« De toute manière, cette enfant est trop jeune pour être ici, insista Barclay en regardant Candace, le sourcil froncé. Et au fait, est-ce que tu aurais vu mon portable quelque part ?

— Mmm. » Il était sur le point d'avouer la vérité, vraiment, mais Barclay ajouta : « Fais en sorte que cette sale gosse ne soit pas dans mes pattes, d'accord ? », et Harry décida de le punir en gardant le téléphone un peu plus longtemps.

« Oui, Mr Jack. Je ferai de mon mieux. »

Peux pas me plaindre

« Est-ce que vous m'arrêtez ?
— Vous ne cessez de poser cette question et, comme je ne cesse de vous le dire, non, nous ne vous arrêtons pas, Mr Ives, l'assura le capitaine Marriot. Vous vous êtes présenté volontairement pour cet interrogatoire et vous êtes libre de partir à tout moment, votre avocat s'en assurera, j'en suis sûre. » Elle adressa un bref signe de tête à Steve Mellors, qui tapota Vince sur le bras et fit : « Ne t'inquiète pas. C'est la procédure, rien de plus. » (*Avez-vous le sentiment que vous avez besoin qu'un avocat soit présent à un interrogatoire de routine, Mr Ives ? Oui, tout à fait !*)

« Vous n'êtes pas en garde à vue. Personne ne vous accuse de rien. »

Pas encore, songea Vince.

« Je suis ici en tant qu'ami, en réalité, déclara Steve au capitaine Marriot, pas en tant qu'avocat. Bien que – il se tourna vers Vince – ce serait peut-être une bonne idée de répondre "Pas de commentaire" à toutes leurs questions au cas où ils t'arrêteraient à l'avenir. »

La police l'avait appelé à la première heure ce matin-là, lui demandant de revenir. Pris de panique, Vince avait contacté Steve et tout déballé : la sombre histoire du meurtre de Wendy, le fait que la police voulait qu'il vienne pour un deuxième interrogatoire, qu'il avait envisagé de s'enfuir ou de se jeter du haut d'une falaise mais qu'ensuite il s'était souvenu d'Ashley et qu'il ne pouvait pas la priver de ses deux parents en même temps, même si apparemment elle ne tenait qu'à sa mère – oh il ne lui en voulait pas, il l'aimait –, et il n'avait pas tué Wendy, il le jurait devant Dieu, quoiqu'il eût failli tuer ce gars, là-haut, sur la falaise, la veille au soir…

« Vince, Vince, Vince, fit Steve, calme-toi. Je viens. Tout va bien se passer. » Mais à peine arrivé à l'appartement de Vince, il ajouta : « Je ne suis pas criminaliste, Vince » et Vince dit : « Eh bien, tant mieux, parce que je ne suis pas un criminel, Steve. » C'était quoi exactement, un avocat d'affaires ? se demanda-t-il. Ça se définissait surtout par ce que ce n'était pas.

« Naturellement qu'ils veulent te parler, dit Steve. ("Bon sang, c'est vraiment ici que tu vis, Vince ?") Regarde la situation du point de vue de la police…

— Pas question ! Je veux qu'eux la regardent de mon point de vue !

— Doucement, Vince. Il vaut mieux qu'ils ne te voient pas dans un tel état d'agitation. Tout est dans les apparences. Tu as été marié pendant… pendant combien d'années ? Vingt ?

— Vingt et une.

— Vingt et une. Et tu es au milieu d'une procédure de divorce. La police va soupçonner que tu éprouves de l'amertume, même de la colère. Tu es forcément en tête sur la liste des gens à qui ils veulent parler. »

« Et vous êtes certain de ne pas avoir vu Miss Easton – Mrs Ives –, votre femme (comme s'il ne savait pas qui était Wendy), quand vous êtes allé dans la maison l'autre soir ?
— Je ne suis pas entré. Je vous l'ai dit. Je vous ai tout dit un million de fois. » Non, il n'allait certainement pas répondre « Pas de commentaire » à toutes les questions, il avait beaucoup de commentaires à faire !

Quand il s'était réveillé ce matin, aux *horreurs* – il ne dormirait plus jamais bien, il en était sûr –, il était allé à pied jusqu'à la maison. Qui n'était plus « le foyer conjugal » mais une scène de crime, entourée d'un ruban jaune et noir. *Scène de crime. Défense d'entrer.* Ils n'avaient toujours pas réussi à joindre Ashley et il l'imagina rentrant sans prévenir et voyant la maison de son enfance enrubannée comme un cadeau macabre. Un agent de police surgit de nulle part : « Est-ce que je peux vous aider ?
— J'en doute. » Il doutait que quiconque le puisse. Néanmoins, il lui avait semblé que c'était une bonne idée de contacter Steve Mellors. Vince lui avait sauvé la vie longtemps auparavant, le moment était venu de lui rappeler sa dette et d'obtenir que Steve sauve sa peau.

Il avait téléphoné à la maison et sa femme, Sophie, avait décroché. « Oh Vince, comment vas-tu ? Ça fait longtemps qu'on ne vous a pas vus. Comment va Wendy ?

— Wendy ? » bafouilla Vince. Il n'était que 8 heures du matin, et derrière, il entendit le garçon, Jamie, demander où se trouvait sa tenue de rugby et la fille, en train de geindre à propos de quelque chose. Il estima qu'il n'était pas poli de polluer cette atmosphère familiale pure avec les détails horribles de sa vie. « Bien, elle va bien, merci. Elle est un peu enrhumée », ajouta-t-il. Il ne voulait pas qu'elle paraisse trop en forme.

« Transmets-lui mes amitiés. Je vais chercher Steve, tu tombes bien. Il faut que vous veniez dîner bientôt, tous les deux. Je crois que c'est notre tour de vous inviter. »

Vince songea que Sophie ne voudrait probablement pas avoir Wendy à sa table dans l'état où elle se trouvait en ce moment.

« Épatant », fit-il.

Un jeune inspecteur s'était ligué avec le capitaine Marriot. Il ne cessait de montrer des photos de la scène de crime à Vince, en les poussant vers lui sur la table avant que Vince ne les repousse à son tour. Et ils lui reposaient les mêmes questions, encore et encore, comme s'ils s'attendaient à ce qu'il craque et avoue juste pour faire cesser l'impitoyable monotonie de l'interrogatoire.

« Je n'ai pas tué Wendy. Combien de fois encore

vais-je devoir… » Steve posa à nouveau une main rassérénante sur son bras mais il se dégagea.

« Nous ne sommes pas en train de dire que vous êtes coupable, Mr Ives. Nous essayons juste de découvrir ce qui s'est passé.

— Je sais ce qui s'est passé ! s'écria Vince. Quelqu'un a tué Wendy ! Quelqu'un qui n'était pas moi ! J'étais au Belvedere.

— Sauf quand vous êtes allé à votre maison.

— Je suis resté au maximum cinq minutes là-bas.

— Cinq minutes, c'est assez pour qu'il se passe plein de choses. » Le capitaine Marriot laissa échapper un gros soupir comme s'il la decevait. S'il suivait son penchant naturel, il couperait court à sa déception en lui donnant ce qu'elle voulait. Et ce qu'elle voulait, c'était qu'il dise qu'il avait tué Wendy. Mais c'était faux ! Il commençait à comprendre comment les gens avouaient des crimes qu'ils n'avaient pas commis. C'était plus facile que de persister à clamer son innocence.

« J'ai passé toute la soirée au Belvedere. Tommy et Andy vous le confirmeront. Tommy Holroyd et Andy Bragg – je vous ai communiqué leurs noms hier –, les avez-vous contactés ? Ils pourront vous confirmer à quelle heure je suis parti.

— Je crains que nous n'ayons pu joindre ni Mr Holroyd ni Mr Bragg jusqu'à présent, mais nous allons persévérer. » Elle marqua une pause et prit un air sérieux, comme si elle était sur le point de poser une question d'importance capitale. « Vous étiez dans l'armée, n'est-ce pas Mr Ives ?

— Oui, dans les transmissions. Il y a longtemps.
— Alors, vous savez agir ?
— Agir ?
— Oui. Agir. Vous savez par exemple comment manipuler des armes.

— Des armes ? Je croyais que vous aviez dit que Wendy avait été tuée avec un club de golf.

— Eh bien, le club a été utilisé comme arme. N'importe quoi peut servir d'arme. Vous n'avez qu'à lire Agatha Christie. » (Mais ça, c'est de la fiction, protesta Vince en silence.) « Nous n'avons encore rien exclu. Nous sommes au tout début de l'enquête, poursuivit le capitaine Marriot. Nous attendons encore le rapport du médecin légiste pour avoir l'heure exacte du décès. Cela nous donnera une meilleure idée de l'enchaînement des événements, et de la manière dont il coïncide avec vos mouvements et votre histoire.

— Ce n'est pas une histoire, insista Vince. Et si je suis libre de partir, eh bien, c'est exactement ce que je vais faire. » Il se leva brusquement, repoussa sa chaise bruyamment. Il n'avait pas prévu d'être si dramatique, et là, il se sentait un peu comme un crétin à l'allure théâtrale.

L'inspecteur ouvrit les mains dans un large geste d'impuissance. « Cela ne dépend que de vous, Mr Ives. Nous vous recontacterons bientôt. J'apprécierais que vous ne quittiez pas la ville. »

« Tu ne t'es probablement pas rendu service en te mettant en colère », indiqua Steve en pointant sa clé vers sa voiture garée devant le commissariat. Le Discovery pépia son acquiescement avec docilité.

« Je sais, je sais, mais toute cette affaire est un véritable cauchemar. Tout droit sortie de Kafka. » Vince n'avait jamais lu Kafka, en réalité, mais il avait une assez bonne idée de ce que les gens voulaient dire quand ils balançaient son nom. « Est-ce qu'ils ont vraiment essayé de parler à Tommy et Andy ? Pourquoi n'arrivent-ils pas à les joindre ?

— Oui, Tommy et Andy, fit Steve, pensif. Je suis sûr qu'ils diront ce qu'il faut.

— Ce qui est vrai, Steve.

— Mais tu dois le reconnaître, ça ne sent pas bon pour toi, Vince.

— Tu es censé être de mon côté, non ?

— Je le suis, Vince, je le suis. Aie confiance en moi. »

Vince était sur le point de repartir vers son appartement, mais Steve proposa : « Allez, viens, allons au Belvedere. On va déjeuner. Il faut qu'on parle de stratégie.

— Stratégie ? s'étonna Vince.

— Tu es en terrain miné, Vince. Il faut qu'on neutralise l'ennemi. Qu'on mette de l'ordre dans ton histoire. »

À nouveau ce mot « histoire », pensa Vince. Sa vie se transformait en fiction. Kafka serait fier de lui.

Ils venaient à peine de démarrer lorsque le portable de Steve se mit à sonner. Il décrocha avec son oreillette et la conversation fut principalement à sens unique ponctuée de *mmm* et *OK*. Quand il raccrocha, il avait l'air sombre.

« Ça se mutine à l'usine, Steve ?

— Rien de grave, l'ami. »

Des caricatures d'habitants du Yorkshire, songea Vince. Aucun d'eux n'avait jamais eu un accent particulièrement fort. Les parents de Vince venaient d'une région plus au sud et s'étaient rencontrés pendant la guerre, puis étaient remontés vers le nord après. Ils avaient un accent léger du Leicestershire qui avait adouci les intonations marquées typiques du Yorkshire de l'Ouest dans lesquelles Vince avait baigné quand il était enfant. Steve, quant à lui, s'était fait enlever son accent local par des leçons d'élocution – quelque chose qu'il cachait aux autres garçons à l'école par crainte de passer pour une tapette. Vince le savait. Autrefois, il était le confident de Steve. La mère de Steve voulait à tout prix que son fils « s'améliore ». Et c'était bien ce qu'il avait fait, non ? Considérablement.

(« Tu es déjà retourné chez nous ? » avait demandé Steve lorsque Wendy et lui étaient allés dîner chez lui. « Pas depuis longtemps », avait répondu Vince. Son père était décédé peu après son mariage et il n'avait jamais eu de raison d'y retourner. « J'y vais pour le boulot parfois, avait indiqué Steve. Ça a bien changé. Plein de Pakis, d'imams et de mosquées. » Sophie avait tressailli au mot « Pakis ». Pas Wendy, avait remarqué Vince. Sophie avait posé une main un peu indignée sur le bras de son mari. « Steve, avait-elle lancé en riant à demi, c'est terrible, ce que tu dis. » « Nous sommes entre amis, non ? s'était défendu

Steve en envoyant paître ses préjugés d'un haussement d'épaules. Je ne fais que dire tout haut ce que tout le monde pense tout bas. Un autre verre de vin, Wendy ? » « Toujours », répondit Wendy.)

« J'ai besoin de faire un petit détour, si ça ne t'ennuie pas, Vince. » Ce n'était pas vraiment une question, remarqua Vince. « Une petite affaire qu'il faut que je règle. Ça ne prendra pas longtemps. » Vince espérait bien que non. La perspective du déjeuner lui avait remonté le moral. Il se sentait creux à l'intérieur, comme si ses entrailles avaient été vidées avec une grosse cuillère, bien qu'il pût s'agir de peur, supposa-t-il. Malgré le fait qu'il était soupçonné de meurtre, il était surpris par la faim gigantesque qui le tenaillait. Forcément, il n'avait rien mangé depuis le pain grillé chez le type d'hier soir. Vince était dans une telle situation de stress qu'il aurait oublié son nom si le gars ne lui avait pas donné sa carte. Jackson Brodie – Brodie Investigations. « Appelez-moi, si vous avez besoin de parler. »

Ils roulèrent un bon moment, traversant un arrière-pays de plus en plus délabré peuplé de cafés en ruine, de salons de tatouage, d'entrepôts et de garages qui, bizarrement, avaient été convertis en entreprises de pompes funèbres comme s'il s'agissait d'une évolution naturelle. Il lui revint tout à coup un souvenir de sa mère étendue dans le salon du funérarium mal éclairé, où régnait une odeur de cire d'abeille et d'une autre chose moins agréable – du formaldéhyde, peut-être, à moins qu'il s'agisse du souvenir des spécimens conservés en salle de biologie à l'école.

Sa mère était morte d'un cancer sans nom, quelque chose qui semblait honteux, vu la manière dont en parlaient à voix basse ses amis et parents du sexe féminin. Vince n'avait que quinze ans et sa mère avait paru vieille, mais il se rendit compte qu'au moment de sa mort elle était bien plus jeune que lui aujourd'hui. Elle était bonne cuisinière. Il se rappelait encore le goût de son ragoût et de ses puddings cuits à la vapeur. Après sa disparition, Vince et son père vécurent de tourtes à la viande achetées chez le boucher et de filets de cabillaud en sachets, un régime qui ne fit qu'aggraver leur chagrin. « La cuisine de ta mère me manque », répétait son père, mais il voulait certainement dire que c'était la femme plutôt que son hachis parmentier qui lui manquait, bien que les deux fussent inextricablement liés, finalement, de la même manière que Wendy était en partie incarnée par les bonsaïs et le prosecco. De quoi était faite Crystal Holroyd ? se demanda-t-il. De sucre et d'épices et de tout ce qui est agréable, probablement. Il s'imagina en train de mordre sa jambe ou son bras, et entendre le craquement du sucre croquant. Grands dieux, Vince, reprends-toi, se sermonna-t-il. Est-ce qu'il était en train de perdre la tête ?

Finalement, ils atteignirent les faubourgs de la ville et ils étaient presque en pleine campagne lorsque Steve bifurqua à gauche et descendit une longue allée sinueuse, bordée de buissons et d'arbres qui n'avaient pas été taillés depuis une éternité. Wendy aurait brûlé d'envie de les attaquer à la débroussailleuse, se dit Vince. Puis il se souvint qu'elle était au-delà des envies, des émotions de cette vie. De l'autre côté, était-elle en train d'élaguer et de tailler des massifs ? Il espérait qu'elle n'était pas en enfer, bien qu'il fût difficile de l'imaginer au paradis. Vince ne croyait ni en l'un ni en l'autre, mais il était impossible de penser que Wendy ne se trouvait nulle part. Il espérait pour elle que, si elle était au paradis, il soit peuplé d'anges de rang inférieur qui la serviraient au doigt et à l'œil après une dure journée dans les champs de bonsaïs. (*Je suis lessivée, Vince, tu veux bien aller me chercher un verre de prosecco ?*) Au moins sa mère avait fini confortablement installée dans un funérarium de baptistes, alors que Wendy se trouvait toujours sur une table réfrigérée comme un églefin en train de pourrir lentement.

« Vince… ça va ?

— Ouais, pardon. Je rêvassais. Je pensais à Wendy.

— C'était une femme bien.

— Tu crois ? »

Steve haussa les épaules. « Apparemment, oui. Je ne l'ai vue que deux ou trois fois, bien sûr. Parfois, il faut une vie entière pour arriver à connaître quelqu'un. Sophie me surprend encore. » Vince pensa à son chat. Sa Sophie, à la différence de la Sophie de Steve, qui lui apportait des souris en cadeau quand elle était jeune et qu'elle chassait encore. C'était de toutes petites créatures duveteuses avec lesquelles Sophie jouait pendant des heures avant de leur arracher la tête d'un coup de dent. Vince était-il une souris sans défense avec laquelle jouait le capitaine Marriot ? Combien de temps avant qu'elle lui arrache la tête d'un coup de dent ?

Un grand bâtiment laissé à l'abandon apparut à la sortie du dernier virage. Un panneau défraîchi annonçait « Les Bouleaux Blancs – un deuxième foyer ». Il semblait avoir hébergé une institution quelconque autrefois, un hôpital psychiatrique ou une maison de retraite, mais il était dans un état de décrépitude avancé – à l'évidence, l'établissement était fermé depuis des années. Vince ne parvenait pas à imaginer quel genre d'affaires Steve pouvait avoir à régler ici.

« Reste dans la voiture, Vince, fit Steve en sautant d'un bond athlétique du Discovery. J'en ai pour cinq minutes. »

Les cinq minutes commençaient à se prolonger, pensa Vince. Il fut soudain assailli par un autre souvenir. C'était comme si, aujourd'hui, un voile se levait sur le passé. Quand il était enfant, un ami de son père qui avait un jardin ouvrier leur donnait, l'été, des légumes dont il ne savait que faire lorsque ses récoltes étaient très abondantes – des betteraves, des haricots d'Espagne, des laitues. Il s'appelait Bob. Oncle Bob. Le père de Vince allait souvent au jardin ouvrier de Bob, les soirs d'été. Ils n'avaient pas de voiture, seulement une camionnette. Avec *Robert Ives – Plomberie* peint sur le flanc. C'était une époque simple, les gens ne trouvaient pas nécessaire d'avoir des noms astucieux ou des slogans et des sous-titres. (Récemment, il avait vu la formule *Besoin d'un bon tuyau ? John Piper à votre service* sur une camionnette blanche.)

Un soir, Vince devait avoir six ou sept ans, son père l'avait emmené pour aller voir Bob.

« Demandez-lui s'il a des pommes de terre ! » leur cria sa mère tandis qu'ils démarraient.

« Tu m'attends là, dit son père en se garant devant le jardin. J'en ai pour cinq minutes. » Et Vince resta seul tandis que son père partait en sifflotant pour aller rejoindre Bob dans sa cabane à l'autre bout du terrain.

Le crépuscule de cette fin d'été s'assombrit encore et la nuit tomba. Les jardins semblaient déserts et Vince commença à avoir peur. À cet âge, il était facilement effrayé en pensant aux fantômes et aux meurtriers, et le noir lui inspirait une véritable terreur. Il resta là pendant un temps qui lui parut durer une éternité, à imaginer toutes les choses horribles qui étaient peut-être arrivées à son père – et pire, toutes les choses horribles qui étaient peut-être sur le point de lui arriver, à lui. Lorsque son père réapparut, toujours en sifflotant, Vince sanglotait et tremblait comme une feuille.

« Pourquoi tu pleures, pauvre idiot ? fit son père, les bras chargés de légumes, d'une énorme laitue, de quantité d'œillets de poète ainsi que des pommes de terre demandées. Il n'y a pas de quoi avoir peur. Tu aurais pu venir me rejoindre. » Vince ne le savait pas. Il ne savait pas qu'il avait un libre arbitre, qu'il pouvait être autonome. Il était comme un chien – si on lui disait de ne pas bouger, il ne bougeait pas.

Bob était un homme âgé, sans famille, et en échange

des légumes, il était souvent invité à déjeuner le dimanche. Son père avait multiplié les mises en garde : « Ne t'assois pas sur les genoux d'oncle Bob s'il te demande de le faire. » C'était vrai que Bob essayait toujours de l'amadouer pour qu'il vienne s'asseoir sur ses genoux (« Viens, mon garçon, viens faire un câlin à oncle Bob ») mais Vince, obéissant, n'acceptait jamais. Sa mère aimait bien oncle Bob – il était drôle, disait-elle. « Lui et sa cabane ! On se demande ce qu'il y trafique. »

Vince n'avait pas pensé à oncle Bob depuis des années. Il avait complètement oublié la camionnette. *Robert Ives – Plomberie.* Son père lui manquait. Quand même, c'était pas bien, de laisser seul un petit enfant comme ça.

L'horloge du tableau de bord lui apprit que Steve était parti depuis presque une demi-heure. C'était ridicule, Vince aurait pu aller à pied au Belvedere, depuis le temps, au lieu de rester là à se tourner les pouces.

Maintenant, il était autonome. Il avait son libre arbitre. Il ne restait pas toujours là où on le lui ordonnait. Il sortit du Discovery. Sans le verrouiller, il se dirigea vers le perron des Bouleaux Blancs. Il entra.

Circulation dans les deux sens

Gdansk. Posé.
Pas trop tôt, pensa Andy. L'avion avait décollé deux heures plus tard que l'horaire prévu et n'avait presque rien rattrapé de son retard. Andy avait vu son statut passer de *prévu* à *retardé*, puis *arrivée estimée*, enfin *arrivée attendue*, comme si l'appareil était coincé dans une interminable faille temporelle, un genre de circuit d'attente cosmique. À 20 heures, Andy lui-même se trouvait dans un trou noir, après avoir bu quatre expressos et lu le *Mail* de la première à la dernière page dans les moindres détails. Il en avait même été réduit à tenter de résoudre le sudoku – tentative qui s'était soldée par un échec retentissant. Il avait l'impression qu'il s'était écoulé des jours, pas des heures, depuis qu'il avait conduit les jeunes Thaïes aux Bouleaux Blancs. L'une d'elles s'était rebellée et Vasily l'avait cueillie ; d'un bras il avait enserré la taille de la fille qui se débattait comme une diablesse. Elle aurait aussi pu être une poupée de chiffons. Andy voyait encore son visage aux traits déformés par ses cris tandis que le colosse l'emmenait. « Mr Andy ! Mr Andy,

au secours ! » Jésus pleurait. Andy, non. Un cœur de pierre. Et si sa carapace se fendillait ? Avait-elle déjà commencé à se fendre ? De petites lignes de faille partout. *Mr Andy ! Mr Andy, au secours !*

Il avait l'impression de ne rien avoir fait d'autre de la journée que sillonner l'A1 dans un sens et dans l'autre, dopé par la caféine. Sa voiture devait avoir creusé un profond sillon dans la route. Les représentants de commerce passaient moins de temps dans leur voiture que lui. D'ailleurs, c'était ce qu'il était, à de multiples égards. Un représentant, essayant de fourguer sa marchandise dans tout le pays. Il n'y avait pas pénurie de demandeurs, c'était certain.

Il repensa aux machines à laver, celles qui étaient tombées du camion Holroyd. Victimes de l'autoroute. Le nombre de machines à laver qu'on pouvait vendre était limité, mais il n'y avait pas de fin au commerce de filles.

Andy se demanda si la femme de Steve – Sophie-l'ultra-conventionnelle – était au courant de l'existence de la caravane, de « l'autre bureau » de son mari. « Stephen travaille toutes les heures que Dieu fait », dit-elle à Andy lors d'une soirée du Nouvel An. « Ouais, c'est un vrai drogué du travail », confirma Andy. Wendy et Vince étaient présents, eux aussi. Wendy avait trop bu et Andy avait surpris Sophie qui levait les yeux au ciel en regardant Steve. Si seulement elle savait d'où venait tout leur argent, elle ne serait pas si prétentieuse. « Il le fait pour les enfants et moi, bien sûr. C'est un homme très altruiste. » Ouais, c'est ça, avait pensé Andy.

Il ne s'agissait pas de sexe, aucun d'eux ne touchait jamais à la marchandise – enfin, peut-être Tommy, de temps en temps –, il s'agissait d'argent. Le profit, sans perte. Pour Andy, ça n'avait jamais été qu'un emploi – assez d'argent pour vivre et financer une confortable retraite, en Floride ou au Portugal, près d'un très bon terrain de golf. Une maison avec piscine pour que Rhoda puisse se prélasser, dans un de ses grands maillots de bain à baleines, en buvant des piñas coladas. Avec une petite ombrelle en papier. Il y avait quelque chose dans la petite ombrelle qui dénotait la belle vie. Mais Lottie ne devait pas partager cet avis.

Il avait mis assez de côté, alors, pourquoi continuer ? Où se trouvait la limite ? Où cela s'arrêtait-il ? Il avait déjà franchi tant de limites qu'il se disait qu'il n'y avait plus de moyen de faire marche arrière. Il était passé de l'autre côté et il était coincé dans une zone tampon. (« Bon sang, Andy, dit Steve. Depuis quand tu réfléchis ? Ça ne te va pas du tout. ») Toute cette affaire était devenue comme l'un des manèges de Carmody, dont on ne pouvait descendre. « Ben, tu sais ce que dit la chanson, fit Tommy. *You can check out any time you like but you can never leave.* »

Steve avait essayé de faire entrer un quatrième mousquetaire. Vince Ives. Plutôt Dogtanian que d'Artagnan. Vince et Steve se connaissaient depuis l'école et Steve pensait que Vince pourrait être « utile », il avait été dans l'armée, apparemment, et avait de bonnes compétences en technologies de l'information ; mais aucune d'elles n'était intéressante pour eux, Steve et Andy étaient assez versés dans tout ce qui concernait internet.

Steve semblait croire qu'il avait une dette envers Vince car, des dizaines d'années auparavant, celui-ci l'avait sorti d'un canal. (S'il avait juste laissé Steve se noyer, comme un chat qu'on ne voulait pas garder, ils ne seraient pas dans ce business. Alors vraiment, si quelqu'un devait être tenu pour responsable de ce qu'ils trafiquaient, c'était Vince.) Il était évident que Vince n'était pas le genre de gars qui aurait eu le cran de s'engager dans ce genre de commerce. En fait de quatrième mousquetaire, il aurait été plutôt la cinquième roue du carrosse et ils décidèrent de ne pas le mettre au parfum, bien qu'il fasse partie de la bande au club de golf et dans les soirées. Finalement, Vince s'était révélé être plus un boulet qu'un atout, surtout maintenant que le meurtre de Wendy attirait la police comme des mouches sur une bouse de vache. Et il n'était même pas capable de taper correctement une balle de golf.

Andy soupira et avala son café. Laissa un bon pourboire, bien qu'il n'ait bénéficié d'aucune forme de service. Il se dirigea vers le hall des arrivées. Leurs noms étaient déjà sur l'iPad ; il l'alluma et prit la pose. M. Amabilité. Les portes s'ouvrirent et il brandit sa tablette pour qu'elles ne risquent pas de le manquer.

Une paire de jolies blondes, polonaises, de vraies sœurs piégées par Steve. Nadja et Katja. Elles le repérèrent immédiatement. D'énormes valises – pas franchement étonnant. Elles avancèrent vers lui d'un pas assuré. Elles avaient l'air d'avoir une santé et une force presque dangereuses et, l'espace d'une seconde, il crut qu'elles allaient l'agresser, mais la plus grande lui dit : « Bonjour.

— Je suis le représentant de Mr Price. » Comme le pape était le représentant de Dieu sur terre, pensa-t-il. « Appelez-moi Andy, ma jolie. Bienvenue en Grande-Bretagne. »

Un panda entre dans un bar

« Et je lui ai dit : "Je cherche juste ta femme intérieure, chérie !" » Barclay Jack déroulait son numéro sur la scène.

« Bon sang, il est dégoûtant », dit Ronnie. Reggie et Ronnie se tenaient au fond de l'orchestre et attendaient la fin du spectacle.

« Ouais, confirma Reggie. Ce type est un homme des cavernes. Malheureusement, tout le monde semble l'apprécier. Les femmes en particulier. C'est le plus déprimant dans tout ça. » Reggie se demandait parfois s'il se passerait un jour sans qu'elle soit déçue par les gens. Elle supposait que son monde était une utopie, et les utopies, comme les révolutions, ne se concrétisaient jamais. (« Pas encore », dit le Dr Hunter.) Peut-être qu'il y avait un endroit très loin d'ici où c'était différent. En Nouvelle-Zélande, par exemple. (*Pourquoi ne viendrais-tu pas, Reggie ? Viens nous voir. Tu pourrais même envisager de trouver un emploi ici.* Ce serait chouette de vivre près du Dr Hunter, de regarder son fils, Gabriel, grandir.) Faire respecter la loi était un acte moralement justifié, mais autant être Knut le Grand essayant d'empêcher la marée de monter. (S'agissait-il d'un fait historique ? Cela paraissait fort improbable.)

« Pourquoi les filles ne mettent pas de minijupes en hiver ? beugla Barclay. Vous, au premier rang, fit-il en désignant une femme portant une robe rouge. Oui, c'est à toi que je parle, chérie. Si tu t'habilles comme ça à Noël, t'auras les lèvres gercées. »

« Je vois des enfants dans le public, soupira Reggie. Il va falloir qu'on attende encore combien de temps ?
— Pas très longtemps, je crois, répondit Ronnie. Dix minutes environ. »

Barclay Jack avait été interpellé lors de la première enquête, et disculpé, à l'époque. Les positions qu'occupaient Bassani et Carmody dans la communauté leur avaient permis de côtoyer beaucoup d'artistes – Ken Dodd, Max Bygraves, les Chuckle Brothers – et aucun n'avait été soupçonné de quoi que ce soit. Carmody organisait autrefois une grande fête l'été et invitait toutes les stars qui passaient en ville. C'était un événement extravagant, Ronnie et Reggie avaient vu des enregistrements vidéo d'une de ces bringues. Des films privés de Bassani, apparemment – les deux hommes en juges d'un concours du plus beau bébé et un genre de concours de beauté avec des femmes en maillot de bain une pièce. Tout le monde riait. Barclay Jack apparaissait sur une des prises de vue, un verre dans une main, une cigarette dans l'autre, lançant un regard langoureux du côté de la caméra. Il n'était qu'une personne de plus (« Un homme de plus », corrigea Ronnie) qui avait été citée dans la fractale aux innombrables facettes qu'était l'Opération Villette. Une autre pièce du puzzle, *another brick in the wall*, comme disait la chanson.

« Sexuellement fluide, voilà comment j'appelle ça ! » Barclay Jack lança une nouvelle formule fracassante. Reggie ne suivait plus depuis un certain temps.

« Superdrôle », commenta Ronnie sans sourire.

Bien entendu, il y avait eu des rumeurs le concernant dans le passé, même une fois, une descente chez lui – malgré ses grandes déclarations d'amour envers toutes les choses du Nord, Barclay Jack vivait en réalité sur la côte sud. Il n'avait plus de succès depuis longtemps et on aurait pu croire qu'il était fini, mais non, il était là, plus vrai que nature, fardé, pomponné en train de se pavaner sur scène et de raconter des blagues qui auraient donné la nausée à n'importe quelle femme qui se respectait – n'importe quelle personne de n'importe quel sexe en réalité – tant elles étaient incorrectes. C'était pourtant ce qui attirait les gens, bien sûr ; il disait des choses qu'on se contentait généralement de penser, sauf que, maintenant qu'il y avait internet, un réseau véhiculant abondamment la haine et le vitriol, les comédiens comme Barclay Jack perdaient de leur attrait, non ?

« Nous pourrions probablement l'arrêter immédiatement sur plusieurs chefs d'inculpation, dit Reggie, pensive.

— Ça ne vaudrait pas les calories qu'on dépenserait », fit remarquer Ronnie.

« Parce qu'ils ont tous les deux un trou d'homme ! brailla Barclay Jack. Quelqu'un dans le public qui vient de Scunthorpe ? » poursuivit-il sans relâche. Un homme quelque part dans l'assistance répondit d'un ton assez vif et Barclay Jack poursuivit : « Vous avez pas envisagé de déménager à Penistone ? » Il y eut un bref silence le temps que le public saisisse la plaisanterie, puis tout le monde se mit à hurler de plaisir.

« "Mais l'Enfer, c'est ici, je n'en suis pas sorti", murmura Reggie.

— Hein ? » fit Ronnie.

« Il n'y a aucune raison de vous inquiéter, Mr Jack », le rassura Reggie. Ils étaient tous les trois entassés dans la minuscule loge de Barclay Jack. L'endroit était un vrai dépotoir. Il y régnait une odeur fétide. Reggie soupçonnait que ce fût les restes à moitié mâchés d'un burger qui gisaient au milieu du liquide renversé sur la coiffeuse, ou peut-être provenait-elle de Barclay Jack lui-même, qui pourrissait de l'intérieur. Il ne respirait pas la santé, c'était certain.

Reggie aperçut son reflet dans le miroir entouré d'ampoules rappelant ceux du cinéma hollywoodien. Elle avait l'air petite et blafarde, enfin, pas plus que d'habitude. « Pâlichonne », aurait dit sa mère. Pas étonnant que la famille de son séduisant ex-petit ami ait paru horrifiée lorsqu'il l'avait amenée chez eux pour la présenter.

Elle se donna l'ordre de se secouer et poursuivit : « Nous menons une enquête sur une ancienne affaire, Mr Jack, et il s'agit d'un interrogatoire de routine. Nous nous intéressons à plusieurs individus et nous aimerions vous poser quelques questions, si vous acceptez. Nous essayons de nous faire une idée exacte, d'élucider certains détails marginaux. Un peu comme pour un puzzle. Je voudrais commencer en vous demandant si vous connaissez quelqu'un appelé... Ça va, Mr Jack ? Voulez-vous vous asseoir ? Voulez-vous un verre d'eau ? Mr Jack ? »

*

« Comment on maîtrise un fromage violent ?

— Bon sang, petit, dit le magicien, est-ce que dans toutes tes blagues il est question de fromage ?

— Non, répondit Harry. J'ai rencontré une amie, l'autre jour...

— C'est une blague, demanda le magicien, ou un épisode terriblement rasoir de ta vie ?

— Une blague.

— Je vérifiais, juste.

— ... et on a parlé de nos prochaines vacances. Elle m'a confié qu'elle voulait aller en Irlande. "Un peu d'Eire, ça fait toujours Dublin."

— Eh beeeeen, fit Bunny en allongeant la syllabe, ça pourrait être un peu drôle, enfin, si tu avais dix ans. Cela dit, ça tient beaucoup à la manière de l'énoncer, Harry. À t'entendre, on croirait que tu fais une déclaration de sinistre. »

Cela n'ennuyait pas Harry d'être l'objet de critiques constructives (copyright Bella Dangerfield) de la part de Bunny. Enfin, si, un peu, mais il savait que si Bunny pointait quelque chose de négatif, ce n'était pas méchant, le but était de l'aider. S'il voulait faire carrière dans le théâtre, que ce soit derrière le rideau ou devant, il allait devoir apprendre à se confronter à la critique, à l'hostilité, même.

« Faut que tu sois prévenu, déclara Bunny, il n'y a que de la haine pure qui t'attendra, là dehors. C'est vraiment une vie de merde, mais qu'est-ce qu'on peut y faire ? »

Ils étaient dans la loge de Bunny, qu'il partageait avec le magicien. Des deux, Harry ignorait qui se plaignait le plus de cette organisation. (« Vous devriez être contents que ce ne soit pas le ventriloque – vous seriez trois dans la pièce, déclara Harry. C'est une blague », ajouta-t-il. « Ah oui ? » dit le magicien.)

Bunny était en bas résille et il avait enlevé sa perruque, révélant la petite couronne de cheveux qui lui épargnait la calvitie totale. Autrement, il était en tenue et maquillé parce qu'il ne se donnait pas la peine de quitter le théâtre entre les deux représentations de la journée. Bunny et le magicien étaient absorbés dans un jeu de cartes compliqué auquel ils jouaient depuis le début de la saison. Les parties semblaient ne jamais se terminer bien qu'on s'échangeât souvent de l'argent. Apparemment, le magicien l'avait appris dans « la grande maison ».

« Il veut dire la prison », expliqua Bunny à l'intention de Harry. Le magicien inclina la tête pour confirmer.

Ils marquèrent une pause pour que le magicien puisse verser une mesure de whisky dans les deux verres sales. Crystal aurait eu une attaque si elle les avait vus.

« Tu veux un coup, Harry ? demanda le magicien.

— Non. Merci quand même. » Il s'agissait d'un whisky blended bon marché. Harry n'était au courant que parce que son père achetait un malt très cher. Encouragé, Harry l'avait goûté, mais rien que l'odeur le rendait malade. « Ouais, il faut que tu persistes dans le whisky jusqu'à ce que tu y prennes goût », lui avait conseillé Tommy. Harry avait pensé qu'il valait peut-être mieux qu'il ne développe pas de goût pour cela.

« Qu'est-ce que tu as fait de l'enfant ? demanda Bunny.

— Candace ? Les filles sont en train de la gâter dans leur loge. » La dernière fois que Harry avait été voir, il avait découvert que les danseuses avaient maquillé la petite – ombre à paupières, rouge à lèvres et paillettes collées sur le visage. Ses ongles avaient été peints en vert et elles avaient enroulé un boa en plumes autour de son cou et la plus grande partie de son corps. Il imaginait aisément la réaction d'Emily face à cet accoutrement.

« Désolé, dit-il à la cantonade, vu que plusieurs filles étaient relativement dévêtues.

— Pas grave, Harry, gazouilla l'une d'elles. Tu as déjà vu. » Euh, songea-t-il, ce n'est pas tout à fait vrai.

« Ces filles vont bouffer la gamine toute crue », s'inquiéta le magicien d'un air sombre.

Bunny sortit un paquet de cigarettes, en offrit une à son compagnon et lança : « Harry, tu nous allumes, s'il te plaît ? »

Harry sortit obligeamment le briquet. « Vous pouvez me montrer un tour ? » demanda-t-il au magicien.

Le magicien ramassa les cartes, les mélangea avec beaucoup d'affectation, puis les déploya en éventail. « Choisis une carte, celle que tu veux. »

Tandis que Harry s'approchait de la loge de Barclay Jack, une jeune femme sortit en trombe. À sa grande surprise, elle l'apostropha : « Vous ne seriez pas Harry, par hasard ?

— Si.

— Oh, tant mieux. » Elle était écossaise – ça s'entendait à son accent. « Mr Jack vous réclame. Il a besoin de ses pilules, il ne les trouve pas. Je peux aller les chercher si vous m'expliquez où elles sont.

— Est-ce qu'il va bien ? s'enquit Harry. Il n'a pas fait un autre malaise, quand même ?

— Il semble un peu ébranlé », répondit-elle.

Harry ne savait pas pourquoi Barclay n'avait pas ses cachets sur lui et il n'avait aucune idée de l'endroit où ils se trouvaient. Il passa la tête dans la loge des danseuses et Candace poussa un petit cri de joie lorsqu'elle l'aperçut. Un diadème avait été ajouté à sa panoplie, un des accessoires en strass que les filles portaient pour un numéro de french cancan qu'elles faisaient sur « Diamonds Are a Girl's Best Friend ». (« Et c'est vrai, Harry, lui dit l'une d'elles un jour. N'oublie jamais ça. » « J'essayerai, promis. »)

La tiare était bien trop grande et Candace devait la tenir pour l'empêcher de tomber. Harry la sauva avant qu'elle puisse se faire dévorer. Il allait devoir prendre un peu de démaquillant chez Bunny et la nettoyer avant le retour de Crystal. (Mais où pouvait bien être sa belle-mère ?)

Non, les filles n'avaient pas vu les pilules de Barclay, le ventriloque non plus. Clucky non plus (d'après le ventriloque). Harry retourna, bredouille, dans la loge de Barclay. Il y avait une autre jeune femme et Bunny s'était joint à eux, du coup, ils étaient vraiment serrés.

« Apparemment, c'était Jessica Rarebite qui les avait, fit Barclay en brandissant un flacon de pilules pour que Harry les voie.

— Ils me les ont données à l'hôpital hier soir pour que je te les garde, assura Bunny.

— Connard, répondit Barclay sèchement.

— Est-ce que ça va, Mr Jack ? demanda Harry.

— Je suis glacé jusqu'aux os. Ferme la porte, s'il te plaît. » Il faisait une chaleur épouvantable dans la loge. Harry se demanda si Barclay n'était pas malade pour de bon, il n'avait pas l'air bien du tout, mais en même temps, il n'avait jamais l'air bien. Comme on le lui demandait, Harry ferma la porte et surprit, ahuri, une expression absolument horrifiée sur le visage de Barclay. On aurait dit qu'il venait de voir un fantôme. La bouche de Barclay s'était ouverte en grand, dévoilant ses mauvaises dents tachées de nicotine. Il leva une main tremblante et pointa un doigt sur Harry.

« Quoi ? » fit Harry, affolé, pensant au personnage du fils en décomposition qui était apparu à la porte dans « La patte de singe », une histoire qui l'empêchait de dormir la nuit, ces derniers temps.

« Derrière toi », dit Bunny, avec les modulations de voix qui convenaient parfaitement à la scène.

Harry pivota, s'attendant au moins à voir un vampire. Voici ce qui avait provoqué la terreur de Barclay : gribouillé au dos de la porte de sa loge en peinture rouge dégoulinante, un mot, en majuscules : PEDOFILE.

*

Oh, grands dieux, se dit Reggie. Celui qui avait écrit ça aurait pu au moins apprendre à l'orthographier correctement.

Quelqu'un frappa doucement à la porte, mais personne ne répondit, alors Reggie eut l'impression que c'était à elle de lancer « Entrez. »

Ils durent tous se serrer pour faire de la place à un nouvel arrivant. Un pantin de ventriloque, une espèce de volatile d'une laideur repoussante, passa sa tête sans corps dans l'entrebâillement de la porte.

« Fous le camp, Clucky ! » s'écria la drag-queen. On entendit le bruit d'une empoignade dans le couloir, comme si Clucky se disputait avec quelqu'un, puis la femme de Thomas Holroyd se glissa dans la loge et rejoignit la bande d'énergumènes. Voilà ce à quoi devait ressembler le Trou noir de Calcutta, pensa Reggie. En pire.

« Maman ! » cria une enfant, pailletée, emplumée, invisible jusqu'à maintenant, tendant les bras vers sa mère. La dame parut soulagée – on ne pouvait guère lui en vouloir.

« Mrs Holroyd, fit Reggie. C'est curieux de vous voir ici. Le monde est petit, n'est-ce pas ? »

Entourloupes

Votre nom a été cité en lien avec plusieurs personnes sur lesquelles nous enquêtons et nous voudrions vous poser quelques questions de routine, si cela ne vous ennuie pas. Pourquoi ? Pourquoi à Tommy – surtout à Tommy ? s'étonna Crystal. Comment aurait-il pu être au courant de cette époque ? Il n'avait que quelques années de plus que Fee et elle. Était-il un des gamins présents à leurs soirées ? Son cœur battait la chamade ; Fee lui dit : « Ça va, Teen ? Prends une clope. Tu veux que je fasse du thé ? » Elle n'avait pas l'air capable de manipuler une bouilloire mais Crystal répondit : « Ouais, vas-y. Merci. » Elle n'ajouta rien sur les mérites du thé sans théine et sans lait, elle savait à quel point son discours aurait paru abscons à Fee.

Fee n'avait même pas reconnu Crystal quand elle lui avait ouvert la porte. « C'est moi, Tina. Christina.

— Putain de merde ! s'exclama Fee. Regarde-toi, Miss Univers.

— Laisse-moi entrer. Faut qu'on parle. La police pose des questions sur le cercle magique.

— Je sais. »

Apparemment, le juge avait une fille. Crystal l'ignorait. Elle s'appelait Bronte, et il lui était arrivé la même chose qu'à elles. Fee se souvenait d'elle mais Fee avait assisté à plus de soirées que Crystal. Maintenant, après toutes ces années, Bronte Finch était allée voir la police et c'était pour ça que tout sortait au grand jour, et que le passé et le présent se télescopaient à deux cents à l'heure. « Et Mick, aussi, affirma Fee. On dirait que ça l'a incité à donner des noms. Est-ce qu'ils t'ont trouvée ? Ils sont venus ici, je les ai envoyés se faire voir. On aurait des tas de noms à balancer, hein ?

— Je ne parlerai pas, à personne. J'ai trouvé ça sur ma voiture. » Crystal lui montra la photo de Candy et le message écrit au dos. « C'est un message, ils menacent ma gamine. » Fee tint la photo longtemps, le regard fixé sur la fillette, jusqu'à ce que Crystal finisse par la reprendre. « Jolie, estima Fee. Jolie fille. J'ai eu quelque chose, moi aussi. » Elle fouilla dans son sac et sortit un morceau de papier. L'ordre était moins succinct mais quand même très clair. *Ne parle de rien à la police. Sinon tu le regretteras.*

Le juge était mort, bien entendu, beaucoup de membres du cercle magique l'étaient. Le chevalier – Cough-Plunkett – était encore vivant, le vieux décrépit avait fait une apparition à la télévision peu de temps auparavant. Et le député, devenu pair du royaume, qui aimait – non, ne pense pas à ce qu'il aimait – ... tenait désormais le haut du pavé, tempêtait sur les ondes contre le Brexit. « Appelle-moi Nick, disait-il. Le vieux Nick. Ha ha. » Chaque fois qu'elle le voyait à la télé, Crystal avait les jetons. (« Ne regardons pas les informations, Harry, c'est tellement déprimant. ») Il avait toujours des liens, avec toutes sortes de gens. Des gens dont on ignorait l'existence, jusqu'à ce qu'ils commencent à vous menacer.

Crystal s'était sortie de là quand elle avait quinze ans. Carmody lui avait donné un petit paquet d'argent, de l'argent sale « gagné aux courses » – il était le bailleur de fonds pour un certain nombre de bookmakers ; la relation que Crystal entretenait avec de l'argent à blanchir ne datait pas d'hier. Prendre le sale et en faire du propre, l'histoire de sa vie. « Fous le camp », avait gueulé Mick tandis qu'elle fourrait la liasse dans son sac. Elle était trop vieille, selon lui. Alors elle se rendit à la gare et partit. Simple comme bonjour, pensa-t-elle. On tournait le dos à son passé et on partait. Christina, qui s'enfuyait.

Elle avait supplié Fee de venir mais son amie avait choisi de rester, déjà laminée par sa dépendance à la drogue. Crystal aurait dû la traîner par les cheveux pour la sortir de cette caravane, de cette vie. C'était trop tard, maintenant.

Crystal avait pris une chambre dans un appartement et sa vie n'avait pas changé du jour au lendemain comme dans un conte de fées ou dans *Pretty Woman* ; elle avait dû faire des trucs vraiment dégueus pour survivre, mais elle avait survécu. Et voilà où elle en était aujourd'hui. Nouveau nom, nouvelle vie. Elle n'y renoncerait pour personne.

Elles burent le thé (fadasse) et fumèrent cigarette sur cigarette.

« Tu es mariée, alors ? » questionna Fee, en tirant une longue bouffée. Elle était plus animée et Crystal se demanda si elle avait pris quelque chose pendant qu'elle préparait le thé. « Une vieille dame mariée, fit-elle en rigolant, amusée par l'idée.

— Ouais, mariée. "Mrs Holroyd" », annonça Crystal en faisant des oreilles de lapin et en riant, car soudain il lui semblait absurde qu'elle soit cette personne, Crystal Holroyd, alors que la vie à laquelle elle avait été destinée se trouvait personnifiée par la femme devant elle, impatiente de sortir dans la rue gagner de quoi se payer sa prochaine dose.

« Ah ouais ? Un lien avec Tommy ?

— Tommy ? répéta Crystal alors que de petits drapeaux rouges se mettaient à s'agiter partout dans son cerveau.

— Tommy Holroyd. Il travaillait pour Tony et Mick, autrefois. Oh, attends, je crois que c'était après ton départ. Tu es partie avant que Tommy se mette avec eux. Après, il a vraiment bien réussi – c'est lui, le Holroyd des Transports Holroyd.

— Transports ? répéta Crystal.

— Ouais, ricana Fee. C'est le joli mot qu'ils utilisent pour ça. Ne me dis pas que tu l'as épousé ? Lui ? C'est lui, hein ? Putain de merde, Teen. »

Crystal avait été frappée un jour au ventre par un type, un grand type qui cherchait un sac de frappe et il était tombé sur Crystal, ou Tina, puisque tel était son nom à l'époque. Le coup avait été douloureux à l'extrême, lui avait coupé le souffle, au sens propre, et elle avait fini recroquevillée comme une crevette sur le sol, se demandant si ses poumons allaient se remettre à fonctionner ou si c'était la fin. Mais rien à voir avec ce qui se passait là. Partout où elle regardait, elle voyait son monde s'écrouler.

Il s'avérait que Fee connaissait Tommy depuis bien plus longtemps que Crystal et qu'elle en savait beaucoup plus long sur lui. Sur Tommy et ses associés. « Tu n'as vraiment aucune idée de ce qu'il trafique ? Tu étais la plus maligne, autrefois, Tina.

— Ce n'est plus vrai, apparemment, concéda Crystal. Je vais remettre de l'eau à chauffer, d'accord ? Et ensuite, tu me raconteras tout ce que je ne sais pas. »

Le truc, avec le passé, c'est qu'on avait beau s'enfuir loin loin, courir vite vite, il était toujours sur vos talons, prêt à vous mordre.

« Merde merde merde », marmonna Crystal tandis que la bouilloire se mettait à siffler.

Elle donna à Fee cinquante livres – c'était tout ce qu'elle avait dans son portefeuille. Fee demanda : « Et ta montre ? » Alors Crystal lui donna aussi la Cartier, celle qui portait l'inscription *Avec tout mon amour, Tommy*.

Crystal n'était pas entrée depuis très longtemps au Palace Theatre. C'était une version bas de gamme d'un théâtre à l'architecture plus somptueuse. Il y avait un grand escalier et des miroirs mais la peinture datait de Mathusalem et la moquette à carreaux était usée. L'odeur de café rance provenant de la buvette s'était insinuée partout. Des affiches annonçaient déjà le spectacle de Noël. *Cendrillon*. De la misère au luxe. On ne voulait jamais que ça se passe dans le sens inverse. Forcément. Tony Bassani les avait emmenées, Fee et elle, voir le spectacle de Noël, comme si elles étaient des enfants. Ce qu'elles étaient. *Peter Pan*. Un acteur de la télé jouait le rôle du capitaine Crochet. Alan quelque chose. Personne ne se souvenait de lui, désormais. Tony leur avait acheté une boîte de Black Magic pour qu'elles la partagent, et elles avaient chanté sur toutes les chansons dont les paroles défilaient, ensuite Tony les avait conduites dans les coulisses et les avait présentées au capitaine Crochet dans sa loge. « Un cadeau de Noël pour toi, Al, avait dit Tony en les laissant là. En guise de remerciement – le spectacle était une réussite. »

L'endroit était silencieux, la représentation de l'après-midi devait être terminée, et elle dut questionner quelqu'un au comptoir pour trouver Harry. Personne ne semblait connaître Harry, alors elle demanda à parler à Barclay Jack, et quand ils lui lancèrent un regard suspicieux, elle ajouta qu'elle était sa nièce. « Vous êtes sûre ? Il n'aime pas les visites.

— Moi non plus », répondit Crystal. Ils l'emmenèrent en coulisses jusqu'à sa loge et elle frappa à la porte.

On n'aurait pas pu mettre une personne de plus dans la pièce. Ils ressemblaient à un banc de sardines. Autrefois, le cercle magique aimait jouer à une version de ce jeu-là. C'est la fête, comme disait Bassani. Les inspectrices qu'elle avait vues plus tôt étaient là, mais Crystal rangea cette information dans un coin de sa tête, elle avait déjà assez de sujets de préoccupation. Pareil pour le fait que Barclay Jack donnait l'impression qu'il allait expirer d'une minute à l'autre et qu'il y avait également une drag-queen, sans sa perruque (ce devait être Bunny, le nouvel ami de Harry, supposa Crystal). Pas de trace de Candy et Crystal se sentit traversée par une vague de panique, jusqu'à ce que Harry se fraye un chemin pour sortir de la mêlée avec la petite dans les bras. On aurait cru qu'elle avait été canardée par un canon à paillettes. Crystal mit cette pensée-là de côté aussi.

*

Crystal roulait vite et doublait avec adresse, alors Jackson avait eu un certain mal à ne pas la perdre sur le trajet jusqu'à Whitby. Elle savait aussi manœuvrer pour se garer, réussissant à glisser comme par magie son Evoque dans une place sur West Cliff qui convenait à de plus petits véhicules. Jackson casa la Toyota bien moins maniable dans un renfoncement, avant de se mettre à la filer à pied. Elle n'était pas seulement rapide au volant, elle marchait vite. Elle avait remplacé les talons et la robe courte qu'elle portait précédemment par un jean et des baskets, Blanche-Neige calée sur sa hanche tandis qu'elle franchissait la Whalebone Arch et descendait les marches jusqu'au port et à la jetée. Elle se déplaçait à un rythme que Jackson trouvait difficile à suivre, sans parler de Dido, même si elle faisait un effort courageux.

Crystal continua à avancer, en slalomant entre les vacanciers qui encombraient les trottoirs et progressaient lentement, comme une coulée de boue. Jackson resta un peu en arrière, se mêlant à la foule, essayant d'avoir l'air d'un touriste au cas où Crystal se retournerait.

Une salle de jeux cracha une musique tonitruante – même si cela méritait à peine le nom de musique. Malgré le temps, très clément, une foule se pressait à l'intérieur. Nathan adorait ce genre d'endroits, Jackson avait attendu plusieurs heures au point d'avoir le cerveau congelé tandis que son fils enfournait des pièces et des pièces dans le gosier avide d'une machine à sous ou d'une grue à peluches. C'était ainsi qu'on créait les addictions. La main momifiée du musée de Whitby ne pouvait concurrencer la grue. Aucun des habitués présents entre les murs de la salle de jeux cacophonique n'avait l'air d'être en bonne santé. La moitié d'entre eux était ralentie par l'obésité, l'autre moitié donnait l'impression d'être sortie de prison la veille.

Jackson fut pris par surprise lorsque Crystal entra soudain dans un lieu appelé Transylvania World. Un truc de vampire, a priori – la ville était envahie de suceurs de sang. Cela ne semblait pas être un divertissement approprié pour une fillette de trois ans – mais en même temps, qu'en savait-il ? (*Luddite !*)

Jackson s'attarda entre une cabane qui vendait des fruits de mer et le stand d'une diseuse de bonne aventure, dont la pancarte annonçait : *Mrs Astarti, voyante et spirite. Tarots, boule de cristal, lecture des lignes de la main. Votre avenir se trouve au creux de votre paume.* Un rideau de perles en verre cachait Mrs Astarti aux regards fouineurs du monde, mais il entendit le murmure étouffé de voix à l'intérieur, puis Mrs Astarti, probablement, ordonnant : « Choisis une carte, chérie, n'importe laquelle. » Quelles inepties. Julia aurait fait irruption là-dedans comme une bombe.

Jackson essaya de ne pas inhaler trop profondément les odeurs de la jetée – friture et sucre (« Des armes de destruction massive », d'après Julia) – qui, malgré leur caractère désagréable, le faisaient saliver. Il était l'heure de déjeuner mais il semblait carburer seulement à la caféine depuis ce matin. Il n'avait sur lui qu'un sachet de biscuits pour chien et il était encore assez loin de l'anarchie alimentaire pour envisager d'en ingérer. Il en donna un à la brave Dido pour la récompenser de son stoïcisme.

De l'autre côté de la rue, il aperçut la pancarte d'un pub qui annonçait qu'ils servaient des « yapas » ; il fallut un certain temps à Jackson pour comprendre que cela signifiait tapas du Yorkshire. Il avait lu quelque part qu'un mouvement s'était formé pour le « Yexit » – décentralisation en faveur du comté, en d'autres termes. Les arguments étaient que la population du Yorkshire était presque équivalente à celle du Danemark, que son économie était plus importante que onze nations de l'Union européenne réunies et que la région avait remporté plus de médailles d'or aux Jeux olympiques de Rio que le Canada. C'était drôle, pensa

Jackson, il avait considéré le Brexit comme la fin de la civilisation telle qu'il la connaissait, et pourtant le Yexit touchait une corde sensible dans son cœur. (« C'est ainsi qu'on fomente les guerres civiles et les génocides tribaux », pérora Julia. Julia était la seule personne que Jackson connaisse qui commençait des phrases par « c'est ainsi que » et sa prédiction paraissait annoncer une fin assez barbare pour un processus qui était initié par un yapas de « ceviche de crevettes » et « chair de bulot à l'aigre-douce ». La chair de bulot était – affirmait-il – une nourriture qu'il ne serait prêt à manger que si l'enjeu était de sauver la vie d'un de ses enfants. Et même dans ce cas-là...)

Il fut distrait par l'apparition de la cliente de Mrs Astarti, une jeune femme mince qui n'avait pas l'air heureuse du tout, contrariée par tous les temps de sa vie, passé, présent et futur.

Puis, enfin, Crystal sortit de Transylvania World, après avoir largué Blanche-Neige, visiblement, et, avant que Jackson ait eu le temps de retrouver son souffle, ils étaient repartis, à pied, vers leurs voitures respectives.

« Désolé », fit Jackson à Dido, en lui donnant un coup de main pour grimper sur la banquette arrière. Elle s'endormit immédiatement.

Crystal avait l'air de se diriger vers Scarborough, ce qui était une bonne chose car c'était aussi la direction dans laquelle allait Jackson. Si Crystal remarquait sa présence, se dit-il, il pourrait avancer un alibi parfaitement innocent, bien qu'il fût en train de la suivre comme un chasseur à l'affût de sa proie, se comportant en fait exactement comme la BMW grise sur laquelle il était censé enquêter. Il jeta un coup d'œil à sa montre – encore une heure avant le rendez-vous prévu entre Ewan et l'alter ego prépubère de Jackson, Chloé.

Lorsqu'ils atteignirent leur destination, il fallut trouver une nouvelle solution ingénieuse pour se garer. À nouveau de la marche dans la rue – Crystal progressait au petit trot, bientôt elle galoperait. Pourquoi était-elle si pressée ? Pour pouvoir rapidement rentrer sauver Blanche-Neige des griffes des vampires ?

Ils étaient arrivés dans les bas quartiers. Crystal s'arrêta brusquement devant un salon de tatouage et examina le nom inscrit à côté de la sonnette à la porte voisine. Il y avait un appartement au-dessus, présuma Jackson. Deux ou trois minutes plus tard, la porte s'ouvrit et une femme jeta un coup d'œil réticent à l'extérieur. Il était difficile d'évaluer son âge car elle avait la maigreur maladive d'une accro à la meth. Pas vraiment le genre de femme qu'on s'attendrait à voir fréquenter une « épouse et mère » autoproclamée. Elle serrait contre elle les pans d'un gilet pour homme comme si elle avait très froid. À ses pieds, une paire de chaussons en fourrure démodés, du genre de ceux que sa grand-mère aurait portés, pensa Jackson, s'il avait eu une grand-mère – l'espérance de vie avait été très modeste dans sa famille. Les deux femmes échangèrent sur le seuil quelques phrases d'un ton vif avant que la femme enroulée dans le gilet s'efface pour laisser entrer Crystal.

Encore un temps mort pour lui, cette fois dans

un café de l'autre côté de la rue. Pas un café, plutôt une gargote, un endroit décrépit où Jackson était le seul consommateur, alors il fut aisé de s'assurer une place près de la fenêtre d'où il pouvait guetter la réapparition de sa cliente. Il commanda un café (nauséabond) et fit semblant d'être occupé à tripoter son téléphone portable jusqu'à ce que Crystal sorte en trombe. Elle était déjà à mi-chemin du bout de la rue lorsqu'il jeta sur la table un billet de cinq livres (un pourboire insensé) et caressa Dido pour la convaincre de se mettre debout.

Jackson changea d'avis sur la poursuite de la traque. Il se dit que ça risquait de tuer le chien, et c'était la dernière chose qu'il aurait voulu que Julia ou Nathan puisse ajouter à la liste de ses travers. Il traversa la rue pour aller voir le nom de l'amie famélique de Crystal. Un morceau de papier avait été collé avec du scotch au-dessus de la sonnette et au feutre, à la main, on y avait écrit : *F. Yardley*. Il se demanda quelle était la signification de ce F. Fiona ? Fifi ? Flora ? Elle ne ressemblait pas à une Flora. La mère de Jackson s'appelait Fidelma, un prénom qu'elle avait été obligée d'épeler pour toutes les personnes anglaises qu'elle rencontrait. Elle était originaire de Mayo, en Irlande, ce qui n'aidait pas. L'accent était franchement marqué. Le « parler patate bouillie » comme disait le frère de Jackson, Francis – un autre F – qui méprisait son héritage celtique. Francis était plus âgé que Jackson et il avait embrassé la liberté des années 1960 avec délices. Il était soudeur au Coal Board, possédait un beau costard et une moto et avait une coupe de cheveux au bol comme les Beatles. On avait aussi l'impression qu'il sortait avec une fille différente chaque semaine. Il était un véritable modèle. Puis il s'était suicidé.

C'était la culpabilité qui l'avait conduit au suicide. Francis s'était senti responsable de la mort de sa sœur. Si Jackson pouvait parler à Francis aujourd'hui, il lui servirait le discours habituel du policier sur le fait que la seule personne responsable de la mort de Niamh était l'homme qui l'avait tuée, mais la vérité était que si Francis avait récupéré Niamh à l'arrêt du bus comme il était censé le faire, un étranger ne l'aurait pas violée, assassinée et jetée dans le canal ; Jackson n'avait jamais pardonné à son frère. Il n'avait pas de problème avec la rancune. Elle était utile. Elle permettait de rester sain d'esprit.

Jackson sonna à la porte de F. Yardley et, après une attente considérable, beaucoup de bruissements de semelles sur le sol, des cliquetis de clés et de chaînettes, la porte s'ouvrit enfin.

« Quoi ? » demanda la femme au gilet. Pas de préambule, pensa Jackson. De près, il put lire le désespoir dans ses orbites creuses et son visage squelettique. Elle pouvait avoir n'importe quel âge entre trente et soixante-dix ans. Elle avait quitté ses pantoufles de grand-mère et enfilé des bottes noires vernies bas de gamme et, sous le gilet trop grand, elle portait une jupe courte et un haut à paillettes encore plus court. Même s'il détestait tirer des conclusions hâtives, Jackson ne put s'empêcher de penser « fille de joie », pas une version luxe, en plus. Il s'était toujours bien entendu avec la plus vieille profession du monde quand il était dans la police. Il sortit sa carte et se lança dans son baratin introductif habituel – « Miss Yardley ? Je m'appelle Jackson Brodie. Je suis détective privé en mission pour une cliente, une certaine Mrs Crystal Holroyd. (La vérité, après tout.) Elle m'a demandé d'enquêter sur... » Mais avant qu'il ait le temps d'inventer quelque chose, elle lança : « Foutez le camp » et lui claqua la porte au nez.

« Si vous changez d'avis, passez-moi un coup de fil ! » cria-t-il dans la fente à courrier avant d'y glisser sa carte.

« Allez, viens, dit-il à Dido en la poussant à nouveau dans la voiture. Il faut qu'on accélère, sinon on va être en retard à notre rendez-vous. »

C'est seulement au moment où il approchait du Palace Theater qu'il remarqua la BMW gris métallisé qui le suivait sans bruit comme un requin.

La voiture tourna à droite et Jackson hésita un moment avant d'effectuer un demi-tour risqué pour la suivre dans une ruelle. Sans succès. Il n'en trouva pas trace. Alors il retourna au Palace, se gara et s'installa à proximité du kiosque à musique. Pas de musiciens aujourd'hui, pas de musique. La mine de charbon où son père et son frère travaillaient avait une fanfare – toutes les houillères en avaient, à l'époque – et son frère jouait du bugle. Le jeune Jackson trouvait que c'était un nom ridicule pour un instrument de musique, mais Francis était doué. Jackson aurait bien aimé entendre juste une fois son frère jouer un solo. Ou aider sa sœur à épingler l'ourlet d'une robe qu'elle venait de coudre. Ou avoir un petit baiser sur la joue de sa mère avant de se coucher – le geste le plus intime qu'elle parvenait à faire. Dans sa famille, on ne se touchait pas. Désormais, il était trop tard. Jackson soupira. Il en avait de plus en plus assez de lui-même. Il sentait que le moment approchait de lâcher prise. Après tout, son avenir était entre ses mains.

Il attendit près du kiosque à musique pendant une demi-heure mais Ewan avait décidé de lui poser un lapin. Un jeune homme était apparu à un moment, voûté, vêtu d'un sweat à capuche, et Jackson s'était demandé si sa proie n'était pas jeune, après tout, mais, quelques minutes plus tard, il avait été rejoint par des comparses aux tenues similaires, tous en sweats à capuche, pantalons de survêtement et baskets, qui leur donnaient l'air de délinquants – un peu comme Nathan et ses amis, en réalité. Jackson aperçut le visage de l'un d'eux, c'était le noyé de l'autre jour. Il regarda Jackson sans que son expression trahisse rien, on aurait dit que Jackson était transparent, puis ils s'éloignèrent comme un banc de poissons monomaniaques. Tout en les regardant, Jackson se rendit compte qu'il contemplait l'Evoque de Crystal Holroyd, garée en face.

« Drôle de coïncidence, non ? fit-il à Dido.

— Ouais, tu sais ce qu'on dit, répondit Dido. Une coïncidence est juste une explication qui attend de se révéler. » Non, elle ne dit pas ça. Bien évidemment. Elle ne croyait pas aux coïncidences, seulement au destin.

Peut-être que ce n'était pas lui qui suivait Crystal, mais elle qui le suivait, songea tout à coup Jackson dans un éclair de lucidité. Il appréciait les femmes mystérieuses autant que n'importe qui, mais il y avait une limite à l'attrait d'un mystère et il s'en approchait. Avant qu'il ait le temps d'avancer dans son raisonnement, il fut interrompu par l'apparition de Crystal en personne, suivie d'un adolescent – il devait s'agir de Harry (*un bon garçon*) – qui tenait Blanche-Neige dans ses bras. Elle n'était pas l'enfant impeccable qu'il avait vue précédemment. La dernière fois que Jackson avait vu Blanche-Neige, c'était à Whitby. Comment était-elle arrivée ici ? Par téléportation ?

Jackson était en train de se demander s'il devait ou non se faire connaître de Crystal lorsque soudain, tout partit en vrille.

*

Harry portait Candy ; Crystal déverrouilla l'Evoque. Harry monta derrière pour pouvoir attacher sa sœur dans le siège auto. Crystal voulait qu'il vienne avec elles, mais il refusa : « Je ne peux pas manquer la représentation du soir.

— Ce n'est pas une question de vie ou de mort, tu sais, Harry. » Elle aurait aimé qu'il les accompagne. Le plus important, désormais, était que Candy soit en sécurité, mais il fallait aussi protéger Harry, n'est-ce pas ? Il n'était encore qu'un enfant. Crystal n'avait aucune idée de ce qu'elle allait faire, mais elle savait ce qu'elle n'allait pas faire – elle n'allait certainement pas se présenter devant un tribunal et parler du passé. La vie de ses enfants serait affreusement entachée. *T'as pas intérêt à ouvrir la bouche, Christina.*

Elle n'était plus le pion de personne. Voilà autre chose que l'ami du juge, le joueur d'échecs sir Cough-Plunkett, lui avait apprise. À la fin de la partie, un pion peut se transformer en reine. Crystal avait l'impression que le dénouement était proche ; mais elle n'était pas certaine de savoir qui était son adversaire.

Crystal venait à peine d'ouvrir la portière du conducteur quand les événements se précipitèrent. Deux hommes, deux types baraqués, la rejoignirent au pas de course et la prirent par surprise ; l'un d'eux lui mit un coup de poing en pleine figure.

Ses heures d'entraînement de wing chun lui revinrent et elle se remit rapidement sur pieds pour riposter une ou deux fois, mais le type était un vrai Rambo. Ce fut terminé en une seconde et elle se retrouva par terre. Son adversaire était déjà assis au volant et l'autre claqua la portière derrière Harry, qui se trouvait encore dans la voiture, sans parler de Candy, avant de bondir sur le siège passager. Ils démarrèrent en faisant hurler les pneus et, une fraction de seconde plus tard, toute la vie de Crystal disparaissait au bout de la rue. Elle se remit debout le plus vite possible et courut après la voiture, mais c'était perdu d'avance. Même à son allure la plus rapide, elle ne pourrait rattraper l'Evoque. Elle vit Harry regardant à travers le pare-brise arrière, bouche bée, en état de choc. *Son petit visage*, se dit-elle, et son cœur se sentit écrasé par une angoisse cataclysmique.

Jackson Brodie sortit de nulle part. Il l'avait suivie toute la journée. Croyait-il vraiment qu'elle n'avait pas remarqué ?

« Est-ce que ça va ? demanda-t-il.

— Ma voiture vient d'être volée avec mes enfants dedans, alors, non, je dirais que ça ne va pas. Vous êtes vraiment un putain de shérif, vous alors. Où est votre voiture ?

— Ma voiture ?

— Oui, votre putain de voiture. Faut qu'on les suive. »

En famille

« Mrs Mellors ? Je suis l'inspectrice Ronnie Dibicki et voici l'inspectrice Reggie Chase. Pourrions-nous entrer et dire deux mots à Mr Mellors, s'il est là ?

— Non, je crains que non. Je vous en prie, appelez-moi Sophie, dit-elle en tendant la main. Y a-t-il un problème ? Quelque chose en rapport avec une affaire sur laquelle il travaille ? demanda-t-elle, toute dans le dévouement conjugal.

— En quelque sorte, oui… », répondit Reggie.

Sophie Mellors était une jeune quadragénaire très propre sur elle et polie. Grande, elle portait une jolie robe et une paire de chaussures à petits talons, et on retrouvait sur elle toute la palette des couleurs chaudes, depuis le brun de ses yeux au jaune miel de sa robe en passant par le caramel de ses chaussures. Des chaussures très chères. Reggie regardait toujours les chaussures en premier. On en apprenait long sur quelqu'un en observant ses chaussures. Jackson Brodie le lui avait appris. Elle aimerait le revoir, malgré sa réticence initiale lorsqu'elle l'avait aperçu sur la falaise l'autre jour. En réalité, elle avait très envie de le retrouver pour parler d'autrefois. Pendant une courte période, elle s'était fait passer pour sa fille et elle avait trouvé cela agréable.

« Entrez donc, voulez-vous ? » fit Sophie. « Gracieuse », voilà l'adjectif qui la décrivait le mieux, pensa Reggie. Elle portait ce qui devait s'appeler une « robe d'après-midi ». On l'aurait crue prête pour une garden-party. Reggie pensa à Bronte Finch, débraillée dans sa tenue de sport, les encourageant à manger des tartes aux fraises. *Les petits animaux seulement.*

Sophie Mellors les conduisit dans une cuisine immense qui devait être autrefois le cœur de la ferme. Reggie imagina des ouvriers agricoles assis autour d'une grande table pour un dîner après la moisson ou un petit déjeuner chaud avant l'agnelage. Une table croulant sous les jambons et les fromages. Les œufs aux jaunes d'or pondus du jour par des poules picorant dans la cour. Reggie n'avait pas la moindre connaissance en agriculture sauf que les agriculteurs avaient l'un des taux de suicide le plus élevé, alors elle supposait que ce n'était pas seulement une histoire de jambons et d'agneaux, surtout beaucoup de fumier, de boue et d'inquiétude. De toute manière, cela faisait bien longtemps qu'il ne se passait plus rien d'agricole ici ; la cuisine de Malton était devenue une ode aux appareils électroménagers très chers et aux placards fabriqués sur mesure. Un plat de lasagnes recouvert de film alimentaire était posé sur un plan de travail, attendant d'être glissé dans l'Aga. Bien sûr, il y avait un piano Aga, on pouvait s'y attendre chez une femme comme celle-ci.

« Ce n'est rien d'urgent, aucune raison de s'inquiéter, précisa Ronnie. Nous menons une enquête sur une affaire ancienne, d'anciens clients de Mr Mellors. Nous nous sommes dit que peut-être il pourrait nous donner quelques informations. Savez-vous où se trouve votre mari ?

— Là, tout de suite ? Non, en fait, je n'en ai pas la moindre idée, mais il a dit qu'il serait rentré pour le dîner. » Elle jeta un coup d'œil aux lasagnes comme si elles pouvaient avoir une opinion quant à la ponctualité de son mari. « Ida et ses copines ont passé toute l'après-midi avec Buttons et les autres hacks ; il a promis qu'il dînerait avec nous lorsqu'elle rentrerait. En famille, pour ainsi dire. »

Ida et ses copines ont passé toute l'après-midi avec Buttons et les autres hacks. Reggie n'avait pas la moindre idée du sens de cette phrase. Elle supposa que Buttons n'avait rien à voir avec Cendrillon et également que les hacks n'avaient pas de rapport avec l'informatique. Sai avait hacké le serveur d'une entreprise mondiale de sodas, la deuxième marque la plus reconnue au monde. Tant qu'à faire.

« Voulez-vous l'attendre ? demanda Sophie Mellors. Voudriez-vous du café ou un thé ? » Elles déclinèrent à l'unisson. « Un verre de vin ? » fit-elle en désignant une bouteille de vin rouge attendant patiemment sur le comptoir. « Pas quand nous sommes en service, merci », répliqua Ronnie avec raideur. Le vin était déjà ouvert. *Pour respirer*, se dit Reggie. Toutes les choses du monde respiraient, d'une manière ou d'une autre. Même les cailloux inanimés, c'était juste qu'on n'avait pas les oreilles pour les entendre.

Ronnie lui donna un petit coup discret et murmura : « Allô la Terre.

— Ouais, soupira Reggie. J'entends. »

Un jeune garçon plein d'énergie adolescente et de testostérone fit irruption dans la cuisine. Il était vêtu d'une tenue de rugby pleine de boue et, visiblement, il rentrait couvert de plaies et de bosses après un match.

« Je vous présente mon fils, Jamie, gloussa la mère, *fresh from the fight*. »

Reggie était presque certaine que cette phrase était une citation de « Holding Out For a Hero ». Elle n'était pas réfractaire au karaoké lorsqu'elle était étudiante et bourrée. Cette époque-là semblait douloureusement lointaine.

« Bon match ? demanda Sophie.

— Ouais.

— Voici des inspectrices qui ont besoin de parler à papa. »

Le gamin s'essuya sur son short et échangea une poignée de mains avec les visiteuses. Sophie reprit : « Tu ne sais pas où il est, par hasard ? Il a dit qu'il serait rentré à temps pour le dîner. »

Le jeune garçon haussa les épaules. « Aucune idée, mais… » Il sortit son portable et lança : « Il a l'app Localiser mes amis. On pourra voir s'il est sur le chemin du retour.

— Ah oui, tu es malin, dit Sophie. Je n'y aurais pas pensé. Nous l'avons tous, mais je ne m'en sers que rarement, surtout pour Ida. Chercher son mari paraît un peu... » (Elle contempla à nouveau les lasagnes comme si elles pouvaient lui suggérer le mot dont elle avait besoin.) « Intrusif », décida-t-elle.(Ronnie poussa un soupir sonore. Sophie Mellors était une femme verbeuse, décidément.) Et elle n'avait pas fini. « C'est comme de regarder les sms ou les mails de quelqu'un. Comme si on ne lui faisait pas confiance. Tout le monde a droit à une certaine intimité, même les maris et les femmes.

— Ouais, je vois ce que vous voulez dire », dit Reggie qui, après que Sai avait mis fin à leur relation, l'avait épié de manière obsessionnelle sur le site de localisation par GPS qu'ils partageaient, sans parler de Facebook et Instagram et tous les autres endroits où il risquait d'être présent dans son avenir sans Reggie. « La confiance, c'est essentiel, renchĕrit-elle.

— Tiens, voilà Ida, indiqua Sophie attendrie, montrant sur le téléphone de Jamie un point vert qui progressait vers la maison. Elle est presque arrivée. La mère de son amie la dépose en voiture. Nous faisons les trajets chacune à notre tour.

— Et voilà papa ! » s'exclama Jamie en montrant un point rouge. Tous les quatre se penchèrent sur l'écran.

« Mr Mellors semble être en pleine campagne, remarqua Ronnie. Il ne bouge pas.

— C'est un champ, précisa Jamie d'un ton léger. Il y est souvent.

— Vraiment ? s'étonna Sophie, une très légère expression de contrariété sur le visage, aussi fugace qu'un nuage d'été.

— Ouais, fit Jamie.

— Et vous ne vous êtes jamais demandé ce qu'il faisait là-bas ? » s'enquit Ronnie en levant un sourcil.

Le gamin haussa les sourcils et, avec un manque de curiosité typiquement adolescent, répondit : « Non.

— Il médite, peut-être, suggéra Sophie d'un ton vif.

— Médite ? répéta Ronnie, le sourcil bondissant vers le haut.

— Oui, c'est une pratique qu'il affectionne. Vous savez... la pleine conscience. »

On entendit une voiture approcher, puis repartir et, quelques secondes plus tard, Sophie dit : « Tiens, voilà Ida » et tourna un visage rayonnant vers la fille petite, boudeuse, ayant l'air absolument martyrisée, qui entrait en traînant les pieds dans la cuisine. Elle portait une culotte de cheval et tenait une bombe. Elle regarda tout le monde, y compris les lasagnes, en fronçant les sourcils. Reggie estima qu'elle n'avait pas hérité des gènes aimables des autres membres de la famille Mellors.

« Sympa, les hacks ? demanda sa mère.

— Non, fit Ida, grognon. Journée affreuse. »

Je te comprends, pensa Reggie, si tu savais comme je te comprends.

« Tu sais ce que c'est, ce champ, hein ? questionna Reggie, une fois qu'elles furent remontées en voiture.

— Un des anciens terrains de caravaning de Carmody ?

— Bingo.

— Allons voir s'il y est, alors, proposa Ronnie. C'est quoi, un hack ?
— Je n'en ai pas la moindre idée. Je ne sais pas tout.
— Si, tu sais tout. »

L'Ange du Nord

Ils prirent la direction du sud, sans quitter des yeux le point lumineux sur l'écran du portable de Crystal qui marquait la position de Harry. L'étoile du Berger n'aurait pas été suivie avec une dévotion plus grande.

« C'est Harry qui a mis cette application sur mon téléphone, expliqua-t-elle. Un de ces trucs de famille – je peux le voir, il peut me voir. Je ne l'utilise pas beaucoup mais Harry est toujours un peu inquiet – ça doit être à cause de ce qui est arrivé à sa maman. Ils ont mis plusieurs jours à la retrouver. Il aime bien savoir où se trouve son petit monde. C'est son côté chien de berger.

— Je suis pareil », confia Jackson.

Le signal bégayait depuis le début du voyage et Crystal gardait les yeux rivés sur le portable qu'elle tenait serré dans sa main, comme si par sa seule volonté elle pouvait empêcher le point de disparaître.

Un vilain hématome commençait à se former sur sa joue. Le contour de son œil se colorait, d'ici une heure ou deux elle aurait un beau coquard. Elle avait pris quelques sales coups mais elle ne s'était pas laissé faire sans riposter – dopée par l'adrénaline, probablement. Elle avait lutté avec courage, deux ou trois mouvements de ninja, quelques droites et quelques coups de coude bien sentis qu'elle avait dû apprendre quelque part. Une vraie Amazone, mais malheureusement, son adversaire était une machine à combattre. Un ancien militaire, s'était dit Jackson en courant vers le groupe. Il était arrivé trop tard. En moins de quelques secondes avant que Jackson les rejoigne, le type avait mis Crystal au tapis, lui avait arraché la clé de l'Evoque et avait démarré en trombe. *Vous êtes vraiment un putain de shérif, vous alors.*

Crystal rabattit le miroir de courtoisie et examina son visage. Elle ôta ses faux cils, un œil après l'autre, tressaillant lorsque celui qui était accroché à son œil abîmé résista. Jackson trouva qu'elle avait des cils parfaits sans y ajouter quoi que ce soit, mais qu'en savait-il après tout, le *luddite* ?

« Vraiment une sale gueule, marmonna-t-elle avant de sortir une paire de lunettes de son sac. Je vois que dalle sans lunettes. » Où était donc passée la femme qui faisait tant d'efforts pour ne pas jurer ? « Et ce connard a cassé mes lunettes de soleil correctrices quand il m'a frappée. » Quand on se faisait kidnapper ses enfants, on renonçait à toute coquetterie, visiblement. La femme assise à côté de lui était différente de celle qu'il avait rencontrée pour la première fois quelques heures auparavant. On aurait dit qu'elle se déconstruisait lentement, jusqu'à ses cheveux qui paraissaient moins épais, même s'il ne savait pas très bien comment une telle chose était possible. Jackson n'aurait pas été tellement surpris si elle avait ensuite enlevé une fausse jambe.

« Il y a une trousse de premier secours dans le coffre, si vous voulez, proposa-t-il. Je peux m'arrêter.

— Non, ne vous arrêtez pas. Ça va aller. Cette bagnole ne peut donc pas rouler plus vite ? » L'inquiétude la rendait fébrile. « Vous voulez que je conduise ? »

Jackson traita la question avec le mépris silencieux qu'elle méritait et changea de sujet. « J'ai regardé dans l'enveloppe qui était coincée sur votre pare-brise. J'ai vu la photo de votre fille et le message écrit au dos. *T'as pas intérêt à ouvrir la bouche, Christina.* Et pour dire quoi, exactement ?

— Il y a des gens qui posent des questions, répondit-elle sans s'engager.

— Qui ? Quels gens ? »

Elle haussa les épaules, les yeux rivés sur son portable. « La police, finit-elle par lâcher, à contrecœur. La police pose des questions.

— Des questions sur quoi ?

— Des trucs. »

Jackson avait vécu assez de conversations avec son fils rétif pour savoir que la persévérance obstinée était la seule façon d'avancer. « Et vous ont-ils interrogée ?

— Non.

— Et est-ce que vous leur répondriez ? S'ils vous interrogeaient ? » Elle était décidément très énigmatique. Il lança à Crystal un regard en biais et elle rétorqua : « Ne quittez pas la route des yeux.

— Savez-vous à propos de quoi ils interrogent les gens ? »

Elle haussa à nouveau les épaules. C'était sans doute sa manière de ne pas ouvrir la bouche. « Ils viennent de passer la bifurcation pour Reighton Gap, dit-elle en regardant son écran.

— Alors, l'homme dans la BMW gris métallisé, persista Jackson, et les hommes qui ont emmené vos enfants – savez-vous s'il y a un lien entre eux ? » Comment pouvait-il ne pas y avoir de lien ? pensa-t-il. Impossible que ce soit une coïncidence, qu'une personne vous suive et qu'une autre, sans lien avec la précédente, kidnappe vos enfants. Une image de Ricky Kemp lui revint tout à coup. *Je connais des gens vraiment peu recommandables.*

Et pour ce que Jackson en savait, une troisième personne laissait les messages menaçants. Certaines de ses petites cellules grises avaient défailli tant elles avaient lutté pour comprendre et elles étaient maintenant stimulées par d'autres petites cellules grises plus vaillantes.

« Eh bien…, fit-elle.

— Eh bien quoi ?

— Il y a genre un lien et, en même temps, pas de lien.

— Et voilà qui rend la situation bien plus claire. D'une clarté crystal-line, même. Est-ce qu'ils travaillent en tandem, ces gens ? Est-ce qu'ils se connaissent ?

Qu'est-ce que vous avez fait pour provoquer tout ça, bon sang ?

— Que de questions…, fit Crystal.

— Et si vous me donniez des réponses ? Ou alors, nous pouvons aller voir la police, ce que ferait n'importe quelle personne raisonnable respectueuse de la loi si ses enfants étaient enlevés.

— Je n'irai pas voir la police. Je ne ferai pas courir de risques à mes enfants.

— À mon avis, ils courent déjà un risque.

— Plus de risques, alors. Et de toute manière, d'après moi, la police est impliquée. »

Jackson soupira. Il était sur le point de formuler une objection – il n'avait pas franchement le temps d'écouter des théories complotistes – lorsque le portable de Crystal émit un bip signalant l'arrivée d'un sms. « Bon sang, fit-elle. Ça vient de Harry. Non, pas de Harry », corrigea-t-elle avant de laisser échapper un gémissement désespéré. Elle tint le téléphone pour que Jackson puisse voir la photo d'un Harry au visage furieux tenant Candy dans ses bras. « Même message, dit-elle d'un air sombre.

— *T'as pas intérêt à ouvrir la bouche ?*

— Pas seulement.

— Qu'est-ce qu'il y a d'autre ?

— *T'as pas intérêt à ouvrir la bouche sinon tu ne reverras jamais tes enfants vivants.* »

Jackson trouva le message excessivement mélodramatique. Les kidnappeurs qui prenaient des gens en otage étaient rares, à moins qu'ils soient des terroristes ou des pirates, deux éventualités peu probables dans le cas précis. Et les kidnappeurs qui tuaient leurs otages étaient encore plus rares. Les kidnappings ordinaires visaient à obtenir de l'argent ou la garde d'un enfant, pas le silence de quelqu'un (qui voudrait se retrouver avec un enfant de trois ans sur les bras ?), mais il n'y avait pas eu de demande de rançon, pas de demande de quoi que ce soit. Ce n'était qu'une manœuvre d'intimidation. Tout ça faisait un peu Cosa Nostra. Était-il possible, se demanda-t-il, que Crystal fasse partie d'un programme de protection de témoins ?

« Qu'avez-vous à me dire sur votre amie ?

— Mon amie ?

— Celle que vous êtes allée voir aujourd'hui. Celle qui vit près du salon de tatouage ? Fait-elle partie de tout ce jeu de questions sans réponses auquel vous êtes mêlée ? Et de réponse elle n'en donna aucune », murmura Jackson tandis que Crystal continuait à regarder fixement l'écran de son portable sans un mot. C'est là qu'il lâcha ce que disent tous les bons flics de la télé – Collier lui-même aimait particulièrement cette phrase : « Si vous voulez que je vous aide, il va falloir que vous me racontiez toute l'histoire.

— Elle est moche.

— Comme toujours. »

Elle était très moche. Le récit fut long et tortueux et il leur fallut tout le trajet jusqu'à Flamborough Head.

Ils s'approchèrent du cap sans parler. Jackson pensait aux falaises qui se trouvaient là – de très hautes falaises – et il se doutait que Crystal aussi. Pas un endroit où amener des enfants kidnappés.

Flamborough Head était un lieu connu pour les suicides, et un endroit où les gens sautaient du haut d'une falaise était aussi un bon endroit pour pousser ceux qu'on voulait faire tomber. Il eut une soudaine vision de Vince Ives passant par-dessus bord.

Il y avait le phare, un café, et pas grand-chose d'autre, mais c'était là que le signal de Harry avait cessé de bouger presque un quart d'heure plus tôt. Quelques voitures étaient garées sur le parking. Les promeneurs venaient ici pour braver les vents et profiter de la vue. « On dirait qu'ils sont dans le café », indiqua Crystal, les yeux rivés sur l'écran de son portable.

Pas de signe de leur présence à l'intérieur, évidemment. La probabilité qu'ils tombent sur les kidnappeurs assis à boire du thé en mangeant des biscuits et prêts à rendre les enfants était bien sûr extrêmement faible, mais Crystal était déjà en train de courir vers un gars assis à une table, le dos tourné, serrant une tasse entre ses mains.

À la grande surprise du gars, pour ne pas dire plus, avant qu'il ait pu lever un doigt, Crystal avait passé son bras autour de son cou et le maintenait dans une prise d'étranglement. Le contenu de sa tasse – de la soupe à la tomate, malheureusement – se répandit partout, surtout sur ses genoux.

Une fois que Jackson eut réussi à libérer le gars des griffes de Crystal – elle avait la poigne d'un boa constrictor –, elle montra un téléphone portable posé sur la table. Il était équipé d'une coque personnalisée sur laquelle Jackson aperçut une photo de Crystal et

Candy, les visages collés, souriant au photographe, qui était probablement Harry.

« Le portable de Harry », remarqua Crystal, inutilement.

L'homme couvert de soupe à la tomate s'avéra être un banal crétin, le propriétaire de la voiture customisée que Jackson avait aperçue en arrivant. Un type était venu le voir à une station-service, expliqua-t-il – une fois qu'il put parler à nouveau –, et lui avait donné cent livres pour apporter le portable à Flamborough et le jeter du haut de la falaise. « Pour faire une blague – un truc d'enterrement de vie de garçon. » Crystal lui écrasa la tête sur la table. Jackson jeta un coup d'œil alentour pour voir comment les hôtes du café réagissaient, mais ils paraissaient avoir tous disparu comme par enchantement. Jackson ne pouvait pas leur en vouloir. Les épouses et les mères, songea-t-il ; il valait mieux ne pas se mettre en travers de leur chemin. Des Madones sous stéroïdes.

« Alors laissez-moi reprendre, dit Jackson au petit frimeur. Un étranger vient vous voir, vous donne cent livres pour balancer un portable dans la mer, et ensuite, cet étranger s'en va, vous n'avez presque aucune chance de le revoir un jour, mais vous faites quand même ce qu'il vous demande ?

— Je ne l'ai pas fait. Je n'en avais pas l'intention, rétorqua-t-il en se frottant le front. J'allais garder le téléphone, changer la carte SIM. »

Sa tête fit à nouveau connaissance avec la table. « C'est une agression », marmonna-t-il lorsque Crystal lui redressa la tête en le tirant par les cheveux. Il avait de la chance que sa tête soit encore attachée à son cou. Boadicée, tu peux aller te rhabiller, pensa Jackson.

« Je pourrais vous poursuivre en justice, lança le petit frimeur à Crystal.

— Essayez, pour voir », gronda-t-elle.

« Merci pour votre aide, là, fit-elle d'un ton sarcastique, tandis qu'ils remontaient en voiture.

— J'ai trouvé que vous vous débrouilliez très bien toute seule », répondit Jackson.

Babes in the wood[1]

« Je croyais qu'on passait la nuit à Newcastle ? Nous avons quitté Newcastle, n'est-ce pas ?

— Changement de programme, jeunes filles. Je vous emmène dans un B&B pour la nuit – autrement dit, un bed and breakfast.

— Oui, je sais ce que c'est. Mais pourquoi ? »

Andy était surpris par la qualité de son anglais. Meilleur que le sien, en réalité. C'était la plus grande des deux. Nadja et Katja. Elles étaient intelligentes – intelligentes et jolies. Mais pas assez malignes. Elles pensaient travailler dans un hôtel à Londres. Ce qui allait leur arriver ne devrait même pas arriver à un chien, quand on y réfléchissait. Il eut soudain l'image de la mine impassible de Lottie. Les chiens avaient-ils un code moral ? L'honneur entre chiens, tout ça ?

« Il y a eu un petit incident, apparemment, expliqua Andy. Un problème avec le Airbnb où vous étiez censées passer la nuit. Une fuite de gaz, détailla-t-il. Dans tout le bâtiment. Les habitants ont été évacués.

---

[1] Histoire traditionnelle pour enfants.

Personne n'a l'autorisation d'y retourner. Ce B&B où on va maintenant est un peu plus proche de votre destination, vers le sud. Vers Londres. Et après, dès demain matin, je vous emmènerai à la gare et vous prendrez un train pour Durham ou York. Ou même Doncaster », ajouta-t-il, suivant mentalement la ligne ferroviaire de la côte est. Newark ? Ou était-ce sur une autre ligne ? Pourquoi racontait-il ça, tout à coup ? Elles ne verraient ni gare ni train. « Vous serez à Londres d'ici demain midi. Et vous prendrez le thé au Ritz, hein, les filles ? »

Il savait, sans avoir à se retourner, qu'elles regardaient fixement l'arrière de sa tête comme s'il était stupide. Il était censé être un as de la comédie, mais ce duo le faisait dérailler, pour une raison qu'il ne pigeait pas. Il lui fallait déployer un effort énorme pour garder le contrôle de la mise en scène. Personne ne comprenait à quel point ce fardeau était lourd.

Effectivement, il y avait bien eu un « incident », mais rien à voir avec des fuites de gaz dans un Airbnb, même si Andy ne savait toujours pas de quelle nature exacte était cet incident. Tommy avait fini par refaire surface juste après qu'Andy avait récupéré les filles à l'aéroport. Sa voix au téléphone n'avait pas les inflexions pleines de sa désinvolture habituelle et il devait se trouver à la limite de la portée du réseau car ce qu'il disait se perdait dans des sifflements confus.

Un autre appel avait suivi rapidement après celui de Tommy. Steve Mellors, cette fois, annonçant qu'il y avait un pépin aux Bouleaux Blancs.

« Quel genre ? » demanda Andy, essayant de garder une voix nonchalante en présence des jeunes Polonaises. Il sentait que Nadja prêtait une attention extrême.

« Pas au téléphone », trancha Steve. (Pourquoi pas ? Quelqu'un écoutait leurs conversations téléphoniques ? Andy sentit monter un véritable accès de panique.) « Ramène tes fesses aux Bouleaux Blancs *pronto*. On a besoin de tous les bras disponibles.

— Eh bien, j'en ai déjà plein les bras, en réalité, avec ces jolies demoiselles polonaises dont je suis le chauffeur », répondit platement Andy, en souriant aux filles dans le rétroviseur. Il surprit son reflet dans le miroir. Son sourire tenait plus du rictus morbide.

« Amène-les avec toi, bon sang, s'impatienta Steve. Elles vont finir ici, de toute façon. »

Andy accentua encore plus son sourire de la mort au cas où les filles seraient soupçonneuses. Il aurait dû faire de la scène, pensa-t-il. M. Amabilité. Il aurait pu faire un numéro au Palace. Il avait assisté au spectacle années 1980 donné cette saison – Barclay Jack *et al.* Ils avaient atteint des abysses de médiocrité. Andy s'y était laissé traîner par Rhoda malgré ses réticences car, apparemment, elle sortait autrefois avec le magicien. « C'était il y a un siècle. Pas de quoi t'inquiéter, Andrew. » Il ne s'inquiétait pas. En tout cas, pas avant qu'elle ait dit ça. Rhoda et le magicien s'étaient salués à coups de baisers envoyés d'un grand geste et de « Hello chéri(e) » – rien à voir avec la Rhoda qu'Andy connaissait. Il avait éprouvé un peu de jalousie, même s'il soupçonnait une jalousie de propriétaire plutôt qu'une passion exclusive.

« Joli sac à main, observa le magicien en remarquant le sac Chanel de Rhoda.

— C'est un faux. Tu ne le vois pas ?

— Sais pas, répondit-il. Tout me paraît faux, à moi. »

« L'Ange du Nord », indiqua Andy par réflexe tandis qu'ils passaient devant les grandioses ailes rouillées déployées au-dessus d'eux dans la nuit. Le silence régnait à l'arrière de la voiture et, lorsqu'il jeta un coup d'œil dans le rétroviseur, il se rendit compte que les deux filles s'étaient endormies. La plus petite avait posé sa tête sur l'épaule de la plus grande. Le tableau était touchant. Elles avaient l'âge d'être ses filles, s'il avait eu des filles. Quiconque les regardait pourrait penser qu'il était leur père, les ramenant à la maison. Après un concert. Ou des vacances. Il se sentit momentanément aveuglé par la perte de quelque chose qu'il n'avait jamais connu.

Les filles ne bougèrent pas avant qu'il s'engage dans l'allée des Bouleaux Blancs.

« On est arrivés ? demanda Nadja d'une voix ensommeillée.

— Ouais, on y est. » L'endroit était plongé dans la pénombre, à l'exception du perron où une lampe éclairait faiblement la porte. Andy arrêta la voiture. Aucun signe de vie sauf si on comptait les pâles papillons de nuit qui se jetaient contre l'ampoule et y mouraient. Aucune trace d'un incident, à moins qu'il s'agisse de quelque chose qui avait tué tout le monde aux Bouleaux Blancs sans laisser de trace. Une onde sonore ou une force extraterrestre silencieuse.

« C'est un B&B, ça ? demanda Nadja en secouant sa sœur pour la réveiller.

— Oui, ma grande. De l'extérieur, ça ne paye pas de mine, je sais. Mais à l'intérieur, c'est très joli et confortable. »

Elle secoua sa sœur une nouvelle fois. « Réveille-toi, Katja, on est arrivées. » Son ton de voix plus sec, cette fois, presque impérieux, mit Andy mal à l'aise. Elle essaya d'ouvrir sa portière mais il y avait la sécurité enfant. « Pouvez-vous nous laisser sortir, s'il vous plaît ? fit-elle, furieuse.

— Une seconde, dit Andy en prenant son portable pour appeler Tommy. Je vais voir où se trouve le comité d'accueil. »

Tommy ne décrocha pas, mais la porte d'entrée s'ouvrit brusquement et Vasily et Jason firent leur apparition. Dans un élan parfaitement coordonné, ils accoururent à la voiture, attrapèrent les poignées des portières arrière avant de s'emparer d'une fille chacun.

Les Polonaises étaient combatives, Andy aurait pu le prévoir. Elles se débattirent, luttèrent, hurlèrent. La plus jeune en particulier – Katja – était comme un animal sauvage, complètement déchaînée. En les regardant depuis l'intérieur de la voiture, Andy se surprit à découvrir qu'une partie de lui voulait que les filles gagnent. Mais elles n'avaient aucune chance. L'empoignade prit fin lorsque Jason assomma Katja en lui mettant un coup de poing dans la tête. Il la jeta par-dessus son épaule comme un sac de charbon et l'emporta à l'intérieur, suivi de Vasily qui traînait une Nadja hystérique par les cheveux.

Andy était tellement absorbé par la scène qui se déroulait devant lui qu'il faillit avoir une crise cardiaque quand quelqu'un frappa vigoureusement à la fenêtre.

« On a un problème, Foxy », fit Tommy.

Hansel et Gretel

La dernière chose que Harry avait vue, c'était Crystal au milieu de la rue en train de crier tandis que l'Evoque s'éloignait à toute vitesse. Ensuite l'homme assis à la place passager se pencha et ordonna à Harry de lui donner son portable et de se coucher par terre en fermant les yeux, alors Harry pensa qu'ils voulaient l'empêcher de voir où ils allaient, ou peut-être avaient-ils peur qu'il essaye de faire signe à quelqu'un à l'extérieur pour appeler à l'aide. Au moins, ils ne lui mirent pas une capuche sur la tête ou un bandeau sur les yeux – s'ils avaient eu l'intention de le kidnapper, ils se seraient munis de ce genre d'accessoires, non ? Il y avait donc des chances qu'il s'agisse d'un vol de voiture qui avait pris une mauvaise tournure. Après tout, l'Evoque était une voiture haut de gamme, ce ne serait pas totalement surprenant que quelqu'un veuille la voler. Harry poursuivit son raisonnement (il raisonnait beaucoup, cela lui permettait de ne pas devenir fou) : une fois qu'ils auraient parcouru quelques kilomètres, ils les laisseraient partir, Candace et lui, et tout le monde rentrerait, chacun chez soi. Une fin heureuse pour toutes les parties concernées.

Candace était silencieuse, et lorsque, bravant les ordres, Harry glissa un coup d'œil entre ses paupières mi-closes, il constata qu'elle s'était endormie, Dieu merci. Elle avait l'air d'avoir bien trop chaud, ses cheveux humides étaient collés sur son front. Quelques paillettes égarées brillaient encore sur ses joues. Rassuré, il essaya d'obéir de toutes ses forces et de bien fermer les yeux, ce qui était étonnamment difficile, car son instinct lui criait de faire l'inverse. Il leva un bras et, à tâtons, chercha la petite main poisseuse de sa sœur.

Il ne regardait peut-être pas mais il ne pouvait s'empêcher d'entendre les hommes qui parlaient de leurs voix bourrues, fâchées. Apparemment, il avait tort. Ce n'était pas un vol de voiture, mais un véritable enlèvement, dont Candace était la véritable victime. Son père avait de l'argent et il aimait bien le faire savoir, alors il était peut-être plus logique de demander une rançon pour sa fille que de voler sa voiture. (Il entendit dans sa tête la voix de Crystal qui le corrigeait : « Ma voiture. ») Mais Harry, qui était aussi le fils de Tommy, avait l'air de ne compter pour rien. (« Le gamin », comme l'appelaient les hommes – ils semblaient même ignorer son nom.) Il n'était qu'un « dommage collatéral ». Cela signifiait-il qu'on pouvait se débarrasser de lui ? S'arrêteraient-ils bientôt en lui donnant l'ordre de descendre de voiture avant de l'obliger à se tenir au bord du fossé et de l'abattre ? (Il avait récemment vu un documentaire à propos des

SS. « Laisse l'histoire là où elle est », lui avait conseillé Crystal quand elle avait vu ce qu'il regardait.)

Ils s'arrêtèrent au bout d'une demi-heure et l'un des hommes dit : « Tu peux ouvrir les yeux, maintenant. Détache la gamine de son siège. » Les jambes de Harry étaient un peu flageolantes lorsqu'il sortit de la voiture mais personne ne fit le moindre mouvement pour le fusiller. Il défit la ceinture de Candace, qui protesta dans son sommeil mais ne se réveilla pas. Il n'arrivait pas à imaginer comment elle trouverait cette nouvelle situation, même si elle était d'un naturel assez flegmatique. (« On dirait le nom d'une maladie, Harry », jugea Crystal.)

C'était la première fois que Harry avait l'opportunité de voir les hommes de près. Il s'était attendu à deux types un peu camés et mal dégrossis, et il se rendit compte qu'il avait probablement regardé trop souvent *Les 101 Dalmatiens* avec Candace ; ces hommes étaient des durs, on aurait dit des professionnels, des membres des Forces spéciales, comme les anciens soldats dans *Commando* – même si Harry ne voyait pas du tout pourquoi le Special Air Service voudrait kidnapper Candace.

Ils se trouvaient dans un champ. Entouré de plein de champs. Il ne voyait pas la mer mais il apercevait le genre d'horizon vide qui pouvait indiquer qu'elle n'était pas loin. Le terrain avait servi de caravaning à une époque, il restait quelques caravanes décrépites dont les roues étaient enfoncées dans de vieilles herbes et des chardons, et même une qui n'avait plus de roues du tout. Un modèle récent, plus chic, un préfabriqué, était posé dans un coin, à côté du portail.

« T'as pas intérêt à essayer de t'enfuir », aboya l'un des hommes, et l'autre, celui qui avait le portable de Harry, le sortit de sa poche, prit une photo de Candace et lui, même s'il ne s'intéressait en réalité qu'à Candace. « Tiens-la un peu plus haut. T'as qu'à la pincer pour qu'elle se réveille. » Harry fit semblant de la pincer. « Inutile. Elle dort à poings fermés. Quand elle est comme ça, elle ne serait même pas réveillée par un tremblement de terre. »

Une fois qu'ils eurent pris la photo, ils l'envoyèrent à quelqu'un, discutant du mot qui allait l'accompagner. Crystal pourrait retrouver la localisation de l'appareil, pensa-t-il, il lui avait mis une app GPS sur son portable. Il se sentit revigoré par cette idée, mais ensuite, il entendit l'un d'eux marmonner : « Faut qu'on se débarrasse de ce putain de téléphone avant qu'ils puissent nous repérer. »

Harry décida de leur donner des surnoms pour se souvenir d'eux. Il s'imagina plus tard, assis à l'arrière d'une voiture de police avec une gentille policière à côté de lui qui écoutait le récit de son aventure : « Ben, celui que j'ai appelé Pinky a une cicatrice sur le menton et Perky avait un tatouage sur le bras – je crois que c'était un lion », et la gentille policière répondait : « Bravo, Harry. Je suis sûre que ces informations vont nous permettre d'attraper ces odieux scélérats très rapidement. » Bien sûr, Harry savait que la gentille policière n'emploierait pas une expression comme « odieux scélérats » – lui non plus, du reste –, mais il aimait bien les sonorités et, au fond, tout cela était imaginaire. (« Le truc, avec l'imagination, Harry, lui avait dit Miss Dangerfield, c'est qu'elle ne connaît pas de limites. »)

Pinky et Perky étaient des marionnettes, un très vieux truc. Harry les avait vues sur YouTube – elles étaient incroyablement nulles. Il n'aurait pas été surpris de les trouver à l'affiche du Palace. Il n'avait entendu parler d'elles que parce que Barclay avait appelé deux machinistes du théâtre Pinky et Perky (d'une manière péjorative, il ne s'exprimait que comme ça).

Harry pensait qu'en enlevant aux kidnappeurs leur anonymat, ils paraîtraient peut-être moins menaçants, mais en réalité, ils devenaient encore plus terrifiants. Il essaya de se concentrer sur l'idée de la gentille policière mais il ne cessait de la voir à côté du fossé où son corps sans vie avait été jeté.

Il s'interrogea : qu'est-ce que Pinky avait écrit comme message et à qui l'avait-il envoyé ? (Envoyé ou envoyée, si le destinataire était une femme ? Miss Dangerfield tenait beaucoup à la grammaire.) Ils avaient dû adresser une demande de rançon menaçante à son père. *Payez ou on tue l'enfant.* Harry frissonna. Il y avait deux corps maintenant dans son fossé imaginaire.

Pinky semblait avoir du mal à faire partir le message – il arpentait le champ en brandissant le portable au-dessus de sa tête comme s'il essayait d'attraper un papillon.

« Pas de signal, bordel, finit-il par conclure.

— Tu l'enverras plus tard », lâcha Perky.

Pinky (Pinkie) était aussi le nom du personnage (« du protagoniste », rectifia la voix de Miss Dangerfield dans sa tête) de *Brighton Rock*. Harry était censé le lire pour le semestre prochain. Peut-être ne le ferait-il jamais. Des flots entiers de littérature mondiale lui passeraient par-dessus la tête tandis qu'il serait allongé dans ce fossé en train de se vider de son sang, les yeux rivés au ciel.

« Toi ! rugit Perky.
— Oui ? (Il faillit ajouter "monsieur".)
— Ramène la gamine par ici.
— Je m'appelle Harry. » Il avait lu quelque part qu'il valait mieux s'humaniser face aux kidnappeurs.

« Je sais comment tu t'appelles, bordel. Amène la gosse par ici. Et t'avise pas de tenter quelque chose, sinon, tu le regretteras. »

Le soir était tombé, la douce lueur du crépuscule entrait par les fenêtres de la caravane. Ils étaient enfermés dans l'une des épaves. Candace s'était réveillée peu de temps après et depuis, elle était passée par plus de la moitié du répertoire des Sept Nains – Grincheuse, Joyeuse, Idiote et Dormeuse. Affamée aussi, mais heureusement, les kidnappeurs avaient laissé un sac en plastique contenant des sandwichs au pain de mie et une bouteille de Irn-Bru. Harry pensa que Crystal aurait sûrement assoupli les règles diététiques, vu les circonstances.

Pour faire passer le temps (qui passait très, très lentement), Harry joua à plusieurs jeux bêtes avec Candace, lui racontant d'innombrables blagues qu'elle ne comprenait pas mais dont elle essayait quand même de rire. (« Quelle est la première histoire de fromage de l'humanité ? Edam et Ève. ») Sans parler des moments où il lui récita tous les contes de fées de la terre et de ceux où ils chantèrent « Libérée, délivrée » en boucle. Là, heureusement, elle s'était rendormie. Il profita de l'occasion pour enlever quelques-unes des paillettes qu'elle avait toujours sur le visage. Puis, Harry n'eut plus rien d'autre à faire que de réfléchir à la situation dans laquelle il se trouvait.

Il y avait quelques aspects dont il fallait se réjouir, songea-t-il. Ils n'étaient pas attachés, ils n'étaient pas bâillonnés et, s'ils devaient être tués, on ne leur aurait pas laissé de nourriture, probablement. Néanmoins, ils étaient enfermés. Harry avait essayé par tous les moyens de sortir de la caravane. Il avait tenté de casser les épaisses fenêtres avec un vieux tabouret métallique qui traînait là. De détacher les vitres de leur cadre avec un couteau émoussé qu'il avait trouvé dans un tiroir. De défoncer la porte à coups de pied. De l'enfoncer avec son épaule. Rien n'avait fonctionné. C'était peut-être une antiquité mais elle était robuste.

« C'est un jeu », avait-il dit à Candace pour la rassurer ; elle n'eut pas l'air rassurée du tout. Elle parut même terrifiée de découvrir ce côté si violent chez lui.

Harry fit le vœu silencieux que s'ils sortaient de là – quand ils sortiraient de là – il cesserait d'être si frêle et inoffensif. Il se mettrait à soulever de la fonte et demanderait à son père de lui payer des leçons de boxe, et jamais plus il ne se sentirait effrayé ni impuissant.

Il y eut un moment de joie pure lorsqu'il se souvint que le portable de Barclay Jack se trouvait encore dans sa poche, mais le réseau demeurait hors de portée. Il tenta d'envoyer un sms, en vain. La déception le fit presque pleurer.

Harry avait encore faim, mais il gardait le dernier sandwich dans le sac pour Candace, et la meilleure chose à faire était d'essayer de dormir. Il se recroquevilla autour de sa sœur sur l'unique matelas mince et sale qui se trouvait dans la caravane. Elle dégageait tellement de chaleur qu'il se serait cru allongé à côté d'un radiateur. Il s'efforça de se détacher en pensée de la situation dans laquelle ils se trouvaient en s'absorbant dans une rêverie réconfortante – acheter un paquet de thé chez Miss Matty à Cranford (*Cher Harry, entre donc*) ou ouvrir l'enveloppe contenant ses résultats d'examens (*Que des 20, Harry ! Félicitations*). Il se trouvait au milieu d'une séquence où il s'imaginait être le créateur des décors pour une production du National Theatre des *Trois Sœurs* (une de ses pièces préférées, pour le moment) lorsqu'il entendit le bruit caractéristique d'un moteur de voiture. Il bondit et regarda par la fenêtre crasseuse à l'arrière de la caravane. Une voiture s'approcha du portail et une silhouette en sortit. Il reconnut l'inspectrice écossaise qui était venue au Palace. Une gentille femme policier ! Elle fut rejointe par la deuxième inspectrice et toutes les deux allèrent jusqu'au préfabriqué à côté du portail et frappèrent à la porte.

Harry se mit à cogner à la fenêtre. Il sauta dans tous les sens, cria et hurla et tapa encore. Le champ était grand et la caravane dans laquelle ils se trouvaient était loin des inspectrices mais quand même, elles finiraient bien par l'entendre, non ? Candace se réveilla et se mit à pleurer, ce qui était une bonne chose, pensa Harry – plus de bruit encore pour attirer l'attention des deux femmes. Pourtant, c'était comme si la caravane avait été insonorisée.

Les inspectrices frappèrent à nouveau à la porte du préfabriqué et regardèrent par les fenêtres à la recherche de quelqu'un ou de quelque chose. Il vit l'une d'elles hausser les épaules. Non, je vous en prie, non, ne partez pas ! Il hurlait frénétiquement, tambourinant des deux poings sur la fenêtre – elles étaient aveugles et sourdes à ses appels. Pendant un moment merveilleux, il crut qu'elles l'avaient entendu, car l'Écossaise regarda autour d'elle et parut tendre l'oreille, mais ensuite, elles semblèrent toutes les deux remarquer quelque chose qui se trouvait hors de son champ de vision et elles disparurent.

Elles revinrent une minute plus tard avec une fille. Elles la soutenaient, chacune par un bras, comme si elle ne pouvait pas marcher seule. Elles l'aidèrent à monter dans leur voiture et l'Écossaise prit place à l'arrière avec elle ; l'autre s'assit au volant et elles partirent. Harry s'écroula sur le plancher de la caravane et éclata en sanglots. Il ne savait pas qu'il était possible de se sentir si malheureux. Caresser un espoir et se le voir enlevé aussi brusquement, quelle chose cruelle !

Candace passa ses bras autour de son cou et dit : « Ça va aller, Harry. Pleure pas », alors même que ses yeux étaient grands et mouillés, pleins de larmes.

Ils restèrent ainsi un petit moment, serrés l'un contre l'autre, puis Harry renifla, se leva et s'essuya le nez sur sa manche. « Mange ce sandwich, Candace, tu vas avoir besoin de forces. On va sortir d'ici. » Une fois qu'elle eut obéi et tout avalé, il lui ordonna : « Bouche-toi les oreilles. » Il ramassa le petit tabouret et le balança contre la vitre, encore et encore. Tous les coups qu'il avait portés auparavant pour attirer l'attention des policières avaient dû la fragiliser un peu, car l'épaisse vitre en Perspex se détacha soudain en un seul morceau. Candace s'écria : « Super, Harry ! » et tous deux firent une petite danse de la joie.

« Faut qu'on se dépêche. » Harry aida Candace à passer par l'ouverture et la tint par les mains jusqu'à ce qu'elle soit presque au niveau du sol avant de la lâcher. Elle atterrit en douceur sur un tapis d'orties et elle n'avait même pas commencé à pleurer que Harry la rejoignait.

Il la prit dans ses bras et se mit à courir. Pas facile en portant un enfant de trois ans, surtout couvert de brûlures d'orties, mais parfois, c'est vraiment une question de vie ou de mort.

Il faisait presque nuit. Ils étaient assis au bord d'une petite route sur laquelle personne ne circulait, apparemment, mais Harry ne se croyait pas capable d'aller plus loin. Il y avait du réseau et il ne cessait d'appeler Crystal mais elle ne répondait pas. Il lui avait fallu un temps considérable pour se souvenir de son numéro et il se dit qu'après tout ce ne devait pas être le bon. À partir de maintenant, se promit-il, il mémoriserait tous les numéros importants parmi ses contacts plutôt que de confier à son téléphone le soin de le faire. Il ne parvenait pas du tout à se rappeler celui de son père. Il n'y avait qu'un seul autre numéro que Harry connaissait par cœur, alors il appela ce qu'il avait de plus proche d'un parent – Bunny.

À peine l'avait-il composé qu'une voiture apparut, alors Harry coupa la communication et se mit à gesticuler comme un beau diable au bord de la route. Il était prêt à se jeter sous les roues d'un véhicule en mouvement pour rentrer à la maison, mais il n'eut pas besoin de le faire ; la voiture ralentit et s'arrêta doucement quelques mètres plus loin. La portière arrière fut ouverte par une main invisible et Harry attrapa Candace avant de courir vers leur sauveur.

« Merci de vous être arrêté, dit Harry une fois qu'ils furent montés. Merci beaucoup.

— Aucun problème », fit le conducteur. Et la BMW gris métallisé s'enfonça dans la pénombre de la campagne.

Rideau

Fee prenait un raccourci. C'était une ruelle sombre et l'unique réverbère était cassé, mais elle se trouvait en territoire familier ; il lui arrivait de temps en temps d'amener un client là pour un petit coup vite fait contre le mur. Ça puait – quelques bennes à ordures remplies par un restaurant de fish-and-chips dont les cuisines donnaient sur la ruelle. Elle n'était pas en train de travailler, elle allait voir son dealer, prête à troquer la montre en or de Tina, qui pendait, lâche, autour de son poignet squelettique, l'endroit le plus sûr, pour le moment. Elle en tirerait une fraction de sa valeur, mais ce serait de toute façon plus que ce qu'elle pouvait gagner sur le trottoir en une semaine.

Elle entendit quelqu'un s'engager dans la petite rue derrière elle et accéléra le pas. Elle eut un mauvais pressentiment, les petits cheveux sur sa nuque se dressèrent, tout ça. Elle avait appris à ses dépens qu'il fallait faire confiance à son instinct. Une lumière brillait au bout de la ruelle et elle se concentra sur cette lueur, qui ne se trouvait qu'à vingt ou trente pas. Sa poitrine se serra. Les talons aiguilles de ses bottes glissaient sur les pavés gras. Elle ne regarda pas par-dessus son épaule mais elle entendit se rapprocher celui qui la suivait ; elle essaya de courir. Son talon se coinça dans les pavés et elle tomba. Elle allait mourir dans cet endroit sordide, pensa-t-elle, un déchet de plus que quelqu'un ramasserait le lendemain matin.

« Bonjour Felicity, dit une voix. On t'a cherchée partout. »

Elle fut tellement terrorisée qu'elle se pissa dessus.

*

Les portes du pénitencier de Wakefield s'ouvrirent lentement et une ambulance les franchit à faible allure. Une fois sur la route principale, elle accéléra et le chauffeur mit en marche le gyrophare, bien que le passager, malgré les vigoureux efforts des ambulanciers pour le réanimer, fût déjà décédé.

Le secouriste marqua une pause, prêt à renoncer, mais l'infirmier de la prison qui avait accompagné le patient à l'arrière prit le relais, appuyant fort sur la poitrine malingre du prisonnier JS 5896. Il tenait à ce que tout soit fait dans les règles, pas question qu'on les accuse d'avoir laissé la victime partir prématurément. Beaucoup de gens seraient contents d'apprendre sa mort.

L'infirmier, un type baraqué, avait découvert le prisonnier lorsqu'il avait fait sa ronde du soir. Michael Carmody était étendu par terre à côté de son lit, sa perfusion et son masque à oxygène arrachés. Il donnait l'impression d'avoir essayé d'échapper à quelque chose. À la mort, probablement, conclut l'infirmier. Il avait fait un saut dans la salle de pause pour fumer une cigarette interdite, mais il était presque certain que personne n'était entré dans le service en son absence. Il chercha son pouls, mais il était évident que Carmody était en train de rendre les clés de sa chambre à Monster Mansion. Il y aurait forcément une autopsie, bien entendu, cependant le décès de Michael Carmody était loin d'être une surprise.

L'infirmier s'arrêta et l'ambulancier déclara : « Il est parti. Je prononce le décès, OK ? Heure du décès, 23 h 23. Ça te va ?

— Oui. C'était un salaud, répondit l'infirmier. Bon débarras.

— Ouais, beaucoup de gens diraient pareil. »

*

Barclay Jack fouilla sur sa coiffeuse à la recherche de son verre de gin qu'il était certain d'avoir vu quelques instants auparavant, mais il ne parvint pas à le trouver. Il faisait très sombre dans sa loge. Il appela Harry à grands cris, en vain. Où était-il, cet abruti ?

Il sortit de sa loge en trébuchant – vraiment, il ne se sentait pas bien. Un nouveau malaise, apparemment. En coulisses, il faisait encore plus noir, il n'y avait qu'une faible lumière provenant d'en haut, quelque part. Où étaient-ils, tous ? Étaient-ils rentrés chez eux en le laissant ici tout seul ?

Il découvrit tout à coup qu'il se tenait dans les coulisses latérales. Comment était-il arrivé là ? Avait-il eu une absence quelconque ? « Vous avez probablement eu un ICT », lui avait-on expliqué l'an dernier lorsqu'il avait été admis au Royal Bournemouth après qu'il s'était écroulé à la caisse du supermarché. ICT, ça ressemblait au nom d'une compagnie aérienne, mais apparemment, cela signifiait qu'il avait eu une petite attaque. D'habitude, c'est lui qui distribuait les attaques. On lui avait fait plein d'examens, mais il n'en avait dit mot à personne. À qui en aurait-il parlé, de toute manière ? Sa fille ne lui avait pas adressé la parole depuis des années, il n'était même pas certain de savoir où elle vivait.

Ils avaient dû l'enfermer par inadvertance dans le théâtre. Ce fichu régisseur adjoint, il était censé vérifier qu'il n'y avait plus personne. Il fouilla dans sa poche à la recherche de son portable et se souvint qu'il l'avait perdu.

Puis soudain, il se retrouva sur scène – un autre petit saut dans le temps, apparemment. Les rideaux étaient fermés. Il sentait qu'il n'était pas seul – il entendait les murmures impatients et bruissements fébriles dans les gradins. Le public attendait. Les rideaux s'ouvrirent lentement et, après une seconde, quelqu'un alluma les projecteurs. Il fouilla la salle des yeux, la main en visière comme un homme en haut de la vigie cherchant à repérer la terre. Où étaient-ils, tous ?

Peut-être que s'il commençait son numéro, ils s'animeraient un peu. « Un homme va chez le dentiste », commença-t-il, hésitant, mais sa voix lui parut éraillée. Était-ce le dentiste ? Ou le docteur ? Allez, on continue. T'es un professionnel. C'était un test. « Et il dit, je crois que j'ai un problème. » Silence. « Et il dit… » Il fut interrompu par un énorme éclat de rire, qui déferla sur lui et l'enveloppa comme une couverture rassurante. Des applaudissements frénétiques suivirent. Putain, pensa Barclay, je ne suis même pas encore arrivé à la chute. Le public invisible continua à applaudir, certaines personnes debout en train de scander son nom : « Barclay ! Barclay ! Barclay ! »

Une nouvelle vague de pénombre le recouvrit, comme si le rideau s'était fermé. Cette fois, il ne se rouvrit pas. Barclay Jack n'entendait plus les applaudissements.

*

Bunny se trouvait dans la salle réservée aux membres de la famille et attendait que quelqu'un vienne discuter avec lui de ce qu'on allait faire du corps de Barclay Jack. Il aurait bien aimé pouvoir faire le mort (haha, la mauvaise blague, le genre que Harry pourrait faire) mais il n'était pas d'humeur légère. Il avait passé toute la soirée à accompagner Barclay dans son dernier voyage. L'ambulance, les urgences, la salle d'attente, Bunny avait tout supporté. Apparemment, il était devenu par défaut le plus proche parent de Barclay Jack. Il n'aurait jamais choisi de lui-même un rôle pareil.

Était-il d'une quelconque façon tenu d'organiser aussi l'enterrement ? Est-ce que quelqu'un y assisterait ? Peut-être des comédiens de troisième zone venus d'un passé lointain et les artistes de la saison d'été du Palace, ce qui revenait au même. Les danseuses seraient présentes en force, elles étaient parfaites dans ce genre de circonstances. Elles apportaient toujours un gâteau quand c'était l'anniversaire de quelqu'un. Il n'y aurait plus d'anniversaire pour Barclay Jack.

Bunny soupira d'ennui. Il était seul dans la salle d'attente, coincé là avec une bouilloire électrique, du café soluble et des magazines chiffonnés sur une table basse au vernis usé – des éditions du magazine *Hello!* datant de plus d'un an et un vieux supplément du dimanche en couleurs. Il avait déjà bu plusieurs tasses de mauvais café et glané beaucoup d'informations inutiles sur la famille royale de Suède (il ne savait même pas qu'ils en avaient une), sans parler des conseils pour organiser un « élégant barbecue d'été ». Est-ce qu'un barbecue pouvait être élégant ? Bunny ne se souvenait pas de la dernière fois qu'il avait été invité à un barbecue, élégant ou pas.

Bunny avait trouvé l'ambulance et tout le cinéma des urgences totalement inutiles car il était presque certain que Barclay avait déjà quitté ce monde lorsque le gars de l'ambulance St John avait appliqué le défibrillateur sur sa poitrine couverte de poils gris dans le couloir plein de monde, devant sa loge. Il avait reçu un peu d'aide du ventriloque, qui s'était identifié, chose inattendue, comme le secouriste officiel du Palace. « Barclay ! ne cessait-il de s'exclamer. Barclay ! Barclay ! » comme s'il essayait de rappeler un chien.

Bunny fit défiler distraitement les photos de son

portable. Son seul fils était devenu père récemment. Le nouveau bébé, Theo, avait son propre compte Instagram, auquel sa belle-fille lui avait donné accès, de mauvaise grâce. Il y avait eu un baptême, juste avant le lancement de la saison d'été. Tout était fait parfaitement dans les règles pour cet enfant – messe anglicane, panoplie complète de marraine et parrain, femmes en chapeaux ridicules, l'étage supérieur du gâteau de mariage servi pour le thé du baptême. Sa belle-fille avait été sur le qui-vive toute la journée. Bunny soupçonnait qu'elle avait peur qu'il apparaisse en drag-queen, la méchante fée penchée sur le berceau, jetant un sort à son enfant avec ses choix de carrière douteux. Bien entendu, il ne l'avait pas fait, il avait enfilé son plus beau costume Hugo Boss et une paire de richelieus aussi bien cirés que son crâne presque chauve, sans la moindre trace de fond de teint Illamasqua sur le visage.

Il avait entendu sa belle-fille chuchoter à quelqu'un, entre deux « mini-quiches » : « Ce n'est pas parce qu'il est drag-queen, c'est surtout qu'il est vraiment une drag-queen nulle. »

« Mr Shepherd ?

— Oui ? » Bunny bondit à l'instant où l'infirmière entrait dans la pièce.

« Voulez-vous passer un petit moment avec Mr Jack ? »

Bunny poussa un gros soupir. Il devait s'agir d'une espèce de convention à l'égard des morts. Quelle barbe, une fois de plus. « Oui, bien sûr. »

Il contemplait, muet, le visage creusé et jaunissant de Barclay, se demandant combien de temps il devait rester avant de pouvoir se retirer sans se montrer impoli, lorsque son portable sonna. Bunny regarda l'écran. Appel de Barclay Jack. Bunny fronça les sourcils. Il regarda Barclay à nouveau. Il était silencieux, le drap remonté jusqu'au menton. Pendant quelques instants, Bunny se demanda s'il s'agissait d'une farce quelconque, mais Barclay n'avait rien d'un farceur. Et l'hôpital entier ne se liguerait pas pour monter un canular en caméra cachée impliquant un cadavre. Si ?

Bunny regarda intensément Barclay. Non, conclut-il, il était définitivement mort. Il colla précautionneusement son portable contre son oreille, dit « Allô ? » mais personne ne parla. « Le reste est silence », fit Bunny au cadavre de Barclay, car Shakespeare ne lui était pas étranger. Il valait mieux en rire, songea-t-il.

La pêche du jour

L'Améthyste était sorti aux premières lueurs du jour. C'était un bateau de pêche avec, à bord, quatre gars originaires de Newcastle. Les hommes affrétaient toujours *L'Améthyste* et le skipper les traitait comme de vieux amis. Ils venaient deux ou trois fois par an et prenaient leur journée de pêche au sérieux, mais pas au point de ne pas passer la soirée de la veille au Golden Ball à se saouler, savourant avec insouciance ce répit sans devoirs conjugaux. Leurs épouses ne les accompagnaient jamais dans ces voyages, elles restaient amarrées à leurs foyers, plus au nord, heureuses d'échapper aux sujets d'un ennui paralysant qu'étaient le poisson, la bière traditionnelle et les mérites comparés de l'A1 et du Tyne Tunnel.

La matinée s'annonçait radieuse. Le ciel était parsemé de nuages en marshmallow qui promettaient de se dissoudre bientôt. « La journée va être belle », annonça quelqu'un, et on entendit des murmures de joyeuse approbation. Une Thermos de café apparut et tous manifestèrent leur satisfaction.

Leurs lignes étaient appâtées avec de l'encornet. Ils

cherchaient du gros poisson – cabillaud, lingue, lieu noir, haddock, peut-être même du flétan s'ils avaient de la chance.

L'air frais du matin avait presque réussi à dissiper les effets des Sam Smith de la veille lorsque le premier d'entre eux sentit quelque chose tirer sur sa ligne. Quelque chose de gros et lourd, pourtant, étrangement, la créature ne semblait pas lutter pour s'échapper. Lorsque le pêcheur scruta l'eau, il distingua l'éclair d'écailles argentées. Si c'était un poisson, il était énorme, bien qu'il ballottât dans l'eau comme s'il était déjà mort. Non, pas des écailles, réalisa-t-il. Des paillettes. Pas un flétan ou un haddock – une femme. Ou une fille. Il appela ses amis à grands cris et, à eux quatre, ils réussirent à hisser la sirène défunte jusqu'au pont du bateau.

Hand of glory

Sur la mer, au milieu de South Bay, Jackson vit un bateau de pêche revenir au port. La mer était lisse et reflétait le soleil de ce matin naissant. Il se dit que c'était une belle journée pour sortir en bateau. Il se promenait avec Dido pour son petit tour matinal avant de remonter en voiture le long de la côte jusqu'à sa petite maison. Il n'était pas rentré la veille au soir, il avait dormi dans une des multiples chambres disponibles à High Haven, après avoir avalé deux ou trois verres de whisky avec Crystal une fois que Harry et Candy furent au lit. Pour l'un comme l'autre, ce whisky avait plus été un médicament que de l'alcool, et même s'il n'avait rien eu à boire, il avait atteint un degré d'épuisement tel qu'il aurait été incapable de reprendre sa voiture. Il s'était endormi avec Dido en boule sur le tapis au pied du lit et, en se réveillant, il l'avait découverte étendue à côté de lui, ronflant paisiblement, étalée de tout son long sur l'immensité blanche du lit super-king-size, la tête posée sur l'oreiller à côté de lui. (*Quand tu as dormi avec femme la dernière fois ? Avec vraie femme ?*)

Pendant qu'il buvait son café, Crystal avalait une boisson douteuse dont le nom ressemblait à quelque chose qu'on crierait dans un cours de karaté. (*Kombucha !*) Elle s'était mise aux arts martiaux, lui confiat-elle. (« Au wing chun. Je sais, on dirait un plat qu'on commanderait dans un restaurant chinois. ») Alors, les coups sur la tête dans le café à Flamborough Head faisaient-ils partie de la formation de wing chun ? « Nan, je voulais juste tuer ce crétin. »)

Elle prépara des saucisses pour Dido, mais tout ce qu'elle proposa à Jackson, ce fut du porridge de sarrasin au lait d'amande, assorti d'un avertissement – il devrait faire attention, à son âge. « Merci », dit Jackson.

Crystal donnait l'impression d'être prête à arracher une patte à une vache pour en faire son petit déjeuner, mais non, une « boule de cacao cru » était le plaisir ultime, apparemment. Jackson trouva que ça ressemblait à de la merde, il garda toutefois son avis pour lui, préférant ne pas se retrouver avec le visage écrasé sur la table, et finit son porridge comme un bon petit garçon.

L'insaisissable Tommy Holroyd n'était pas apparu. Jackson commençait à penser que le mari de Crystal était une création de son imagination. Il se demanda comment Tommy aurait pris qu'un étranger se serve de son lit et de son porridge, une Boucle d'Or.

En hommage à la chaleur du matin, Crystal portait un short, un débardeur et des tongs. Jackson aperçut les bretelles de son soutien-gorge sous le haut et ses jambes fantastiques étaient intégralement visibles.

Ainsi que son non moins fantastique œil au beurre noir. « Tenez », fit-elle en posant une tasse de café devant lui. Jackson pensa qu'il n'avait jamais rencontré une femme aussi peu intéressée par lui.

La reine des Amazones s'assit en face de lui : « Je ne vous payerai pas, vous savez. Vous avez fait que dalle.

— Pas de problème. »

Quand il quitta High Haven après son petit déjeuner de maison de retraite, Candy et Harry étaient encore endormis à l'étage, épuisés par les événements de la veille. Harry avait fait un récit sommaire de leurs exploits avant que son immense fatigue n'ait raison de lui. Ils avaient été emmenés dans un champ, puis enfermés dans une caravane d'où ils s'étaient échappés. Harry n'avait aucune idée de l'endroit où se trouvait la caravane, près de la mer lui semblait-il. Après qu'ils s'étaient enfuis, un homme les avait ramenés à High Haven. Il ne leur avait pas donné son nom mais il conduisait une voiture gris métallisé – tout au moins, Harry le croyait, bien qu'il fût difficile de voir dans la nuit, et non, il ne savait pas de quelle marque elle était parce qu'il avait été tellement secoué qu'il s'était écroulé à ce moment-là. Et est-ce qu'on pourrait s'il vous plaît le laisser tranquille pour qu'il puisse dormir ? Peu importait, finalement, puisque l'homme les avait aidés, peut-être même sauvés. « Il savait comment je m'appelais, ajouta Harry.

— Comment ça ? questionna Crystal, le sourcil froncé.

— Il m'a dit : "Grimpe, Harry." Je sais, c'est

bizarre et je suis sûr que vous voulez qu'on en parle longuement, mais il faut vraiment que j'aille me coucher maintenant. Désolé.

— Ne sois pas désolé, Harry, le rassura Crystal en déposant un baiser sur son front. Tu es un héros. Bonne nuit.

— 'Nuit. Et vous êtes qui, vous ? demanda-t-il à Jackson.

— Juste un témoin intéressé, répondit Jackson. J'ai aidé votre belle-mère à vous chercher.

— Mais vous ne l'avez pas trouvé, fit remarquer Crystal. Il s'est trouvé tout seul. Il prétend être détective, lança-t-elle à Harry, mais il détecte que dalle. »

« Qu'est-ce que vous faites de ça ? avait demandé Jackson après que Harry s'était traîné jusqu'à sa chambre. Que le type savait qui il était ? » (Était-ce une bonne ou une mauvaise chose ? Marée montante ou marée descendante ?)

« Je n'en fais rien, rétorqua Crystal. Je n'ai pas l'intention de faire quoi que ce soit de quoi que ce soit, et non, vous ne pouvez pas regarder les bandes de notre système de surveillance parce que votre mission ici est terminée. Ils ont bien fait passer leur message. Je n'ouvrirai pas la bouche. » D'un geste très exagéré, elle scella ses lèvres parfaites et dit : « Je vais gérer cela toute seule, merci, alors, cassez-vous, Jackson Brodie. »

Après leur échec à Flamborough Head, où ils n'avaient pas trouvé Harry et Candy, Jackson avait ramené une Crystal anéantie à High Haven. « Peut-être qu'ils vont appeler sur la ligne fixe, dit-elle pleine d'espoir. Ou peut-être qu'ils vont les ramener à la maison. S'ils essayent de me donner une leçon, ils ont réussi, parce que, croyez-moi, je ne veux pas qu'il arrive quoi que ce soit à mes enfants. »

La nuit était tombée lorsqu'ils entrèrent à High Haven. Les chauves-souris tournoyaient au-dessus de leurs têtes comme une escorte aérienne quand ils s'engagèrent dans l'allée. Une farandole de lumières s'alluma automatiquement au passage de la Toyota. L'endroit était impressionnant. Les Transports Holroyd devaient être une entreprise rentable, pensa Jackson.

Il était en train de répéter à Crystal que la seule possibilité était d'aller parler à la police, et elle était en train de lui répéter qu'il devrait ficher le camp, lorsqu'un spot éclaira la porte d'entrée.

Crystal laissa échapper un hoquet et Jackson laissa échapper : « Oh merde », parce qu'ils virent tous les deux que quelque chose avait été déposé sur le perron. On aurait cru un tas de vêtements, mais lorsqu'ils approchèrent le tas prit forme humaine. Jackson sentit son cœur se comprimer comme dans un pressoir : Oh, Dieu, je t'en supplie, pas un corps. Mais à ce moment-là, la silhouette bougea et se décomposa en deux silhouettes, l'une plus grande que l'autre. La plus grande se leva et cligna des yeux, éblouie par les phares. Harry.

Crystal avait bondi de la voiture avant que Jackson

ait eu le temps de freiner ; elle courut vers Harry et le serra dans ses bras puis s'empara de Candy.

Jackson sortit péniblement de la Toyota, le dos raide. La journée avait été longue.

Il prit le funiculaire pour remonter à l'Esplanade et ménager les pattes de Dido – ses propres genoux lui furent reconnaissants aussi. Lorsqu'ils sortirent de la cabine, Jackson découvrit l'équipe de *Collier* en train de s'affairer dans tous les coins. Mais pas le moindre signe de Julia, alors il se dirigea vers le camp de base. Il avait envie de savoir quand il allait récupérer son fils. Jackson avait envoyé plusieurs sms à Nathan depuis qu'il l'avait vu la dernière fois, lui demandant comment il allait. (*Comment ça va ?*) L'incident avec Harry l'avait fait penser à Nathan et à ce qu'il ressentirait si un étranger malveillant l'enlevait. Il avait reçu une réponse très succincte à sa question. *Bien*. Comment son fils pouvait-il passer des heures à discuter de rien avec ses amis mais n'avoir pas la moindre conversation avec son père ? Où se trouvait Nathan, d'ailleurs ? Toujours avec son ami, probablement, même si, et c'était tout à fait agaçant, il avait coupé le GPS de son portable et, du coup, Jackson ne pouvait pas le localiser. Jackson allait devoir lui faire la leçon sur l'importance de cette application.

Aucun signe de Julia au camp de base non plus. Il finit par mettre la main sur une régisseuse, une femme que Jackson n'avait jamais rencontrée auparavant, qui lui signala que Julia ne tournait pas aujourd'hui. Ah bon ? Elle avait précisé qu'elle n'avait pas du tout de temps libre. « Je suppose qu'elle est avec Nathan », dit-il, et la femme répondit : « Qui ? Non, je crois qu'elle est partie pour la journée. À l'abbaye de Rievaulx, je crois. Avec Callum. »

Callum ?

Jackson mangea un sandwich au bacon bienvenu à la régie. Rien qui ressemblât à du porridge de sarrasin ici. Le petit déjeuner était toujours le repas qu'on préférait sur le plateau, lui disait Julia. Dido eu droit à une autre saucisse de la part du cuisinier. « Tu devrais faire attention, à ton âge », lança-t-il à la chienne.

Il fut rejoint par l'acteur qui jouait Collier – Matt/Sam/Max. Tout en mâchant un sandwich à l'œuf, le gars lui demanda : « Selon votre avis d'expert, quelle est la meilleure manière de tuer un chien ? Je suis censé en abattre un dans une scène prochainement, mais je me suis dit qu'un peu de combat au corps à corps serait plus sanglant. À mains (ou pattes) nues. »

Jackson avait été obligé de tuer un chien, une fois, ce n'était pas un souvenir sur lequel il souhaitait s'attarder, mais il se retint de le mentionner – en tout cas, devant Dido. « Gardez l'arme à feu. Un pistolet est assez sanglant pour la plupart des gens, à mon avis. Qui c'est, ce Callum, au fait ? ajouta-t-il l'air de rien.

— Le petit ami de Julia ? C'est le nouveau directeur de la photo. Je crois qu'elle l'aime bien parce qu'il met bien ses courbes en valeur. »

Jackson digéra la nouvelle en même temps que le sandwich au bacon.

Plus agaçant que l'apparition de ce Callum inattendu dans la vie de Julia, le fait qu'elle était allée avec lui à

Rievaulx. C'était un des endroits que Jackson préférait au monde, c'était là qu'il irait après sa mort, s'il y avait quelque chose après la mort. (Peu probable, mais autant protéger ses arrières. « Ah, le pari de Pascal… », fit Julia d'un air mystérieux. Marée montante/marée descendante, devina Jackson.) C'était d'ailleurs lui qui avait initié Julia à Rievaulx. Et maintenant, elle y initiait quelqu'un d'autre. Jackson ne connaissait pas Pascal mais il était prêt à parier qu'elle ne confierait pas à Callum qu'ils étaient en train de se lécher la pomme dans le lieu favori de son ancien amant.

Il rentrait chez lui, sur Peasholm Road, passant juste devant l'entrée du parc, lorsque le camion de glaces apparut dans la direction opposée. Une camionnette Bassani, rose comme la dernière qu'il avait vue, et braillant toujours la même musique vieillotte. *If you go down to the woods today, you're sure of a big surprise.*

Jackson frissonna et se mit à penser à toutes les filles disparues au cours des années. Celles qui avaient disparu dans les bois, sur des voies de chemin de fer, dans des ruelles, dans des caves, des parcs, des fossés au bord de la route, chez elles, même. Il y avait tant d'endroits où on pouvait perdre une fille. Toutes celles qu'il n'avait pas sauvées. Il y avait une chanson de Patty Griffin qu'il mettait parfois, elle s'appelait « Be Careful ». *All the girls who've gone astray.* Cette chanson le rendait définitivement mélancolique.

Il n'avait pas pensé à la dernière fille qu'il avait perdue depuis au moins vingt-quatre heures. La petite avec le sac à dos à la licorne. Où était-elle, maintenant ? En sécurité chez elle ? En train de se faire disputer par des parents aimants pour être rentrée tard et avoir perdu son sac à dos ? Il l'espérait, cependant ses tripes lui révélaient autre chose. D'après sa (longue) expérience, on pouvait être trompé par son cerveau, en revanche, les tripes disaient toujours la vérité.

Il avait peut-être été négligent au sujet de cette fille, mais il y avait encore des gens qui avaient besoin qu'il les protège et les serve, que cela leur plaise ou non. Les hommes qui avaient enlevé Harry et Candy ne les avaient pas libérés volontairement, qu'est-ce qui allait donc les empêcher de s'en prendre à nouveau à eux ? Crystal avait beau affirmer que ses lèvres parfaites étaient scellées, les kidnappeurs n'avaient aucun moyen de le savoir. Devait-il s'abstenir de réveiller le chat qui dort ? Dormait-il ou rôdait-il prêt à bondir sur sa proie ? Sur la banquette arrière dormait non pas un chat mais son chien, plongé dans le sommeil postprandial, et il n'avait pas d'avis sur la question.

Jackson soupira et prit la bifurcation pour High Haven. Il était le berger, il était le shérif. Lone Ranger. Ou Tonto, peut-être. (Tu sais que *tonto* en espagnol veut dire « stupide », n'est-ce pas ? ironisa la voix de Julia). Il était peut-être nul comme berger mais, parfois, il n'y avait rien d'autre de disponible. « Heigh-ho, Silver », murmura-t-il à sa Toyota.

Boulot de femmes

Ronnie et Reggie passèrent la nuit à l'hôpital, dans la petite chambre où avait été accueillie la fille qu'elles avaient trouvée. Quelqu'un devait rester auprès d'elle et personne d'autre ne semblait disponible. En fait, elles avaient du mal à éveiller l'intérêt de la police pour la jeune fille, bien qu'elle ait été battue et qu'elle eût de l'héroïne dans les veines.

Le sergent de garde avait presque ri quand elles avaient appelé la veille au soir. Ils étaient trop « limités en ressources », affirma-t-il, pour que quelqu'un vienne interroger la fille ; elles seraient obligées d'attendre le matin, comme tout le monde.

« Une nouvelle transfusion de café ? » proposa Ronnie et Reggie acquiesça en soupirant. La machine de l'hôpital était bien placée pour prétendre au prix du pire café du monde (un marché très concurrentiel), mais à ce stade, elles avaient remplacé la totalité de leur sang avec, alors un gobelet de plus ne ferait guère d'effet.

La fille était à moitié nue quand elles l'avaient repérée, recroquevillée dans un coin du champ, la veille au soir. Des hématomes multiples et une lèvre méchamment gonflée, mais surtout, elle était terrifiée. Couverte de boue, d'égratignures d'épines et de ronces, son apparence, sans parler de son comportement, donnait l'impression qu'elle avait été chassée, et qu'elle avait couru à travers la campagne, les fossés et les haies pour s'enfuir. Comme une proie. C'était le genre d'intrigue macabre qu'on trouvait dans *Esprits criminels* ou *Collier*, pas dans la vraie vie. Et pourtant, elle était bien là, celle qui avait réussi à s'échapper.

Lorsqu'elle apparut, tout projet de retrouver Stephen Mellors leur sortit de la tête ; de toute manière, rien ne laissait supposer qu'il se trouvât dans ce champ. Il y avait deux ou trois vieilles caravanes – de vrais tas de ferraille – ainsi qu'un préfabriqué assez neuf, mais personne n'ouvrit la porte lorsqu'elles frappèrent. Les stores étaient baissés et il était impossible de savoir ce qui se passait à l'intérieur. Stephen Mellors en train de méditer en pleine conscience ? Cela paraissait peu probable.

Elles avaient conclu qu'il devait y avoir un problème avec le GPS du portable de Jamie Mellors et que Stephen Mellors se trouvait déjà en famille, en train de s'empiffrer de lasagnes et de s'enfiler des verres de son vin super aéré. Reggie avait un jour repéré Sai au milieu de la Manche ; mais quand elle l'avait appelé pour vérifier, il s'était révélé qu'il était dans un pub à Brighton. « Tu suis tous mes mouvements ? » avait-il demandé en riant, mais à ce moment-là ils étaient encore ensemble et il trouvait l'idée mignonne, pas glauque, ce qu'elle devint par la suite, apparemment.

Elles avaient réussi à obtenir le nom de la fille – Maria – et à établir qu'elle venait des Philippines. Il leur fallut bien plus de temps pour comprendre que le nom « Maria » qu'elle répétait avec tant de frénésie n'était pas le sien. Ronnie, qui en était réduite à parler un anglais rudimentaire, pointa son index sur sa propre poitrine en répétant « Ronnie, je m'appelle Ronnie », puis désigna Reggie et dit « Reggie », avant de pointer son doigt sur la fille en levant un sourcil interrogateur.

« Jasmine.

— Jasmine ? » répéta Ronnie, et la fille hocha vigoureusement la tête.

Il y avait un autre nom qu'elle ne cessait de répéter. Elles ne parvenaient pas à bien le comprendre, mais ce pouvait être « Mr Price ».

« C'est Mr Price qui vous a fait ça ? demanda Reggie en montrant le visage de la jeune fille.

— Homme, dit-elle, et elle leva une main au-dessus de sa tête.

— Un homme grand ? » fit Ronnie. Nouveaux hochements de tête vigoureux, puis elle se mit à pleurer et à parler de Maria à nouveau. Elle se mit à mimer le fait de tirer sur quelque chose d'invisible autour de son cou. Si elles avaient joué aux devinettes, Reggie aurait proposé « les jardins suspendus de Babylone » mais elle était presque sûre que ce n'était pas ce que Jasmine essayait de leur faire comprendre. Sai et elle avaient beaucoup joué aux devinettes. Leur relation avait été émaillée de grands moments de rigolade, innocents et même enfantins parfois. C'était ce qui manquait le plus à Reggie, plus que les autres trucs. Celui qu'on appelait le sexe, aussi.

Elles avaient demandé qu'on leur envoie un interprète mais elles n'avaient pas grand espoir, certainement pas avant l'ouverture des bureaux. Ronnie partit explorer l'hôpital et revint avec une Philippine, une femme de ménage – dont l'insigne indiquait « Angel » ; elle la pria de parler à Jasmine pour elles. Dès qu'elles commencèrent à échanger, un flot de paroles se mit à couler de la bouche de Jasmine, accompagné de larmes abondantes. Il n'était pas nécessaire de parler tagalog pour savoir que l'histoire qu'elle racontait était affreuse.

Malheureusement, avant qu'elles aient eu le temps de récupérer une vraie information, une sombre créature choisit ce moment précis pour remplir intégralement l'encadrement de la porte.

« Tiens, voilà Cagney et Lacey.

— Capitaine Marriot », répondit gaiement Reggie.

« Avez-vous appris la nouvelle concernant votre petit ami ?

— Petit ami ? » répéta Reggie. Impossible que Marriot parle de Sai, si ?

« Michael Carmody ? avança Ronnie.

— Et c'est la fille en bleu qui gagne.

— Qu'est-ce qu'il a ? demanda Reggie.

— Il est mort, dit Marriot succinctement. Hier soir.

— Assassiné ? » demandèrent Reggie et Ronnie à l'unisson, mais le capitaine haussa les épaules. « Crise cardiaque, pour ce qu'on en sait. Il ne manquera à personne. C'est la fille ? » fit-elle en désignant Jasmine d'un mouvement de tête. Elle paraissait empathique, Reggie lui accorda une croix du mérite. Elle n'avait jamais été scout, quelque chose qu'elle regrettait aujourd'hui, elle aurait été bonne. (« Tu as tout des meilleurs scouts, Reggie, affirma Ronnie. Je t'assure. »)

« D'où vient-elle ? demanda Marriot.

— Des Philippines, répondit Reggie. Elle ne parle pas un mot d'anglais.

— À peine descendue du bateau pour se retrouver dans un salon de massage ?

— Je ne sais pas. Cette dame, Angel, nous sert d'interprète.

— Eh bien, il se trouve que nous avons une autre Asiatique morte sur les bras, fit Marriot, ignorant Angel. Découverte hier soir. Jetée à la mer. Pas d'identité connue. On dirait qu'elle a été étranglée, on n'a pas encore les résultats de l'autopsie. C'est comme les bus, on attend une éternité avant d'avoir une travailleuse du sexe étrangère morte et tout à coup... »

Reggie reprit sa croix du mérite. « La nôtre n'est pas morte et vous ne savez pas si c'est une travailleuse du sexe.

— C'est une femme, ajouta Ronnie. Et elle a besoin d'aide.

— Ouais, hashtag MeToo, lança Marriot. Bref, morte ou vivante, elle n'est plus à vous, on la prend. Vous pouvez retourner à votre enquête. »

Elles saluèrent Jasmine. La jeune fille serra fort la main de Reggie, sans vouloir la lâcher et dit quelque chose que Reggie supposa signifier au revoir en tagalog mais Angel rectifia : « Non, elle vous remercie.

— Oh, au fait, dit Ronnie à Marriot en partant, vous découvrirez peut-être que votre "Asiatique morte" s'appelle Maria. »

« Ouah. Stéréotypes de genre et de race dans la même phrase, murmura Ronnie tandis qu'elles quittaient l'hôpital.

— Ouais, une aubaine pour elle », renchérit Reggie.

Juste avant que Marriot débarque et les chasse, Jasmine avait marqué une pause pour boire un verre d'eau. Elle était obligée de se servir d'une paille à cause de sa lèvre fendue et elles profitèrent de la courte interruption pour demander à Angel si Jasmine avait dit quelque chose d'utile sur ce qui lui était arrivé.

« Elle répète tout le temps les mêmes choses.

— Je sais, fit Reggie. Maria et Mr Price.

— Oui, et autre chose. Je ne sais pas, quelque chose comme "bulots blancs". »

« Angel, dit Ronnie.

— C'est un nom courant aux Philippines, dit Reggie. Ce serait drôle, hein, si ce n'était pas son nom – si c'était son boulot. Peut-être qu'une fois qu'on a gagné son premier grade d'ange, on monte dans la hiérarchie, et arrivé en haut, au neuvième, on prend sa retraite comme séraphin. J'aime bien l'idée d'avoir un insigne avec "Ange". Ou un mandat. "Inspectrice

Ronnie Dibicki et Ange Reggie Chase. Nous aimerions juste vous poser quelques questions. Rien qui doive vous inquiéter." Bien sûr, tu peux être un ange, toi aussi. Ange Ronnie Dibicki.

— Tu as bu trop de café, chérie. Il faut que tu t'allonges dans une pièce sombre. Tiens bon. » Ronnie posa sa main sur le bras de Reggie et la retint. « Regarde. Ce ne serait pas la drag-queen du Palace ? »

Devant le comptoir de l'accueil, un homme remplissait des formulaires. Vêtu d'un jean, d'un sweat-shirt gris et d'une paire de mocassins qui avaient connu des jours meilleurs, il était méconnaissable par rapport à la parodie de femme qu'elles avaient vue la veille. Visiblement, il aurait préféré être sur sa pelouse armé de sa tondeuse en train de discuter du meilleur itinéraire pour aller à Leeds avec son voisin.

« Je me demande ce qu'il fait là… »

« Bulots blancs ? Bouleaux Blancs, tu crois ? s'interrogea Reggie tandis qu'elles retournaient à leur voiture.

— Bouleaux comme les arbres ? »

Ronnie se mit à fouiller les ramifications lointaines et obscures d'internet sur son iPhone. « Tout ce que je trouve, c'est un article du *Scarborough News* qui date de plusieurs années. Les Bouleaux Blancs était une maison de retraite, qui a été fermée après un scandale – suivi de poursuites judiciaires, je crois. Mauvais traitements infligés aux résidents, équipements inadéquats, bla bla bla. Une longue histoire locale, apparemment, au départ un hôpital psychiatrique, une vitrine des réformes de l'époque victorienne. C'est a priori l'endroit qui a servi de modèle à l'asile où le personnage de Renfield a été enfermé. Renfield ?

— C'est un personnage de *Dracula*, de Bram Stoker.

— Ah oui, c'est dit après. "La visite de Bram Stoker à Whitby a inspiré…" Bla bla bla. Ce n'est pas loin d'ici. Et si on allait voir ? Même si nous ne sommes pas concernées… Marriot nous passerait un sacré savon si elle pensait qu'on était devenues rebelles.

— Il n'y a pas de mal à jeter un coup d'œil, confirma Reggie.

— Pas de mal du tout. Ça nous prendra juste cinq minutes. »

Devenons le loup

Vince avait les yeux secs tant il manquait de sommeil lorsque les premières lueurs du jour filtrèrent entre ses fins rideaux. Le concert avait commencé avant même que l'aube ne se lève. Quelqu'un devrait dire deux mots aux oiseaux sur leur timing. C'était une surprise pour Vince de penser qu'il y avait des oiseaux, là où il vivait. Il se demanda s'ils devaient chanter plus fort pour arriver à s'entendre dans le fracas de la salle de jeux. Il se demanda aussi si un jour il retrouverait un sommeil normal. Chaque fois qu'il fermait les yeux, il la voyait. La fille.

Cinq minutes à l'intérieur, il n'avait pas fallu plus, hier. Il y avait un hall qui contenait encore des traces de l'ancienne vie des Bouleaux Blancs quand c'était une espèce de maison de retraite – des portes coupe-feu et des panneaux de sortie, ainsi que quelques anciennes notices des autorités de santé et de sécurité sur le fait que les portes devaient être maintenues fermées à clé et que les visiteurs devaient s'inscrire sur le registre. Sur le mur pendouillait un morceau de papier avec une demande tapée à la machine pour que plus de bénévoles participent à une sortie à Peasholm Park, ainsi qu'une petite affiche aux couleurs passées annonçant une fête d'été, décorée avec des (mauvais) dessins de ballons, d'une tombola, d'un gâteau. La pensée de vieilles personnes séniles, confuses qu'on amuse comme des enfants avec des ballons et du gâteau ne fit qu'accentuer la mélancolie de Vince. Si c'était possible. Il valait mieux se jeter d'une falaise plutôt que de vivre la fin de sa vie dans un endroit comme celui-ci.

Il franchit une des portes coupe-feu du rez-de-chaussée et se trouva dans un couloir. Tout le long s'alignaient des portes, qui toutes étaient fermées sauf une, grande ouverte, comme une invitation. À l'intérieur se trouvaient deux vieux cadres de lit d'hôpital sur lesquels on avait posé de fins matelas crasseux sans drap.

Il n'y avait qu'une personne dans la pièce – une fille. Une fille allongée, recroquevillée, inanimée sur le plancher sous l'une des fenêtres à barreaux. Un mince foulard serré autour de son cou. Les extrémités avaient été coupées juste au-dessus du nœud et le reste de l'écharpe était encore attaché à l'un des barreaux. Son visage était enflé et violet. La scène ne comportait pas la moindre ambiguïté.

Elle était toute menue, thaïe ou chinoise, probablement. Elle portait une robe bon marché à paillettes argentées qui dénudait des jambes couvertes d'hématomes et, à l'évidence, elle était morte, mais Vince s'accroupit et chercha son pouls quand même. Lorsqu'il se remit debout, il se sentit tellement nauséeux qu'il craignit de perdre connaissance, et il dut se cramponner au chambranle de la porte pendant quelques secondes pour retrouver son équilibre.

Il sortit de la chambre, à reculons, et referma doucement la porte. C'était ce qu'il pouvait faire de plus proche d'un geste de respect pour la défunte. Sous le choc, il essaya d'ouvrir les autres portes donnant sur le couloir, mais elles étaient toutes fermées à clé. Sans qu'il en fût certain – parce que son esprit semblait soudain ne plus être fiable –, il crut entendre des bruits provenant des chambres : un faible gémissement, un petit sanglot, de légers frottements, des reniflements comme s'il y avait des souris dans les pièces. C'était le genre d'endroits qui existaient dans d'autres pays, pas chez nous, pensait Vince. Le genre de lieux dont on entendait parler par les journaux, pas un endroit où quelqu'un qu'on connaissait depuis toujours avait des « affaires ».

Il entendit une voix d'homme provenant de quelque part au fond du bâtiment et il se dirigea comme un somnambule vers l'origine du son. Il arriva face à une grande porte. Une porte à deux battants, agrémentée de toutes sortes de verrous et de serrures, mais les vantaux étaient grands ouverts sur la cour arrière bétonnée. La silhouette de Tommy se découpait dans le rectangle de lumière. Le cœur de Vince se serra. Tommy. Il parlait à son chien, le gros rottweiler, Brutus, ce qui ne rassura pas Vince. Tommy était en train de le faire monter dans son Nissan Navara. Assis à la place passager se trouvait le Russe qui travaillait chez Tommy. Vadim ? Vasily ? Il tenait plus de la brute que Brutus. Le chien paraissait enthousiaste, comme s'il était sur le point de partir en chasse.

Vince entra dans la cour. Le soleil était éblouissant, après la pénombre glaciale qui régnait à l'intérieur. Il avait oublié ce qu'était la saison estivale. Il avait oublié ce qu'était la lumière du jour. Il avait tout oublié, sauf le visage décoloré, enflé de la fille. Tommy l'aperçut et dit : « Vince ? » Il le regardait fixement comme s'il ne l'avait jamais vu auparavant et essayait de savoir s'il s'agissait d'un ami ou d'un ennemi.

Vince avait la bouche tellement sèche qu'il ne pensait pas pouvoir parler, mais il réussit à bêler : « Il y a une fille, là-bas. » Sa voix parut étrange à ses propres oreilles, comme si elle venait de très loin, pas de l'intérieur de lui. « Elle est morte. Je crois qu'elle est pendue. Qu'elle s'est pendue », rectifia-t-il, l'air absent, bien qu'il ne comprît pas du tout pourquoi il s'embarrassait de règles de grammaire dans un moment pareil. Il attendit que Tommy lui fournisse une explication raisonnable, mais Tommy n'expliqua rien, il garda simplement les yeux rivés sur Vince. Il avait été boxeur, autrefois. Vince supposait qu'il savait comment intimider son adversaire avant que le combat commence.

Finalement, Tommy gronda : « Vince, qu'est-ce que tu fous ici ?

— Je suis venu avec Steve », réussit-il à articuler. Jusque-là, c'était vrai. Le soleil était éblouissant, comme un projecteur braqué droit sur lui. Il était monté sur scène et il se trouvait dans la mauvaise pièce, une dont il ne connaissait pas le texte.

« Steve ! » cria Tommy sans regarder autour de lui.

Steve apparut après avoir contourné une ancienne remise ou un garage. La cour était entourée de constructions à moitié délabrées. Steve pressait le pas et il ne remarqua pas Vince tout de suite. « Qu'est-ce qu'il y a ? Faut que tu te bouges, Tommy, parce qu'elle aura filé à des kilomètres. Tu as appelé Andy ? » Sans répondre, Tommy inclina silencieusement la tête dans la direction de Vince.

« Vince ! s'exclama Steve, comme s'il avait complètement oublié son existence. Vince, Vince, Vince…, répéta-t-il doucement, souriant tristement comme s'il parlait à un enfant qui l'avait déçu. Je t'avais dit de rester dans la voiture, non ? Tu ne devrais pas être ici. » Où devrait-il être, s'il ne devait pas être ici ? se demanda Vince.

« Qu'est-ce qui se passe ? lança Tommy d'un ton sec.

— Je ne sais pas, répondit Steve. Pourquoi on ne demanderait pas à Vince ? » Il s'approcha de Vince et passa son bras autour de son épaule. Vince dut réprimer un mouvement instinctif de recul. « Vince… ? » l'encouragea Steve.

Ce fut comme si le temps s'arrêtait. Le soleil radieux fixé dans le ciel ne se remettrait jamais à bouger. Steve, Tommy et Andy. Les Trois Mousquetaires. Toutes les pièces s'emboîtèrent. L'univers ne trouvait pas assez distrayant qu'il perde son travail et sa maison, qu'il soit soupçonné d'avoir assassiné sa femme. Grands dieux. Non, maintenant il lui fallait découvrir que ses amis (ses amis de golf, il est vrai) étaient impliqués dans quelque chose qui était... dans quoi étaient-ils impliqués, exactement ? Un réseau d'esclaves sexuelles ? Un trafic de femmes ? Les trois hommes étaient-ils des tueurs en série psychopathes qui par hasard avaient découvert qu'ils partageaient le même goût pour les meurtres de femmes ? À ce moment-là, pour Vince, toutes les hypothèses étaient possibles, si excentriques fussent-elles.

Il ne s'était pas rendu compte qu'il avait formulé ces pensées à haute voix, jusqu'à ce que Steve parle. « Le trafic, c'est juste un autre mot pour dire l'achat et la vente de biens, Vince. C'est formulé ainsi dans l'*Oxford English Dictionary*. » Vince était certain que le dictionnaire indiquait également d'autres définitions. « Profit sans perte, ajouta Steve. Plein d'argent à la banque et une source qui ne se tarira jamais. Tu sais ce que ça fait, Vince ? »

Le soleil lui brûlait le cerveau. Il ferma les yeux et inspira une grande bouffée d'air chaud. Il était dans un monde entièrement nouveau.

Soudain, tout fut très clair pour Vince. Plus rien n'avait de sens. De moralité. De vérité. Inutile qu'il émette des objections s'il n'y avait plus de consensus sur ce qui était moralement juste. Cela relevait d'une décision qu'on devait prendre soi-même. Quel que soit le côté qu'on choisisse, il n'y aura pas de répercussions provenant d'une autorité divine. On était seul.

« Vince ? lança Steve.

— Non, Steve, finit par répondre Vince. Je ne sais pas ce que ça fait. J'imagine que la sensation est agréable. »

Soudain, il éclata de rire, et Steve en fut tellement surpris qu'il retira son bras. « Je savais que vous mijotiez quelque chose, tous les trois ! s'exclama Vince d'un ton triomphant. Je comprends tout, maintenant. Espèces de petits cachottiers, vous auriez pu me mettre dans la combine. » Vince sourit, d'abord à Tommy, puis à Steve. « De la place pour un quatrième mousquetaire ? »

Steve lui asséna une grande claque dans le dos et lança : « T'es un type bien. On est contents que tu sois des nôtres, Vince. Je savais que tu finirais par nous rejoindre. »

*

Le réveil digital à côté de son lit annonçait 5:00. Autant se lever. Il avait du pain sur la planche. Ça faisait du bien d'avoir un but, pour une fois.

Septicémie

« Des harengs fumés.

— Quoi ?

— Est-ce que tu peux passer chez Fortunes ce matin et prendre des harengs fumés ?

— Des harengs fumés ?

— Bon sang, Andrew. Oui, des harengs fumés. Je ne parle pas une langue étrangère. » (C'était comme si, en fait.) « Pour les petits déjeuners de demain. Le couple de Biscay a spécifiquement demandé des harengs fumés. »

Andy était arrivé à la maison vers 5 heures du matin après avoir passé toute la nuit avec Tommy à chercher Jasmine, leur fugueuse. Sans réussir à la trouver. Où était-elle ? Était-elle en train de les dénoncer à la police ? Il espérait faire une entrée silencieuse, mais l'entreprenante Rhoda était déjà levée.

« Où t'étais passé ? demanda-t-elle.

— Suis allé faire une promenade matinale, balança-t-il au culot.

— Une promenade ? fit-elle, incrédule.

— Oui, une promenade. J'ai décidé de retrouver la forme.

— Toi ?

— Oui, moi, répondit-il patiemment. La mort de Wendy m'a fait réaliser à quel point la vie est précieuse. » Il voyait bien qu'elle ne croyait pas un mot de ce qu'il racontait. Il ne lui en voulait pas. Et de toute manière, qu'est-ce que la vie avait de précieux ? C'était un truc jetable, un bout de papier et de chiffon. Il pensa à Maria, aussi inanimée qu'un jouet, irrémédiablement cassée. Minuscule comme un oisillon tombé du nid avant son heure. D'emblée il s'était dit qu'elle avait dû faire une overdose. Ou qu'elle avait été trop tabassée. « Elle s'est pendue, cette idiote », avait expliqué Tommy.

« Tu es sûr que tu n'es pas sorti en bateau ? demanda Rhoda. Tu sens… bizarre. »

Je sens la mort, pensa Andy. Et le désespoir. Il ne pouvait s'empêcher de s'apitoyer sur son sort.

Ils n'avaient pas seulement essayé de trouver une fille, ils avaient essayé d'en perdre une autre. « L'autre s'est enfuie, lui avait expliqué Tommy quand il était arrivé la veille au soir aux Bouleaux Blancs avec les Polonaises et qu'il avait découvert que Maria s'était tuée.

— Jasmine ?

— Sais plus. Nous l'avons cherchée pendant des heures, sans résultat. Tu vas devoir nous aider. Et il va falloir qu'on se débarrasse de la morte.

— Maria. »

Andy avait un bateau dans la marina, rien de formidable, une petite embarcation avec un moteur extérieur (le *Lottie*) qu'il sortait de temps en temps pour pêcher. Tommy venait aussi parfois, portant toujours un gilet de sauvetage parce qu'il ne savait pas nager. Ça l'émasculait un peu, de l'avis d'Andy.

Profitant de la nuit, ils avaient chargé le corps de Maria dans le Navara de Tommy, l'avaient embarqué à bord du *Lottie* et avaient mis le cap vers la mer du Nord. À une distance correcte de la côte, ils soulevèrent Maria – Tommy par les épaules, Andy par les pieds –, un poids plume, et la balancèrent par-dessus bord. Un éclat argenté dans le clair de lune, luisant comme un poisson, et elle disparut.

N'auraient-ils pas dû la lester avec quelque chose ? « Elle va remonter à la surface, non ? questionna Andy.

— Probablement, rétorqua Tommy, mais qui en aura quelque chose à foutre ? Une pute thaïe camée de plus. Personne n'en aura rien à foutre.

— Elle venait des Philippines, pas de Thaïlande. » Et elle s'appelait Maria. Elle était catholique, aussi. Andy avait enlevé la croix qu'elle portait autour de son cou gracile après avoir dénoué le morceau du foulard avec lequel elle s'était pendue. Il l'avait fourrée dans sa poche. Le tissu était très fin mais il avait fait son office. Andy le reconnut, elle l'avait acheté la veille à Newcastle. Il lui semblait qu'il s'était écoulé un siècle depuis – c'était certainement le cas pour Maria. Il avait défait le bout qui était encore noué aux barreaux, le manipulant avec la douceur qui convenait à une relique, et l'avait rangé avec l'autre morceau dans sa poche.

Après qu'ils l'eurent jetée dans l'eau, Andy lâcha la croix dans la mer et dit une prière en silence. Pendant quelques instants, il envisagea de pousser Tommy aussi, mais le gilet de sauvetage lui sauverait la vie. Avec la chance qu'il avait, il danserait à la surface jusqu'à ce que le bateau des sauveteurs le récupère ou qu'un bateau de pêche passe par là. Bien entendu, Lottie le sauverait, les terre-neuve étaient bâtis pour cela, pagayer avec leurs membres puissants dans les vagues pour ramener des choses – des personnes, des bateaux – jusqu'au rivage. Sauf que Lottie n'était pas là, il n'y avait que Brutus, le chien de Tommy, endormi dans le Navara.

« Foxy ?
— Ouais.
— Est-ce que tu peux faire demi-tour, au lieu de rêvasser ? »

Tommy n'arrivait pas à comprendre comment les filles s'étaient libérées des attaches en plastique qui retenaient leurs poignets au lit. Et pourquoi l'une était restée et l'autre partie ? se demanda Andy. Est-ce que Jasmine s'était réveillée, avait découvert que Maria s'était suicidée et s'était ensuite enfuie ? Ou Maria s'était-elle suicidée parce que Jasmine l'avait abandonnée ? Il ne saurait jamais.

Jasmine était plus résistante qu'il n'y paraissait, reconnut Andy. Où irait-elle ? Que ferait-elle ? Il se souvenait de l'expression de bonheur sur le visage des filles quand elles avaient regardé *Pointless*, leurs cris de joie dans le supermarché. Il se sentit soudain pris de violentes nausées et dut se cramponner au bord du bateau pendant qu'il se vidait les entrailles dans la mer du Nord.

« Je ne savais pas que tu avais le mal de mer, Andy.
— Ça doit être quelque chose que j'ai mangé. »

Et Vince ! « Mais putain, Tommy ! » s'était énervé Andy quand Tommy lui avait raconté ce qui s'était passé aux Bouleaux Blancs en son absence. Une fille morte, une fille disparue, et Vince Ives qui est tout à coup amené là par Steve. La police le soupçonnait d'avoir assassiné sa femme, bon sang. Il allait attirer toutes sortes d'attentions malvenues sur eux.

« Oh, allez Foxy. Vince n'a pas tué Wendy. Il n'en serait pas capable.
— Mais il serait capable de faire ça ? demanda Andy tandis qu'ils hissaient Maria par-dessus le bastingage.
— Eh bien, je ne suis pas non plus particulièrement ravi qu'un membre supplémentaire vienne s'ajouter à notre trio, mais si ça le fait taire... Et Steve se porte garant de lui.
— Oh, dans ce cas, c'est parfait, fit Andy la voix pleine de sarcasme. Si Steve se porte garant de lui. »

Dès qu'ils furent descendus du bateau, Steve les appela.

« Steve. Comment ça va ?
— Andy, comment vas-tu ? » (Il n'attendait jamais la réponse.) « Je crois qu'il vaut mieux, étant donné les circonstances, qu'on déplace toutes les filles dès que possible, qu'on les transporte à l'endroit qu'on

a à Middlesbrough. Qu'on évacue définitivement les Bouleaux Blancs. » Vu sa façon de parler, on aurait pu croire qu'il avait été dans l'armée. Qu'il était le capitaine, et eux, les vulgaires fantassins.

Andy s'imagina en train de libérer les filles, d'ouvrir la porte, de les regarder se débarrasser de leurs chaînes et courir dans un pré plein de fleurs sauvages comme un troupeau de chevaux indomptés.

« Andy, tu m'écoutes ?

— Ouais, pardon Steve. On embarquera les filles dès que possible. »

Cranford World

« Est-ce que ça va ? s'enquit Bunny. Tu as manqué le spectacle d'hier soir.

— Est-ce que Barclay était fâché contre moi ? demanda Harry.

— Non, pas fâché, chéri. Il ne peut pas être fâché ; il ne peut rien être du tout. Il est mort.

— Mort ?

— Aussi mort qu'un dodo.

— Ah bon, fit Harry, essayant d'assimiler cette nouvelle inattendue.

— Désolé d'être si brutal. Grosse crise cardiaque. Il était décédé avant même son arrivée à l'hôpital. »

Harry fut choqué en apprenant la mort de Barclay, néanmoins il n'était pas entièrement surpris. Après tout, Barclay n'était pas exactement l'incarnation de la santé ; mais quand même... « Et si je rangeais un peu sa loge ? » murmura-t-il, un peu perdu. C'était ce qu'on faisait après la mort de quelqu'un, n'est-ce pas ? On rangeait. Il se souvenait qu'après la mort de sa mère, sa tante, qu'ils voyaient rarement, était venue passer les affaires de la défunte en revue. Harry avait essayé de l'aider, mais c'était trop éprouvant de voir les vêtements de sa mère empilés sur le lit et sa boîte à bijoux explorée d'une manière assez cavalière. (*Regarde-moi ces bracelets. Elle n'a jamais eu tellement de goût.*)

On présuma que Harry ne voudrait rien de ce qui appartenait à sa mère. Peut-être était-ce la raison pour laquelle il avait si peu de souvenirs d'elle. C'était les objets, n'est-ce pas, qui vous reliaient à l'histoire de quelqu'un. Une barrette ou une chaussure. Un peu comme un talisman. (Un mot post-Dangerfield qu'il avait appris récemment.) Maintenant qu'il y pensait, il se rendait compte que c'était la dernière fois qu'il avait vu la sœur de sa mère. « Elles n'étaient pas proches », expliqua son père. Peut-être qu'ils diraient ça un jour de Candace et lui, quand ils seraient grands. Il espérait que non. Il y avait tellement peu de personnes dans le monde de Harry qu'il avait l'intention de les garder aussi près de lui que possible. Le Monde de Harry, songea-t-il. Quel genre d'attraction ce serait ? Pas de vampires, c'est certain, ni de pirates, en l'occurrence, juste beaucoup de livres, des pizzas, une télé. Quoi d'autre ? Crystal et Candace. Et sa mère ? Il se sentit lié par le devoir de la ramener à la vie dans son Monde. Mais si cela devait signifier qu'elle était un zombie ? Et s'entendrait-elle avec Crystal ? Il se rendit compte qu'il avait oublié d'inclure son père. Comment s'en sortirait-il avec deux épouses ? Et puis il y avait Tipsy, bien sûr, il serait probablement obligé de choisir entre elle et Brutus. *Et tu, Brute*, se dit-il. Harry avait joué le rôle de Portia, la femme de

Brutus, dans la mise en scène « dégenrée » que Miss Dangerfield avait faite de *Jules César*. Emily avait pris plaisir à incarner César. Elle avait l'âme d'un dictateur. Elle se frayerait un chemin jusqu'à son Monde imaginaire, elle aussi, s'il n'y prêtait pas attention. Harry avait bien conscience que son esprit était en train de partir en vrille.

« Amuse-toi bien », lança Bunny, interrompant la rêverie de Harry.

Que je m'amuse à faire quoi ? se demanda Harry.

« Sa loge est un vrai dépotoir. »

Harry se rendit compte, à sa grande honte, qu'il avait oublié que Barclay était mort.

« Ouais, c'est vrai, acquiesça-t-il. Ce ne sera pas très agréable pour la personne qui remplacera Mr Jack, de la trouver dans cet état. Est-ce qu'ils ont déjà quelqu'un ?

— D'après la rumeur, ils essayent de recruter Jim Davidson. Mais il n'arrivera pas à temps pour la matinée. Ton serviteur va sauver la situation. En haut de l'affiche, chéri ! »

Bunny avait-il déjà été en haut de l'affiche ?

« Oh oui, mais tu sais, dans des cabarets merdiques, des clubs gay merdiques, des soirées d'enterrement de vie de jeune fille merdiques. Et maintenant... Ta daaa ! – le Palace merdique.

— C'est mieux que d'être mort, fit remarquer Harry.

— Pas nécessairement, chéri. »

La loge puait la cigarette, bien qu'il fût strictement interdit de fumer dans le théâtre, et Harry découvrit un cendrier plein à ras bords planqué dans l'un des tiroirs de la coiffeuse, ce qui semblait représenter un danger effarant. Une demi-bouteille de gin de la marque Lidl qui n'essayait même pas de se cacher. Harry but une gorgée au goulot dans l'espoir que l'alcool le requinquerait un peu, ou le calmerait – l'un ou l'autre, il ne savait pas vraiment comment il se sentait. Il n'avait jamais essayé la drogue, juste de temps en temps une bouffée sur un joint à une soirée (ça l'avait rendu malade chaque fois), mais il commençait à voir pourquoi tellement de jeunes de son école prenaient des trucs – pas les Hermiones, elles étaient aussi puritaines face à la « toxicomanie » qu'elles l'étaient face à tout le reste. Et là, il se découvrait l'envie de prendre quelque chose qui brouillerait les souvenirs des vingt-quatre dernières heures.

Ses aventures avec Pinky et Perky hier avaient laissé Harry désorienté. Et la mort soudaine de Barclay, dans la foulée de son propre enlèvement, rendait tout incertain et glissant, comme si le monde s'était légèrement incliné. À tout moment il lui revenait un flash de l'horreur de la veille. *Je sais comment tu t'appelles, bordel.* Il était sûr d'avoir encore le goût répugnant du Irn-Bru dans la bouche. La prochaine fois qu'il entendrait « Liberée, délivrée », sa tête allait exploser. Il souffrait sans doute d'un syndrome de stress post-traumatique ou quelque chose de ce genre. Et personne n'avait essayé de lui donner une explication satisfaisante sur ce qui s'était passé, sur la raison pour laquelle deux hommes extrêmement désagréables les avaient arrachés, sa sœur et lui, à leur vie, pour les retenir prisonniers dans une vieille caravane. Pourquoi ? L'argent ? Avaient-ils demandé une rançon à Crystal ou à son père ? Et si c'était le cas, combien valaient-ils ? Ou, pour être plus précis, combien valait Candace ? (« Vous n'avez pas de prix, l'un comme l'autre », assura Crystal.) Pourquoi personne n'avait-il appelé la police ? Et qui était l'homme tout le temps fourré avec Crystal ?

Juste un témoin intéressé, avait-il expliqué. *J'ai aidé votre belle-mère à vous chercher.*

Il ne t'a pas trouvé. Tu t'es trouvé tout seul, avait précisé Crystal. Techniquement, c'était l'homme dans la BMW gris métallisé qui l'avait trouvé (*Grimpe, Harry*), mais Harry savait ce qu'elle voulait dire. Essayeraient-ils de l'enlever à nouveau ? Et que ferait Candace s'ils la kidnappaient, elle seule, sans personne pour lui laisser croire qu'il ne s'agissait que d'un jeu sans danger ? Personne pour lui raconter l'histoire du Chaperon rouge et de Cendrillon et tous les autres contes de fées avec lesquels Harry avait distrait sa sœur la veille. Personne pour lui fournir une jolie fin.

Il s'assit sur le tabouret devant la coiffeuse de Barclay et regarda dans le miroir. C'était bizarre de penser que Barclay était là hier, assis à cette même place, en train de se barbouiller de fond de teint. Et maintenant, le miroir était vide, ça ressemblait un peu au titre d'un roman d'Agatha Christie. Harry les avait tous lus l'été dernier pendant ses heures de travail au Transylvania World.

Harry trouva qu'il ne se ressemblait pas du tout. Au moins, se dit-il pour se consoler, il avait un reflet. Il n'avait pas rejoint les morts-vivants comme Barclay.

Jackson Brodie avait un chien, un vieux labrador aux oreilles duveteuses. Harry ne savait pas pourquoi ce chien lui venait soudain à l'esprit – c'était probablement parce qu'il avait pensé à Brutus et Tipsy – et, encore plus déroutant, l'image du vieux labrador le fit brusquement fondre en larmes.

Le magicien choisit ce moment précis pour passer la tête dans l'entrebâillement de la porte. « Bon sang, Harry. Je ne savais pas que tu aimais autant ce vieux salaud de Barclay. Est-ce que ça va ? ajouta-t-il d'une voix bourrue. Tu veux que j'aille chercher une des danseuses ?

— Non, merci, renifla Harry. Ça va. J'ai juste passé une mauvaise journée hier.

— Bienvenue dans mon monde. »

Le magicien avait dû prévenir Bunny pour qu'il vienne le consoler car, quelques instants plus tard, il apparaissait, le visage soucieux, lui apportant une tasse de thé et un biscuit Blue Riband. « Reste avec moi, si tu veux, chéri. Ça m'arrangerait d'avoir quelqu'un pour m'aider avec mes costumes. J'ai pas mal de paillettes qui auraient besoin d'être remplacées. Elles n'arrêtent pas de tomber. Certains jours, on dirait que je sue des paillettes. Bienvenue dans le show-business. »

Tonto

Aucun signe de Blanche-Neige et de sa maman ninja à High Haven. La maison était sans vie, en tout cas, en apparence. Pas trace de l'Evoque, bien entendu. Jackson se demanda si Crystal l'avait déclarée volée, vu qu'elle tenait à éviter la police. La voiture gisait probablement incendiée dans un champ, quelque part. Les Holroyd devaient avoir plus d'un véhicule, présuma-t-il. Il y avait deux grands garages sur la propriété – des étables reconverties, d'après ce qu'il pouvait en juger – et tous deux étaient fermés, impénétrables.

Un bâtiment délabré avait résisté à la rénovation, un genre de dépendance, ou peut-être une buanderie, car une vieille chaudière en cuivre trônait dans un coin, abandonnée depuis des décennies. L'endroit était plein de toiles d'araignées et sur un mur à l'intérieur quelqu'un avait tracé à la craie les mots *La Grotte aux chauves-souris* et dessiné une chauve-souris vampire vêtue d'une cape à la Dracula, brandissant une pancarte sur laquelle on pouvait lire *Laissez les putain de chauves-souris tranquilles*. Elle était signée

HH, et Jackson supposa que le dessin avait été fait par Harry. Il était réussi, ce garçon avait du talent.

C'était un drôle de gosse, pensa Jackson ; il était plus âgé que Nathan et pourtant, d'une certaine façon, il semblait plus gamin. (*Un peu jeune pour son âge*, avait dit Crystal. *Et aussi vieux pour son âge*.) Nathan se considérait comme cool, Harry, lui, n'entrait clairement pas dans cette catégorie.

Il fallut un moment à Jackson pour comprendre que le dessin faisait peut-être référence à de vraies chauves-souris. En levant les yeux vers les poutres, il identifia une grappe de minuscules créatures grises suspendues comme du linge sale sur un fil. Elles ne paraissaient pas prêtes à lui sucer le sang, alors il les laissa en paix.

Harry était-il avec Crystal ? se demanda-t-il. Les chauves-souris lui rafraîchirent la mémoire – l'attraction Dracula sur le front de mer. Il s'était demandé sur le coup pourquoi elle avait abandonné Candy là-bas, en entrant avec elle et ressortant sans elle, mais ensuite, elle lui avait dit que Harry y travaillait.

Transylvania World, voilà comment ça s'appelait. PRÊTS À AVOIR PEUR ? Ce slogan était nul. C'était l'endroit où il avait suivi Crystal hier.

Harry était-il en sécurité ? (Tout le monde était-il en sécurité ?) Y avait-il quelqu'un qui gardait un œil sur lui ? Qui le laissait tranquille ?

Au guichet se trouvait une fille, une de ces demoiselles aux lèvres pincées et à la moue dédaigneuse qui semblaient peu compatibles avec un emploi à l'accueil.

Elle avait le nez plongé dans un exemplaire d'*Ulysse*. (*La Fille avec le nez plongé dans un livre* – un autre polar scandinave que Jackson ne voulait pas lire.) Jackson avait ouvert une fois *Ulysse* et y avait jeté un coup d'œil, ce qui n'avait rien à voir avec le lire. Harry avait toujours le nez plongé dans un livre, lui avait dit Crystal la veille quand il avait demandé : « Alors, comment est Harry ? » afin d'évaluer l'instinct de survie du gamin. Aucune chance que Nathan plonge son nez dans des bouquins comme Harry et ses amis. Il refusait même d'en approcher un sans frissonner. La version traduite et simplifiée de l'*Odyssée* qu'il était censé lire avait à peine été ouverte. Odysseus et Ulysse étaient bien la même personne, n'est-ce pas ? Juste un homme qui essaye de rentrer chez lui.

La fille qui lisait *Ulysse* savait-elle où se trouvait Harry Holroyd ?

« Harry ? fit-elle en sortant son nez (aussi pincé que sa bouche) de son livre pour l'examiner d'un œil soupçonneux.

— Oui, Harry, répéta Jackson, sans sourciller.

— Qui le demande ? »

Pour les bonnes manières, on repassera, pensa Jackson. « Un ami de sa belle-mère, Crystal. »

La fille fit une drôle de moue de souris qui semblait indiquer qu'elle n'était pas impressionnée par cette information, et finit, de mauvaise grâce, par lui révéler où se trouvait Harry. « Il a une matinée au Palace. »

Harry faisait du théâtre ? s'étonna Jackson intérieurement. Mais bien sûr, c'était du Palace Theatre qu'il sortait hier avec sa sœur et sa belle-mère avant le déclenchement du scénario apocalyptique.

« Merci.

— Vous êtes sûr que je ne peux pas vous vendre un billet pour Transylvania ? Prêt à avoir peur ? ajouta-t-elle, imperturbable.

— Ce monde est déjà assez effrayant, merci, dit Jackson.

— Ouais, je sais, c'est comme le Far West, là dehors », marmonna la fille, avant de se replonger dans sa lecture.

L'arbre de la connaissance

Il leur avait fallu tellement de temps pour récapituler les événements de la journée que Crystal avait suggéré à Jackson Brodie qu'il passe la nuit à High Haven. Le whisky pur malt très cher de Tommy avait aussi joué un rôle. Ni l'un ni l'autre n'étaient de gros buveurs et le whisky fit son office : atténuer temporairement le traumatisme de l'enlèvement. Après, tous deux, plus le chien de Brodie, étaient montés d'un pas lourd comme une paire de zombies pour rejoindre leurs lits respectifs.

Tommy était rentré aux petites heures du jour. Le ronronnement caractéristique du Navara remontant l'allée avait réveillé Crystal et elle avait écouté le grincement des portes du garage, suivi du ramdam de Tommy au rez-de-chaussée, occupé à faire Dieu sait quoi. Tout devint silencieux, puis il apparut soudain à côté du lit – elle sentait bien qu'il faisait des efforts inutiles pour ne pas faire de bruit – et déposa un baiser sur son front. Il avait la même odeur que les fois où il sortait en bateau avec Andy Bragg – il puait le gazole et quelque chose de saumâtre comme les algues. Elle avait murmuré un bonsoir, feignant le sommeil, et il avait chuchoté : « J'ai quelques trucs à faire aujourd'hui. On se voit plus tard, ma chérie. »

Elle se demanda comment il aurait réagi s'il avait appris qu'un étranger et un chien se trouvaient dans une des chambres d'amis dissimulés aux regards. Malgré ses conclusions sur l'incompétence globale de Jackson Brodie, Crystal se sentait plus en sécurité avec lui dans la maison, même si elle ne le lui aurait jamais avoué.

À un moment donné, Tommy avait été la solution pour Crystal. Maintenant, il était le problème. *Tu es partie avant que Tommy se mette avec eux*, avait indiqué Fee. Tommy ignorait totalement que Crystal et lui avaient un passé commun. Ce serait drôle, n'est-ce pas – drôle bizarre, pas drôle haha, comme dirait Harry –, si pendant cette période horrible, leurs chemins s'étaient croisés, s'ils s'étaient frôlés comme des portes coulissantes. L'un qui entrait dans cette vie, l'autre qui en sortait. Tommy était même peut-être arrivé à Bridlington à bord du train qu'elle avait pris pour partir. Peut-être s'étaient-ils croisés sur le quai de la gare, lui trop sûr de lui maintenant qu'il était en affaires avec Bassani, et elle avec son sac à main Miss Selfridge bon marché plein d'argent sale donné par Carmody. Crystal fuyant son passé avec Bassani et Carmody, Tommy accourant vers son avenir avec eux. Tout à coup, elle se souvint qu'il avait dit qu'il avait eu sa première moto à l'âge de dix-sept ans. « Ma première grosse opération financière. » Regardez-le aujourd'hui. Il en avait partout. Pour des fortunes.

Elle réfléchit à ce deuxième portable qu'elle avait trouvé un jour. *Nouvelle livraison attendue à 4 heures… Envoi en route vers Huddersfield… Ai déchargé la cargaison à Sheffield, patron. Aucun problème.*

Transports, avait grogné Fee. *C'est le joli mot qu'ils utilisent pour ça.*

Rien à voir avec les camions, ni avec les marchandises qu'ils transportaient. Tommy se consacrait à un commerce différent.

Qu'est-ce qui était pire – l'ancien régime d'abus et de manipulations de Bassani et Carmody, ou les mensonges de sang-froid d'Anderson Price Associates ? Comment comparer ? Deux faces de la même pièce. Plaisir et affaires. Tommy, Andy, Stephen Mellors, tous avaient travaillé pour Bassani et Carmody après qu'elle était montée à bord de ce train qui l'emmenait loin d'eux. Tommy était jeune, presque un adolescent, quand il s'était acoquiné avec Bassani et Carmody. Cela le rendait-il moins coupable, d'une certaine manière ? Il avait joué les gros bras pour eux, le rôle de quelqu'un qui pouvait mettre la pression sur les gens et les maintenir dans le droit chemin, faire en sorte que tout roule pour les grosses légumes au sommet de l'organisation. Maintenant, il était une de ces grosses légumes et il n'était plus question de circonstances atténuantes.

Crystal entendit Tommy s'en aller, dans la Classe S cette fois, d'après le bruit. Un homme prenant un cheval frais pour repartir. Le silence propice au sommeil enveloppa à nouveau la maison mais entre ses murs,

Crystal resta éveillée. High Haven. Un *haven* était un refuge où on était en sécurité. Ce n'était plus le cas.

Quelle andouille. Il ne se rendait donc pas compte qu'elle le voyait sur les caméras de surveillance ? Jackson Brodie fouinait à l'extérieur. Il disparut même dans l'ancienne buanderie pendant plusieurs minutes. Dieu savait ce qu'il faisait là-dedans, il ferait mieux de ne pas déranger les chauves-souris, son beau-fils serait très contrarié. Harry s'était réveillé tard et avait insisté pour aller travailler au théâtre, bien que l'idée qu'il se promène seul la rende anxieuse. « Une fois que tu es à l'intérieur, ne ressors plus. Débrouille-toi pour que ce grand trans garde un œil sur toi.

— Je ne crois pas qu'il soit trans, dit Harry.

— Comme tu veux. Je viendrai te chercher en fin de journée. »

Elle le conduisit à l'arrêt du bus et attendit qu'il monte dedans avant de le suivre sur son portable jusqu'à son arrivée. Il avait été surpris de récupérer son portable, encore plus surpris d'apprendre que celui-ci avait voyagé sans lui jusqu'à Flamborough Head. « Mais qui étaient ces hommes ? demanda-t-il, le sourcil froncé, tandis qu'ils attendaient ensemble à l'arrêt.

— Je ne sais pas Harry. Peut-être qu'il y a eu erreur sur la personne.

— Mais pourquoi tu n'as pas appelé la police ?

— Pas besoin, si ? Tiens, voilà ton bus. »

Tandis que Harry s'éloignait, en sécurité à l'étage, elle tint Candy bien haut pour qu'elle puisse lui faire au revoir de la main. Il n'était pas idiot, il ne cesserait jamais de poser des questions. Peut-être qu'elle devrait lui dire toute la vérité. La vérité était une idée tellement nouvelle pour Crystal qu'elle se surprit à fixer la route bien après la disparition du bus.

Et voilà que Jackson Brodie revenait, sonnait à la porte. Crystal l'examina sur le petit écran du visiophone. Il avait quelque chose de pas net. Il croyait être utile, mais en réalité, sa présence ne faisait que compliquer les choses. Surtout parce que, comme Harry, il ne cessait de poser des questions.

Crystal l'avait mis à la porte ce matin aussi vite que possible, mais on voyait bien qu'il était comme un chien privé de son os, réticent à abandonner la partie et, franchement, elle avait eu raison, car il était là, à fourrer son nez partout comme s'il risquait de trouver Crystal cachée quelque part sur la propriété.

Il finit par renoncer et elle l'écouta s'éloigner au volant de sa voiture, la laissant libre de réfléchir à ses plans. La journée allait être chargée.

Showtime!

Le ruban jaune et noir qui entourait Sam'Sufy était encore là, même s'il s'était défait en plusieurs endroits et claquait dans la brise comme s'il était doué de vie. La maison avait un air de désolation, on l'aurait crue vide depuis des années, pas des jours.

Vince était censé se présenter pour un autre entretien avec la police ce matin. Peut-être avaient-ils prévu de l'arrêter aujourd'hui. Le capitaine Marriot allait être déçue de ne pas le voir, mais il avait des choses plus importantes à faire.

Il n'y avait aucun signe de présence policière dans la maison, alors Vince se servit de sa clé pour ouvrir la porte d'entrée. Il avait l'impression d'être un cambrioleur bien que ce fût encore sa maison, ou tout au moins pour moitié, et comme la propriétaire de l'autre moitié avait été assassinée alors que techniquement elle était encore mariée avec lui, il supposait qu'elle lui appartenait complètement. Il avait été sur le point de donner à Wendy sa part dans la procédure de divorce. « Mmm, avait dit Steve hier tandis qu'ils se rendaient au commissariat (comme cela paraissait loin !), il faut bien reconnaître que ça a l'air louche, Wendy qui meurt juste avant que tu perdes la maison, que tu perdes la moitié de ta retraite, tes économies. »

Dans le règlement de divorce que tu as négocié, pensa Vince. Forcément, on se demandait comment Steve avait si bien réussi dans la vie alors qu'il semblait être un avocat franchement mauvais. Sauf que bien sûr, il n'avait plus besoin de se le demander, maintenant. Parce que Vince savait désormais d'où venait la fortune de Steve. (*Plein d'argent à la banque et une source qui ne se tarira jamais. Tu sais ce que ça fait, Vince ?*)

Les clés de la Honda de Wendy étaient toujours accrochées dans le hall à côté de l'affreux baromètre qui était un cadeau de mariage d'un membre de la famille de Wendy, et qui annonçait implacablement que le temps serait « Médiocre ». S'il y avait un cadeau pire qu'un baromètre, c'était un baromètre qui ne fonctionnait pas. « Peut-être qu'il fonctionne, avait dit Wendy quelques semaines auparavant. Peut-être que c'est le baromètre de notre mariage. » Elle était passée par une période particulièrement méchante au moment de la préparation des papiers du divorce, faisant déferler un déluge de communications sur la répartition de leurs possessions maritales, la « division », autrement dit, Wendy avait tout et Vince, rien. Pas un mot de plainte de sa part depuis qu'elle avait été frappée avec son club de golf.

« T'es obligé de reconnaître, poursuivit Steve, qu'elle te provoquait, Vince. Il serait compréhensible que tu la tues. » Quel était le rôle de Steve, exactement

– témoin à charge ? Wendy avait marchandé pour avoir la garde du chien mais elle ne voulait pas le baromètre. « Tu peux le prendre », avait-elle déclaré comme si elle était particulièrement généreuse. *Tu sais quoi, Vince, je vais garder le chien et tu prends le baromètre.* Non, elle n'avait pas dit ça, en réalité, mais elle aurait pu. Il devait essayer de récupérer Sparky. Le pauvre n'avait certainement aucune idée de ce qui se passait. Ashley non plus, bien entendu. Toujours pas de nouvelle d'elle. Où était-elle ? Allait-elle bien ? Était-elle encore avec les orangs-outans ?

Ashley reviendrait dans cette maison, la maison de son enfance, et découvrirait qu'elle était devenue une scène de crime. Il devrait lui laisser un mot, au cas où il ne serait pas là. Il arracha une feuille de papier sur le bloc qu'ils gardaient à côté du téléphone et gribouilla un message à l'intention de sa fille. Il le cala devant le bonsaï de Wendy. Le petit arbre paraissait déjà plus grand, comme libéré de la camisole de force imposée par sa geôlière.

La voiture de Wendy se trouvait dans le garage. Pour s'y rendre, il fallait passer par la pelouse et Vince ne put s'empêcher de la contempler longuement. Voilà l'endroit où elle était morte. Elle avait dû courir, essayer de fuir son agresseur. Pour la première fois peut-être depuis que ça avait eu lieu, la mort de Wendy lui paraissait réelle. Il ne s'était écoulé que quelques jours (il avait perdu la notion du temps) depuis son assassinat, mais l'herbe avait déjà poussé plus qu'elle ne l'aurait trouvé tolérable.

Dans le garage, il prit le petit escabeau pendu à un

crochet et le plaça sous une des poutres. Si quelqu'un l'avait épié à ce moment-là, il aurait pu penser qu'il était sur le point de se pendre. L'image du visage de la fille aux Bouleaux Blancs apparut soudain devant ses yeux et il vacilla quelques instants, puis retrouva son équilibre et passa sa main sur le dessus de la poutre sale. Une écharde lui rentra dans la paume mais il continua à tâtonner jusqu'à trouver ce qu'il cherchait.

Il monta dans la voiture, démarra et sortit en marche arrière. Je suis aux commandes, maintenant. Il rit. On aurait cru qu'il était fou, il le savait, mais il n'y avait personne pour l'entendre. Étonnamment, il se souvenait de l'itinéraire jusqu'aux Bouleaux Blancs.

Lorsqu'il arriva, il entra sans fléchir. Il était porté par l'importance de sa mission. La première personne qu'il rencontra était Andy. Andy le regarda, l'air horrifié. « Vince ? fit-il. Mais qu'est-ce que tu fous, Vince ? Vince ! »

Sometimes you're the windshield[1]

Andy était passé acheter les harengs demandés en allant aux Bouleaux Blancs. Il avait une faim de loup, il ne se souvenait pas de quand datait son dernier repas, même s'il n'était pas encore assez affamé pour manger un hareng froid. Est-ce qu'on pouvait les manger froids – comme un genre de sushi ?

Il venait retrouver Tommy – il voyait sa Mercedes arrêtée en dérapage au milieu de l'allée. Tommy avait une manière tellement arrogante de se garer. Aux Bouleaux Blancs, le calme semblait être revenu après la tempête. Demeurait le problème de la disparition de Jasmine, mais en dehors de cela, les écoutilles avaient été fermées, visiblement, et tout paraissait prêt pour la fermeture définitive. S'ils devaient déplacer toutes les filles et quitter cet endroit, ils allaient avoir besoin de Vasily et Jason, mais leurs véhicules n'étaient pas là.

Le même calme régnait dans le bâtiment. Il faisait

---

1. « Parfois tu es le pare-brise, parfois tu es l'insecte », extrait de la chanson « The Bug », chantée par Mary Chapin Carpenter et Dire Straits.

une chaleur suffocante, comme si le temps clément des derniers jours était entré et avait été piégé à l'intérieur, pour se transformer en une ambiance léthargique, donnant une épaisseur presque tangible à l'air. Un silence de mort dominait aussi – cette atmosphère commençait à provoquer un certain malaise chez Andy. Personne dans les chambres en bas. Où était Tommy ? Où étaient Vasily et Jason ?

Et tout à coup… ce n'était pas Tommy, mais Vince. Vince qui avançait d'un pas décidé dans le couloir vers Andy, le visant avec une arme. Une arme ! Vince !

« Vince ? fit Andy alors que Vince continuait à avancer. Mais qu'est-ce que tu fous ? Vince ? Vince ! »

Sans avertissement, Vince appuya sur la détente. La force de la balle propulsa Andy vers l'arrière, l'envoyant voler dans un genre de roulade clownesque, les bras et les jambes s'agitant en tous sens, et il tomba par terre. Il avait reçu une balle. Il avait reçu une putain de balle ! Il hurla comme un lapin qu'on égorge. « Tu m'as tiré dessus, bordel ! » cria-t-il à Vince.

Vince marqua une courte pause, le regardant sans le moindre état d'âme, puis il se remit à avancer, toujours dans la direction d'Andy, toujours avec ce visage de dément. Andy s'empressa de se remettre debout, et partit en trébuchant, malgré la douleur aiguë dans son… son quoi ? Poumon ? Ventre ? Cœur ? Il se rendit compte qu'il ne savait rien sur l'anatomie de son propre corps. Un peu tard pour commencer à apprendre maintenant. Dopé par la terreur, il remonta le couloir en chancelant, rebondit contre quelques murs, entra dans un autre couloir puis se hissa dans l'escalier, s'attendant à chaque instant à ce qu'un déferlement de balles lui tombe dessus et l'achève. Il n'en vint aucune, Dieu soit loué, et maintenant, il s'abritait dans une des chambres. Une chambre qui, à sa grande surprise (bien que rien ne pût le surprendre davantage que de se voir tirer dessus), contenait toutes les filles. Tommy avait dû les amener ici, toutes, comme du bétail, pour faciliter leur déménagement.

Elles étaient toujours menottées avec les attaches en plastique et se trouvaient plongées dans des états de léthargie à des degrés divers, ce qui était un soulagement pour Andy, car il était la proie, désormais, n'est-ce pas ? Foxy était venu se planquer. Si elles avaient été plus en forme, les filles se seraient peut-être retournées contre lui comme des chiens de meute et l'auraient mis en pièces.

Les deux Polonaises de la veille au soir étaient serrées l'une contre l'autre près de la fenêtre. Il eut l'impression de retrouver de vieilles connaissances mais il se dit qu'elles ne lui proposeraient aucune aide. L'une d'elles, Nadja, souleva un peu ses paupières lourdes et le contempla sans le voir. Ses pupilles étaient deux grands gouffres noirs. Il eut peur d'être aspiré et englouti tout entier. « Ma sœur..., murmura-t-elle. Katja ? », et il répondit. « Ouais, chérie, elle est là, juste à côté de toi. » Nadja marmonna quelque chose en polonais puis se rendormit.

Andy sortit son portable, très lentement, en essayant de se dissocier de la douleur atroce – et fit le numéro de Tommy. Le réseau était toujours très faible à l'intérieur des Bouleaux Blancs. Il se demanda si c'était parce que les murs étaient très épais. C'était le genre de choses que Vince devait savoir. Aucune réponse de Tommy. Il composa le numéro de Steve et tomba sur sa messagerie. (Personne ne répondait donc plus au téléphone ?) « Steve, Steve, chuchota Andy d'une voix fébrile. Où es-tu ? Il faut que tu viennes aux Bouleaux Blancs. Tout de suite. Vince a pété les plombs. Il a une arme. Il m'a tiré dessus. Amène-toi. Et trouve Vasily et Jason. » Il coupa la sonnerie de son téléphone ; il avait vu assez de films d'horreur pour savoir que le portable sonnait toujours très fort et signalait la position de son propriétaire au moment précis où le tueur psychopathe était sur le point d'abandonner les recherches. Vince déchaîné. Bon sang, qui l'aurait cru ? Wendy, peut-être. Rhoda avait raison, il avait dû la tuer, elle aussi. Depuis tout ce temps ils jouaient au golf avec un meurtrier psychopathe. Qui avait un handicap de merde, en plus.

Il entendit le bruit d'une voiture qui démarrait et réussit à approcher de la fenêtre à temps pour voir la Mercedes de Tommy faire voler des gerbes de graviers sous ses pneus et disparaître dans l'allée. Le salaud, il avait pourtant dû entendre la détonation ! Et maintenant, il le laissait mourir ici tout seul. Bravo, l'amitié.

Il voyait le sang qui sortait par à-coups de son flanc comme un puits de pétrole à l'air libre. Il n'avait rien pour comprimer la plaie ; tout à coup, il se souvint du foulard de Maria, en deux morceaux, dans sa poche. Il réussit à les extraire, chaque mouvement provoquant une douleur insupportable, et les poussa contre la blessure. Il regrettait de ne pas avoir gardé sa croix aussi. Il avait oublié Dieu pendant sa vie. Il se demanda si Dieu l'avait oublié. Il connaissait la moindre créature, n'est-ce pas ? Mais connaissait-il les ordures ?

Son portable vibra furieusement et la bouille de Lottie apparut sur l'écran. Il aurait bien voulu que ce soit Lottie à l'autre bout, elle serait probablement plus utile que Rhoda, elle aurait sûrement plus d'empathie pour lui s'il essayait de lui expliquer la situation délicate dans laquelle il se trouvait. (« Tu as reçu une balle ? Tirée par Vince Ives ? Parce que tu es un trafiquant d'esclaves sexuelles ? Parce qu'une fille est morte ? Eh bien, bonne chance, Andrew. »)

La conversation sortit Katja de son apathie. Elle se mit à baragouiner en polonais et Andy chuchota : « Rendors-toi, chérie » et constata avec surprise qu'elle obéissait et fermait les yeux.

« Tu parles à qui ? » demanda Rhoda sèchement. Il ajusta la position du bras qui tenait le téléphone et la douleur fusa dans son corps comme un éclair. Quand il était petit, sa mère ne le consolait jamais s'il se faisait mal, elle le rendait toujours responsable. (« Eh bien, tu ne te serais pas cassé le bras si tu n'avais pas sauté du mur, Andrew. ») Si elle l'avait embrassé et serré dans ses bras, sa vie aurait pu être complètement différente. Il gémit doucement. « C'est toi qui fais ce bruit, Andrew ? Mais qu'est-ce que tu fabriques ? Est-ce que tu as bien pris les harengs ? Tu es là ? Andrew ?

— Ouais, je suis là, soupira Andy. T'inquiète pas, j'ai les harengs. Je serai bientôt à la maison. » Dans un sac mortuaire, très probablement, songea-t-il. « Au revoir, chérie. »

C'était certainement les derniers mots qu'il lui adressait. Il aurait dû lui dire où se trouvait tout l'argent qu'il avait caché. Elle ne pourrait jamais se prélasser près de sa piscine avec ses piñas coladas, désormais. Elle serait surprise lorsqu'elle découvrirait où s'était arrêtée la vie de son mari. Ou peut-être qu'elle ne le serait pas. C'était difficile à savoir, avec Rhoda, elle ressemblait à Lottie, de ce point de vue-là.

Soit il allait mourir ici, soit il allait devoir essayer de trouver de l'aide en risquant que Vince l'abatte – auquel cas il mourrait de toute manière. Rester et attendre d'être abattu ne semblait pas être une option, alors, un centimètre douloureux après l'autre, il se mit à ramper vers la porte. Il pensa à Maria et Jasmine. L'une était restée, l'autre s'était enfuie. Il regrettait qu'elles n'aient pas toutes les deux choisi de s'enfuir. Il regrettait de ne pas pouvoir remonter le temps, jusqu'à l'Ange du Nord, à l'appartement de Quayside, à l'aéroport, à l'avion, au moment où elles avaient tapé « agences de recrutement UK » sur Google ou à la recherche qu'elles avaient faite pour trouver Anderson Price Associates. Il regrettait qu'elles ne soient pas encore en train de suer sang et eau sur des machines à coudre à Manille pour fabriquer des jeans Gap, en rêvant à une vie meilleure en Grande-Bretagne.

Sa progression d'une lenteur exaspérante fut encore ralentie par la position des Polonaises. Il dut ramper par-dessus les soeurs, tout en marmonnant des excuses. « Désolé, chérie », murmura-t-il tandis que Nadja se réveillait à nouveau. Elle lutta pour se mettre assise et il vit que ses yeux n'étaient plus que des gouffres noirs. Ses pupilles s'étaient rétrécies jusqu'à n'être plus que des têtes d'épingles, qui cherchaient à s'insinuer au tréfonds de son âme. Elle fronça les sourcils en le regardant et demanda : « On vous a tiré dessus ?

— Ouais, on dirait bien.
— Avec un pistolet ?
— Ouais.
— Où il est ? Le pistolet ? »

Sam'Sufy

Un Browing 9 mm, l'arme standard de l'armée, qui avait été remplacée par le Glock, il y avait quelques années. Les transmissions. Dans une autre vie. Voilà ce que Vince Ives avait dit lorsqu'ils étaient tombés ensemble de la falaise. Il avait dû rapporter en douce son arme à la maison, probablement en rentrant après son dernier déploiement. Jackson connaissait des gars qui avaient fait ça – la considérant plus comme un souvenir que comme une arme. Quelque chose qui vous rappelait qu'un jour vous aviez été soldat. Il y avait toujours cette impression – qui se confirmait généralement par la suite, malheureusement – que lorsque vous quittiez l'armée, vous laissiez derrière vous la meilleure partie de votre vie.

Vince avait mentionné le Kosovo. Ou était-ce la Bosnie ? Jackson n'arrivait pas à se rappeler. Il aurait bien voulu, parce que cela l'aurait peut-être aidé pour la conversation qu'il était en train d'avoir en ce moment précis. C'était une chose, de parler à un type pour le convaincre de ne pas sauter d'une falaise, mais c'en était une autre de le persuader de poser l'arme qu'il pointait sur vous, surtout quand il avait un éclat de folie dans le regard, comme un cheval tout à coup pris de frayeur.

« Vince, fit Jackson, en levant les bras dans un geste d'apaisement, c'est moi, Jackson. Vous m'avez téléphoné, vous vous souvenez ? » (*Appelez-moi, si vous avez besoin de parler.*) Peut-être qu'il devrait cesser de distribuer sa carte si généreusement si ça finissait ainsi.

Il avait reçu un appel téléphonique fébrile à peu près une demi-heure auparavant. Vince lui donnait des instructions confuses sur la manière de venir jusque-là, disant qu'il avait un souci – ou qu'il y avait un souci, Jackson ne savait pas trop. Peut-être les deux, finalement. Est-ce que Vince faisait une dépression – à nouveau planté au sommet d'une falaise, sur le point de sauter ? Ou peut-être avait-il été arrêté pour le meurtre de sa femme. La dernière chose à laquelle Jackson s'attendait, c'était que le type ait une arme ou qu'il la tienne bien droit, parfaitement dans l'axe de la cible invisible qui était le cœur de Jackson. *Un pistolet est assez sanglant*, avait-il dit la veille au type qui jouait Collier, Sam/Max/Matt. C'était bien vrai.

Jackson eut une vision dérangeante de lui sur la table de la morgue avec Julia pesant son cœur au creux de sa main. *Homme en bonne santé. Pas le moindre signe d'un problème cardiaque.* D'après la voyante qui était installée sur la côte, son avenir était entre ses mains à lui. Mais c'était faux, il se trouvait entre les mains de Vince Ives.

« Désolé, lança Vince en baissant le bras qui tenait

le pistolet, et en ayant le bon goût de paraître un peu honteux. Je n'avais pas l'intention de vous effrayer.

— C'est pas grave, Vince. » Faire en sorte que le type reste calme, concentré. Lui enlever son arme.

« C'est la merde.

— Je sais, mais ça va aller, le rassura Jackson. Vous allez vous en sortir (un cliché tout droit sorti de *Collier*), il faut juste que vous posiez ce pistolet. » Il fouillait dans sa mémoire à la recherche d'une parole de chanson qui convienne à la situation ou d'une autre expression de *Collier*, mais Vince répondit avec impatience : « Non, la merde, c'est cet endroit. Ce qui se passe ici.

— Qu'est-ce qui se passe ici ?

— Venez voir vous-même. »

Vince fit visiter le rez-de-chaussée à Jackson – les chambres comme des cellules, les matelas crasseux, l'atmosphère fétide chargée de désespoir. Vince semblait détaché, comme un agent immobilier impartial. Jackson soupçonnait qu'il fût en état de choc.

Dido, normalement placide, avait accompagné Jackson à l'intérieur des Bouleaux Blancs – les chiens meurent dans les Toyota laissées en plein soleil, tout ça – et elle frémissait comme un chien renifleur agité. Il décida de lui mettre sa laisse et de l'attacher dans le hall. Elle en avait assez vu et, quoi qu'il se passe ici, cela ne la regardait pas.

Lorsqu'il retrouva Vince, il était dans une des pièces, perdu dans ses pensées. Il y avait une fille morte ici hier, dit-il. Plus de fille, là, ni vivante ni morte. Plus de filles du tout. Jackson commença à se demander si toute cette affaire n'avait pas été inventée de toutes pièces par l'imagination surmenée de Vince.

« Peut-être qu'ils les ont déplacées. Une des filles s'est enfuie, ils doivent avoir peur qu'elle puisse retrouver cet endroit. Ils ne les gardent pas longtemps ici de toute manière, si j'ai bien compris. »

Ils ? Anderson Price Associates, expliqua Vince. Il n'y avait ni Anderson ni Price, l'affaire était menée par des gens qu'il connaissait. « Des amis, ajouta-t-il, d'un air grave. Tommy, Andy et Steve. »

On aurait dit les noms de présentateurs d'émissions pour enfants, pensa Jackson, mais là, les antennes de ses petites cellules grises s'activèrent. « Il ne s'agirait pas de Tommy Holroyd, par hasard ? Le mari de Crystal ?

— Ouais, fit Vince. Crystal mérite mieux. Vous la connaissez ? Vous l'avez rencontrée ?

— En quelque sorte.

— Tommy Holroyd, Andy Bragg, Steve Mellors. Les Trois Mousquetaires, ajouta-t-il, sarcastique.

— Steve Mellors ? Stephen Mellors ? Avocat à Leeds ?

— Vous le connaissez aussi ? fit Vince, soupçonneux. Vous n'êtes pas de mèche avec eux, dites-moi ? » Jackson le vit serrer la crosse de son pistolet. Était-ce juste pour la frime ? L'homme avait appartenu aux transmissions, bon sang, avait-il tiré dans une véritable situation de combat ? Plus pertinent, avait-il vraiment le cran d'abattre quelqu'un de sang-froid ?

« Bon sang, non, Vince. Détendez-vous, d'accord ?

C'est juste une coïncidence. Il m'arrive de travailler pour lui. Des missions de contrôle d'informations. » Il n'était pas complètement surpris. La frontière était poreuse entre le bon et le mauvais côté de la loi, et Stephen Mellors était le genre de type qui se sentait à l'aise dans l'ambiguïté.

« Sacrée coïncidence », marmonna Vince.

N'est-ce pas, pensa Jackson. Même dans toute une vie de coïncidences, celle-ci était étrange. Il se demanda s'il avait été attiré sans s'en rendre compte dans cette conspiration diabolique. Puis il se souvint qu'il n'avait jamais besoin de chercher les ennuis, comme Julia le lui rappelait souvent, les ennuis le trouvaient toujours.

« Et où sont-ils ? Tommy, Andy et Steve ?

— Je ne sais pas où est Steve. Je viens de voir Tommy partir. Andy est quelque part dans le bâtiment. Il n'a pas pu aller loin. Je lui ai tiré dessus.

— Vous lui avez tiré dessus ?

— Oui. »

Bon, ce n'était pas de la frime. « Je me sentirais beaucoup mieux si vous rangiez ce pistolet, Vince.

— Pour être honnête, je me sentirais mieux en ne le rangeant pas. »

Dans le couloir, Jackson remarqua la présence de taches de sang sur les murs ici et là et, lorsqu'ils commencèrent à monter l'escalier, il nota une empreinte de main ensanglantée – cela n'augurait rien de bon. À l'école maternelle qu'avait fréquentée Marlee, les enfants avaient fabriqué un arbre qui avait été accroché au mur. Les feuilles étaient des empreintes de leurs petites mains, trempées dans des peintures vertes de différentes nuances, et Miss Carter avait écrit leur nom sur chacune d'elles. « L'arbre de vie », l'avait-elle appelé. Il se demanda si Marlee s'en souvenait. Elle faisait partie de son arbre de vie. Et maintenant, elle commençait à faire pousser son arbre à elle, avec des racines enfoncées dans le sol et des branches qui grandissaient. Il eut l'impression de se perdre dans une forêt dense de métaphores.

Toutes ses pensées d'arbres et de métaphores disparurent brusquement lorsque Vince ouvrit la porte d'une des chambres. Elles étaient là. Les filles. Jackson en compta sept, dans différents états de délabrement, droguées jusqu'au trognon et menottées avec des liens en plastique. Il perçut l'odeur ferreuse de sang frais. On se serait cru dans l'antichambre d'un abattoir.

« Je vais appeler les secours, vous voulez bien, Vince ? » Il valait mieux laisser croire à l'homme qui était armé qu'il dirigeait les opérations. Parce qu'en réalité, c'était le cas.

« Mais pas la police, rétorqua Vince.

— On a besoin de la police, Vince. Je compte au moins trois délits majeurs ici, sans parler du type sur lequel vous avez tiré. » Jackson avait l'impression d'avoir passé les vingt-quatre dernières heures à essayer – sans réussir – de persuader des gens de tendre la main pour saisir l'extrémité du long bras de la loi.

« Pas la police, répéta Vince calmement. Je m'en occupe. »

S'en occuper ? Qu'est-ce que ça signifiait ? se

demanda Jackson en composant le 999 sur son portable. « Pas de réseau, dit-il à Vince, en lui montrant son téléphone pour lui en fournir la preuve. Je vais juste dans le couloir, OK ? » Jackson n'allait certainement pas laisser les services de secours se jeter dans une embuscade. Vince avait déjà tiré sur une personne, qui pouvait affirmer qu'il n'était pas prêt à tirer sur d'autres ? À opter pour le scénario classique de meurtre et de suicide dans un déchaînement de violence, en embarquant tout le monde avec lui comme un pilote kamikaze ?

Mettant sa main en coupe devant sa bouche pour étouffer le son, Jackson donna au standardiste son ancien numéro de matricule, espérant qu'il ne vérifierait pas. C'était un délit de se faire passer pour un policier, mais dans la hiérarchie des délits, il s'en commettait de bien plus graves autour de lui. Malheureusement, la voix du standardiste à l'autre bout commença à s'effilocher, et la partie toucha à sa fin lorsque Vince apparut à côté de lui. « Vous n'avez pas appelé la police, hein ? » demanda-t-il en faisant signe à Jackson de retourner dans la pièce avec le pistolet, comme s'il était préposé à la circulation.

« Non », mentit Jackson.

Jackson fit le tour, armé de son fidèle Leatherman, et coupa toutes les attaches en plastique. Les filles se méfiaient de lui, et de la lame, il ne cessait de répéter : « Tout va bien, je suis policier », ce qui semblait plus positif que la même phrase au passé. En même temps cela ne faisait guère de différence pour elles puisque l'anglais n'était pas leur langue maternelle. Sa voix parut les apaiser. Il les examina. Leurs blessures étaient surtout des hématomes, du genre de ceux qu'on garde après avoir été tabassé. Jackson pensa à Crystal Holroyd et aux coups qu'elle avait pris hier. Il tressaillait toujours quand il revoyait la scène. Il n'arrivait pas à imaginer qu'elle soit au courant de cet endroit, qu'elle sache comment Tommy gagnait l'argent qui lui permettait d'avoir un mode de vie auquel elle n'était pas habituée avant de le rencontrer. Il aimait l'idée qu'elle soit du côté des gentils.

Vince rangea son pistolet nonchalamment, le glissa dans sa ceinture, dans son dos ; puis il distribua de l'eau aux filles et murmura : « Vous êtes en sécurité maintenant, n'ayez pas peur. » Jackson examina le pistolet. À quelle vitesse Vince était-il capable de dégainer ? se demanda-t-il. Est-ce qu'il le descendrait, vraiment ? À voir la douceur dont il faisait preuve avec les filles, cela paraissait peu probable, mais Jackson était-il prêt à prendre ce risque ?

Ils travaillèrent comme des médecins sur un champ de bataille – rapides et efficaces. La pièce tenait un peu de la zone de guerre. Une bataille de plus dans la guerre contre les femmes.

Une histoire vieille comme le monde. Disney, pensa Jackson. Il avait vu *La Belle et la Bête* en cassette vidéo avec Marlee quand elle était petite. (La cassette vidéo ! Grands dieux, on aurait dit un truc sorti de l'Arche.) Et maintenant, Marlee avait rencontré son prince charmant, et elle était sur le point de mordre dans la pomme empoisonnée de la vie heureuse avec beaucoup d'enfants. (*Pourquoi tu ne peux pas être content pour moi, papa ? Qu'est-ce qui ne va pas, chez toi ?)* Marlee avait vingt-trois ans, elle aurait pu être une des captives aux Bouleaux Blancs. Ces filles avaient toutes une histoire – une vie, pas une histoire – et pourtant ici, elles avaient été réduites à des marchandises anonymes. Cette pensée lui serra le cœur. Pour elles. Pour toutes les filles. Toutes les filles de tous les pères.

Jackson tendit l'oreille, guettant l'approche de sirènes, mais il n'entendait rien d'autre que le silence. Il ne cessait de toucher du sang poisseux, frais, qui ne provenait pas des filles. L'homme sur lequel Vince avait tiré, probablement. Andy. Tommy, Andy et Steve. La bande des trois.

« Bon, lança Vince en se mettant soudain debout. Je ferais mieux d'aller à la recherche de ce salopard d'Andy et de l'achever. »

Vince n'eut pas besoin d'aller bien loin car, quelques instants plus tard, Andy les trouva ; il entra dans la pièce en vacillant, puis s'écroula contre un mur. Le sang partout était visiblement le sien.

« Aidez-moi. Je suis en train de crever. » Jackson l'informa qu'une ambulance était en route, mais lorsqu'il fit un geste pour l'aider, Vince le mit en joue à nouveau et déclara : « Non. Pas question. Laissez ce salopard se vider de son sang. »

« Andy ? Vince ? Mais qu'est-ce qui se passe ici ? » Stephen Mellors. Que Jackson avait vu pour la dernière fois dans un bar à Leeds, en train de jauger les atouts de Tatiana. Tommy, Andy et Steve. Qui serait la personne suivante à entrer dans la pièce ? Tatiana, peut-être ? Accompagnée de son père, le clown ? Parce que vraiment, on était au cirque. Stephen Mellors était venu à la fête armé, comme Vince ; il tenait une batte de base-ball comme n'importe quel malfrat ordinaire. Soudain, il remarqua la présence de Jackson et fronça les sourcils. « Brodie ? Mais qu'est-ce que... ?

— On est pas là pour prendre le thé, Steve, l'interrompit Vince. Ni pour faire les présentations. Ni pour jouer à un, deux, trois, soleil et manger une glace. Va là-bas, ordonna-t-il en gesticulant avec son pistolet. Va t'asseoir par terre, dans le coin, mon vieux pote, ricana-t-il.

— Calme-toi, Vince », répondit Stephen Mellors, ce qui, comme chacun sait, est la pire chose qu'on puisse dire à quelqu'un qui gesticule avec une arme à la main. « OK, OK », fit-il lorsque Vince le tint en joue. Il se renfrogna et s'assit par terre.

« Et pose cette putain de batte. Bien. Maintenant, avec ton pied, tu l'envoies vers moi.

— Je suis en train de crever, là, marmonna Andy, au cas où personne n'aurait remarqué.

— T'es juste blessé au bras, dit Vince. Arrête d'en faire toute une histoire.

— Il me faut l'extrême-onction.

— Non, t'en as pas besoin, même si je ne sais pas ce que c'est. »

Jackson le catholique, même s'il ne pratiquait plus, se demanda si une explication serait la bienvenue, puis changea d'avis car Vince pointait son Browning directement sur la tête de Stephen Mellors ; peut-être que ce serait lui qui aurait bientôt besoin de l'extrême-onction. « Ne le descendez pas, dit-il. Ce n'est pas ce que vous voulez, Vince. » (Une autre réplique récurrente tirée de *Collier*.)

« Si.

— La police est en route.

— Vous mentez. De toute façon, ça n'a plus d'importance. Vous savez, poursuivit-il sur le ton badin de la conversation, ils auraient aussi bien pu se trouver dans un pub, quand j'étais dans l'armée, certains gars affirmaient qu'ils préféraient mourir au combat – en se battant – plutôt que de vivre jusqu'à quatre-vingt-dix ans. En avançant laborieusement dans la vie, ajouta-t-il avec un petit rire. Et je n'arrivais pas à comprendre comment ils pouvaient penser ça.

— Et maintenant, vous y arrivez ?

— Ouais. Je parie que c'est ce que vous pensez aussi.

— Non, dit Jackson. Autrefois, peut-être, mais pas aujourd'hui. Personnellement, je suis heureux d'avancer laborieusement jusqu'au bout. J'aimerais bien faire la connaissance de mes petits-enfants. Posez ce pistolet, Vince. » Continue à le faire parler, pensa Jackson. Les gens qui parlent ne tirent pas. « Pensez à votre fille, Vince – Ashley, c'est ça ? La police va arriver avec une équipe des Forces spéciales. Ils risquent de vous tirer dessus et, quand ils tirent, c'est pour tuer.

— La police ne va pas venir. »

Apparemment, il se trompait. Elle était déjà là. Deux jeunes femmes entrèrent dans la pièce ; on était loin de l'équipe des Forces spéciales, néanmoins, c'était un véritable cirque à trois pistes.

« Inspectrice Ronnie Dibicki, se présenta l'une d'elles en montrant son insigne, je vous demande de poser cette arme avant que quelqu'un ne soit blessé.

— Je suis blessé », marmonna Andy Bragg.

Jackson fut impressionné par leur fermeté face à une arme chargée. Elles étaient courageuses, se dit-il. Les hommes s'écroulaient. Les femmes faisaient front.

« Cet homme a besoin de soins médicaux d'urgence », dit l'une des inspectrices en s'accroupissant à côté d'Andy Bragg.

Elle était sur le point de lancer un appel radio mais Vince déclara : « Ne faites pas ça. Levez-vous, éloignez-vous de lui.

— Ça va aller, une ambulance est en route », assura Jackson. Plusieurs ambulances, espérait-il.

« Fermez-la, dit Vince. Tous. » Sans surprise, il devenait de plus en plus nerveux. Il contenait un groupe nombreux avec ce pistolet, y compris deux agents de police, qui toutes deux semblaient le connaître. (*Mr Ives, vous vous souvenez de moi ? Ronnie Dibicki.*)

« Est-ce que quelqu'un peut m'expliquer ce qui se passe ici ? Mr Brodie ? demanda l'une d'elles à Jackson.

— Au-delà des apparences ? Non. » Il marqua une pause, s'interrogeant sur le Mr Brodie. « Comment connaissez-vous mon nom ?

Mr Brodie, c'est moi. Reggie. Reggie Chase.

— Reggie ? » Les mots se télescopaient dans tous

les sens. Jackson pensa qu'il était peut-être devenu fou. Ou qu'il avait des hallucinations. Qu'il se trouvait dans une réalité alternative. Ou les trois à la fois. (Reggie ! La petite Reggie Chase !)

« Arrêtez-le, dit Vince à la jeune femme en pointant son pistolet sur Steve Mellors. Il s'appelle Stephen Mellors et il est le cerveau de toute cette affaire. » Andy Bragg grogna quelque chose – il semblait en désaccord sur le mot « cerveau ».

« Parce que si vous ne l'arrêtez pas, je le descends. » Il se rapprocha de Mellors et dit « Arrêtez-le » une nouvelle fois, le canon maintenant à quelques centimètres de sa tête. « Je vous promets que je le descends si vous ne l'arrêtez pas. C'est l'un ou l'autre, vous choisissez. Je préférerais le tuer mais je concéderai une arrestation.

— Mais… bordel », lâcha Mellors. Jackson fut apparemment le seul qui vit Ronnie Dibicki sortir discrètement de la pièce tandis que tout le monde était focalisé sur le pistolet et sa proximité avec la tête de Stephen Mellors.

« Stephen Mellors, je vous arrête car vous êtes suspecté de… », commença Reggie. Elle lança un coup d'œil à Jackson et il enchaîna : « Essayez dommages corporels, pour commencer. Je suppose que vous pourrez ajouter le Modern Slavery Act par la suite. Ainsi que quelques autres accusations de choix.

— Stephen Mellors, reprit Reggie avec un regard noir en direction de Jackson. Je vous arrête car vous êtes soupçonné d'agression ayant causé de sérieuses blessures corporelles. Vous n'êtes pas obligé de révéler quoi que ce soit mais il peut être dommageable pour votre défense que vous ne mentionniez pas lors de l'interrogatoire quelque chose dont vous comptez vous servir ensuite devant la cour. Tout ce que vous direz pourra être utilisé comme preuve. »

À ce moment-là, une des filles se mit soudain debout et pointa un doigt vers Stephen Mellors comme un personnage accusant quelqu'un dans un mélodrame. « Mark Price, dit-elle. Vous êtes Mark Price. »

Transports

Elle rêvait de quetsches. Quelques jours auparavant elles étaient assises toutes les trois ensemble – Nadja, Katja et leur mère – sur le petit balcon de l'appartement de leur mère, pour manger des quetsches qui se trouvaient dans un vieux saladier en plastique. Elles avaient la même couleur que des hématomes. De gros hématomes violets.

Elles avaient ramassé les fruits lors d'une visite à la ferme de leur grand-père. Pas vraiment une ferme, plutôt une petite propriété, mais il faisait pousser de tout. Des prunes, des pommes, des cerises. Des concombres, des tomates, des choux. Quand elles étaient enfants, elles l'aidaient à fabriquer la choucroute, pressant le chou avec le sel jusqu'à ce que les feuilles soient molles. Il avait un grand tonneau en bois sous son porche. Une épaisse couche de moisissure sur le dessus l'empêchait de geler en hiver. Autrefois, cela dégoûtait Katja. Elle n'avait jamais eu l'estomac très résistant – leur mère disait qu'elle était difficile, mais en réalité, elle était surtout obsédée par son poids.

Katja n'aimait pas non plus aller chasser avec son grand-père. Ce n'était pas tellement le fait de tuer qu'elle n'aimait pas, c'était le dépeçage et le vidage ensuite. Leur grand-père pouvait retirer la peau d'un lapin en quelques secondes ; puis il l'éventrait et laissait tomber ses entrailles fumantes. Les chiens les dévoraient avant même qu'elles aient touché le sol. Nadja était une apprentie docile, le suivant partout dans les bois et les champs, à l'affût des lapins.

Des renards aussi, même si Katja prétendait que s'il ne tuait pas les renards, ils mangeraient les lapins et ensuite, on n'aurait plus besoin de se promener comme des cow-boys en tirant sur tout ce qui bougeait.

Nadja savait tirer. Le week-end dernier encore elle avait eu un renard, un gros mâle marron avec une queue énorme. Son grand-père accrochait les plus belles peaux sur la porte de sa cabane à bois. « Mes trophées », disait-il.

Nadja était sa préférée. « Ma petite fortiche », l'appelait-il. Katja s'en fichait. Elle se fichait de tout sauf du patinage. Nadja renonça à la danse pour que leur mère puisse financer toutes les dépenses. Elle n'en voulait pas à sa sœur – peut-être que c'était un soulagement, finalement, car elle n'était plus obligée de se dépasser. Elle adorait Katja. Elles étaient proches, meilleures amies. Elle assistait à toutes ses compétitions. Détestait la voir perdre ou tomber, elle était tellement belle sur la glace. Quand elle dut arrêter, Nadja souffrit presque autant que Katja.

Elles avaient ramassé toutes les prunes, récupérant jusqu'aux dernières, les plus petites, les plus imparfaites. Leur grand-père fabriquait sa propre slivovitz. Ce spiritueux pouvait vous arracher la tête. Elles devraient emporter une bouteille à Londres, dit-il. Pour montrer aux Anglais ce qu'était une vraie boisson. Il n'avait jamais pardonné à Churchill d'avoir trahi les Polonais après la guerre. Katja se fichait pas mal de l'histoire. « Grand-père, c'est fini tout ça, maintenant. »

Nadja avait été réveillée par quelque chose et ensuite, elle s'était rendormie. Andy était venu. Pendant quelques instants, elle crut qu'il allait prendre soin d'elle, et ensuite, elle se souvint de ce qui leur était arrivé. À elle et à sa sœur.

Elle se réveilla à nouveau et entendit Katja dire : « Vous êtes Mark Price. » Sa sœur la secoua : « Nadja, c'est Mark Price. »

Les quetsches étaient violettes. Comme des hématomes. Elle arrivait presque à sentir leur goût sur sa langue. Elle était réveillée.

Chez les heureux du monde[1]

« Doux Jésus, murmura Ronnie. Mais c'est quoi, cet endroit ?

— Fais attention, il y a du sang ici. » Il y avait une trace de main sur le mur, comme une peinture rupestre, et d'innombrables taches et gouttes sur le vieux lino de l'escalier. « Tout frais. Attention à ne pas glisser », ajouta Reggie tandis qu'elles suivaient la piste. De vrais limiers, pensa Reggie. Elles visitèrent rapidement le rez-de-chaussée et, même sans les traces de sang, les indices révélant qu'il se passait quelque chose de très vilain ici étaient nombreux.

Un chien était attaché dans le hall d'entrée ; elles l'avaient observé avec circonspection avant de se rendre compte qu'il s'agissait d'une vieille femelle labrador qui agita la queue joyeusement quand elle les vit entrer dans le bâtiment.

« Bonjour ma grande », chuchota Reggie en caressant le sommet duveteux de sa tête.

---

1. Titre français du roman d'Edith Wharton intitulé *The House of Mirth* (1905).

À l'étage, la porte de la première pièce sur laquelle elles tombèrent était grande ouverte et, à l'intérieur, elles découvrirent un tableau épouvantable : des femmes brisées, terrorisées. Et un homme couché par terre en train de saigner et de gémir, parlant trop distinctement pour qu'il soit mourant, comme il le prétendait.

« Inspectrice Ronnie Dibicki », se présenta Ronnie en brandissant son insigne comme un bouclier. Reggie entra à sa suite et ce ne fut qu'après qu'elles aperçurent le pistolet. « Vincent Ives », murmura Ronnie. Reggie envisagea de lui faire une prise de karaté et d'envoyer valser l'arme d'un coup de pied (*Hi-yah !*) mais cela semblait trop dangereux, vu le nombre de gens qui se trouvaient dans la pièce et la probabilité que l'un d'eux reçoive une balle.

Ronnie choisit l'approche tout en douceur. « Mr Ives, commença-t-elle d'une voix suave comme si elle était une gentille maîtresse s'adressant à un écolier. Vous vous souvenez de moi ? Ronnie Dibicki. Nous avons parlé l'autre jour, dans votre appartement. Je vais vous demander de poser ce pistolet, avant que quelqu'un ne soit blessé. Vous pouvez faire ça ?

— Non, pas vraiment. Désolé. Éloignez-vous de la porte, s'il vous plaît ? » Vince leur fit signe avec son arme, poliment, comme une ouvreuse de cinéma. Reggie se rappela sa façon d'enlever les miettes de son canapé avant qu'elles s'asseyent. Elle jeta un coup d'œil à Ronnie. Allaient-elles vraiment se mettre de leur plein gré dans une situation de prise d'otages ?

Apparemment oui.

À l'intérieur, il y avait du monde. Reggie se rappela la loge de Barclay Jack la veille au Palace – une version cauchemardesque cette fois avec, pour autant que Reggie puisse en juger, une toute nouvelle distribution de personnages. Heureusement, pas de marionnette de ventriloque. Découvrir Jackson Brodie au cœur de cette mêlée n'avait rien d'anormal, finalement. Avec lui, le chaos n'était jamais loin.

Vincent Ives tenait en joue un homme recroquevillé dans un coin de la pièce. « Arrêtez-le », dit-il à Reggie. Il s'approcha de l'homme et tint l'arme tout près de sa tête, comme s'il était sur le point de l'exécuter. « Il s'appelle Stephen Mellors et il est le cerveau de toute cette affaire. Parce que si vous ne l'arrêtez pas, je le descends... C'est l'un ou l'autre, vous choisissez. »

Il n'y avait pas de mal à procéder à son arrestation, supposa Reggie, elle pouvait toujours le « désarrêter » plus tard s'il n'avait commis aucun délit, même s'il y avait peu de chances, vu la situation dans laquelle ils se trouvaient tous. Il semblait plus probable que d'autres délits viennent s'ajouter, plutôt que se soustraire. Alors, après avoir réfléchi quelques instants, elle obtempéra : « Stephen Mellors, je vous arrête car vous êtes soupçonné de... » Reggie hésita, pas trop sûre de l'accusation qu'elle pouvait formuler contre lui. Furieuse, elle lança un coup d'œil à Jackson Brodie, cherchant son autorité. D'une certaine façon, il était encore le policier senior, dans la pièce. Le senior tout court, en réalité.

Elle laissa échapper un soupir de frustration devant son propre comportement, devant celui de Jackson, mais elle suivit son conseil. « Stephen Mellors, je vous arrête car vous êtes soupçonné d'agression ayant causé de sérieuses blessures corporelles. Vous n'êtes pas obligé de révéler quoi que ce soit mais il peut être dommageable pour votre défense que vous ne mentionniez pas lors de l'interrogatoire quelque chose dont vous comptez vous servir ensuite devant la cour. Tout ce que vous direz pourra être utilisé comme preuve. »

On dit que, dans les moments de crise, le temps ralentit, mais pour Reggie, il s'accéléra. Tout arriva si rapidement qu'il fut difficile par la suite de retrouver le fil exact des événements.

Soudain, l'une des filles laissa échapper une exclamation de surprise et se remit sur ses pieds, en vacillant. Elle donnait l'impression de se réveiller d'un très long sommeil. Elle était minuscule – plus petite encore que Reggie – et elle avait les yeux noirs et le nez en sang. *Les petits animaux seulement.* Une fois debout, elle regarda fixement Stephen Mellors puis pointa un doigt sur lui et dit : « Mark Price. Vous êtes Mark Price. »

Elle se baissa et secoua la fille qui était affalée à ses pieds. Elles se ressemblaient tellement qu'elles devaient être sœurs. « Nadja », fit-elle en essayant de la réveiller. Reggie comprit les mots : « C'est Mark Price », mais le reste de la conversation eut lieu dans une langue étrangère, elle était quasiment certaine qu'elle parlait polonais. Reggie se retourna, cherchant Ronnie pour qu'elle traduise, mais sa coéquipière avait disparu. Elle avait dû partir chercher de l'aide.

L'autre fille, Nadja, se leva et, dans un mouvement étonnamment tonique pour quelqu'un qui semblait être à moitié dans le coma quelques instants auparavant, s'empara de l'arme que Vince tenait dans sa main. Stephen Mellors, qui visiblement la reconnaissait, se tordit, essayant de s'éloigner d'elle à tout prix, mais il n'y avait nulle part où aller. Il était déjà acculé de plus d'une manière et il n'y avait plus d'échappatoire possible. Nadja leva le Browning, le bras ferme, la visée parfaite, et elle mit une balle entre les omoplates de Stephen Mellors. Puis elle leva le bras à nouveau et déclara : « Pour ma sœur. » Et elle tira une seconde fois.

Le fracas fut assourdissant, et la détonation se répercuta dans la pièce pendant une éternité. Elle fut suivie d'un profond silence. Le temps, qui avait avancé si rapidement, fut tout à coup suspendu, et les deux filles restèrent silencieuses, enlacées, à contempler le corps sans vie de Stephen Mellors. Puis Nadja, celle qui venait de tirer froidement sur un homme de dos, se tourna et regarda Reggie droit dans les yeux, lui faisant un signe de tête comme si elles appartenaient à une société secrète. Reggie ne put s'en empêcher ; elle hocha la tête à son tour.

« Reggie Chase, fit Jackson Brodie, songeur.

— Oui. Inspectrice Chase, en réalité.

— Vous êtes inspectrice ? Dans le Yorkshire ?

— M'enfin. Vous ne possédez pas le comté. Est-ce que vous pourriez cesser d'être étonné par tout, Mr Brodie ? »

Ils étaient assis dans un véhicule d'intervention en attendant que quelqu'un vienne prendre leur déposition. Un auxiliaire de police leur avait donné du thé et des biscuits. Clairement, il allait falloir des heures pour démêler toute cette affaire. Une fois l'effervescence retombée, on avait constaté que Stephen Mellors était mort et que Vincent Ives avait disparu. Andrew Bragg avait été emmené en ambulance. (« C'était notre Mr Bragg ? demanda Ronnie. Nous l'avons cherché absolument partout. »)

Les victimes furent transférées en lieu sûr, sous l'autorité de la MSHTU. « Modern Slavery Human Trafficking Unit, l'unité de lutte contre l'esclavage moderne et le trafic d'êtres humains », expliqua Reggie, détaillant l'acronyme à Jackson au cas où il ne le connaîtrait pas. Mais il n'y avait rien de moderne dans tout ça, songea Reggie. Depuis les pyramides jusqu'aux bordels du monde entier en passant par les plantations de canne à sucre, l'exploitation était le maître mot. *Plus ça change, etc.*

« Vous êtes devenue inspectrice ? Dans le Yorkshire ?

— Je répète, oui et oui. Et ne pensez pas que vous ayez eu la moindre influence sur l'un ou l'autre fait.

— Et qui est-ce, lui, exactement ? demanda Ronnie en lançant un regard agressif à Jackson.

— Juste quelqu'un que je connaissais autrefois, répondit Reggie, furieuse, avant que Jackson ne s'explique. Il était policier, avant. Originaire du Yorkshire », ajouta-t-elle. Il était mon ami, aussi, se dit-elle. « Je lui ai sauvé la vie.

— C'est exact, confirma Jackson. J'ai toujours une dette », ajouta-t-il à l'intention de Reggie.

Ronnie avait réussi à s'éclipser et à alerter les autorités ; elle avait ainsi manqué le dénouement.

« C'était la pagaille, raconta Reggie, en plongeant un biscuit dans son thé. Et ça a duré à peine quelques secondes. Vincent Ives a lâché son arme, Andrew Bragg a réussi à l'attraper et il a tiré sur Stephen Mellors.

— Il n'avait pas l'air capable d'attraper quoi que ce soit, s'étonna Ronnie. On l'aurait plutôt cru prêt à recevoir les derniers sacrements. Et pourquoi aurait-il tué son ami ?

— Comment le savoir ? intervint Jackson. Les criminels sont en dehors de la loi. Ils se retournent les uns contre les autres tout le temps. D'après mon expérience.

— Et il en a vu, renchérit Reggie. Il est très âgé.

— Merci. Merci, Reggie.

— Je vous en prie, Mr B. »

Fausses nouvelles

« Inspectrice ? » Il avait vraiment du mal à intégrer cette version adulte de Reggie. Une version très agressive, quand même. Apparemment, il lui devait de l'argent ; il retrouva un très vague souvenir, en l'extirpant du fond de sa mémoire. Il avait dû lui emprunter de l'argent lorsque Tessa, son affreuse fausse épouse, avait vidé son compte en banque. Après avoir signé une reconnaissance de dette dans son carnet, Reggie s'était radoucie. Un peu. « Je suis contente de vous voir, Mr B. »

— Content de vous voir aussi, Reggie. »

La plupart des témoins présents dans la pièce n'étaient pas en état de témoigner de quoi que ce soit. Seuls Jackson et Reggie étaient aptes à donner quelque chose qui ressemblât à une version cohérente des événements et, malgré tout, il y avait des failles troublantes dans leur récit.

Jackson présentait de bonnes garanties de fiabilité – ancien membre de la police militaire, ancien membre de la police de Cambridge, actuellement détective privé. Il était là, dit-il, lorsque Stephen Mellors était arrivé aux Bouleaux Blancs armé d'une batte de base-ball. Vincent Ives avait, semble-t-il, apporté le pistolet pour protéger les filles victimes du trafic. « Attaque à main armée » était légèrement exagéré. Le mobile de Vincent Ives, soutint Jackson, était le bien – n'était-ce pas la norme selon laquelle tout le monde devrait être jugé ? Malheureusement, Ives avait laissé tomber son arme. Andrew Bragg l'avait récupérée puis il avait abattu Stephen Mellors, quoique ce fût en état de légitime défense, lorsque l'autre avait essayé de l'attaquer avec la batte de base-ball. Cette version ne satisfaisait pas complètement la police (Où se trouvait le pistolet ? Où était la batte de base-ball ? Gros points d'interrogation), mais elle satisfaisait Jackson. Les méchants étaient punis, ceux qui avaient de bonnes intentions n'étaient pas crucifiés. Et les filles qui avaient choisi de se faire justice elles-mêmes n'étaient pas pénalisées – elles avaient déjà souffert plus qu'il n'était permis. Tuer en situation de légitime défense était une chose, mais tirer dans le dos de quelqu'un, pas une fois mais deux, en était une autre, qui avait peu de chances d'être ignorée par le ministère public.

Andrew Bragg avait été blessé avant qu'ils arrivent, affirma-t-il, mais il n'avait aucun souvenir de l'événement. Il fut emmené en hâte à l'hôpital, où il subit une splénectomie en urgence et une transfusion de plusieurs litres de sang. « Pas aussi grave qu'on ne l'aurait cru », indiqua le chirurgien lorsqu'il sortit du bloc opératoire. Le patient ne se rappelait pas du tout ce qui s'était passé, ni qui lui avait tiré dessus.

« Vous devriez écrire des polars, conseilla Reggie à Jackson. Vous avez un certain talent pour construire des fictions. »

Le temps que l'unité d'intervention arrive, Stephen Mellors avait déjà été envoyé dans la grande nécropole au ciel, et Vincent Ives ainsi que l'arme avaient disparu.

Cette dernière se trouvait au fond de la mer, balancée du bout de la jetée à Whitby à marée haute, les empreintes digitales de tout le monde effacées pour toujours. Celles de Jackson, celles de Vince Ives et celles de la fille qui avait abattu Stephen Mellors. Après qu'elle avait tiré, Jackson lui avait doucement pris le Browning des mains et l'avait glissé dans sa poche. Nadja. Nadja Wilk et sa sœur, Katja. Elles venaient de Gdansk, où elles travaillaient dans un hôtel. De vraies personnes avec de vraies vies, pas seulement des noms codés pour les journaux à sensation. *Travailleuses du sexe étrangères libérées de la Maison des horreurs lors d'un raid de la police*. Et *Jeunes femmes victimes d'un réseau de prostitution impliquées dans violente fusillade*. Et ainsi de suite. La nouvelle fit la une pendant un long moment. Les Trois Mousquetaires – Tommy, Andy et Steve – étaient les grands manitous d'un réseau de trafiquants, une filière dont les ramifications étaient multiples et longues. Il fallut du temps pour les démêler. Pour la plupart des filles qu'ils avaient importées, qui avaient disparu dans des endroits qu'aucun projecteur n'était assez puissant pour éclairer, il était déjà trop tard. Mais les sept filles des Bouleaux Blancs furent sauvées et toutes finirent par rentrer chez elles. Il fallut beaucoup de temps pour recueillir leurs épouvantables témoignages. Jasmine rentra à bord du même avion que le cercueil de son amie Maria.

Peut-être s'en remettraient-elles, peut-être pas, mais au moins, elles eurent cette possibilité, et la personne qui la leur avait donnée était Vince Ives. À ce titre, Jackson trouvait qu'il méritait de se voir éviter la crucifixion par les médias et les tribunaux.

« Faites le bon choix, Andy », avait-il murmuré à Bragg en s'accroupissant à côté de lui, l'oreille tendue vers les sirènes qui approchaient. Et pour insister, il avait enfoncé son pouce dans la blessure d'Andy Bragg. Ignorant ses cris, Jackson avait continué : « Vous ne vous souvenez de rien de ce qui s'est passé. Amnésie totale. OK ?

— Sinon… ? » grogna Bragg. Quel marchand de tapis, pensa Jackson. Voulait-il marchander avec Dieu ? C'était ça, l'enjeu du pari de Pascal ?

« Sinon, je vous achève maintenant et vous irez droit en enfer. Faites le bon choix, répéta Jackson. Prenez une part de responsabilité dans toutes les souffrances que vous avez causées. Confessez vos péchés, ajouta-t-il, s'adressant au catholique intérieur. Cherchez la rédemption. L'absolution. » Jackson colla ses lèvres contre son oreille. « Et Andy, si vous ne la fermez pas sur l'identité de la personne qui a descendu

Stephen Mellors, je vous traquerai, je vous arracherai le cœur et je le donnerai à bouffer à mon chien. »

Lorsqu'il récupéra Dido, elle le regarda d'un air interrogateur. Elle n'avait pas l'air d'être particulièrement motivée par le festin gore promis. Il lui donna un biscuit pour chien. Elle semblait vraiment préférer ceux qui avaient la forme d'un os.

Le grand tournant

L'amour était difficile à trouver, mais l'argent, facile. Si on savait où chercher. Dans un coffre, bien sûr. Forcément. Quand ils avaient rénové High Haven, Tommy en avait installé un, un coffre massif, à l'ancienne, une vraie chambre forte. Il se trouvait dans un coin du bureau, vissé dans le plancher, et il s'ouvrait avec une grosse clé et un levier encore plus gros, qui ne demandait qu'à être tourné. C'était un coffre-fort qui disait : « Regarde-moi, ne te fatigue pas à chercher autre chose. » Cependant, il ne contenait qu'environ mille livres en espèces, de la petite monnaie pour Tommy.

Tommy y conservait aussi quelques bijoux dépareillés, des babioles, ainsi que quelques documents qui avaient l'air importants mais ne l'étaient pas. « Comme ça, avait-il expliqué à Crystal, si quelqu'un cambriole notre maison au milieu de la nuit et te menace, le couteau sous la gorge (pourquoi tiendraient-ils un couteau sous sa gorge à elle, et pas la sienne ? se demanda Crystal) et te dit d'ouvrir le coffre, ça ne sera pas grave. » (Un couteau sous sa gorge, ce ne serait pas grave ?) « Tu pourras ouvrir celui-ci et ils penseront qu'ils nous ont pris notre butin. » (Butin ? C'était Tommy qui pensait qu'il vivait dans un film de braqueurs, pas le coffre.) Il gardait les « choses importantes » – leurs passeports, leurs certificats de naissance, sa montre Richard Mille – un « placement » (d'un prix tellement exorbitant que c'en était criminel), le bracelet en diamants de Crystal et son pendentif en diamant et vingt mille livres environ en billets de vingt – dans un autre coffre, un peu plus petit, qui avait été aménagé dans le mur du bureau et qui se cachait derrière une reproduction très quelconque de bateaux en mer appelée *Voiliers à l'aube*. « Un coffre-fort plus fort », comme l'appelait Tommy, fier de sa ruse.

« Votre bonhomme doit être vraiment paranoïaque », avait dit l'installateur en riant. Il venait de l'entreprise au nom neutre de « Les installateurs de coffres du Nord » (« Tous nos ingénieurs ont un casier judiciaire vierge et répondent aux exigences de sécurité prévues par les normes BS 7858. ») et passait la plus grande partie de la journée à marteler et percer dans le bureau. « C'est Fort Knox ici.

— Je sais », fit Crystal en lui tendant une tasse de café bien sucré et un Kit Kat entier. Elle avait toujours une réserve de confiseries spécialement réservées aux ouvriers. Ils lui en savaient gré et étaient heureux de lui faire plaisir en effectuant toutes sortes de petites tâches supplémentaires. (« Puisque vous êtes là, vous pensez que vous pourriez réparer… ? » et ainsi de suite.) Tommy affirmait que ce n'était pas le Kit Kat qui les motivait, c'était ses nichons et son cul. Crystal se demandait parfois si, pendant la nuit, on la remplaçait par une copie, un très bon robot (un « androïde super-performant », proposa Harry), est-ce que Tommy s'en apercevrait ? « Deux coffres, je sais. On pourrait croire qu'on cache les joyaux de la Couronne.

— Trois, corrigea l'installateur, occupé à mettre des étiquettes sur les différents jeux de clés.

— Trois ? demanda Crystal d'un ton léger. Il exagère, quand même. Sacré numéro, Tommy. Où met-il le troisième ? Il n'y a plus beaucoup de place... »

Le deuxième portable. Le troisième coffre. Le quatrième mousquetaire. Cinq anneaux d'or. Juste un, en fait, et il était en laiton, pas en or – pour ouvrir une trappe, encastrée au millimètre dans une lame de parquet.

« C'est ça, quand on est blindé, marmonna Crystal.

— Vous êtes drôle », dit l'artisan.

Plus tard ce soir-là, quand elle regarda dans le bureau, elle découvrit que Tommy était en train d'accrocher *Voiliers à l'aube* devant le deuxième coffre. Il avait mis le lourd meuble de classement métallique sur la cachette du troisième coffre. Le meuble était trop encombrant pour être déplacé régulièrement, alors elle supposa que le troisième coffre servait à du stockage à long terme, pas à un usage quotidien. Elle se demanda s'il l'avait déjà rempli, et si c'était le cas, avec quoi ?

« Pas mal, non ? lança Tommy, reculant d'un pas pour admirer *Voiliers à l'aube*, ou plutôt ce qu'il cachait, car il n'avait aucun intérêt pour l'art. On ne devinerait jamais qu'il y a quelque chose derrière, hein ? » Non, acquiesça-t-elle, on ne devinerait jamais. Il était content, presque joyeux. Ils venaient d'emménager dans la maison et elle était enceinte de Candy, à l'époque. Crystal Holroyd, la toute nouvelle reine de High Haven.

Il lui donna deux jeux de clés. « Ce sont des doubles, si tu as besoin d'accéder à l'un des coffres pour tes bijoux. Et prends tout le liquide dont tu as besoin, quand tu veux. » Quand elle l'avait épousé, elle avait trouvé difficile de croire à quel point il était généreux. J'ai vraiment une chance incroyable, pensa-t-elle.

Il ne mentionna pas l'existence du troisième coffre sous le meuble métallique. Celui-ci avait aussi une clé supplémentaire – l'installateur, galvanisé par le thé sucré et le Kit Kat, la lui avait donnée quand elle la lui avait demandée. Il ne semblait pas savoir que les maris avaient des secrets pour leur femme. Ni que les femmes avaient des secrets pour leur mari.

« Est-ce que tu l'as regardé installer les coffres ? demanda Tommy d'un ton léger, enfin satisfait du placement de *Voiliers à l'aube*.

— Nan, il lui a fallu des heures. J'organisais la nursery. » Elle adorait ce mot, « nursery ». Il impliquait tant de choses – l'amour, l'attention, l'argent. « Je remonte là-haut pour finir, d'accord, chéri ? » Ils savaient déjà que Candy était une fille. « Sucre et épices, et tout ce qui est agréable », murmura Crystal en plaçant le berceau dans la nursery. Il avait coûté un bras ; c'était un de ces modèles anciens comme ceux des contes de fées, drapé de dentelle et de soie. Elle avait commis l'erreur de regarder *Rosemary's Baby* à la télévision, tard un soir sur une chaîne spécialisée dans les films d'horreur, et maintenant, elle était hantée par la scène où Mia Farrow regarde dans le berceau – une version en noir de celui de leur futur enfant – et comprend qu'elle a mis au monde le bébé de Satan. Candy serait un ange, pas le diable, se répéta Crystal. Et Tommy n'était pas Satan, songea-t-elle. (Depuis, elle avait changé d'avis.)

Elle avait rangé le double de la clé du troisième coffre sous le matelas du berceau. Il semblait peu probable que Tommy défasse les petits draps quand ils seraient tachés de vomi et de merde. En réalité, les bébés n'étaient pas faits de sucre et d'épices, Crystal le savait, ils étaient de chair et de sang, et devaient être chéris en conséquence. Depuis, la troisième clé (on dirait un titre de polar, *La Troisième Clé*) avait voyagé dans toute la maison pour échapper à la vigilance de Tommy, même si cela faisait un moment maintenant qu'elle était logée dans un sachet d'edamames dans le congélateur Meneghini – le jour où Tommy irait voir là, les poules auraient des dents.

« Tout va bien ? » avait demandé Tommy en entrant dans la nursery juste au moment où elle finissait de lisser le drap sur le matelas du berceau. Il avait joué avec les moutons accrochés à un mobile, les faisant tournoyer comme des toupies.

Crystal s'était retrouvée enceinte quand elle était avec Bassani et Carmody, et ils lui avaient donné de l'argent pour se faire avorter à Leeds. Fee l'avait accompagnée. Un souvenir qu'elle aurait volontiers oublié. Elle avait été tellement soulagée lorsqu'elle en avait été débarrassée. « L'incarnation du diable », dit Fee en lui tendant une clope pendant qu'elles attendaient le train du retour. Il leur restait assez d'argent de ce que Mick leur avait donné pour s'acheter un curry et une demi-bouteille de vodka. Elles avaient quatorze ans. Crystal s'interrogea par la suite : pourquoi personne à la clinique ne lui avait demandé son âge ni ce qui lui était arrivé ? Pourquoi personne ne s'en était préoccupé ? Elle se préoccuperait tellement de sa fille que rien de mal ne lui arriverait jamais.

Les moutons avaient cessé de tourbillonner. « Ouais, tout va bien, Tommy. Mais il nous faut plus de rose ici. Beaucoup plus de rose. »

Le meuble à classement pesait un âne mort et Crystal fut obligée de le traîner, de l'incliner, comme s'il était un cavalier particulièrement maladroit, ou un cercueil debout qu'elle devait manœuvrer dans la pièce. Elle savait ce qui se trouvait à l'intérieur et, au moins, ce qui s'y trouvait la dernière fois qu'elle avait regardé, parce que ce n'était pas la première fois qu'elle s'adonnait à cette danse avec son partenaire métallique. Tommy aimait que son argent ressemble à de l'argent, pas à du plastique. « Le liquide, y a que ça de vrai », disait-il. Le problème avec l'argent liquide était qu'il pouvait se retrouver avalé par les canalisations si quelqu'un venait à l'éponger. Et il y en avait beaucoup, beaucoup dans le coffre. Ça faisait beaucoup à éponger. Mais je suis une fée du logis, pensa Crystal.

Quand elle eut bougé le meuble assez loin pour découvrir l'anneau en laiton, elle était en nage. Elle tira dessus jusqu'à ce qu'un carré de lames de parquet soigneusement collées se soulève. « Sésame, ouvre-toi », murmura-t-elle. Bien entendu, Tommy – Tommy, qui avait à peine vu l'intérieur de son foyer depuis des jours – choisit ce moment-là pour rentrer, alors elle dut reprendre en hâte la danse avec le meuble à rangement, le poussant de toutes ses forces. Et lorsqu'elle l'entendit (« Crystal ! Mais où tu es, bordel ? »), il avait plus ou moins retrouvé sa place et elle était dans le jardin d'hiver.

Tommy déposa un petit baiser sur sa joue. « Tu as fumé, encore ? » mais ne sembla pas particulièrement intéressé par la réponse. Il paraissait épuisé ; elle dit : « Pourquoi tu n'irais pas te poser sur le canapé et je te prépare un verre ?

— Nan, répondit-il. Merci, chérie, mais j'ai des trucs à faire. »

Il alla dans le bureau et referma la porte. L'épiant juste derrière, elle entendit le son caractéristique de la valse avec le meuble métallique.

« Merde », fit Crystal, car il était sur le point de découvrir que son garde-manger était vide. Elle aperçut Candy, serrant contre elle sa licorne et habillée en Belle. Elle avait l'air inquiète – elle était inquiète, tendue depuis le kidnapping. Rien d'étonnant.

« Vilain mot, maman, la réprimanda-t-elle.
— Ouais, tu as raison. Désolée.
— Maman ? Ça va ?
— Au top du top, chérie. Au top du top. »

That's all folks

« Crystal ? Ça va ? » Vince avait trouvé la porte d'entrée de High Haven grande ouverte et aucun signe des habitants à l'exception de Candy, qui était assise dans la cuisine en train de regarder *La Reine des neiges*. Il savait que c'était *La Reine des neiges* parce qu'il l'avait regardé avec Ashley à Noël dernier. Elle lui avait dit que c'était un film féministe, mais pour Vince, il ressemblait juste à un Disney classique.

« Bonjour chérie », dit-il à Candy. Elle avait le casque sur la tête et elle l'enleva quand il lui parla. « Est-ce que maman et papa sont là ?

— À la piscine. » Et elle remit son casque.

Vince n'avait plus son pistolet, bien entendu. Il avait eu l'intention de tuer Tommy avec, et maintenant il allait être obligé d'improviser. Mais il avait la batte de base-ball de Steve et il prévoyait de fracasser le crâne de Tommy comme un œuf. Il pensa à Wendy. Un club de golf avait fait la même chose avec sa tête.

Steve était mort, Vince en était presque sûr. Il était déçu de ne pas l'avoir tué lui-même, mais il supposait qu'il y avait une certaine justice dans la façon dont ça s'était passé – tué par une des filles. Et avec un peu de chance, Andy s'était peut-être vidé de son sang avant que l'ambulance ne l'emmène. Il ne restait plus que Tommy. Quand la Polonaise avait tiré sur Steve, le chaos s'était déchaîné et Vince s'était éclipsé des Bouleaux Blancs, était remonté dans sa Honda et avait pris la route en moins de temps qu'il ne fallait pour le dire. Il croisa la première voiture de police, toutes sirènes hurlantes, qui fonçait vers les Bouleaux Blancs.

Crystal était au bord de la piscine, en short et débardeur à bretelles. Elle était trempée, elle avait dû nager dans cette tenue et pas en maillot de bain. Le chien de Tommy, Brutus, était assis, placide, à côté d'elle. Elle fumait une cigarette et paraissait pensive. « Oh, salut Vince, fit-elle quand elle l'aperçut. Comment ça va ? »

Il hésita, incapable de trouver une réponse qui rendrait compte de la journée qu'il venait de passer. « Tu savais que ta porte d'entrée était ouverte ?

— C'est Tommy, ça. Il faut toujours que je vérifie qu'elle est fermée quand il rentre. Il ne le fait jamais. Il est tellement tête en l'air. »

Vince, distrait par la vue des seins de Crystal dans son débardeur mouillé, eut besoin d'un moment pour se rendre compte qu'il y avait quelqu'un dans la piscine. Pas juste quelqu'un, Tommy – et il ne nageait pas, il flottait, sur le ventre.

« Bon sang, Crystal », dit-il, lâchant la batte de

base-ball avant d'enlever ses chaussures, prêt à sauter pour sauver Tommy. Pour pouvoir le tuer ensuite.

Crystal posa sa main sur son bras et déclara calmement : « Ne te fatigue pas, Vince. C'est trop tard. » Elle tira lentement une dernière bouffée sur sa cigarette et jeta le mégot dans la piscine.

Trop tard ? Qu'était-il arrivé ici ? « Que se passe-t-il, Crystal ?

— Je fais juste un peu de ménage, Vince. Et toi, ça va ? »

Ne te contente pas de voler

L'eau paraissait tellement attirante, mais elle n'était pas là pour nager, si séduisante que parût cette idée.

Elle avait frappé à la porte du bureau quand elle avait entendu le meuble frotter sur le plancher et avait dit d'une voix pressante : « Tommy, il faut que tu viennes voir ça, chéri. À la piscine. Il y a quelque chose qui cloche. Tu peux te dépêcher ? » Ensuite elle avait installé Candy devant la télé avec son petit casque rose, avant de descendre en courant à la piscine. La lumière artificielle se réfléchissait sur l'eau bleue et la mosaïque dorée. Elle respira l'odeur de chlore. Elle adorait cet endroit.

Lorsque Tommy la rejoignit, Crystal se tenait au bord. « Là, juste là, indiqua-t-elle en tendant le bras. Mets-toi à côté de moi, tu verras mieux.

— Je verrai quoi ? Où ? Je ne vois… »

Elle se glissa subrepticement derrière lui et le poussa d'un geste vif ; dans l'eau, il se mit à gesticuler frénétiquement, pris de panique. Il tenta de s'accrocher à la margelle, il pouvait aisément se hisser sur le bord, mais Crystal avait tout prévu. Elle sauta dans l'eau à côté de Tommy, se glissa derrière lui et le maintint au-dessus de l'eau comme si elle effectuait une manœuvre de sauvetage. Il lui dit quelque chose, mais il avait déjà de l'eau plein la bouche et il était difficile à comprendre. Cela pouvait être « merci » ou « au secours » ou « mais putain, Crystal », pour ce qu'elle en savait. Au lieu de l'aider à se rapprocher du bord, elle l'emmena vers le milieu, là où c'était profond, puis elle s'éloigna rapidement, fendant l'eau de sa brasse puissante. Le temps qu'elle sorte de la piscine, il avait coulé.

« Je fais juste un peu de ménage, Vince, lui dit-elle quand elle l'aperçut. Et toi, ça va ?

— Ouais, fit Vince tandis qu'ils regardaient le corps de Tommy en train de flotter vers eux comme un jouet pneumatique ballotté par le courant. Pareil.

— Je te ramène quelque part, Vince ? »

Juste les faits

Des mots qui n'avaient en réalité jamais été dits par Joe Friday dans *Dragnet*, comme le savent toutes les filles qui savent tout. « Tu sais trop de choses, dit Ronnie.

— Non, je n'en sais pas assez », rétorqua Reggie.

Le troisième homme, comme on l'appelait – bien qu'il y eût plusieurs « troisièmes hommes » –, fut finalement démasqué, grâce à l'Opération Villette.

La carte de Noël que Nicholas Sawyer envoya à ses collègues et amis était un portrait de famille qui montrait sa femme Susan, ses fils Tom et Robert, et ses petits-enfants George, Lily, Nelly Isabella et Alfie. Ses belles-filles n'y figuraient pas, comme si seule sa lignée par le sang était importante. Ou peut-être qu'elles étaient occupées ce jour-là. Ou qu'elles n'aimaient pas poser. La photo avait été prise pendant l'été, dans un champ quelconque. Nicholas prétendait qu'il se trouvait dans son ancienne circonscription rurale, même si elle aurait pu être prise n'importe où.

Elle respirait la décontraction enjouée, mais elle

avait été faite par un photographe professionnel, car Nicholas Sawyer était un homme qui aimait contrôler son image. Il aimait tout contrôler. Il avait soixante-quinze ans et il était depuis quarante ans député de la même circonscription du Kent, ministre du gouvernement par intermittence depuis vingt ans, finissant à la Défense ; dix ans auparavant, il avait été nommé membre de la Chambre des lords, où il avait choisi de siéger avec les non-inscrits. Il les présentait toujours, sa femme et lui, comme « Nick et Susie », bien que Susie fût plus encline à utiliser « lady Sawyer ». Nicholas frayait avec plusieurs des cinq cents grandes entreprises listées par le *Financial Times*, les entreprises spécialisées dans la défense étant son domaine, et Susie faisait partie du conseil d'administration de nombreuses associations caritatives, dont la majorité agissait plus en faveur des arts que de la justice sociale.

Le couple avait un appartement à Chelsea, une maison de maître dans le Languedoc, ainsi que le domaine Roselea, dans leur circonscription, dans le Kent, qu'ils avaient gardé après que Nicholas avait quitté la Chambre des communes et où, maintenant, ils passaient la plupart des week-ends. Roselea était un cottage couvert de chaume comme dans les livres, situé dans un village séduisant, et il avait été, au cours des années, l'objet de plusieurs articles de la rubrique « art de vivre » dans les journaux. C'était là qu'ils se trouvaient quand les policiers vinrent demander à Nicholas de les accompagner au commissariat le plus proche, où il fut soumis à un interrogatoire. Trois semaines plus tard, il fut arrêté et accusé de plusieurs infractions au Sexual Offences Act de 2003, infractions remontant aux années 1980. Pour faire bonne mesure, on y ajouta une accusation de conspiration. Ce scandale était une invention totale, répéta-t-il à tout le monde – il était jeté aux chiens, sacrifié sur l'autel du politiquement correct, c'était un complot de la presse pour le discréditer, elle le détestait parce qu'il soutenait les restrictions de leur liberté. Et ainsi de suite.

Le même jour que Nicholas Sawyer, plusieurs autres personnes furent arrêtées par la police. Parmi elles, sir Quentin Cough-Plunkett, un vétéran et militant antieuropéen virulent. Sir Quentin était aussi un joueur d'échecs reconnu – il avait passé les qualifications de la zone occidentale pour les championnats du monde d'échecs en 1962 et, pendant de nombreuses années, il avait été le mécène d'une association caritative qui encourageait les enfants de milieux défavorisés à apprendre les échecs.

Interrogés aussi, et finalement accusés, il y eut un officier de police à la retraite du Cheshire, un ancien juge itinérant et le patron âgé d'une entreprise familiale de construction. Ils avaient tous été membres autrefois, affirmait-on, d'un vague groupe dont les adeptes se reconnaissaient sous l'appellation du « cercle magique ». Au Royaume-Uni, il n'y a pas de délai de prescription pour les délits sexuels.

Le ministère public félicita Bronte Finch, la fille d'un juge de la Haute Cour, pour avoir fourni des preuves. Son témoignage « courageux » devant le tribunal avait aidé à condamner un « prédateur brutal ».

Un autre témoin, Miss Felicity Yardley, fournit des preuves dans les affaires de tous les accusés. Elle refusa l'anonymat et, plus tard, vendit son histoire aux tabloïds pour un montant inconnu. Miss Yardley, ancienne prostituée et droguée, prétendit qu'elle avait été persuadée par le MI5 de témoigner. Elle expliqua qu'un homme « dans une BMW gris métallisé » l'avait emmenée dans une planque, où elle avait fait une déposition sur les « étrangers » qu'elle avait rencontrés quand elle était en compagnie de Nicholas Sawyer. On lui avait dit qu'il vendait des secrets-défense depuis des années aux Russes et aux Chinois et à tous ceux qui étaient prêts à payer. Le MI5 avait très envie de trouver un moyen de le « neutraliser » – c'était leur mot, assura-t-elle. Ils avaient proposé de la protéger, mais « les salopards » n'avaient pas tenu leur promesse.

Ces vagues figures des services secrets lui expliquèrent que le cercle magique était comme les Illuminati (il lui fallut s'y reprendre à plusieurs fois pour prononcer le mot) et qu'il avait des ramifications qui s'étendaient loin. Ces gens-là étaient prêts à tuer toute personne qui révélerait leurs secrets. Elle-même, affirma-t-elle, avait été menacée de graves représailles si elle parlait à quelqu'un qui enquêtait sur le cercle magique ; comme une amie qui avait également été victime de ces hommes – elle avait été menacée et ses enfants avaient même été kidnappés, précisa Miss Yardley. Le procureur fut incapable de produire ce témoin. « Forcément, ils n'allaient pas la trouver », dit Fee, se faisant inconsciemment l'écho d'un autre bouc émissaire des puissants.

Les avocats de la défense arguèrent que Miss Yardley était un témoin à la fiabilité douteuse et que ses preuves étaient celles d'une fabulatrice en quête de publicité qui vendait son histoire à la criée à tous ceux qui voulaient bien écouter. Nicholas Sawyer était un patriote qui jamais ne trahirait son pays, et encore moins abuserait d'enfants.

Après trois jours de délibération, le jury prononça un verdict de culpabilité.

« C'est une parodie de justice », tempêta lady Susan Sawyer, la femme de Nicholas, ajoutant qu'un dossier d'appel avait déjà été constitué.

Cough-Plunkett mourut dans des circonstances mystérieuses avant que son affaire soit portée devant le tribunal. L'officier senior de la police se suicida en sautant du toit d'un parking de plusieurs étages. Le patron de l'entreprise de construction eut une crise cardiaque à son bureau – il était mort avant que son assistant ait le temps de s'emparer du défibrillateur qui se trouvait à côté des toilettes des femmes.

Andy Bragg fut arrêté alors qu'il était encore à l'hôpital, pour des délits contrevenant au Modern Slavery Act – trafic d'êtres humains importés au Royaume-Uni pour être sexuellement exploités, organisation de voyages dans un but d'exploitation sexuelle et contrôle d'un réseau de prostitution pour son bénéfice – ainsi que pour suspicion d'association avec des organisations criminelles et délits de blanchiment d'argent. S'il était condamné, il ne verrait plus jamais le monde extérieur.

« Ça paraît juste, dit-il à Rhoda.

— Espèce de crétin », fut son verdict à elle. Elle ne lui rendit visite à l'hôpital qu'une seule fois.

Pendant qu'il était alité, Andy Bragg réussit à faire comprendre à Rhoda où il avait caché l'argent et elle eut la possibilité de s'expatrier à Anguilla, où elle acheta une villa avec piscine. Elle but beaucoup de piñas coladas. Lottie eut un passeport et une nouvelle vie qu'elle détestait intensément, bien qu'on n'aurait jamais cru, à voir son expression.

Le « petit livre noir » d'Andy Bragg qui contenait toutes sortes de preuves à charge contre le cercle magique fut envoyé à Bronte Finch anonymement (même si l'enveloppe contenant la clé USB portait le cachet de la poste d'Anguilla), de manière à ce qu'il soit produit pour contrer la procédure en appel de Nicholas Sawyer. Il ne permit pas de réduire la peine d'Andy Bragg car celui-ci mourut de défaillance multiviscérale due à une infection une semaine après son arrivée à l'hôpital. « Septicémie », dit la sœur lorsqu'elle en informa Rhoda. La cause du décès pouvait également être la saleté sur le foulard de Maria avec lequel il avait tamponné sa blessure. Reggie aima à le penser. Justice était faite.

Thomas Holroyd se noya dans sa piscine. Le médecin légiste rendit un verdict indéterminé. Mr Holroyd ne savait pas nager ; on décida qu'il avait glissé, qu'il était tombé dans la piscine et avait été incapable de sortir, mais la possibilité qu'il se soit délibérément donné la mort ne fut pas exclue.

Darren Bright, quarante et un ans, fut piégé par le groupe autoproclamé de « chasseurs de pédophiles » appelé Northern Justice. Un porte-parole, Jason Kemp, expliqua qu'ils avaient constitué cette organisation après que sa fille avait été draguée sur internet. Les hommes se firent passer pour une fille mineure, Chloé, et organisèrent un rendez-vous avec Bright, dont le profil en ligne était celui d'un adolescent appelé Ewan. Celui-ci, grâce à des photographies libres de droits piochées sur le web, était un « avatar très convaincant », dit-on à la cour. La rencontre fut filmée par un autre membre du groupe et la vidéo diffusée ensuite sur YouTube.

Après que la vidéo fut mise sur internet, la maison de Mr Bright fut cernée par une foule déchaînée hurlant « À mort le pédophile ! », et il dut être secouru par la police.

Un porte-parole de la police déclara : « Nous n'approuvons pas la constitution des groupes de justiciers autoproclamés car il est facile de compromettre des indices ou d'attaquer des gens suite à une identification erronée, mais nous sommes heureux que Mr Bright soit conduit devant la justice. »

Vincent Ives n'est plus recherché par la police pour le meurtre de sa femme, bien qu'on eût aimé l'interroger sur son implication dans le siège de la Maison des horreurs (cette terminologie n'était pas celle de la police). On pense qu'il est parti s'installer à l'étranger.

Quand Ashley rentra pour découvrir qu'elle n'avait plus ni mère ni père, elle trouva un mot de son père qui disait : « Désolé pour tout ça. Est-ce que tu peux récupérer Sparky auprès de la police ? Il a besoin d'être sorti deux fois par jour et il aime bien dormir avec sa couverture bleue. Je t'aime fort. Papa. »

Sophie Mellors atterrit sur la liste des « personnes les plus recherchées » de la National Crime Agency, et fit aussi l'objet d'un mandat d'arrêt européen pour son implication dans une organisation qui s'était donné le nom d'Anderson Price Associates. Anderson Price Associates était une société écran qui cachait un groupe de criminels, parmi lesquels le mari de Mrs Mellors, l'avocat Stephen Mellors aujourd'hui décédé, dont l'étude se trouvait à Leeds, qui étaient responsables d'un trafic de filles importées. Ils firent venir un nombre incalculable de filles pour de fausses raisons et celles-ci furent ensuite vendues à l'industrie du sexe. Les trois « associés » – Thomas Holroyd, Andrew Bragg et Stephen Mellors – avaient également des liens avec l'affaire connue sous le nom d'Opération Villette, mais aucun d'eux ne fit l'objet de poursuites ni dans une affaire ni dans l'autre, car ils étaient tous décédés.

Les voisins signalèrent qu'ils n'avaient pas vu Sophie Mellors ni les enfants du couple depuis plusieurs semaines.

Sophie Mellors (« la veuve du chef du gang de la

Maison des horreurs, qui a été assassiné ») était partie depuis longtemps, bien entendu, sur un ferry de Brittany, pour Bilbao, traînant ses deux enfants avec elle. Ida vomit pendant toute la traversée. Quand elle ne vomissait pas, elle pleurait parce qu'elle avait été obligée de laisser son poney, Buttons, et la promesse qu'il serait remplacé quel que soit le pays où ils s'installeraient ne lui apportait pas le moindre réconfort. Il n'y aurait jamais un autre cheval comme Buttons, gémissait-elle. (Ce qui était vrai, l'avenir le prouverait.) Jamie s'était depuis plusieurs jours muré dans le silence. Il avait lu sur internet tout ce qui concernait Bassani et Carmody, ainsi que tout ce qui existait sur l'affaire de trafic que ses parents avaient dirigée. Il les détestait pour ce qu'ils avaient fait et les méprisait pour s'être fait prendre.

Sophie avait toujours ironisé sur la dévotion de Tommy et Andy pour l'argent liquide. La part des bénéfices d'Anderson Price revenant à Stephen avait été placée dans tout un éventail de comptes intouchables en Suisse. Ses années dans la comptabilité lui avaient appris une ou deux ficelles. Elle se planqua à Genève en réfléchissant à l'endroit le plus sûr pour se retirer. La plupart des pays qui n'avaient pas de traités d'extradition avec le Royaume-Uni étaient particulièrement peu séduisants – l'Arabie saoudite, le Tadjikistan, la Mongolie, l'Afghanistan. Elle envisagea brièvement Bahreïn, mais finalement, elle choisit d'acheter simplement de nouvelles identités pour eux tous, pour une somme qui aurait pu financer une petite guerre. Puis elle inscrivit ses enfants dans des internats très chers en Suisse et fit l'acquisition d'un corps de ferme en Lombardie qu'elle s'occupa à rénover, avec plus ou moins de bonheur. Ida ne lui pardonna jamais la perte de Buttons, ni le reste, pour tout dire.

Alors, qui avait tué Wendy Easton ?
Craig, le sauveteur en mer. Craig Cumming tua Wendy « dans un accès de jalousie enragée », d'après l'accusation à son procès. Il s'était rendu chez la victime dans l'espoir de raviver la flamme entre eux. Dans sa déposition, le capitaine Anne Marriot déclara que Craig Cumming avait tué Mrs Ives (qui se faisait également appeler Easton) avec un club de golf qui se trouvait dans le garage. Le club de golf indiquait peut-être une explosion de violence non préméditée, avança l'accusation, mais les gants de golf que Cumming portait – c'était une chaude soirée au cœur de l'été – corroboraient la préméditation plutôt que la spontanéité. Les relevés téléphoniques de Cumming montraient qu'il avait appelé la victime quatorze fois au cours des deux heures précédant le meurtre.

Wendy Ives, qui était séparée de son mari, Vincent, avait confié à une amie qu'elle avait peur de son ancien petit ami, qui avait commencé à la suivre quand elle allait travailler. À la sortie du tribunal, la fille de Mrs Ives, Ashley, dix-neuf ans, lut un communiqué : « Je suis heureuse que justice ait été rendue, mais personne ne remplacera jamais ma mère, que cet homme nous a si cruellement enlevée. C'était la personne la plus gentille, la plus loyale, la plus généreuse du monde. »

Craig Cumming fut condamné à l'emprisonnement à perpétuité avec une peine incompressible de quinze ans.

On va avoir des ennuis

En chemin, ils firent un crochet par Rosedale Chimney Bank ; s'arrêtèrent pour se dégourdir les jambes et contempler le coucher de soleil qui illuminait le ciel immense d'une éclatante palette de rouges, de jaunes, d'oranges et même de violets. Un tel spectacle aurait exigé quelques vers, se dit-il, et il énonça cette remarque à haute voix. « Non, je ne crois pas. Il se suffit à lui-même », répondit-elle. Le début de la sagesse, pensa-t-il.

Il y avait une autre voiture garée, celle d'un couple âgé qui admirait la vue. « Magnifique, n'est-ce pas ? » fit l'homme. La femme leur sourit et félicita « les jeunes mariés ». Jackson rétorqua : « Ce n'est pas ce que vous croyez. C'est ma fille. »

Marlee gloussa lorsqu'ils remontèrent dans la voiture. « Ils sont probablement déjà au téléphone avec la police, pour dénoncer un inceste. » Elle avait surpris la dame en lui donnant son bouquet de mariée. La femme avait paru soupçonneuse, comme s'il pouvait lui porter malchance.

« Je sais que je suis hyperboliquement joyeuse,

dit Marlee (Jackson rangea le mot "hyperboliquement" dans un coin de sa tête en pensant qu'il irait le chercher plus tard), mais je suppose que c'est juste de l'hystérie. » Elle ne paraissait pas hystérique à Jackson. Il avait pourtant vu beaucoup d'hystérie quand il était plus jeune. « Tu sais comme c'est, poursuivit-elle, la joie de la quille, le dernier jour d'école, tout ça.

— Ouais, je sais », confirma Jackson, bien que ce fût faux, parce qu'il n'avait jamais plaqué personne devant l'autel. Sa vie aurait sans doute été meilleure s'il l'avait fait.

Josie était déjà enceinte quand ils s'étaient mariés, alors Marlee existerait quand même (la non-conception d'enfants bien-aimés constituait toujours une pierre d'achoppement quand on se mettait à fantasmer sur le mode si-je-pouvais-recommencer-ma-vie). Julia et lui ne s'étaient jamais mariés, ne s'en étaient jamais approchés, mais Nathan aurait été conçu quand même. Et si Jackson n'avait jamais épousé la malfaisante Tessa, la voleuse, il serait probablement encore un homme riche et aurait pu payer le mariage que sa fille voulait plutôt que de laisser « la belle-famille », ainsi que Marlee avait commencé à les appeler, non sans ironie, payer la note. « Pourquoi pas ? » dit-elle. Ils étaient « pleins aux as » et, comme ils n'avaient que des fils et pas de filles, ils voulaient que cette « union », disaient-ils, soit célébrée en grande pompe. « Et de toute façon, ajouta Marlee, ils m'aiment comme une fille.

— Non, ce n'est pas vrai, répondit Jackson d'un ton grincheux. Je t'aime comme une fille. Ils "t'aiment" comme la mère de leurs futurs petits-enfants. Tu n'es qu'une poulinière pour leurs pur-sang, pour qu'ils puissent continuer à posséder la terre jusqu'à la fin des temps. » D'accord, ce n'était pas très gentil de dire ça, mais il les avait rencontrés et il n'aimait pas ce qu'ils incarnaient, même s'ils étaient parfaitement agréables (extrêmement agréables, en fait), et Jago – oui, c'était le nom du futur marié – était un type plutôt inoffensif (ses frères s'appelaient Lollo et Waldo – voyez-vous ça), bien qu'il fût un peu trop propre sur lui et séduisant pour que Jackson ait l'impression qu'il était digne de confiance. Il était « quelque chose à la City », une expression qui ne cessait de dérouter Jackson autant qu'elle l'irritait.

« Nous ne pouvons absolument pas vous laisser payer, déclara la belle-famille quand elle fut présentée à Jackson. Les enfants veulent une fête grandiose et nous aurions grand plaisir à la financer. » Jackson avait objecté, mais en vain. Il ne les avait rencontrés qu'une seule fois et il trouvait difficile de croire que son sang allait se mêler au leur – dans une « union » – jusqu'à la fin de l'éternité, ou jusqu'à la fin de la vie de la planète. Ils descendaient d'une lignée ancienne d'aristocrates, propriétaires d'un immense domaine à côté de Helmsley et d'une maison de ville à Belgravia. Ils possédaient le genre de vieille fortune sérieuse et discrète dont on n'entendait jamais parler.

Il y avait eu une « petite réception » – champagne et fraises – dans le jardin de la maison londonienne pour fêter les fiançailles. Jackson avait demandé à Julia de l'y accompagner pour le soutenir moralement et, bien que ce fût son seul week-end de pause pendant son tournage, elle avait accepté avec joie. Elle voulait « voir comment vivaient les riches », expliqua-t-elle. Les parents de Jago semblaient croire, à tort, que Jackson et Julia formaient toujours un couple. La mère de Jago était fan de *Collier* et elle était assez excitée à l'idée d'accueillir une « célébrité » dans la famille.

Jackson contemplait une assiette de minuscules canapés lorsque Jago s'était approché dans son dos, avait passé un bras autour de ses épaules puis lancé : « Je ne peux pas continuer à vous appeler Mr Brodie. Dois-je vous appeler Jackson ? Ou... » Et là, il se mit à rire. « Ou dois-je vous appeler papa ?

— Vous pourriez essayer. Mais je ne vous le conseille pas. »

« Je sais que j'ai mal choisi mon moment, assura Marlee. Je n'avais pas l'intention de le plaquer, papa. Et certainement pas devant l'autel.

— Et pourtant, tu l'as fait.

— Je sais. Pauvre Jago. C'est tellement atroce, d'infliger ça à quelqu'un. Je suis vraiment une peau de vache. L'heure du débriefing est arrivée ? Tu vas me punir pour avoir semé la destruction dans mon sillage, ou me féliciter d'avoir récupéré ma liberté ?

— Je m'apprêtais plutôt à compatir avec toi qui allais devenir la femme d'un homme appelé Jago.

— Trop rupin ?

— Ouais, trop rupin. » Après quelques kilomètres, il lui lança un coup d'œil et dit : « Tu ne devrais pas être plus contrariée ?

— C'est bon, je peux passer à autre chose. »

Marlee se mit à rire à nouveau. « Et après que Julia s'est donné tant de mal pour acheter un fornicateur. »

« Un fornicateur ?
— C'est comme ça que j'appelle les fascinateurs. Ils sont tellement débiles, je les déteste, dit Julia.
— Et pourtant, tu en portes un...
— Oh, tu sais, ce n'est pas tous les jours que la demi-sœur de mon fils se marie. »

En réalité, elle avait l'air ravissante. Le fascinateur n'était pas ridicule, ce n'était pas un modèle mariage princier, mais un petit couvre-chef noir discret avec une voilette affriolante qui lui donnait un look vieux jeu et français, surtout qu'elle portait un tailleur qui « montrait qu'elle avait encore une taille ». On avait mis fin à son rôle dans *Collier* – la « célèbre légiste » avait succombé à une mort atroce dans son propre laboratoire après avoir été traînée dans de nombreux décors de la côte est, que les spectateurs appréciaient toujours. Julia avait laissé échapper devant Jackson qu'elle allait à la salle de sport de façon régulière. C'était une chose tellement improbable pour Julia que Jackson ne pouvait que supposer qu'elle avait donné une réponse positive à *Strictly Come Dancing*. Il espérait que ce n'était pas à cause de Callum. « Ce n'est rien, que du sexe », avait-elle dit d'un ton léger quand il l'avait questionnée. Jackson se demanda s'il était censé trouver du réconfort dans cette réponse.

Elle avait assurément plus de classe que Josie, qui avait choisi une robe à imprimé floral et une veste qui l'identifiait immédiatement comme « mère de la mariée ». (« Jacques Vert, murmura Julia. Ça la vieillit. ») Pas de fascinateur pour Josie, mais un grand chapeau fleuri. Elle paraissait mal à l'aise. Peut-être savait-elle que sa fille était sur le point de faire l'erreur de sa vie. En même temps, Jackson avait à peine aperçu l'assemblée des invités depuis la porte de l'église. Celle-ci se trouvait près de la maison du marié ; c'était un bel édifice roman, orné d'énormes compositions de roses roses identiques à celles du bouquet de Marlee.

Marlee avait passé la nuit à l'hôtel où devait avoir lieu la réception, comme la belle-famille et Josie, mais Jackson, Julia et Nathan avaient choisi le Black Swan sur la place principale de Helmsley. Deux chambres. Julia et Nathan dans l'une, Jackson dans l'autre. Nathan avait dîné avec eux, avachi sur son portable, levant à peine les yeux du jeu auquel il jouait. Il semblait plus facile de le laisser faire que de le tancer et d'exiger qu'il se redresse, qu'il mange correctement, participe à la conversation et se plie à toutes les autres petites composantes de la civilisation. « Les barbares ne sont pas encore à la porte, dit Julia, l'avenir de l'enfant n'est pas compromis. » Elle ne paraissait pas aussi contrariée qu'elle l'aurait dû, d'après Jackson.

« C'était bien, avec ton ami ? » demanda Jackson quand il récupéra Nathan après avoir enfin réussi à se libérer des suites de l'affaire des Bouleaux Blancs.

Il haussa les épaules. « Ouais. »

Jackson était allé le chercher sur le tournage de *Collier*, où sa mère souffrait les dernières affres de l'agonie. Il l'avait échangé contre Dido. « Équitable, comme échange », conclut Julia. Le labrador lui manqua immédiatement – peut-être qu'il en adopterait un. Il avait brièvement été chargé d'un chien assez insatisfaisant avec un nom idiot. Peut-être qu'il pourrait récupérer un chien plus masculin – un collie ou un berger allemand, appelé Spike ou Rebel.

Nathan se jeta sans élégance sur le siège passager de la Toyota et sortit aussitôt son portable. Au bout d'un moment il leva les yeux, se tourna vers Jackson. « C'est sympa, de revenir.

— Revenir ?

— Avec toi, papa. Je me disais… peut-être que je pourrais vivre avec toi tout le temps.

— Ta mère ne te laisserait pas », affirma Jackson. Le bonheur était monté dans sa poitrine comme une grosse bulle et il s'y accrocha un peu avant qu'elle éclate – forcément. « Mais je suis très heureux que tu en aies envie.

— C'est bon », fut accompagné d'un autre haussement d'épaules. L'indifférence de Nathan ratatina un peu la bulle, mais pas complètement, et Jackson tendit le bras pour attraper d'un geste tendre la nuque de son fils. Nathan repoussa la main et cria : « Papaaaa, regarde la route. » Jackson rit. Tout allait bien, partout. Pour quelque temps, du moins.

Une Bentley vintage, dont le capot était orné de rubans roses, emmena Jackson et Marlee pour parcourir la courte distance de l'hôtel à l'église. Elle avait voulu que tout dans ce mariage soit élégant et

« de bon goût ». Le style, à défaut de la substance, pensa Jackson. Même la soirée d'enterrement de vie de jeune fille avait résisté à la vulgarité, d'après Julia, qui avait été invitée. Pas de bringue arrosée à York ou Ibiza, mais une réception l'après-midi au champagne rosé dans un salon privé du Savoy. « Très calme, raconta Julia à son retour. Pas le moindre ballon de baudruche en forme de pénis. J'étais un peu déçue, je dois dire, je me réjouissais de voir des zizis gonflables. Cette réception a dû coûter un argent fou. » Jackson supposa que la belle-famille payait.

« C'est juste un mariage, s'était plaint Jackson. C'est bien trop d'importance donnée à un jour.

— C'est sûr que ça ne fait qu'augmenter les attentes sur la vie maritale ensuite, avait dit Julia.

— Elle est trop jeune pour se marier, de toute manière.

— C'est vrai, acquiesça Julia, mais nous devons tous apprendre de nos erreurs. »

Avait-elle appris des siennes ?

« Chaque jour est un nouvel apprentissage », lâcha-t-elle en riant. C'était le genre de choses que Penny Trotter était capable de dire. Tout était calme sur le front Trotter. Le triangle Penny/Gary/Kirsty n'était plus en tête sur la liste des priorités de Jackson, pour le moment. Il avait été plus préoccupé par le fait qu'il allait devoir acheter un nouveau costume.

« Pourquoi ? » gémit-il devant Julia. Et oui, à l'entendre, on aurait dit Nathan.

« Parce que », fit-elle.

La Bentley les déposa devant le portail de l'église, *lych gate* d'après Marlee. La voiture était réservée pour un trajet aller seulement, et après la cérémonie, les invités parcourraient à pied les quelque deux cents mètres jusqu'à l'hôtel où devait avoir lieu la réception. Il leur faudrait traverser un champ. « Je me suis dit que ce serait joli, comme un mariage de campagne d'autrefois.

— Et s'il pleut ? » demanda Jackson. Et sur un plan strictement pratique, comment faire s'il y avait des gens dont les capacités motrices étaient réduites ?

« Il n'y en a pas et il ne pleuvra pas », affirma Marlee. Il admirait ses certitudes optimistes (ne provenant pas de ses gènes, à l'évidence). Néanmoins, il avait pris soin de garer sa fidèle Toyota derrière l'église, dans l'éventualité peu probable d'une averse ou d'une soudaine incapacité motrice ou des deux. « Ou au cas où tu voudrais t'enfuir à la dernière minute », plaisanta-t-il. Comme ils avaient ri.

Ils commencèrent à avancer lentement sur le sentier menant à l'église, où un groupe de demoiselles d'honneur de différentes tailles mais toutes vêtues de la même nuance de rose (d'un goût exquis) les attendaient. Nathan avait refusé net d'être garçon d'honneur. Jackson ne lui en voulait pas.

« C'est ta sœur, avait dit Julia d'un ton enjôleur.

— Demi-sœur, la corrigea-t-il. Et je la connais à peine. » Ce qui était vrai, et Jackson le regrettait. « Je suppose que l'écart d'âge entre eux est trop important », dit Julia ; mais il y avait une différence d'âge entre Jackson et sa sœur et cela ne les avait pas empêchés d'être proches. Elle aurait dû être là, pensa-t-il, assise au premier rang, portant un chapeau peu flatteur et une tenue qui la vieillirait, regardant autour d'elle, essayant d'avoir une vue parfaite sur sa nièce tandis qu'elle s'avançait dans l'allée centrale vers son avenir.

Sauf qu'apparemment il n'y aurait pas de progression et l'avenir était sur le point de changer.

« Je crois que je ne vais pas y arriver, papa », murmura Marlee au moment où ils arrivaient à l'église.

« Je sais que tu penses que je suis trop jeune, avait dit Marlee. Mais parfois on sait tout simplement quand c'est bien pour nous, tu vois ? »

Ensuite, un peu plus tard, on savait que c'était *pas* bien pour nous, songea Jackson, mais il avait fermé sa bouche à double tour pour que sa pensée ne s'enfuie pas dans l'air raffiné de « l'étage chaussures » du grand magasin londonien dans lequel il avait escorté sa seule fille un mois avant le « grand jour ». (*Chaque jour est un grand jour*, annonçait une carte de vœux dans la boutique de Penny Trotter.) On était loin du magasin Clarks de l'enfance de Marlee où Josie lui avait parfois ordonné d'accompagner sa fille.

Le rayon chaussures était tellement vaste que Jackson pensa qu'il devait avoir son propre code postal. On pouvait rester égaré pendant des jours sans jamais être retrouvé. Le bruit d'une chaussure qui tombe par terre. Si une chaussure tombe dans un magasin et qu'il n'y a personne pour la ramasser... Mais il y aurait quelqu'un, parce que l'endroit grouillait de vendeurs prêts à les servir. Les souliers étaient manipulés par une véritable armée de princes charmants d'un sexe ou l'autre (ou encore un autre, à l'infini aujourd'hui, semblait-il à Jackson. Il se souvenait du temps où il n'y avait que des hommes ou des femmes. L'interpellation *luddite !* se fit entendre au loin, se rapprochant à vive allure).

L'achat de chaussures (l'achat de chaussures de mariage, juste pour ajouter une couche supplémentaire de névrose dans l'affaire) était sa punition pour avoir été un père déficient qui ne manifestait pas assez d'intérêt pour les préparatifs du mariage de Marlee. Et probablement aussi parce qu'il n'avait pas payé le mariage.

« Qu'est-ce que je peux faire pour aider ? » avait-il proposé quand ils s'étaient retrouvés à Londres. (« Juste nous deux – pour déjeuner, avait-elle dit. Ce sera chouette. »)

« Eh bien, je me tracasse encore pour les chaussures. Je les ai gardées pour la dernière minute. » La dernière minute pour Jackson aurait été littéralement la dernière minute, il se serait arrêté dans un magasin de chaussures en allant à l'église, pas un mois avant son mariage. « Tu pourrais venir avec moi et m'aider à choisir, suggéra-t-elle.

— Eh bien, je ne suis pas sûr d'être tellement utile dans ce domaine, mais je serai très heureux de les payer. » Une offre pleine d'audace, comprit-il ensuite. Elles coûtaient près de mille livres. Mille livres, pour des chaussures ! Elles avaient l'air inconfortables.

531

« Tu es sûre que tu vas pouvoir remonter l'allée avec ces trucs aux pieds ?

— C'est comme si j'étais la Petite Sirène, lança-t-elle d'un ton léger, en train de souffrir pour l'amour de ma vie. Je sais que tu n'aimes pas Jago, mais moi, si. Et c'est quelqu'un de bien, vraiment. Donne-lui une chance, papa, dit-elle quand, après s'être enfin extraits de la cohue du magasin, ils prenaient un thé et un gâteau chez Ladurée à Covent Garden.

« Tu es si jeune, fit-il, impuissant.

— Et un jour je ne le serai plus et cela t'inquiétera aussi.

— Je serai mort, à ce moment-là, je suppose. Nathan le pense, en tout cas. » Il la regarda couper en deux une religieuse délicate. Ce n'était pas un gâteau masculin.

Marlee était une fille intelligente – scolarité dans le privé, baccalauréat, diplôme de droit de Cambridge, et maintenant elle se préparait à une carrière d'avocate. Trop jeune pour adhérer à tout le parcours traditionnel. Diplôme, mariage, enfants. (« Mais qu'est-ce qui ne va pas là-dedans, grands dieux ? » avait demandé Josie. La dispute s'était aggravée. « Tu préférerais qu'elle traîne sur une plage à Bali ou dans un repaire de drogués en Thaïlande ? » Bien sûr que non, mais il voulait que sa fille déploie ses ailes et vive un peu. Vive beaucoup, en fait. Sans être contrainte par les attentes d'autres personnes. Par les attentes de Jago. Par les attentes de la belle-famille. « Eh bien, c'est super que tu sois devenu féministe si tard dans ta vie », avait dit Josie d'une voix pleine de sarcasme. Il avait toujours été féministe ! Il se hérissa en entendant cette injustice flagrante.)

Marlee lui offrit une bouchée de la religieuse. Ce gâteau avait beau ne pas être viril, il en avait mangé à Paris, un été, dans un café à Belleville avec Julia, et le souvenir lui donna soudain la nostalgie des rues poussiéreuses et du bon café. Et de Julia, aussi.

« Proust et sa madeleine, fit Marlee. C'est un gâteau, pas une petite amie », ajouta-t-elle. Elle supposait toujours qu'il était ignorant avant qu'il ait une chance de prouver le contraire. « Je suis dingue de Jago.

— La dinguerie ne dure pas, affirma Jackson. Crois-moi, je sais de quoi je parle. Et qui veut être dingue ? Être dingue, c'est la même chose qu'être fou. » Et maintenant, en l'espace d'un mois, elle n'était plus dingue de son fiancé au point d'aller à l'autel en traînant les pieds. Ce qui prouvait bien qu'il avait raison. Dingue, c'est dingue.

Et ensuite, l'ambiance s'était détériorée, toute l'expérience de complicité père/fille se finissant en une analyse de ses opinions politiques, son caractère, ses croyances, qui appartenaient tous, apparemment, à un autre temps, moins éclairé. « Tu n'es pas éclairée, protesta Jackson (quelle imprudence). Tu crois seulement l'être.

— T'es tellement un *luddite*, papa. »

Et si les luddites avaient raison depuis le début ?

« Juste le trac, la rassura-t-il tandis qu'ils ralentissaient encore en approchant de l'entrée de l'église. Je suis presque sûr que toutes les futures mariées l'ont. »

Il avait oublié à quel point il aimait Marlee. Pas oublié, on n'oubliait jamais. Elle était enceinte, lui avait-elle révélé entre deux bouchées de religieuse. Il fut horrifié. Une porte de plus qui se refermait d'un coup sec derrière elle sur le chemin de la vie. Pas de retour possible.

« Tu es censé me féliciter.

— Tu es trop jeune.

— Tu fais vraiment chier parfois, papa. Tu le sais, hein ? »

Oui, pensa-t-il. Un mot que sa fille n'allait pas dire, visiblement.

Elle était si jolie. La soie crème de sa robe, le rose délicat des fleurs de son bouquet parfait. Il ne voyait pas les chaussures affreusement chères sous la robe, elle aurait aussi bien pu porter des bottes de pluie, pour autant qu'il sût. Son voile en dentelle était fixé à un diadème en diamants et perles, un bijou de famille – de la famille de Jago, à l'évidence.

« Respire un grand coup. Prête ? » Prête à courir, se dit-il, comme dans la chanson des Dixie Chicks, *Ready to Run*. Il entendit les premières notes sifflantes de la marche nuptiale monter de l'orgue à l'intérieur, un peu fausses, l'instrument n'était pas encore chaud.

Sa fille chancela puis s'immobilisa, n'avança plus un pied chèrement chaussé. Sur ses lèvres s'était dessiné un vague sourire dans le genre de la Joconde, qui n'exprimait pas franchement le bonheur ; il ressemblait à la moue figée de quelqu'un de paralysé. La

Belle au bois dormant. La femme transformée en pierre, ou en statue de sel.

Jackson vit Julia, assise au bout du premier banc, penchée, se dévissant la tête pour apercevoir la mariée. Elle lui adressa un froncement de sourcils interrogateur et il lui fit un petit signe rassurant en dressant les pouces. Un peu de trac chez Marlee. Julia serait tout à fait capable de comprendre ça. Il vit Nathan, qu'on avait réussi à convaincre d'enfiler un pantalon en toile et une chemise en lin, un peu gêné d'être ainsi écrasé entre Josie et Julia, et, vu l'angle de sa tête, Jackson soupçonna qu'il regardait l'écran de son portable. Le cœur de Jackson fut soudain submergé d'amour pour son fils, pour sa fille, pour son petit-fils ou sa petite-fille sans nom. L'une à son bras, l'autre dans son champ de vision, le dernier invisible. Ma famille, songea-t-il. Dans la richesse et dans la pauvreté. Pour le meilleur et pour le pire.

L'orgue jouait le morceau de Mendelssohn avec ardeur et Jackson jeta un coup d'œil à Marlee, se demandant si elle était prête. Le sourire avait disparu, remarqua-t-il. Elle se tourna vers lui et dit, avec tellement de maîtrise qu'il crut l'avoir mal entendue : « Je ne plaisante pas, papa. Je ne vais pas faire ça. Ce n'est pas bien.

— Partons, alors. » Il n'y avait qu'un parti à prendre dans ce scénario. Personne d'autre que lui n'était là pour soutenir sa fille. Certainement pas tous ces gens massés dans l'église, en tenue de cérémonie, avec toutes leurs attentes. Pas un futur marié qui était un « homme bien » et qui était sur le point d'être anéanti, sans parler de l'humiliation publique. *Restez calme et n'avancez pas.* « Voici ce qu'on va faire, dit-il. On va se retourner et reprendre le sentier comme si c'était la chose la plus naturelle du monde.

— Et ensuite, on court ?
— Ensuite, on court. »

Know when to hold them[1]

« Tu es sûr ?
— Oui, vraiment, merci. »
Crystal avait proposé à Vince de le conduire à l'aéroport ou au port pour prendre le ferry. Il allait partir à l'étranger, dit-il. Se faire pousser la barbe, disparaître. « Achète-toi des lentilles de contact, lui conseilla-t-elle.
— Je vais peut-être aller à Bornéo.
— Bornéo ? Qu'est-ce qu'il y a là-bas ?
— Des orangs-outans.
— Vraiment ?
— Non, pas vraiment. Il y a ma fille, mais je pense qu'elle est probablement sur le chemin du retour, maintenant. Tu sais... sa mère. Wendy. Je ne l'ai pas tuée, je t'assure.
— Je ne l'ai jamais cru, Vince.
— Merci. Je me suis dit que j'allais peut-être essayer d'aider les gens. Les femmes, les filles. Peut-

---

[1] « Sache quand les enlacer » (extrait de « The Gambler », chanson de Kenny Rogers).

être construire une école. Donner des cours d'informatique. En Inde, en Afrique, au Cambodge, un endroit comme ça. Loin d'ici.

— Très bonne idée, Vince. »

Vince se trouvait à la place passager. Candy était à l'arrière, elle regardait un DVD. Brutus le rottweiler était assis à côté d'elle. Il était étonnamment sociable. À les regarder, on aurait cru qu'ils formaient une famille.

Elle devait passer au Palace pour récupérer Harry. Elle allait lui annoncer que son père était décédé, mais pas tout de suite. Il faudrait trouver les mots justes, au moment opportun. Il n'y avait pas d'urgence. Tommy serait décédé pendant longtemps, désormais. Elle ne dirait pas à Harry l'immonde salaud qu'il avait été. Il le découvrirait un jour, mais ça pouvait attendre. Candy ne saurait jamais. Changement de nom, changement de lieu. Une nouvelle vérité ou un nouveau mensonge. C'était pareil, finalement.

Crystal n'avait aucune idée de l'endroit où ils iraient ou de ce qu'ils feraient une fois là-bas. Tous les chemins étaient ouverts, jusqu'à l'horizon. Christina qui court.

Elle aurait volontiers emmené Vince plus loin mais il était impatient d'« avancer » et, quand ils arrivèrent à la gare, elle lui dit : « T'es sûr ? », et il répondit : « Ouais, vraiment, ça m'suffit, Crystal », alors elle le déposa sur le parvis devant la gare et le regarda s'y engouffrer sans un regard en arrière.

« Il faut partir, annonça-t-elle à Harry.
— Partir ?
— Oui, partir. Quitter la ville.
— Tu t'en vas ? » Il paraissait désemparé.
« Non, nous partons, Harry. Tous les trois.
— Et papa ?
— Il nous rejoindra plus tard, Harry.
— Mais on a une chose à faire avant, insista Harry.
— Laquelle ? »

Il est temps de changer de paroisse

Elles rentrèrent par le chemin des écoliers, prenant les petites routes à travers la lande, les *wiley, windy moors*. Ronnie avait récupéré sa voiture, plus de sirène ni de gyrophare pendant un jour ou deux. L'Opération Villette était terminée. Tout ce qui restait, c'était la paperasse. Une énorme quantité de paperasse. Le « troisième homme » avait été arrêté. Nicholas Sawyer. D'après la rumeur, les services secrets étaient impliqués, depuis des années il vendait des informations confidentielles à quiconque voulait les acheter ; les autres moyens ayant échoué, c'était ainsi qu'ils lui avaient mis le grappin dessus. Les remparts entourant cette rumeur étaient impénétrables. C'était un « metapuzzle », dit Reggie.

« Hein ? »

L'Opération Villette et l'affaire de la Maison des horreurs étaient étroitement corrélées et les corrélations n'avaient pas encore été démêlées, mais ce n'était plus de leur ressort.

« Laissez filer », avait dit Gilmerton lors de son pot de départ à la retraite quelques jours auparavant.

(Une affreuse beuverie dont elles étaient parties tôt en s'excusant.) « Vous en sortirez en sentant la rose, pas la merde. C'est ça qui est important. »

« C'est quoi, la suite ? demanda Ronnie à Reggie.
— Je me suis dit que je chercherais peut-être à partir en échange à l'étranger l'an prochain.
— À l'étranger ?
— En Nouvelle-Zélande.
— Ouah. »

Reggie avait vu Jackson prendre le pistolet de la main de la Polonaise, Nadja, après qu'elle avait tué Stephen Mellors. Ensuite, il s'était accroupi et avait dit quelque chose qu'elle n'avait pas entendu à Andrew Bragg tandis que les sirènes approchaient. Ronnie avait réussi à s'éclipser et à appeler des renforts. C'était courageux de sa part, quelqu'un risquait de lui tirer dans le dos. Devant la police et les institutions judiciaires, tirer dans le dos, c'est jamais bon. On se retrouve empêtré avec la justice, les médias, l'immigration. Ça vous enlève tous vos choix. Ça vous salit. Reggie savait que c'était pour cette raison-là qu'il avait agi ainsi. Les filles avaient assez souffert comme ça.

Et pourtant, si Ronnie avait été là et pas dehors en train de parler dans sa radio, Reggie n'aurait jamais cautionné ce mensonge. Il se dressait désormais entre elles deux, comme une barrière.

Juste avant que l'équipe d'intervention monte l'escalier sans la moindre délicatesse, alors qu'on aurait pu en attendre dans une situation de prise d'otages,

Jackson avait murmuré à Reggie : « Bragg a descendu Mellors. »

Et après une pause, elle avait répondu : « Oui. »

Et en l'absence de l'arme, personne ne pouvait savoir avec certitude. Il y aurait des résidus de poudre, bien sûr, mais la présence de preuves médico-légales sur Andrew Bragg était compromise par la quantité de sang qu'il avait perdue. Et de toute façon, personne ne remettait en question les témoignages visuels d'une inspectrice et d'un ancien inspecteur de police. Pour quelle raison auraient-ils menti ?

« Un compromis justifié, dit Jackson. La vérité est absolue, mais ses conséquences ne le sont pas.

— L'argument me paraît spécieux, Mr B.

— Et pourtant, voilà où on en est, Reggie. Faites ce que vous pensez être juste. »

Elle le détesta de lui faire une chose pareille. Et elle l'aima aussi. Quelque part, au fond, elle désirait encore qu'il incarne la figure du père dans sa vie. Du père qu'elle n'avait jamais connu. Elle le détestait pour ça aussi.

Et ils avaient une certaine expérience de la dissimulation, bien entendu. Quand le Dr Hunter avait tué les deux hommes qui les avaient enlevés, elle et son bébé, Jackson avait détruit les preuves et Reggie avait menti sur ce qu'elle savait être la vérité. Pour que le Dr Hunter ne traîne pas ça jusqu'à la fin de sa vie, avait justifié Jackson. Alors Reggie savait déjà comme il était facile de franchir la ligne entre dans-la-loi et hors-la-loi.

Il lui revint soudain l'image du Dr Hunter marchant

le long de la route, s'éloignant de la maison dans laquelle se trouvaient les deux hommes qu'elle avait tués. Couverte de sang, le Dr H tenait son bébé dans ses bras, et Reggie s'était dit qu'elle avait l'air magnifique, une héroïne, une reine guerrière. Les deux sœurs polonaises étaient restées serrées l'une contre l'autre, regardant d'un air de défi le corps de Stephen Mellors. Elles avaient le dos droit et puissant de danseuses. Des héroïnes, pas des servantes. Elles étaient belles. *Pour ma sœur.*

Quand elle avait sauvé la vie à Jackson Brodie sur la voie ferrée des années auparavant, Reggie pensait qu'il serait asservi par cette dette jusqu'à ce qu'il la rembourse, jusqu'à ce qu'il lui sauve la vie à son tour, mais cela ne s'était pas passé ainsi. C'était Reggie qui avait été asservie. Et maintenant, ils étaient liés par le compromis pour toujours. « Un compromis juste », lui rappela-t-il.

Et comme l'avait dit un jour le Dr Hunter : « Qu'est-ce que la justice a à voir avec la loi ? »

C'était tellement faux que c'en était juste. On aurait dit le titre d'une de ces abominables chansons country que Jackson Brodie écoutait. Reggie savait qu'elle allait devoir réfléchir considérablement avant de pouvoir être à nouveau droite dans ses bottes.

Elle explora la musique que Ronnie avait sur son iPhone et choisit Florence and the Machine. Quand retentirent les premières notes de la chanson « Hunger », Ronnie se mit à fredonner doucement et, lorsque arriva le deuxième refrain, elles chantaient toutes les deux à tue-tête *We all have a hunger*. Puis elles s'attrapèrent par la main et serrèrent le poing et levèrent les bras dans un geste de triomphe. Elles étaient comme Thelma et Louise sur le point de se jeter de la falaise, sauf qu'elles n'allaient pas faire ça, elles rentraient chez elles.

Elles étaient Cagney et Lacey. Elles étaient les sœurs Brontë. Elles étaient les jumelles Kray. Elles étaient la police. Elles étaient des femmes.

« À un de ces quatre, dit Ronnie en déposant Reggie à Leeds.

— Carrément », fit Reggie.

Que ferait Tatiana ?

« Mr Brodie ? »

Sam Tilling appelait pour faire son rapport.

« Comment ça va, Sam ?

— Ça va. Enfin, je ne sais pas comment dire... En fait, je sais, enfin...

— Crache-le morceau, Sam.

— C'est notre Gary, Mr Brodie. Il est mort.

— Mort ? Comment ?

— Son diabète, apparemment. Il est tombé dans le coma dans une chambre d'hôtel à Leeds, et il était mort quand le service d'étage l'a trouvé le lendemain matin.

— Et où était Kirsty, pendant ce temps-là ? demanda Jackson.

— Elle n'était pas avec lui. Il était seul. Et Mrs Trotter était au Great Yorkshire Show avec sa sœur et environ trente mille autres personnes.

— Dans quel hôtel était-il ?

— Au Malmaison à Leeds. Il a bu au bar avant. Il avait pas mal d'alcool dans les veines, a conclu l'autopsie. Et il n'y avait pas d'insuline dans sa chambre, alors peut-être qu'il l'avait oubliée. Si seulement il avait réussi à atteindre le minibar, il y a toujours du chocolat ou du jus de fruit.

— Et l'autopsie a déjà été effectuée ? » Jackson fut surpris de la vitesse à laquelle Gary avait été plié, rangé, classé pour toujours.

« Ouaip, déjà faite, d'après Mrs Trotter. Mort de causes naturelles. »

*

« Et je dis, vous offrez verre à dame ? Si vous êtes dame, il dit, content de lui. Oh, homme drôle, je vois, je dis. J'aime hommes drôles. Mon père était grand clown de cirque, mais pas drôle, en réalité. Pas en Russie. Vodka pour moi. *Pozhaluysta*.

Vous n'êtes pas d'ici, on dirait, il dit. Ha ha. Oui, vous vrai farceur. Je vois bien, je dis. Je lui demande si il a femme, il dit *nyet*. Je lui demande si il a maîtresse, il dit *nyet*.

Après deux ou trois verres je l'emmène par cravate jusqu'à chambre – suite, joli, merci – comme chien en laisse. Encore verre du minibar. On regarde télé, je dis je peux pas manquer *Collier*. Il s'allonge sur lit et devient blanc et dit : Chérie, tu peux aller prendre dans mon sac mon insuline. Je suis diabétique. Je devrais pas boire.

Oh, et interrompre fête ? je dis et j'enfourche lui sur le lit comme si moi cavalière et lui cheval. (Pas de sexe, je rassure !) Non, s'il te plaît, chérie, vraiment, il dit. Ou du chocolat, quelque chose de sucré. Sa voix toute petite. Lui pas bien du tout. Et il tombe dans les pommes et je descends et nettoie tout. Mets insuline dans mon sac. Puis reste avec lui. Je garde. Jusqu'à être sûre qu'il est parti.

Da, Mrs Trotter. Sûre. Mort. Rideau. Show terminé. Bye-bye ! Condoléances, bla bla bla. Plaisir de faire affaires avec vous, Mrs Trotter. Vous recommandez moi à vos amis. »

Tue le Bouddha

« Il va falloir que tu rendes le diadème, dit Jackson.
— Je suppose. Et c'est dommage, pour la lune de miel. Les Maldives. Ç'aurait été bien, fit-elle un peu mélancolique.
— Peut-être que Jago peut emmener Waldo ?
— Ou Lollo ?
— L'avenir est entre tes mains. C'est ce que dit Mrs Astarti.
— Qui ? »

Ils s'étaient cachés quelques jours dans un hôtel à Harrogate. « Pour que je puisse mettre de l'ordre dans ma tête, avait-elle déclaré. J'ai l'impression d'être une criminelle.
— Moi aussi. » Bien entendu, il était techniquement un criminel puisqu'il avait dissimulé un meurtre. Deux fois. D'abord quand le Dr Hunter avait tué ses kidnappeurs et ensuite, quand la Polonaise avait tué Stephen Mellors. Il n'avait pas de regrets. Aucun. Il n'était pas un justicier autoproclamé. Pas du tout.

Il dit au revoir à Marlee sur le quai de la gare à York. Elle rentrait à Londres pour « affronter l'orage ». Il voulait la presser de parler à Jago du bébé, mais il s'appliquait à cesser de donner des conseils à sa fille. Il repensa à la manière dont Julia lui avait caché l'existence de Nathan. L'histoire qui se répétait. En même temps, c'était tout ce que faisait l'histoire, se répéter.

Elle allait garder le bébé, dit-elle. Il n'avait même pas envisagé que la question puisse se poser. Elle allait élever un bébé seule tout en se lançant dans une carrière incroyablement exigeante ?

« Écoute-toi parler, papy, rit-elle. T'es tellement un luddite. » Mais au moins, cette fois, c'était avec affection. « En plus, j'aurai tout ce qu'il faut pour m'aider. La presque-belle-famille va lâcher d'énormes sommes d'argent pour garder leur poulinière pas loin. » Elle lui donna un coup dans les côtes (assez douloureux, d'ailleurs). « Voilà mon train qui arrive. » Puis elle disparut. Elle était courageuse, pensa-t-il. Il devait rester proche d'elle, à partir de maintenant.

Il prit une chambre dans un hôtel pas cher. Il n'avait pas besoin d'un truc sophistiqué, juste de draps propres et pas de cheveux dans la douche. Il lui fallait se reposer pour être dispos en prévision de la bagarre qui l'attendait.

Jackson partit tôt le lendemain matin. Il mit Miranda Lambert. « Runnin' Just in Case. » *There's trouble where I'm going but I'm going there anyway*. L'histoire de sa vie. Il passa un appel en route. Il n'avait plus de numéro où la joindre. Elle avait changé de poste ; il chercha son nouvel employeur sur Google et demanda à la standardiste de son commissariat de la lui passer, ce qu'elle fit, bien qu'il fût obligé de la convaincre – elle était officier senior, maintenant, elle ne prenait pas comme ça des appels provenant d'étrangers, car c'était ce qu'il était désormais. Un étranger pour elle. Il y avait eu quelque chose entre eux autrefois – une étincelle, une possibilité. Ils auraient pu être super bien ensemble, mais ils ne s'étaient jamais mis ensemble. Il se demanda si elle avait toujours le chien. Il le lui avait donné au lieu de se donner lui. («Équitable, comme échange», constata Julia.) Cela paraissait remonter à très longtemps, maintenant.

Il ne se servit pas de son nom. Il se présenta sous l'identité de Reggie Chase parce que, si elle se rappelait Reggie, elle prendrait peut-être l'appel.

Elle décrocha après quelques sonneries. Détachée, efficace. «Commissaire Louise Monroe. Que puis-je faire pour vous?» Elle ne se souvenait sans doute pas du nom de Reggie, après tout.

Il se rendit compte qu'il n'avait aucune idée de ce qu'il voulait lui dire, qu'il ne savait pas s'il avait vraiment quelque chose à dire. Il soupçonnait que ses paroles seraient forcément irrémédiables. Il était à un tournant et il devait faire un choix. Marée montante ou descendante?

«Allô?» fit-elle. Ils écoutèrent tous les deux le silence creux, dans un moment d'étrange partage, puis elle l'abasourdit par son pouvoir de divination. «Jackson?» Elle chuchotait presque. «Jackson, c'est toi?»

Pour finir, il était plus facile de ne pas faire de choix du tout. Il ne dit rien et raccrocha.

Les paroles d'une autre chanson lui vinrent en tête. *Freedom's just another word for nothing left to lose.* Mais c'était le cas aussi de l'engagement. Il voulait juste quelque chose de simple. Pas de liens, pas de complications.

Deux ou trois kilomètres plus loin, il passa un autre appel.

« Mr Détective Privé, ronronna la voix. Tu n'es pas au joli mariage avec jolie fille ?

— Est-ce que tu veux prendre un verre ?

— Avec toi ?

— Ouais, avec moi.

— Juste un verre ?

— Sais pas », dit Jackson. (Pensait-il vraiment que cette histoire n'allait pas être compliquée ? De qui il se moquait, là ? De lui-même, à l'évidence. Ni marée montante ni marée descendante. Un tsunami, plutôt.)

« Okey-dokey. *Da.* Maintenant ?

— Demain. J'ai quelque chose à faire avant.

— Où ?

— Sais pas. Pas au Malmaison.

— Okey-dokey. *Poka.* »

Une rangée de maisons mitoyennes à Mirfield. Pas très différentes de celle dans laquelle il avait grandi. Celle-là était en pierre sombre, et elle était peu engageante. Dans la maison Brodie, il y avait une petite arrière-cuisine où sa mère passait tout son temps, un salon « chic » sur le devant avec un canapé inconfortable sur lequel on s'asseyait rarement.

Et une porte dans l'entrée donnant sur un escalier raide qui conduisait à la cave à charbon.

La Peugeot grise était garée dehors, dans la rue. Elle appartenait à quelqu'un qui s'appelait Graham Vesey. Quarante-trois ans. La plaque minéralogique photographiée par Nathan. Retravaillée par Sam Tilling. Et le propriétaire avait été identifié par une femme adorable du service des immatriculations à Swansea, une certaine Miriam.

Jackson sonna à la porte. Les gens sont maîtres chez eux. Toujours commencer par la méthode polie et, progressivement, monter jusqu'au bélier et à la catapulte géante. Ou juste le bon coup de poing dans le bide.

Il était grand et plein de sueur, il avait des tatouages sur son cou de taureau et il pouvait écrabouiller une fille comme une mouche s'il le voulait.

« Mr Vesey ? Mr Graham Vesey ? Je m'appelle Jackson Brodie. Est-ce que je peux entrer ? »

Darcy Slee

Elle entendit sonner et se mit à hurler aussi fort que possible pour attirer l'attention. Quand elle marqua une pause pour reprendre son souffle, elle perçut qu'il y avait beaucoup de bruit au-dessus – une bagarre, apparemment. Elle était sur le point de recommencer à crier quand la porte de la cave s'ouvrit. Dans le rectangle de lumière elle vit quelqu'un descendre l'escalier. Le cœur de Darcy se serra de terreur. Elle était ici depuis sept jours et sept nuits, la terreur lui était familière.

C'était un homme, mais pas l'homme avec le cou tatoué. Cela ne signifiait pas pour autant qu'il n'avait pas de mauvaises intentions. Il était même peut-être encore pire, qu'en savait-elle.

Quand il arriva en bas de l'escalier, il s'accroupit pour lui parler comme si elle était un chat effrayé. « Tout va bien, c'est fini. Je m'appelle Jackson Brodie. Je suis policier. »

Le rideau n'est pas tombé

Les coulisses étaient bondées. Tout le monde semblait vouloir regarder Bunny prendre sa place en haut de l'affiche. Il y avait des lacunes (un mot de Miss Dangerfield, bien sûr) créées par les sièges vides dans l'auditorium. Beaucoup de gens n'avaient réservé que pour voir Barclay Jack, certains avaient même demandé à être remboursés par le Palace à cause de sa défection. « Défection ? dit l'homme au guichet. Le gars est mort, bon Dieu. Lâchez-lui la grappe. »

Bunny quant à lui était bien vivant. Resplendissant dans sa robe bleu vif à paillettes et sa coiffe à plumes qui était plus grande encore que celles que portaient les danseuses. L'une d'elles lança un sifflement admiratif quand il apparut sur scène. Il lui fit une petite révérence.

Son numéro suivait le déroulé habituel. Il massacra plusieurs arias d'opéra connus – « L'amour est un oiseau rebelle » de *Carmen* et « Un bel dì, vedremo » de *Madame Butterfly*. (« C'est un public de béotiens, dit Bunny, mais ils reconnaîtront peut-être ces trucs. ») Ces arias étaient écrits pour des femmes, bien sûr, des sopranos, et Bunny les attaqua avec des notes suraiguës, chancelant sur ses talons, faisant semblant d'être ivre, de pleurer un amour perdu, d'être un chanteur épouvantable.

Il s'agissait d'interludes musicaux – son numéro était principalement un stand-up, portant sur les labeurs inhérents au fait d'être une femme. Le public clairsemé réagissait comme d'habitude – leur hostilité se transformait en tolérance puis en admiration (« Il a des couilles, le mec », entendit Harry), jusqu'à ce qu'à la fin toute l'animosité envers Bunny se soit dissipée.

C'était le moment où il marquait une pause. Une longue pause, et le public devenait complètement silencieux, hésitant, un peu inquiet à l'idée de ce qui allait suivre. Bunny les contemplait, pourtant il semblait être perdu dans ses pensées. Était-il en train de mourir sur scène ou était-il sur le point de faire quelque chose de mémorable, de paroxystique ?

« Attends, tu vas voir », chuchota Harry à l'oreille de Crystal. Il sentait déjà les poils sur sa nuque se dresser avant que la musique ait même commencé. La bande-son était bonne – la seule chose dont le Palace pouvait s'enorgueillir, sans que personne sache pourquoi, était cette installation sonore de qualité.

Harry vit Bunny prendre une profonde inspiration puis il commença à chanter, doucement au début, comme l'exigeaient les paroles, sur le sommeil, néanmoins le public reconnut la musique presque instantanément. La note plaintive peu après le début sembla les rassurer. Ils étaient en terrain connu – un terrain de foot. Et plus encore, ils étaient entre des mains sûres ; ce type avait une voix époustouflante. Les notes montaient jusqu'au ciel. Le public frémit comme une volée d'oiseaux et se posa, il savait qu'il allait être gâté.

C'était un air qui était devenu un cliché, le morceau de choix des candidats à *The X Factor* et *La Grande-Bretagne a du talent*, une mélodie répandue, mais il était facile de lui faire dépasser la simple familiarité héritée de la Coupe du monde. Tout ce qu'il fallait, c'était un grand type avec une grande voix.

Harry était chaque fois ému par la performance de Bunny. Les larmes lui piquèrent les yeux. « Des larmes de bonheur », dit-il à Crystal pour la rassurer tandis que la musique commençait à enfler.

Le chœur féminin enregistré, s'insérant comme un contrepoint angélique, ralentit tout pendant un moment. Mais seulement pendant un moment, avant de repartir à nouveau. De plus en plus puissant. Les étoiles tremblèrent. Il y avait le beau contrôle du premier *Vincerò*, puis la montée en amplitude vers le second

Vincerò

puis il se lança dans le dernier crescendo sublime qu'il tint longtemps :

Vincerò !

Bunny leva les bras vers les dieux en signe de triomphe. Les dieux le contemplèrent et rirent. Les étoiles brillèrent comme des paillettes. Tous les spectateurs bondirent sur leurs pieds et l'acclamèrent. Ils ne pouvaient se retenir.

« *Vincerò*, dit Harry gaiement à Crystal. Ça veut dire "Je vaincrai".

— Oui, tu vaincras, Harry. Tu vaincras. »

RÉFÉRENCES DES CHANSONS

« Don't You Want Me » écrite par Jo Callis, Philip Oakey et Philip Adrian Wright, p. 39.

« What's Love Got to Do With It » écrite par Terry Britten et Graham Lyle, p. 69.

Paroles tirées de « The Teddy Bears' Picnic » écrite par Jimmy Kennedy, p. 85.

Paroles tirées de « The Bug » écrite par Mark Knopfler, p. 244.

Paroles tirées de « The Gambler » écrite par Don Schlitz, p. 244.

Paroles tirées de « I'm So Lonesome I Could Cry », « I'll Never Get Out of This World Alive » et « I Don't Care (If Tomorrow Never Comes) » écrites par Hank Williams, p. 245.

Paroles de « The Blade » de Marc Beeson, Jamie Floyd et Allen Shamblin, p. 245.

Paroles de « Wuthering Heights » écrite par Kate Bush, p. 273.

Paroles de « Hotel California » écrite par Don Felder, Don Henley et Glenn Frey, p. 337.

Paroles de « Another Brick in the Wall (2ᵉ partie) » écrite par Roger Waters, p. 342.

Paroles de « Holding Out for a Hero » écrite par Jim Steinman et Dean Pitchford, p. 372.

Paroles de « Hunger » écrite par Florence Welch, Emile Haynie, Thomas Bartlett et Tobias Jesso Jr, p. 543.

Paroles de « Runnin' Just in Case » écrite par Miranda Lambert et Gwen Sebastian, p. 549.

Paroles de « Me and Bobby McGee » écrite par Kris Kristofferson et Fred Foster, p. 551.

BRIDLINGTON

REMERCIEMENTS

Je voudrais remercier les personnes suivantes :
Le lieutenant-colonel M. Keech, British Empire Medal, service des transmissions (retraité).
Malcolm R. Dickson, Queen's Police Medal, anciennement inspecteur adjoint de la police pour l'Écosse.
Reuben Equi.
Russell Equi, qui conserve son titre : le Dieu de toutes choses en rapport avec les véhicules.
Je dois aussi remercier Marianne Velmans, Larry Finlay, Alison Barrow, Vicky Palmer, Martin Myers et Kate Samano, tous chez Transworld. Camilla Ferrier et Jemma McDonagh chez Marsh, Jodi Shields chez Casarotto Ramsay, Reagan Arthur chez Little Brown (US), Kristin Cochrane chez Doubleday Canada et Kim Witherspoon chez Witherspoon Associates. Enfin et surtout, mon agent, Peter Straus.
J'ai peut-être un peu déformé la géographie de la côte est, principalement pour que les personnages, surtout Harry, puissent se déplacer avec plus d'aisance et de rapidité que ce n'est le cas habituellement.

Toutes les erreurs sont miennes, qu'elles soient intentionnelles ou non.

Mes excuses aux habitants de Bridlington. Je n'ai rien que des souvenirs heureux de cet endroit et j'aimerais penser que rien d'affreux ne s'y est jamais passé.

De la même autrice :

Dans les coulisses du musée, De Fallois, 1996 ; Le Livre de Poche, 2007.
Dans les replis du temps, De Fallois, 1998 ; Le Livre de Poche, 2007.
Sous l'aile du bizarre, De Fallois, 2000 ; Le Livre de Poche, 2006.
C'est pas la fin du monde, De Fallois, 2003 ; Le Livre de Poche, 2007.
La Souris bleue, De Fallois, 2004 ; Le Livre de Poche, 2007.
Les choses s'arrangent mais ça ne va pas mieux, De Fallois, 2006 ; Le Livre de Poche, 2007.
À quand les bonnes nouvelles ?, De Fallois, 2008 ; Le Livre de Poche, 2009.
On a de la chance de vivre aujourd'hui, De Fallois, 2009 ; Le Livre de Poche, 2010.
Parti tôt, pris mon chien, De Fallois, 2010 ; Le Livre de Poche, 2012.
Jackson Brodie, Le Livre de Poche, coll. « Majuscules », 2013.
Une vie après l'autre, Grasset, 2015 ; Le Livre de Poche, 2017.

L'homme est un dieu en ruine, Lattès, 2017 ; Le Livre de Poche, 2019.
Transcription, Lattès, 2019 ; Le Livre de Poche, 2022.

Le Livre de Poche s'engage pour l'environnement en réduisant l'empreinte carbone de ses livres. Celle de cet exemplaire est de :
300 g éq. CO_2
Rendez-vous sur
www.livredepoche-durable.fr

Composition réalisée par NORD COMPO

Achevé d'imprimer en France par
CPI BRODARD & TAUPIN (72200 La Flèche)
en novembre 2024
N° d'impression : 3058809
Dépôt légal 1re publication : décembre 2024
LIBRAIRIE GÉNÉRALE FRANÇAISE
21, rue du Montparnasse – 75298 Paris Cedex 06

89/7163/2